长征 这样 世界是

知道

的 这样 的

丁晓平 著

长征叙述史

A Narrative History of the
Long March

中国青年出版社

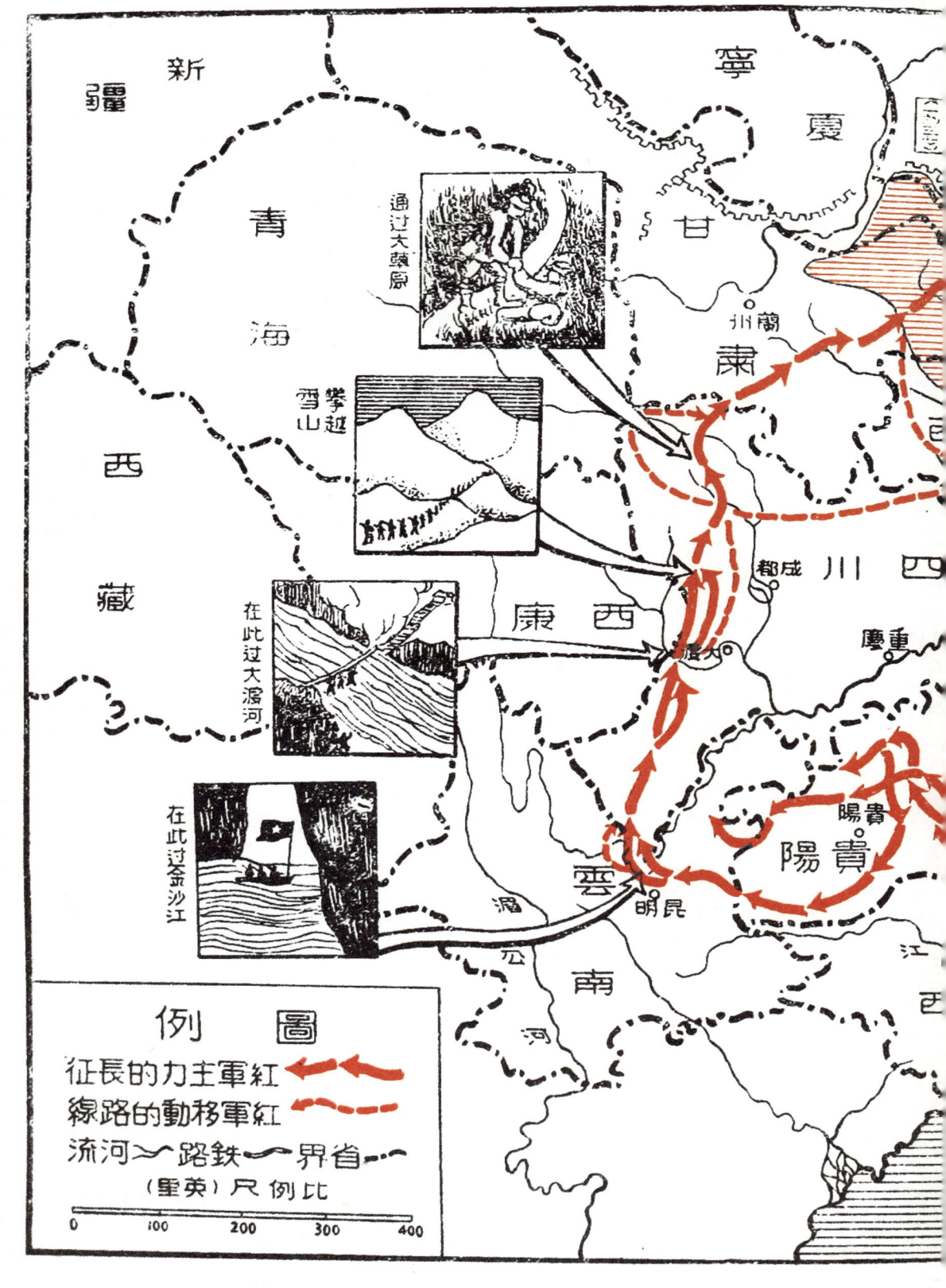

新疆

寧夏

青海

甘肅

蘭州

西藏

西康

四川

成都

重慶

通过大草原

攀越雪山

在此过大渡河

在此过金沙江

貴陽

貴陽

雲南

昆明

湄公河

圖例

紅軍主力的長征

紅軍移動的路線

省界　鐵路　河流

比例尺（英里）

0　100　200　300　400

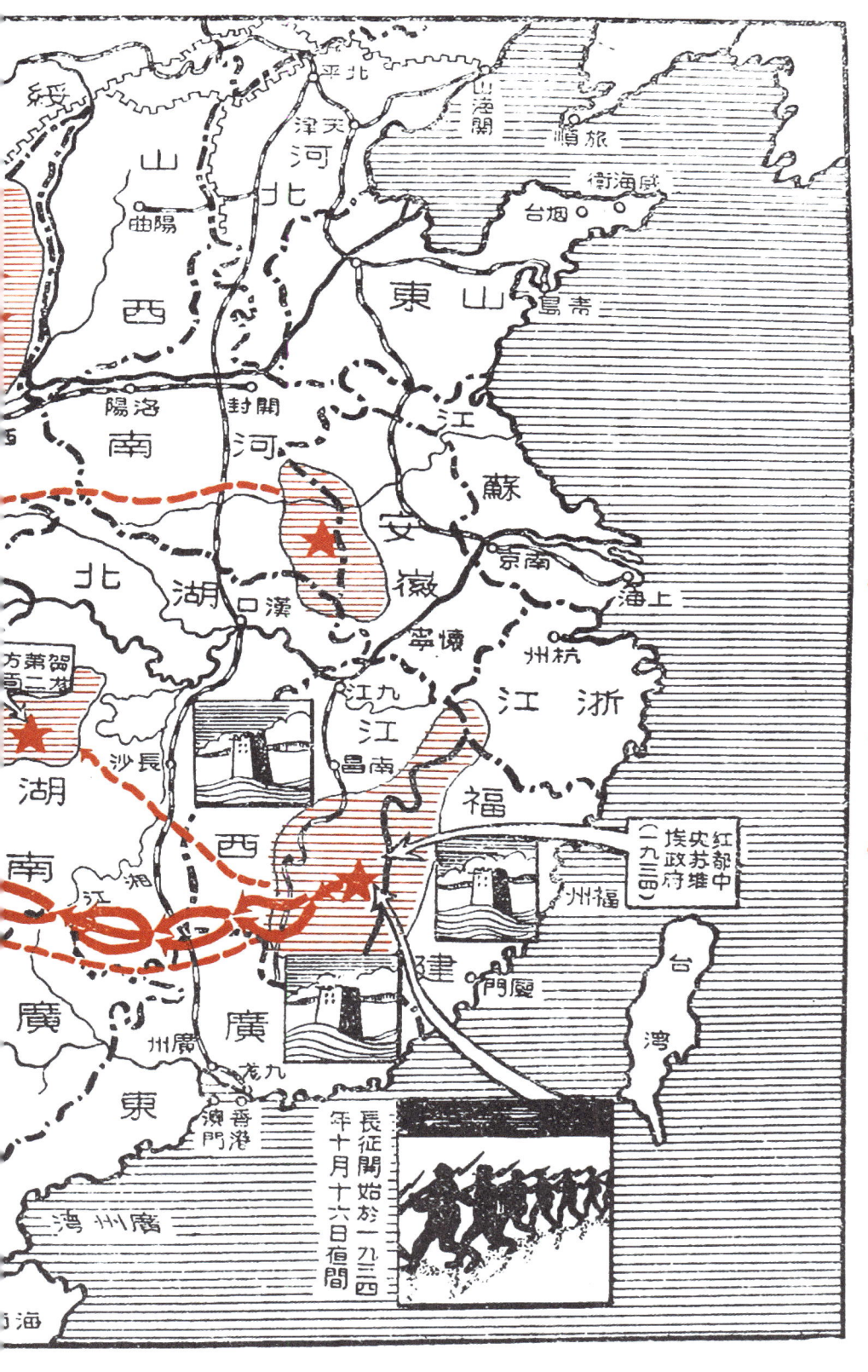

紅軍長征路線圖

图书在版编目（CIP）数据

世界是这样知道长征的：长征叙述史 / 丁晓平著．
-- 北京：中国青年出版社，2016.10（2022.3 重印）
ISBN 978-7-5153-4533-8

Ⅰ．①世 ... Ⅱ．①丁 ... Ⅲ．①报告文学 – 中国 – 当代
Ⅳ．①I 25

中国版本图书馆 CIP 数据核字 (2016) 第 238612 号

世界是这样知道长征的：长征叙述史

作　　者：丁晓平

责任编辑：李文华
书籍设计：龙丹彤
出版发行：中国青年出版社
社　　址：北京市东城区东四十二条 21 号
网　　址：www.cyp.com.cn
编辑中心：010-57350504
营销中心：010-57350370
经　　销：新华书店
印　　刷：鸿博昊天科技有限公司
规　　格：710×1000mm　1/16
印　　张：24.25
字　　数：320 千字
版　　次：2016 年 10 月北京第 1 版
印　　次：2022 年 3 月北京第 3 次印刷
定　　价：78.00 元

如有印装质量问题，请凭购书发票与质检部联系调换。
联系电话：010-57350337

长 征 赞 歌

丁 晓 平

我们翘首，用潮湿的双眼
抬起崇敬的仰望
那是一个比梦想更神圣的地方
山高高不过红军的脚掌，水深深不过草鞋的鞋帮
吃许多人没吃过的饭菜，打许多人没见过的硬仗
红辣椒像红灯笼一样挂在步枪上
爬雪山过草地一心跟着共产党
啊！长征！
人世间真正的英雄，为人民播种希望

我们低头，用悲壮的情怀
默默为先辈歌唱
那是一个比梦想更神圣的地方
山高高不过红军的脚掌，水深深不过草鞋的鞋帮
吃许多人没吃过的饭菜，打许多人没见过的硬仗
红五星像彩虹一样挂在枪尖上
历千难走万险挺直中华大脊梁
啊！长征！
手握斧头镰刀的人，为中国收获辉煌

目录

目录

这是一次浓墨重彩、大书特书的远征。冒险、探索、发现，勇气和胆怯、胜利和狂喜、艰难困苦、牺牲和忠诚，而像烈焰一样贯穿着这一切的是这千千万万青年人的经久不衰的热情、永不泯灭的希望、惊人的革命乐观主义，他们绝不向人、向大自然、向上帝，或者死亡屈服认输——所有这一切以及还有更多的东西，都已经载入了现代史上这部无与伦比的史诗中了。

——埃德加·斯诺

序言

他们，最早把长征告诉世界

THE LONG MARCH

　　每个民族都有自己的史诗，每个时代都有自己的神话。无论是从政治史、军事史的角度，还是从思想史和文化史的范畴，80 年前的二万五千里长征，以其无与伦比的精神资源、砥砺苦难的物质构件、创世文明的原型素材和原始典型成长的内涵意象，与富吉谷之于美国革命、攻打巴士底狱之于法国革命、攻打冬宫之于俄国革命相比，长征的意义已经远远超越了革命本身。

　　正是从这个意义来说，长征，不只是中国革命传奇的名片，而是中华民族实现伟大复兴的"中国梦"的精神底片；不只是中国从苦难辉煌走向繁荣富强的文化底色，而是中华民族不屈不挠、自力更生、奋发图强的精神本色。

（一）毛泽东最早定义红军长征的历史意义和地位

　　"长征"一词，自唐宋以来均有文人骚客或史家吟唱使用，李颀《古意》诗曰："男儿事长征，少小幽燕客。"王昌龄《出塞》诗曰："秦时明月汉时关，万里长征人未还。"但在中国古代诗歌里，长征的意思也只是指长途旅行、长途出征而已，使长征真正成为"世界语言"，成为"英雄创世纪"，成为一种人文精神，还是要得益于中国共产党，得益于毛泽东。1971 年八九月间，毛泽东在外地巡视期间同沿途各地负责人谈话时曾说："红军长征是打着灯笼走夜路。"这支衣衫褴褛、面带饥色的军队，经过一年多的跋涉与战斗，历经千辛万苦和惨烈牺牲，抵达陕北。"长征前红军三十万，到陕北剩下二万五千人。中央苏区八万人，到陕北只剩下八千人。"[1]

红军长征路，是鲜血和生命铺就的，是一条苦难之路，也是一条胜利之路。

有人说长征是伟大的远征，有人说长征是光辉的史诗。无论是历史学家还是文学家，无论是政治家还是军事家，对长征的赞颂和溢美之词实在太多了。长征的意义和价值到底是什么呢？1935 年12 月 27 日，毛泽东在瓦窑堡党的活动分子会议上做《论反对日本帝国主义的策略》的报告，对"长征"的意义做了如下评述：

讲到长征，请问有什么意义呢？我们说，长征是历史纪录上的第一次，长征是宣言书，长征是宣传队，长征是播种机。自从盘古开天地，三皇五帝到于今，历史上曾经有过我们这样的长征么？十二个月光阴中间，天上每日几十架飞机侦察轰炸，地下几十万大军围追堵截，路上遇着了说不尽的艰难险阻，我们却开动了每人的两只脚，长驱两万余里，纵横十一个省。请问历史上曾有过我们这样的长征么？没有，从来没有的。长征又是宣言书。它向全世界宣告，红军是英雄好汉，帝国主义者和他们的走狗蒋介石等辈则是完全无用的。长征宣告了帝国主义和蒋介石围追堵截的破产。长征又是宣传队。它向十一个省内大约两万万人民宣布，只有红军的道路，才是解放他们的道路。不因此一举，那么广大的民众怎会如此迅速地知道世界上还有红军这样一篇大道理呢？长征又是播种机。它散布了许多种子在十一个省内，发芽、长叶、开花、结果，将来是会有收获的。总而言之，长征是以我们胜利、敌人失败的结果而告结束。谁使长征胜利的呢？是共产党。没有共产党，这样的长征是不可能设想的。中国共产党，它的领导机关，它的干部，它的党员，是不怕任何艰难困苦的。谁怀疑我们领导革命战争的能力，谁就会陷进机会主义的泥坑里去。

[1]《在外地巡视期间同沿途各地负责人谈话纪要》（1971 年 8—9 月），《建国以来毛泽东文稿》第十三册，中央文献出版社，1992 年 8 月版，第 243 页。

长征一完结，新局面就开始。直罗镇一仗，中央红军同西北红军兄弟般的团结，粉碎了卖国贼蒋介石向着陕甘边区的"围剿"，给党中央把全国革命大本营放在西北的任务，举行了一个奠基礼。

毛泽东的讲话，如诗如歌。毛泽东的评论，美轮美奂。穿越时空，读来依然令人热血沸腾，斗志昂扬。多么经典的概括啊！

长征即将胜利，毛泽东心情豁然开朗，诗兴大发。1935 年 10 月间，毛泽东一首接着一首地写，前后写下了《七律·长征》《念奴娇·昆仑》《清平乐·六盘山》，还有写给彭德怀的《六言诗》。如果再加上《十六字令》和同年 2 月写的《忆秦娥·娄山关》，以及次年 2 月写的《沁园春·雪》，在长征途中，毛泽东至少写了七首，一首比一首豪迈，一首比一首昂扬，一首比一首气魄还要大，那岂是"王侯将相宁有种乎"，那真是"风流人物，还看今朝"。

瞧！寒风晓月，长空有雁，指挥攻克娄山关的战斗结束后，日夜行军 100 多华里的毛泽东难得静下心来，沉思默想，"千回百折，顺利少于困难不知多少倍，心情是沉郁的"。于是，他挥笔写下了《忆秦娥·娄山关》："西风烈，长空雁叫霜晨月。霜晨月，马蹄声碎，喇叭声咽。 雄关漫道真如铁，而今迈步从头越。从头越，苍山如海，残阳如血。"诗词中氤氲着少有的沉郁，意境苍凉，气势悲壮。后来，毛泽东在回忆长征途中写作长征诗词的感受时，作注曰："过了岷山，豁然开朗，转化到了反面，柳暗花明又一村了。"这才有了《七律·长征》：

> 红军不怕远征难，万水千山只等闲。
> 五岭逶迤腾细浪，乌蒙磅礴走泥丸。
> 金沙水拍云崖暖，大渡桥横铁索寒。
> 更喜岷山千里雪，三军过后尽开颜。

这是挑战者之歌，这是自信者之歌，这也是胜利者之歌。诗为心声。写下这首诗歌的时刻，毛泽东毫不掩饰即将迎来最后胜利的激情，在甘肃通渭城东一所小学校召开的全军副排长以上干部会议上，用他那浓重的韶山乡音向全体干部朗诵了自己的诗歌。大气磅礴的革命英雄主义和向上乐观的浪漫主义，一下子感染了在场的所有红军将士，掌声如雷，士气如虹。

从此，《长征》成为经典；从此，长征成为红军的口头禅；从此，长征成为革命的代名词。而毛泽东也是"长征"最早的歌者和书写者，是长征历史记忆建构的奠基者。但是"长征"作为一个革命的名词或历史概念，最早并非出自毛泽东的笔下，也是经过一段时间的发展、演变，逐渐确定下来的。

（二）长征·万里长征·二万五千里长征的历史由来

1935 年 5 月，《中国工农红军布告》中说："红军万里长征，所向势如破竹。"这是中国革命文献中，把自 1934 年夏第五次反"围剿"失败后，被迫于 10 月份开始撤离根据地进行战略转移的军事大撤退行动，第一次以"长征"这个词语来进行表述。这份红军的布告署名为"红军总司令朱德"，但据说起草者是时任红军总政治部宣传部《红星报》主编陆定一。显然，在这个时候，"长征"并没有作为一个名词的概念被定义下来，它还只是一个形容词。

1935 年 6 月 10 日，《前进报》第一期刊载博古（秦邦宪）的署名文章《前进！与红四方面军会合去！》，把红军的行动称为"长途远征"。6 月 12 日，张国焘、徐向前、陈昌浩在给毛泽东、周恩来、朱德的报告中指出，"西征军（指中央红军）万里长征，屡克名城，迭摧强敌"。这份报告结尾署名"向前代草"，可见其出自徐向前之手，再次提出"长征"。6 月 15 日，《红星报》第 21 期社论称中央红军的行动为"八个月万余里的长途行军和作战"；6 月 16 日，中共中央及中央红军复电红四方面军，也仍称"长途行军"。到 7 月 10 日，《红星报》在第 25 期社论《以进攻的战斗大量消灭敌人创造川陕甘新苏区》中，也使用了"万里长征"一词。

10 月 19 日，中央红军胜利到达陕北吴起镇。毛泽东在与时任红一师第三团政委萧锋讲话时，指出："我们长征 12 个月零两天，共 367 天，战斗不超过 35 天，休息不超过 65 天，行军约

267 天，如果连夜行写也计算在内，就不止 267 天了"；"我们走过了闽、赣、粤、湘、黔、桂、滇、川、康、甘、陕，共 11 个省。根据红一军团团部汇总，最多的走了二万五千里。"在这里，毛泽东第一次明确提出了"长征"和"二万五千里"的概念。值得注意的是，毛泽东所说的"二万五千里"，仅仅是指中央红军部队行军路线最长的里程，也就是说中央红军有些部队并没有走到"二万五千里"。他在随后的讲话中也称红军长征"二万里"。比如，10 月 27 日，毛泽东在吴起镇出席中共中央政治局常委会议发言时说：红军长征"二万里完结，将来再不会有二万里"。

10 月 29 日，中国工农红军陕甘支队在给红二十五军、红二十六军全体指战员的信中依然把中央红军的战略转移称为"两万余里的长途远征"。11 月 5 日，毛泽东到达象鼻子湾，向随行部队发表讲话，说："从江西瑞金算起，我们走了一年多时间。我们每人开动两只脚，走了两万五千里。这是一次真正的前所未有的长征。"同日，毛泽东、彭德怀致电林彪、聂荣臻、彭雪枫、李富春、叶剑英等来象鼻子湾开会，以确定发起直罗镇战役的总的决心。毛泽东在随后召开的全军干部会议上再次提出：中央红军长征"最多的走了两万五千里"。11 月 30 日，毛泽东在《直罗战役同目前形势与任务》的报告中又称作"远征"。

显然，上述关于红军"长征"和"二万五千里"的说法，没有统一固定，而且大都是在布告、讲话或会议发言中提到的，受众也局限于红军内部或军队高级干部，所以传播范围受到一定的影响。

中共中央真正公开以文件的形式确定"长征"这个历史概念，是 1935 年 11 月 13 日发表的《中国共产党中央委员会为日本帝国主义并吞华北及蒋介石出卖华北出卖中国宣言》。该宣言明确提出：中国工农红军"经过二万五千余里的长征，跨过了十一省的中国领土，以一年多艰苦奋斗不屈不挠的精神，最后胜利的到达了中国的西北地区，同陕甘两省原有的红军取得了会合"。11 月 28 日，毛泽东、朱德在《中华苏维埃共和国中央政府、中国工农红军革命军事委员会抗日救国宣言》中再次提出，红军主力"经过二万五千里的长征，历尽艰难困苦北上抗日"。[2]

[2]《"长征""万里长征""二万五千里长征"的由来》，王建强、许秀文，引自《读·党史》系列第 5 辑《铁流二万五千里——长征》，中共党史出版社，2011 年 4 月版。

综上所述，"长征""二万五千里"和"万里长征"，以名词概念的形式，是在中央红军长征胜利结束前就已经提出。由于受当时人文、地理、战争和政治环境等客观条件限制，"长征"等概念还没有被中共中央和红军部队统一和广泛使用。到1936年7月6日，任弼时在给中共中央领导人的电报中还依然称红二方面军的战略转移为"远征"或"长途远征"。因此，把所有红军部队的战略转移都统称为"长征"，则更需要一个历史的过程。

1936年8月5日，因为美国记者埃德加·斯诺的来访，毛泽东和杨尚昆联名致函参加过长征的同志和部队，"现因进行国际宣传，及在国内国外进行大规模的募捐运动，需要出版《长征记》，所以特发起集体创作，各人就自己所经历的战斗、行军、地方及部队工作，择其精彩有趣的写上若干片段。文字只求情通意达，不求钻研深奥，写上一段即是为红军作了募捐宣传，为红军扩大了国际影响"。在毛泽东的号召下，伴随着征文活动的展开和《长征记》的编辑出版工作，"长征""二万五千里""二万五千里长征""万里长征"才开始真正逐渐进入历史，深入人心。

（三）九个"第一"确立红军长征叙述史的形成

就像"长征""二万五千里""万里长征"的概念是逐渐发展才慢慢确定的一样，有关长征的记录和著述，也是自长征伊始就已经开始的。但在那个时候，除了中国共产党人之外，人们对中国工农红军的了解和想象，依然停留在被国民党政府和蒋介石十年新闻封锁的老旧印象上，共产党被形容为"赤匪""共产共妻""毛泽东是无知的农民"或"半死的肺病患者"……谣言满天飞。世界，对长征更是一无所知。人们或许能够知道的一点，就是"赤匪"已被赶出江西苏区被迫"西窜"，正在被"追剿"或"围剿"中，就连毛泽东、朱德被打死的谣言也曾在各大报刊死而复生、死而复死地发布过多次。

那个时候，长征，对世界来说，是一个传说。

世界究竟是如何知道这个传说的呢？

到底是谁最早记录或口述长征的呢？

现在，我奉献给读者朋友的这本《世界是这样知道长征的》，就是从 20 世纪 30 至 40 年代长征出版物版本学的视角，解读长征的叙述史。本书集各大图书馆、博物馆和民间收藏家收藏之大成，考古式地挖掘和研究国内外记述长征的各种早期书报刊史料，及其背后创作、编辑、翻译、出版的历史往事，完整、系统、准确地告诉你——长征，是这样向我们走来的。

本书共分为九章，采取章回小说章节标题的形式，分别讲述了 20 世纪 30 年代长征叙述史上的九个"第一"，简要说明如下：

——1935 年 10 月，陈云向共产国际报告长征情况并化名"廉臣"著述《随军西行见闻录》（1935 年 8 月写于上海，1936 年 2 月发表、7 月出版）和《英勇的西征》，成为向世界宣传报告长征第一人。

——1935 年 12 月 30 日，朱瑞在《战士》报发表《伟大的一年，艰苦的一年》，成为中央红军综述报道长征第一人。

——1935 年至 1937 年间，范长江在《大公报》发表系列报道，并出版著作《中国的西北角》和《塞上行》，成为中国记者报道长征第一人。

——1936 年 12 月至 1937 年 7 月，邓发化名"杨定华"在巴黎《救国时报》连载发表《雪山草地行军记》和《由甘肃到山西》，随后与陈云的《随军西行见闻录》一起汇编成《长征记》，成为第一部完整口述长征的著作。

——1936 年 12 月，英国传教士薄复礼著述《神灵之手》，是唯一亲历长征的外国人的长征口述史。

——1936 年 8 月 5 日，毛泽东和军委总政治部主任杨尚昆联名向参加长征的同志和部队发出信函、电报，为出版《长征记》特发起集体创作征稿启事，第一次号召红军长征亲历者集体回忆长征，也是中共和红军历史上第一次开展大规模的文化征文活动。《长征记》征文由徐梦秋、丁玲负责编辑整理为《二万五千里》，直至 1942 年 11 月定名为《红军长征记》，由八路军总政治部宣传部刊印，成为第一部长征集体口述史。

——1937 年 7 月 5 日，"红色牧师"董健吾化名"幽谷"，在上海《逸经》杂志发表《红军二万五千里西引记》，是第一部在国统区综述报道长征的纪实作品。

——1937 年 10 月，美国记者埃德加·斯诺根据 1936 年 9 月至 10 月间采访毛泽东和红军将领的材料，在美国《亚细亚》（ASIA）连载发表《长征》（Long March），中文由汪衡最早翻译为《两万五千里长征》，同年 11 月 8 日在《文摘战时旬刊》第五号开始连载，是第一部外国记者完整记录长征的作品；1938 年 1 月 1 日，上海黎明书局出版了《二万五千里长征》，是第一部以"长征"作为书名的单行本图书。

——1938 年 10 月，著名文学家阿英编辑的《西行漫画》在上海出版，因条件限制将漫画作者黄镇误为萧华，是第一部以漫画表现长征历程的艺术作品。

一部长征叙述史，就是一代人的革命史。诚如埃德加·斯诺在《红星照耀中国》（中译本《西行漫记》）的《长征》一章中所言："这是一次浓墨重彩、大书特书的远征。冒险、探索、发现，勇气和胆怯、胜利和狂喜、艰难困苦、牺牲和忠诚，而像烈焰一样贯穿着这一切的是这千千万万青年人的经久不衰的热情、永不泯灭的希望、惊人的革命乐观主义，他们绝不向人、向大自然、向上帝，或者死亡屈服认输——所有这一切以及还有更多的东西，都已经载入了现代史上这部无与伦比的史诗中了。"

——世界，就是这样知道长征的。

（四）新中国成立后长征叙述史的流变

新中国成立以后，1954 年 2 月，中共中央宣传部党史资料室将《红军长征记》重新选编，以《中国工农红军第一方面军长征记》为题，在内部发行的《党史资料》上分期发表。1955 年 5 月，人民出版社推出了同名单行本图书，公开出版发行，以此为标志，长征的历史故事开始正式成为国家机关、军队、企事业单位和中小学课堂的革命教材。1957 年，为纪念中国人民解放军建军 30 周年，由毛泽东亲自题写书名的大型革命回忆录《星火燎原》由解放军出版社陆续出版，发表了参加长征的老将军们的长征回忆，写作者包括原第一、第四、第二方面军和红二十五军等各个方面的老同志，多侧面多角度地反映了长征的整个历程，突出了红军将士的革命大无畏精神和战胜一切敌人的革命英雄主义的气概。

20世纪50年代后期到70年代，对长征的叙述逐渐从宣传红军的革命英雄主义和艰苦卓绝的精神，转向总结长征的历史经验，颂扬领袖的丰功伟绩和党内两条路线斗争的方向。1959年，刘伯承元帅发表《回顾长征》一文，成为新中国成立后高级领导撰写的第一篇有关长征回忆的重量级文章。到了60年代初，特别是在1963年之后，对长征的叙述在继续革命英雄主义和艰苦奋斗精神主题的同时，更加突出长征途中召开的遵义会议的历史地位和作用，代表作品有大型音乐舞蹈史诗《东方红》和萧华作词的《长征组歌》。"文化大革命"中，长征的叙述受到了"左"的干扰，出现了搞"个人崇拜"的不良文风。1978年12月，中共十一届三中全会以后，长征的历史叙述再次发生重大变化。1979年12月，斯诺的《红星照耀中国》中文重译本《西行漫记》第一次公开出版；1986年，在中央领导的支持下，美国作家索尔兹伯里的《长征：前所未闻的故事》由解放军出版社正式出版，这两个美国人相隔半个世纪所写的这两本有关长征的名著，向世界提供了红军长征史的丰富细节和场景。[3]

以1981年12月《彭德怀自述》的问世、1984年至1987年徐向前元帅回忆录《历史的回顾》的出版为代表，一大批参加过长征的老同志，如聂荣臻、黄克诚、许世友、萧华、萧劲光、杨尚昆、杨成武、杨得志、李聚奎、刘华清、张震等，以及张国焘，个人回忆录陆续出版，还有萧锋《长征日记》和童小鹏《军中日记》的问世，包括《红军长征回忆史料》的收集整理和出版，更加全面、真实地反映了长征的真貌，把过去受一定历史条件的限制而被遮蔽的历史真相揭示了出来。而有关张闻天、李维汉、刘英、陈伯钧、何长工、成仿吾、伍云甫等老革命家的历史文献的出版及相关研究，以及《国民党追堵红军长征档案史料选编》和国民党将领回忆《围

[3] 此处的表述，参考引用了高华先生《红军长征的历史叙述是怎样形成的？》一文，特此致谢。

追堵截红军长征亲历记》的出版，又丰富了有关长征历史的叙述。与此同时，一大批作家、影视编剧、导演和历史学者携带他们的作品，也纷纷加入长征历史叙述的队伍，再次扩大和提升了长征叙事的接力和长征精神的弘扬。因篇幅体例所限，新中国成立后的长征叙述史，本书不再记述。

——长征，就是这样进入我们一代又一代人的心灵的。

长征，以共产主义这个巨大的信仰和理想作为精神支柱，以战胜危机就是战胜敌人、战胜苦难就是战胜自己的伟大信念，给了我们生命的昭示——长征，是一本永远也读不完的大书。

长征，是中华民族开始崛起、走向伟大复兴的一个红色起点，它对 21 世纪的中国年轻人来说，或许已成为一个"神话"，但它却是丰富发展中华文化和中华文明的崭新阅读文本，是中国人永远的精神财富。

"苦不苦，想想红军二万五；累不累，想想革命老前辈。"今天的中国人，在奋斗"中国梦"实现中华民族伟大复兴的道路上，以前所未有的开放胸怀和前所未有的必胜信心，面向世界和历史机遇的同时，也承受着诸多挑战的压力。正因此，当我们在人生和事业中，不可避免地遇到挫折和困难的时候，不妨想一想长征，看一看长征，比一比长征，学一学长征。我相信，我们不忘初心，一定能够从长征的历史中汲取智慧和勇气，找到砥砺前行的方向和力量。

——长征，不仅是中国的，也是世界的。

——长征，不仅是中国的，更是人类的。

丁晓平

2016 年 5 月 4 日于北京看云楼弃疾斋

此文以《简论红军长征历史叙述的源流和形成》为题，入选
"全军纪念红军长征胜利 80 周年学术研讨会论文"。

[1934.10—1936.10]

第一回

遵义会议明大义，红军长征得指南

随军西行见闻录，陈云报告数第一

世界是这样知道 THE LONG MARCH 的

1934.10—1936.10

长 征 叙 述 史

长征

№ 0001

话说长征，如果要问第一个向世界报告宣传红军长征的人是谁，我想，一般的读者绝对不会想到竟然是陈云。

说起陈云，稍微了解中共党史的人，都知道他是中共的"红掌柜"，是中国社会主义经济建设的开创者和奠基人之一，是"毛、周、刘、朱、邓、陈"六大领袖之一，开国元勋，名副其实。

长征路上的陈云："遵义会议明大义，红军长征得指南。"

1905 年 6 月 13 日，陈云出生于江苏青浦（今上海）的一个贫苦农民家庭。两岁丧父（陈梅堂）、四岁丧母（廖顺妹），由裁缝出身的舅父（廖文光）抚养长大。1919 年，高小毕业后，因家贫无法升学，陈云到上海商务印书馆当学徒。在五年的学徒生涯中，热爱读书的陈云几乎读遍了书店里的图书。出师后，他转至商务印书馆虹口书店当了店员。1925 年，五卅运动爆发，20 岁的陈云在罢工风潮中感悟到了革命的力量，并于 8 月任商务印书馆发行所罢工委员会（后为职工会）委员长，参加领导了商务印书馆大罢工。随后，他加入中国共产党，开始以劳工组织者身份从事党务活动，历任中共青浦县委书记、淞浦特委组织部部长、中共江苏省委沪宁巡视员、江苏省委常委兼农委书记，以及中共上海闸北、法南区委书记和江苏省委组织部部长、省委书记等职。

1930 年和 1931 年，陈云先后在中共六届三中、四中全会上当选中央候补委员、中央委员。1931 年 5 月，顾顺章叛变后，他出任中央特科书记。9 月，他成为以博古（秦邦宪）负总责的临时中央政治局六位成员之一。1932 年起，他担任临时中央常委、全国总工会党团书记。1933 年 1 月，陈云随博古进入中央革命根据

[图1.1] 长征中的陈云。

[图1.2] 新中国成立后的陈云。

地瑞金。1934年1月，他在中共六届五中全会上当选中央政治局委员、常务委员，并兼任白区工作部部长。2月，当选为中华苏维埃共和国第二届中央执行委员会主席团成员，长征前曾负责管理军需生产。

1934年10月，中央革命根据地的兴国、宁都、石城一线相继被国民党军占领，粉碎敌人第五次"围剿"的希望完全丧失。由博古、李德、周恩来组成的"三人团"不得不决定中共中央机关和中央红军主力撤离中央革命根据地，转移湘西与红二、红六军团会合，开始了"举国大迁移"——长征。

长征前夕，中共中央和中革军委委派陈云担任红五军团中央代表。[图1.1]这也是当时唯一的中央政治局常委在军团任职。周恩来和朱德在中革军委驻地梅坑亲自约见陈云，当面交代了任务。朱德介绍了红五军团的情况。周恩来表明中央的意图：长征中红一、红三军团做开路先锋，红八、红九军团紧随其后，中央、军委两个纵队居当中，最艰苦的殿后任务由红五军团担负。为什么这样部署，因为红五军团原为冯玉祥的国民革命军二十六路军，受过正规军事训练，装备好，善打硬仗，宁都起义后改编为红五军团。

然而，谁都知道，"殿后"其实就是"断后"啊！

周恩来郑重向陈云交代："完成殿后任务时，会有许多预料不到的事情，为了全军的整体利益，甚至要做好部分牺牲的准备。所以，中央决定派你去担任中央代表，加强对红五军团的领导，负责掌握全军的后卫情况，果断处理紧急问题。"这实际上是赋予了陈云最后之决定权。

参加革命以来，一直从事工人运动和白区工作的陈云，从未在部队担任过职务，既不熟悉红军部队情况，又无实际指挥部队作战的经验。面对困难，陈云毫不犹豫地挑起了重担，实际上就担当了红五军团的"一把手"，可谓是长征的"断后"总司令、总指挥。但是，红五军团的思想政治工作比较薄弱，干部中依然存在旧军队的命令主义和长官意志等军阀作风，基层士兵的情绪也不稳定。特别是中央苏区第五次反"围剿"失败后，部队情绪低落，一些战士"开小差"，有的干部对中央意图也不理解，出现抵触情绪。

沧海横流显本色，危机时刻见英雄。陈云二话没说，立即前往报到，履行红五军团中央代表的职责。

1934年10月18日，陈云和红五军团军团长董振堂、政治委员李卓然、参谋长刘伯承、政治部主任曾日三（又名曾日山）一起，率军团所辖红十三师、红三十四师共六个团12000余人，从江西的曲利出发，开始长征。作为红军战略转移的总后卫，红五军团在长途行军中，既要击退国民党追兵，还要设法解决部队的补给。由于红军是以甬道式开进的，殿后部队每天都要与几倍甚至十几倍的敌人战斗，其残酷激烈程度比前卫部队有过之而无不及。更为严重的是，由于临时中央决策失误，把战略转移变成了搬家式的行军——大量笨重的印刷机器、军工机器、医疗器械等，使得全军八万多人在山中羊肠小道上拥挤不堪，行动迟缓，常常是一夜只能翻越一个山坳。诚如陈云后来在报告中所说："由于这些笨重的辎重，我们的军事行动困难重重。后卫部队往往落后先头部队达十天的距离。我本人是后卫部队的政委，亲身经历了这些困难。有一次，我们顶着倾盆大雨，跋涉在泥泞之中，花了十二个小时，才走了四公里。"[1]

在艰苦的殿后阻击战中，作为后卫部队的中央代表，陈云想方设法保障部队不落后、人员不落伍，经常吃不上饭、睡不好觉，有一次竟然六天六夜不睡觉。一天，陈云路过红十三师第三十七团驻地，19岁的团政治委员谢良想尽办法给他弄来了鸡汤煮挂面，使他在极度困乏中吃上了一顿像样的午餐。这件小事，陈云一直记在心里，后来他从苏联回到延安任中央组织部部长时，恰好遇上来组织部办事的谢良，硬是要把他留下来，请他吃了一顿从莫斯科带回来的马肠。

1934年11月下旬，湘江之战，红军损失惨重。作为殿后部队，战况惨烈，血流成河。12月11日，陈云会同李卓然向博古、周恩

[1] 见1935年10月15日陈云在共产国际执行委员会书记处会议上关于红军长征和遵义会议情况的报告。

来、朱德做了汇报。12 日，中央领导人在湖南通道召开紧急会议，决定转兵贵州。其间，博古在洪州司约见了陈云和刘伯承，向他们通报了 13 日中革军委发布的命令：根据陈云和李卓然反映的红八军团过湘江后严重减员等情况的报告，决定把红八军团编入红五军团，陈伯钧任军团参谋长，刘伯承恢复红军总参谋长职务；原红八军团军团长周昆、政委黄甦另行分配工作。军委还把长征出发时分编的第一、第二纵队合编为军委纵队（亦称"中央纵队"），以刘伯承为司令员，叶剑英为副司令员，陈云为政委。兵贵神速，根据中革军委命令，陈云和刘伯承立即协助红五、红八两个军团进行整编。他们仅仅用三天时间就完成了整编工作。12 月 21 日，陈云离开红五军团，前往军委纵队就职，圆满完成了红五军团中央代表的使命。

1935 年 1 月，中央红军先头部队攻占黔北重镇遵义。中共中央利用部队短期休整的机会，决定召开政治局扩大会议，即著名的遵义会议。[图1.3] 作为中央政治局六位委员之一，陈云"明确表示赞成张闻天提出的应召开中共中央政治局扩大会议的意见"，并在关键时刻投了毛泽东一票。陈云在自传中写道："遵义会议上我已经很了解几次军事指挥之错误，（是）赞成改变军事和党的领导的一个人。"陈云是 20 名与会者中唯一在回忆录或自传中，公开披露在遵义会议上支持毛泽东的人。

半个世纪后的 1983 年 12 月 31 日，萧克将军在参观遵义会议纪念馆时曾为陈云题词，曰："遵义会议明大义，红军长征得指南。"陈云之所以能"明大义"，正是因为在担任红五军团中央代表的两个多月时间里，惨痛的失利使他越来越深刻地感觉到"左"倾机会主义路线的危害，急切地盼望着红军能够尽快扭转这种局面走出困境，回到一条正确的路线上来，从而支持毛泽东回到中央领导决策层。

遵义会议之后，陈云在中央党内的分工，曾短暂地兼任过中央组织部部长，并撰写了《遵义政治局扩大会议传达提纲》。[图1.4]

他亲自去部队传达遵义会议精神，动员干部们坚决贯彻遵义会议精神，这实际上就是对中共中央采纳毛泽东正确的军事路线之后的最大支持。随后，陈云随中央红军一起，移师北上，四渡赤水河，巧渡金沙江。

渡过金沙江是红军转危为安的关键一步。当时，面对国民党军队的围追堵截，当红军到达金沙江渡口时，上游的龙街渡和下游的洪门渡的船只几乎都被敌人烧毁了，只剩下两只小船。刘伯承率部抢占皎平渡时，也只缴获了两只大船和五只小木船。形势万分危急，中央遂决定红军主力从皎平渡过江。[图1.5]但仅仅靠这七条船将几万红军渡过江去，无疑是十分困难的。显然，如何指挥部队渡江，就需要指挥员具备高度的指挥艺术了。让谁来担任渡江总指挥呢？毛泽东想到了陈云。

无论是担任殿后部队的党代表，还是在遵义会议前后或者在会议上的主张，陈云不唯书、不唯上、只唯实的作风，有条不紊、精明干练、灵活机动的指挥才能，都令毛泽东赞赏有加。经毛泽东的提议，中央任命陈云为渡江指挥部政治委员。在陈云的指挥下，从5月1日起开始渡江，组织严密，秩序井然。陈云后来这么写道：

赤军渡河时，不能架浮桥，只在交西渡渡口（**即皎平渡——引者注**）及其附近上下渡口搜集六只船（**实际应为七只———引者注**），大者可渡三十人，小者可渡十一人。而且船已破烂，常有水自船底流入……渡河速度因水流太急，故每小时只能来往三四次。而赤军全部人马，几乎都从此渡河……

因赤军之渡河技术，有极好的组织……

赤军总司令部及共党中央委员会派有共党高级人员组织渡河司令部。一切渡河部队均须听命于这个渡河司令部。各部队按到达江边之先后，依次渡河，不得争先恐后。并在未到江边之前，沿途贴布渡河纪律。部队到江边时，必须停止，不得走近船旁。必须听号音前进。而且每一空船到渡口时，依船之能渡多少人，即令多少人

【图 1.3】遵义会议会场。

【图 1.4】1935 年 2 月或 3 月，陈云从云南省威信县到贵州省仁怀县鸭溪镇的行军途中写的遵义会议传达提纲手稿。

[图1.5] 云南省禄劝县金沙江皎平渡口。1935年5月，红军在这里北渡金沙江。刘伯承、陈云分别担任渡河司令部的司令员和政治委员。

[图1.6] 四川省天全县灵关殿镇。1935年6月，陈云奉命从这里离开长征队伍，到上海恢复和开展党的秘密工作。

到渡口河滩上，预先指定先上哪一只船。每船有号码。船内规定所载人数及担数，并标明坐位次序。不得同时几人上船，只能一路纵队上船。每船除船夫外，尚有一船上司令员，船中秩序必须听命于这个司令员……

赤军中军团长、师长渡河时，亦须按次上船，听命于司令部，不稍违背。赤军之组织能力，除表现于组织秩序外，而同时极好地组织船夫。船夫第一天只有十八人，后闻增加至二十七人。工人之所以能增加者，由于赤军渡河司令部除派共党干部进行宣传工作外，并优给工资。[2]

[2]《随军西行见闻录》，见《陈云文选》第一卷，人民出版社，1995年版，第73—74页。

红军全部渡江之后，陈云果断下令毁掉一切船只，切断敌人追击的道路。作为共产党的高级干部，陈云是一个有心人，他考虑到毁船之后摆渡工人生活的困难，便下令给每个船工发现大洋30元，发给他们几斤鸦片作为报酬。有的船工看到共产党的红军官兵团结、上下平等，也主动参加了红军。

在陈云指挥下，红军从5月1日起到9日，用了九天九夜的时间，全部顺利渡过了金沙江。在这九天九夜中，陈云几乎没有合眼，直到全部红军官兵都过了江，他才和刘伯承一起最后渡江。

众所周知，陈云参加长征，但没有走完全程。长征二万五千里，他只走了一万二千里，但他在长征中所做出的贡献却是巨大的。毛泽东1936年10月在陕北保安（今志丹县）与美国记者埃德加·斯诺讲到对长征有重大贡献的人物时，就提到了陈云。

陈云为什么要半途离开长征呢？

陈云离开长征去了哪里呢？

陈云离开长征去干什么呢？

最早的长征口述史——
《随军西行见闻录》

半途离开长征，陈云秘密回到上海。他要去执行一项特殊的使命。

我们知道，中国共产党成立不久，因为经济和政治上的原因，始终没有成为一个能够独立自主决定党务、政务和军务等重大事项的政党，从而成为由苏共控制的共产国际的一个支部，受共产国际的领导。红军长征后，战火纷飞，中共中央与共产国际联系中断了。遵义会议上，中共中央一致认为，还是要设法恢复与共产国际的联系，同时努力恢复白区党的工作，使白区工作能与红军的斗争相互配合。毛泽东在会议的长篇发言中也专门提到了这一点。

遵义会议后不久，3月5日，中共中央接到红二、红六军团任弼时来电，获悉上海中央局已于1934年10月被敌破坏，中共与共产国际的联系也因此中断（后来在上海成立临时中央局和与共产国际取得一些联系的情况，中共中央不了解）。为此，3月间，经中央研究决定，张闻天（洛甫）通知长征队伍中的潘汉年去上海恢复白区工作，建立中央与上海地下党的联系，再设法与共产国际取得电讯联络。潘汉年由遵义到贵阳，绕道广州、香港抵达上海后，与上海临时中央局负责人之一的浦化人取得联系，方知上海"已没有国际方面负责人"。由于上海白色恐怖严重，不安全，浦就让潘回到香港去等候消息。因此，潘汉年去上海没有达到预期的目的。

5月31日晚，中央在泸定县城召开了会议，会议决定再派陈云、李维汉去上海执行任务。陈云回忆说："1935年6月，到了懋功雪山脚下的灵关殿，[图1.6]我就离开了。这是中央开的泸定会议决定的，决定恢复白区工作。"李维汉回忆说："部队飞夺泸定桥后，就向天全、芦山前进。休息时……洛甫对我俩说，白区工作很重要，中央想派你们两位去白区工作……后来我因为有事，没有去白区工作，陈云就从天全、芦山一带出发，到白区去了。"

在周恩来的精心安排下，经过认真准备，陈云在当地地下党组织派出的党员席懋昭和随红军长征的冕宁地下党员陈梁的护送下，经四川前往上海。如何才能冲过敌人的层层封锁线呢？周恩来特意释放了一个从没有见过陈云的国民党天全县教育局长，让他与陈云和席懋昭在路上"巧遇"，然后结伴而行。6月中旬，在天全县灵关殿村，陈云与席懋昭接上了头。陈云打扮成来四川做生意的上海商人，席懋昭则扮成川军的军需人员，他们从灵关殿出发后，果然像周恩来事先预想的一样，与那个国民党教育局长"巧遇"。这位局长自愿为陈云和席懋昭带路，并且顺利经天全、雅安到达成都。陈云持刘伯承的亲笔信，住在他的一位好友家里，并经这位好友安排顺利抵达重庆。随后，陈云又持刘伯承的亲笔信住在他弟弟家里。经刘伯承弟弟的安排，陈云转乘"民生"号轮船于6月底到达上海。

因为潘汉年已经离开上海，陈云一时找不到组织关系，几经周折于7月底才找到了早年与他在商务印书馆一起工作并任党支部书记的章秋阳（章乃器的三弟），又通过章找到了在临时中央局机关工作的杨之华（瞿秋白夫人）、何实嗣（何叔衡之女），终于接上了组织关系。这时，党组织通知在香港等待指示的潘汉年来上海与陈云会合。不久，陈云等接到驻莫斯科共产国际中共代表团的指示，要他们立即赴莫斯科参加共产国际第七次代表大会。于是，在宋庆龄的帮助下，陈云、陈潭秋、杨之华、何实嗣、曾山等，于1935年8月5日前后，从上海出发，乘坐苏联客轮秘密到达海参崴（今符拉迪沃斯托克），两天后启程赴莫斯科。

从7月初到8月初，等待前往莫斯科的陈云，在上海干什么呢？曾在商务印书馆工作的陈云，不仅爱读书，而且爱写作。8月的上海，虽然酷热，但家乡的气候家乡的水土，对陈云来说，一切都是那么的熟悉。暂时离开了纷飞的战火和枪林弹雨，但血战湘江的惨烈、翻山越岭的艰难、抢占金沙江的危机、四渡赤水的神机，一切仿佛就在眼前，内心如翻江倒海。于是，他拿起笔来，把自己亲历的这段战争时光记录下来。

怎么写呢？写下来又如何发表呢？这一切，于他个人来说是珍贵的记忆，于党来说却是天大的秘密。再说，自己的身份，是中共中央政治局的常委啊！思来想去，陈云决定化名"廉臣"，假托1933 年 3 月第四次反"围剿"时被红军俘虏的国民党军随军医生的身份，详细追述自己随红军部队从江西出发，历时八个月、途经六省、行程 12000 里，历尽千难万险到达西康省[3]与四川省交界的天全、芦山地区，和红四方面军会合的"西征"经历和所见所闻。在当时情况下，陈云之所以以这样的身份来写作，无疑是十分聪明而明智的选择：其一，随军医生易于接近红军上层领导，能够了解红军高层决策和长征全局情况，增强作品的真实性和可信度；其二，作为国民党俘虏军医，可以从中间立场上来反映红军将领和战斗面貌，增强作品的客观性和亲和力。

接到赴苏的命令，陈云随身携带《随军西行见闻录》的草稿来到莫斯科。1936 年 2 月，经过修改后，陈云将作品交给李立三、吴玉章等中国共产党人在莫斯科筹划编辑、在巴黎印刷出版的中文杂志《全民月刊》，以连载的形式公开发表，作品署名"廉臣"，并注明"廿四年八月于沪滨"，即 1935 年 8 月写作于上海。

1936 年 1 月 14 日和 19 日，由李立三等人同样在莫斯科主办、巴黎印刷的《救国时报》，分别在第 7 期和第 8 期的头版头条位置发表了《全民月刊》的创刊广告，[图1.7]自称其为"欧美唯一汉文杂志"，将于月底出版，通信处为：L'Opinion,1,rue Basse des Carmes,Paris-5,France（法文）。在 1 月 29 日（第 9、10期合刊）、2 月 4 日（第 11 期）的头版头条位置刊发了《全民月刊》第一卷第一期要目。[图1.8]陈云的作品赫然在目，列在"社会写真"栏目，标题为《西行随军记》，署名"廉臣"。而在 4 月 5日和 10 日《救国时报》刊登的《全民月刊》第一卷第三期要目预告中，标题则改为《随军西行见闻录》。[图1.9]

1936 年 2 月，《随军西行见闻录》在《全民月刊》以连载的形式发表，[图1.10]国内外反响强烈。[图1.11]不久，因经费不足，《全

[3] 西康省系旧省名，1950 年该省金沙江以西部分另设昌都地区，1955 年西康省撤销，所辖地区划归四川省。1956 年昌都地区划归西藏自治区。

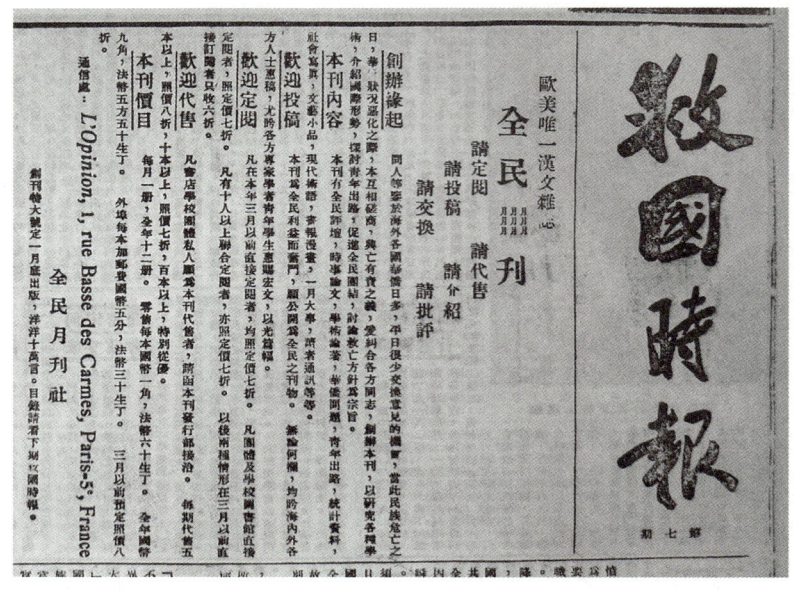

民月刊》在出版一年之际即宣布停刊。[图1.12]

1936年7月，《随军西行见闻录》（64开）单行本在莫斯科出版发行。[图1.13—1.19]以此为标志，世界上第一部描写中国工农红军长征的著作问世，也是世界上第一部长征口述史。陈云也因此成为第一个著述长征的人。

1938年1月，《救国时报》将《随军西行见闻录》与后来署名杨定华的《雪山草地行军记》和《由甘肃到山西》一起合集为《长征记》出版（**本书第四回将有详细叙述**）。同年，苏联国家政治读物出版社出版了俄文版《红军长征记》，笔者收藏一册，实为罕见。[图1.20]

《随军西行见闻录》全文约3万字，陈云以亲身经历的事实，描述了红军在长征中艰苦卓绝斗争的英勇事迹，真实地反映了遵义会议的精神，并以四渡赤水为例赞颂毛泽东有诸葛亮之称；以具体的事例描写了中国共产党和红军为人民服务的宗旨以及爱护

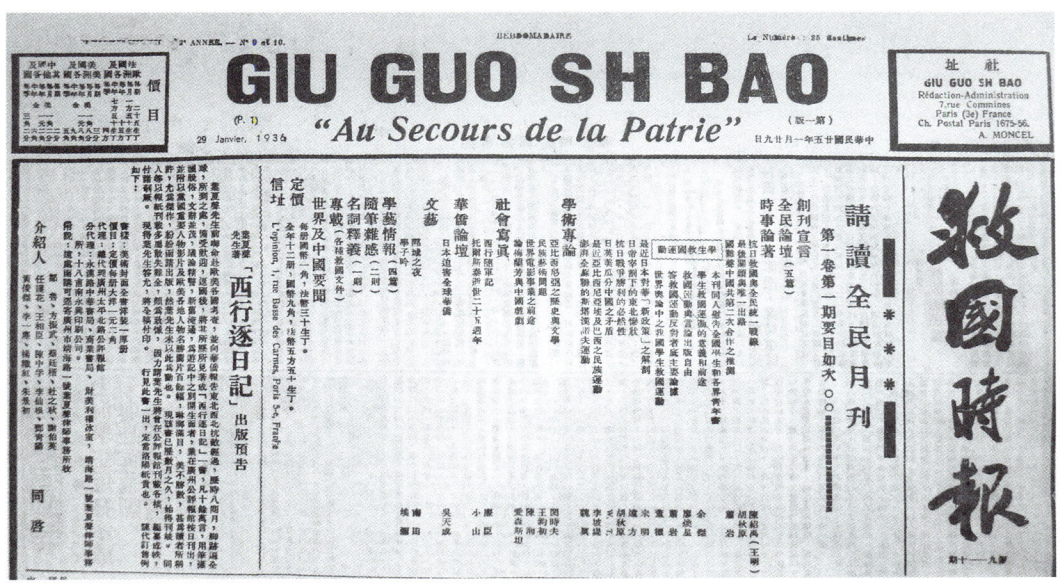

[图1.8] 1936年1月29日，《救国时报》第9、10期合刊，在头版头条位置刊登《全民月刊》第一卷第一期要目的预告，陈云（廉臣）的《随军西行见闻录》以《西行随军记》为名列入"社会写真"栏目。

人民、关心少数民族人民的生动事例，揭露了国民党统治的黑暗腐败和劳动人民的苦难生活。同时，陈云在文中大力宣传了中国共产党倡议的国共合作抗日的主张，指出如果国民党"继续内战与'剿共'，非但不能救国，而且适足以误国"；"如果停止自杀，而共同杀敌，则不仅日本不足惧，我中华民族亦将从此复兴矣！"向国民党政府、向全国人民发出了停止内战、一致抗日的呼吁！

陈云在文中还深情地讲述了毛泽东亲民爱民的故事。他这么写道：

赤军由湖南转入贵州，此时确缴获不少。侯之担部至少一师人被缴械，并连失黎平、黄平、镇远三府城，尤其镇远为通湘西之商业重镇，赤军将各城市所存布匹购买一空。连战连进，此时赤军士气极旺，服装整洁。部队中都穿上了新军装。在湘南之疲劳状态，已一扫而空矣。

全民月刊

地址：L,opinion, 1, rue Basse des Carmes, Poris 5-e, France

第一卷第三期要目預告

全民畫報（影寫版六面）

全民論壇（十篇）

論著

紀念孫中山先生：紀念民族革命家孫中山先生……蔣華

國民黨到那裏去？……孔實

聯合世界上以平等待我之民族……德秀

對於召集國民大會的意見……蕭岩

所謂三大原則……佘傑

以合力禦侮求統一

以全民抗戰謀守土……王禮錫

內蒙是中國之內蒙……廖煥星

駁斥南京國民黨

中宣部告國人書……楊志一

關一套亡國理論……章乃器

上海文化界救國會

國難教育方案……陶知行

救國與學生

由召集學界談話會

到國難教育方案……洪仍

學生與政治——

質張佛泉先生……蕭岩

青年不應自殺……行健

三八與中國婦女……淑惠

日本統治階級之矛盾……M E

三年來希特勒統治下之人民生活……章景梧

蘇聯第二五年計劃第一年的總結和第四年計劃……[illegible]市

旅歐僑胞之現狀及其抗日救國運動……廖煥星

隨軍西行見聞錄（一續）……廉臣

總室之遊（文藝）……[illegible]曼蘭

揚州八怪……王鈞初

學子吟……蕭三

外補白十一則，救國文獻十篇，及時事紀要

創刊特大號業已出版，購閱請速！

定價

每月一冊　國幣一角　法幣三十生丁

全年十二冊　國幣九角　法幣五方五十生丁

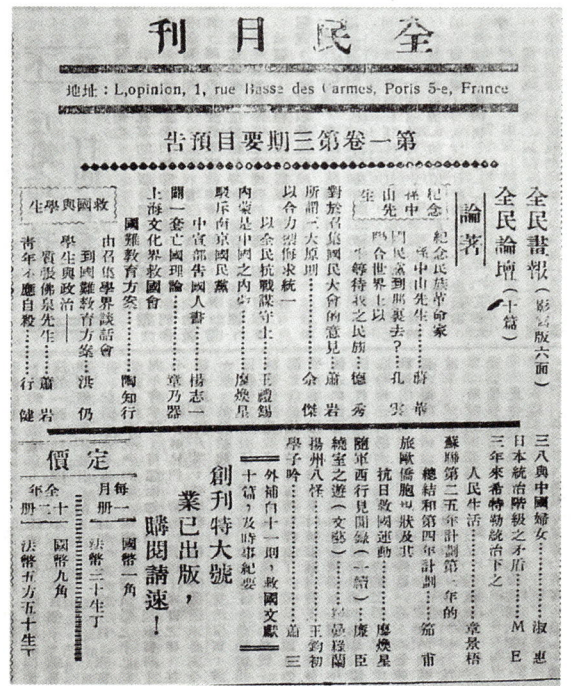

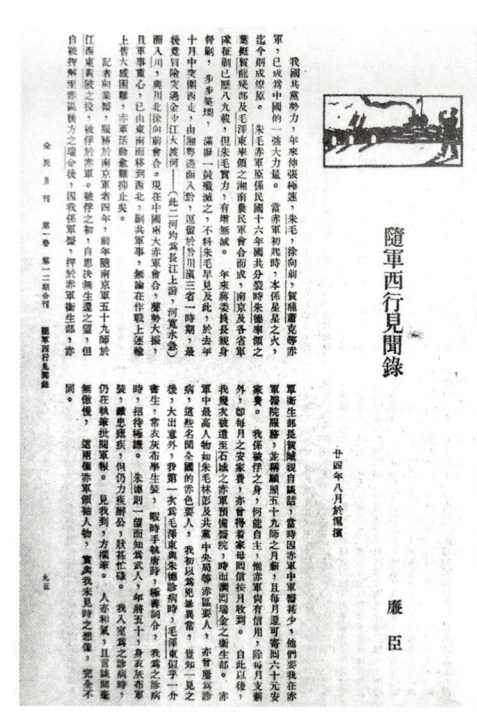

[图 1.9] 1936 年 4 月 5 日，《救国时报》第 22 期在头版头条位置刊登的《全民月刊》第一卷第三期要目预告，陈云（廉臣）正式采用《随军西行见闻录》的标题。

隨軍西行見聞錄

廉臣

廿四年八月於瀘濱

我國共黨勢力，年來伸張極速，朱毛，徐向前，賀龍蕭克等赤軍，已成爲中國的一強大力量。當赤軍初起時，本係星星之火，迄今則成燎原。朱毛赤軍原係民國十六年國共分裂時朱德率領之葉挺賀龍殘部及毛澤東率領之湘南農民軍會合而成，南京及各省軍隊征剿已歷八九載，但朱毛實力，有增無減。年來蔣委員長親身督剿，步步築堡，滿擬一鼓殲滅之，不料朱毛早見及此，於去年十月中突圍西走，由湘粵邊而入黔，逗留於黔川滇三省一時期，最後竟冒險突過金沙江大渡河——（此二河均爲長江上游，河寬水急）而入川，與川北徐向前會合。現在中國兩大赤軍會合，聲勢大振，且軍事重心，已由東南而移到西北，剿共軍事，無論在作戰上運輸上皆大感困難，赤軍活動愈難抑止矣。

記者向業醫，服務於南京軍者四年，前年隨南京軍五十九師於江西東黃陂之役，被俘於赤軍。被俘之初，自思決無生還之望，但自被押解至赤區後方之瑞金後，因我係軍醫，押於赤軍衛生部，赤軍衛生部長賀誠親自談話，當時因赤軍中軍醫甚少，他們要我在赤軍醫院服務，並稱願照五十九師之月薪，且每月還可寄回六十元安家費。我係被俘之身，何能自主，惟赤軍尚有信用，除每月支薪外，卽每月之安家費，亦曾得着家母回信按月收到。自此以後，我幾次被遣至石城之赤軍預備醫院，時而調回瑞金之衛生部。赤軍中最高人物如朱毛林彭及共黨中央局等赤區要人，亦曾屢爲診病，這些名聞全國的赤色要人，我初以爲兇暴異常，豈知一見之後，大出意外，我第一次爲毛澤東與朱德診病時，毛澤東似乎一介書生，常衣灰布學生裝，暇時手執唐詩，極善詞令，我爲之診病時，招待極謙。朱德則一望而知爲武人，年將五十，身衣灰布軍裝，體患瘧疾，但仍力疾辦公，狀甚忙碌。我入室爲之診病時，仍在執筆批閱軍報。見我到，方擱筆。人亦和氣，且言談間毫無傲慢，這兩個赤軍領袖人物，實與我未見時之想像，完全不同。

全民月刊　第一卷　第一二期合刊　隨軍西行見聞錄　九五

[图 1.10] 1936 年 2 月，《全民月刊》连载陈云化名廉臣撰写的《随军西行见闻录》一页。

全民月刊創刊號暢銷

旅法及旅歐人士所創辦之全民月刊，自預告以來，卽得到海內外愛國同胞之注意，由中國各地學校，圖書館，商店，軍隊，政府機關，出版機關，以私人名義及團體名義紛紛來函訂閱者，不下五千餘起。該刊因篇幅甚多，而海外印刷又極困難，故延至上月底始行出版。創刊號出版後，大爲暢銷，除巴黎外，歐美各國及國內之來函購閱者，絡繹不絕，益見抗日救國，實我全體同胞之公意。而該刊內容豐富，主張正大，亦極能副海內外公正愛國人士之望。聞該刊負責者鑒於同胞愛護之殷切，第三四期正在趕急出版，第五期起，決將篇幅縮小，每月出兩期以便出版迅速與郵寄便利云。

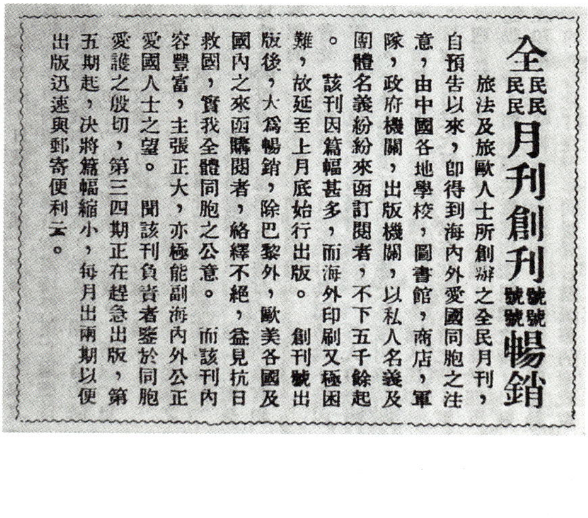

[图 1.11] 1936 年 5 月 30 日，《救国时报》第 32 期刊登的《全民月刊》畅销的消息。

017

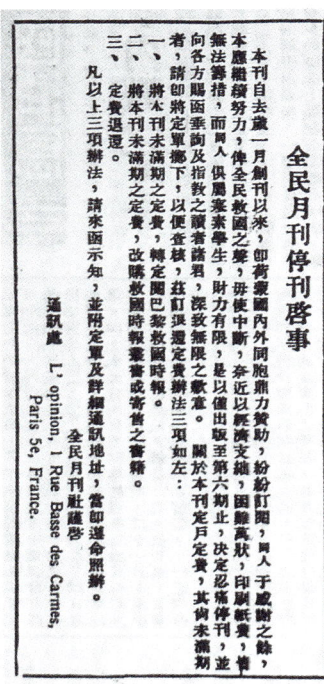

全民月刊停刊启事

本刊自去岁一月創刊以來，即荷蒙國內外同胞鼎力贊助，紛紛訂閱，同人于感謝之餘，本願繼續努力，俾全民救國之聲，印刷紙費，惟無法籌措，而同人俱屬棄素學生，財力有限，奪近以經濟支絀，困難萬狀，印刷紙費，惟向各方賜函垂詢及指教之讀者諸君，深致無限之歉意。關於本刊定戶定費，其尚未滿期者，請即將定單擲下，以便查核，茲訂退還定費辦法三項如左：

一、將本刊未滿期之定費，轉定閣巴黎救國時報。
二、將本刊未滿期之定費，改贈救國時報叢書或寄售之書籍。
三、凡以上三項辦法，請來函示知，並附定單及詳細通訊地址，當即遵命照辦。

全民月刊社謹啓

通訊處 L'opinion, 1 Rue Basse des Carmes, Paris 5e, France.

[图1.12] 1937年1月15日，《救国时报》第77期刊登的《全民月刊》停刊启事。

[图1.13] 《随军西行见闻录》，廉臣著，1936年7月版，64开。

[图1.14]《随军西行见闻录》，廉臣著，
1936年7月版，扉页。

[图1.15]《随军西行见闻录》，廉臣著，
1936年7月版，正文第一页。

[图1.16]《随军西行见闻录》，廉臣著，
1936年7月版，正文。64开。

[图1.17]《随军西行见闻录》，廉臣著，
1936年7月版，最后一页。

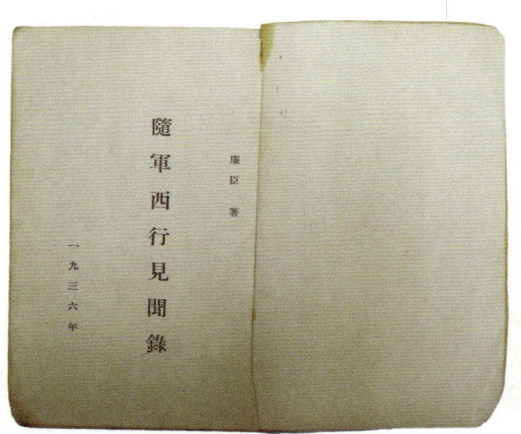

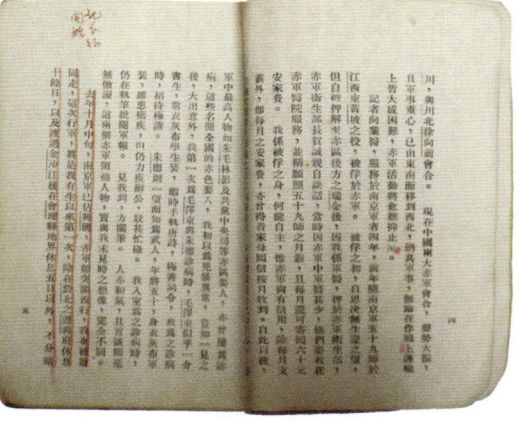

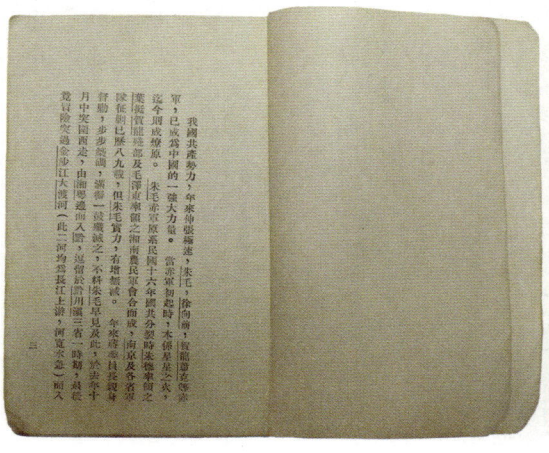

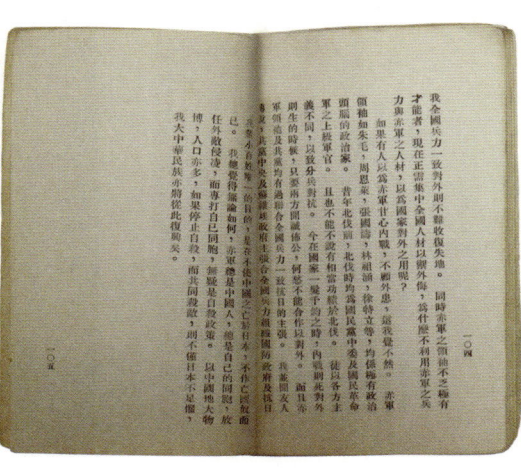

ЛЯН ЧЕН.

Западный поход Китайской Красной армии
(заметки участника)

На китайском языке

Издательство иностранных рабочих в СССР
Москва, Центр, ул. 25 Октября, 7. 1936 г.

Продажа во всех книжных магазинах. Склад изданий
Нацсектор КОГИЗ'а Москва, Орликов пер., 3.

Цена **60** коп.
定價 **60** 冀北

[图 1.18] 《随军西行见闻录》，
廉臣著，1936 年 7 月版，封三。
（俄文版权）

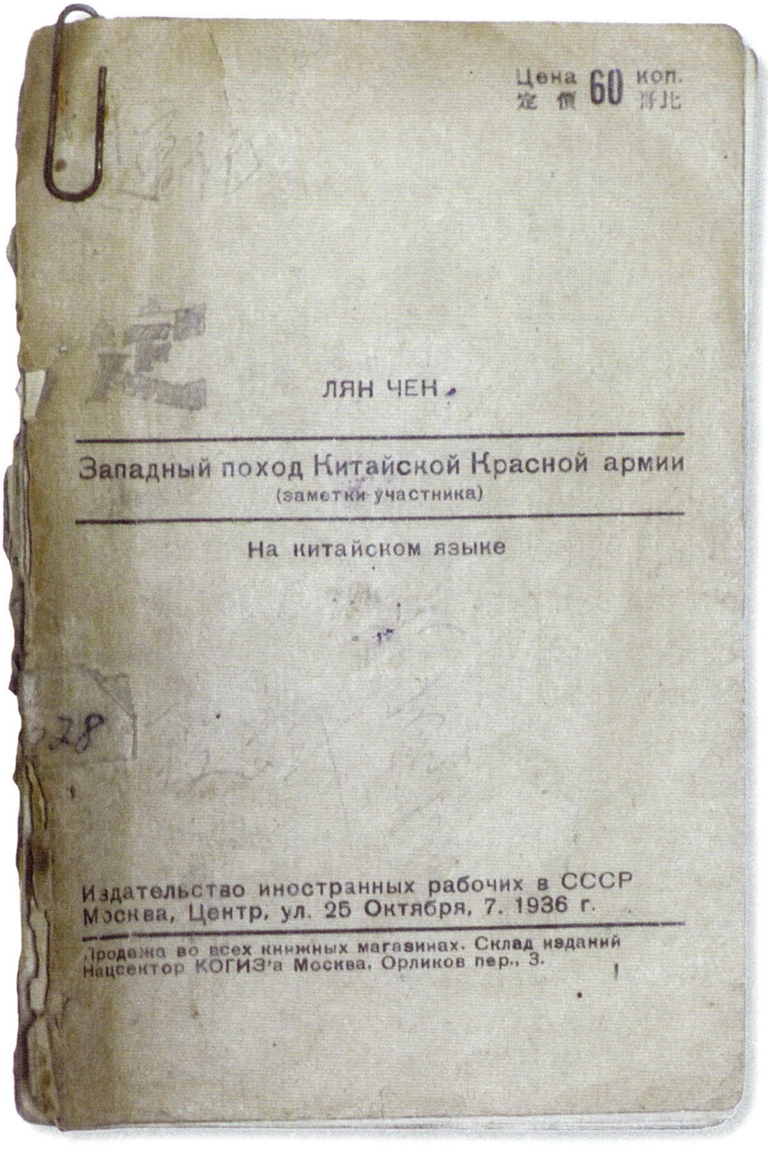

[图 1.19] 《随军西行见闻录》，
廉臣著，1936 年 7 月版，封底。

[图1.20] 收录陈云《随军西行见闻录》的《红军长征记》俄文版，苏联国家政治读物出版社（莫斯科），1938 年版，第 80 页。

[4]《陈云文选》第一卷，人民出版社，1995 年 5 月版，第 55—56 页。

贵州居民之贫苦真是远非我等居住于江浙十里洋场者所能想象。做庄稼的（农民）冬穿单衣，且无完整者。每人有一件已补缝千百次的"家常衣"，小孩则隆冬还是一丝不挂。当我等行军经过时，立于路边之小孩，正在发抖。而居民唯一御冬之物，即为"烤火"。也真是"天无绝人之路"，在这个贫穷的地域中，煤炭却到处可得。上海卖三十余元一吨之无烟煤，那里只要一吊钱，而且一元大洋要兑二十余吊。当我等行经剑河县附近之某村落时，见路边有一老妇与一童子，身穿单衣，倒于路边，气息尚存。询之，始知为当地农家妇，秋收之后，所收获之谷米，尽交绅粮（地租），自己则终日乞食，因今日气候骤寒，且晨起即未得食，故倒卧路旁。正询问间，赤军领袖毛泽东至，告以老妇所言。当时毛即时从身上脱下毛线衣一件及行李中取出布被单一条，授于老妇，并命人给以白米一斗。老妇则连连道谢含笑而去。[4]

1937 年 3 月，清华大学学生王福时（其父王卓然系张学良重要文职助手，曾任东北大学代校长）约请郭达、李华春等进步青年，在北京翻译了刚刚从陕北保安（今志丹县）采访中共苏区和毛泽东的美国记者埃德加·斯诺的作品，并编辑出版《外国记者西北印象记》，[图1.21]同时将陈云的《随军西行见闻录》作为附录收录书中。[图1.22]这是《随军西行见闻录》第一次在中国境内出版（本书第八回有详细叙述）。

1938 年，《随军西行见闻录》单行本、合集陆续在国内出版发行。明月出版社则在 1938 年 1 月出版时，改名为《从东南到西北》，正文内容增加了小标题。[图1.23]有改名为《随军西征记》的版本，[图1.24]由上海生活书店、新知书店共同出版发行。大文出版社 1939年 1 月出版时，同时收录了汪衡翻译的美国记者埃德加·斯诺的《两万五千里长征》，署名为"（美）史诺 廉臣等著"，书名则改为《长征两面写》。[图1.25]1949 年 6 月，上海群众图书公司改名《红军长征随军见闻录》出版发行，[图1.26]不久又以同样的书名在封面上冠以"上海人民出版社出版，群众图书公司发行"，同时收录了毛泽东的《七律·长征》《三大纪律八项注意》。[图1.27—1.29]

新中国成立后，1955年5月，人民出版社编辑出版了《中国工农红军第一方面军长征记》（内部读物），将《随军西行见闻录》作为第一篇收录，署名"廉臣"。1958年2月，此书再版发行。1959年，《中国工农红军第一方面军长征记》以《长征》为名在莫斯科出版，《随军西行见闻录》亦作为《长征》的第一篇收在书中。此外，一些地方文史资料中也选录或摘录了该文（**参考阅读本书第六回**）。

1985年1月，为纪念遵义会议召开50周年，中共中央理论刊物《红旗》杂志第一次公开说明"廉臣"是陈云的笔名，并以作者陈云的原名发表了《随军西行见闻录》全文。同年6月，红旗出版社出版了《随军西行见闻录》单行本。[图1.31] 1995年5月，经陈云生前同意，中共中央文献编辑委员会对1984年和1986年相继出版的《陈云文选》进行了修订和增补，《随军西行见闻录》作为《遵义政治局扩大会议传达提纲》之后的附录收入第一卷。[图1.32—1.33]

另外，上海陈云故居暨青浦革命历史纪念馆收藏有四川收藏者捐赠的《随军西行见闻录》手抄本。[图1.34] 该手抄本32开，共计125页，用小楷书写，3万余字，使用的纸张是20世纪30年代庆华纸局（苏共中央支华组织在川办的纸厂）生产的竖版红线书稿纸。据考证，手抄本写于1936年至1937年间，抄者无法查明。该手抄本是根据《随军西行见闻录》交付印刷前的原稿抄写的。手抄本序页上有"廉臣"自己的注释，曰："这篇纪实文章，为了现在便于在国统区流传，笔者只好在文中装作一个原在国民党军队中，后来又因被俘在红军中工作的医生，我在论述红军之长征时，采用的是第三者的语气。"这段以第一人称写的"序言"，目前没有在任何出版物中公开发表过。此外，1938年正式出版的《随军西行见闻录》单行本，比该手抄本增加了8000余字，内容更显翔实，并符合"第三者"的口吻，而手抄本中却没有这部分内容。

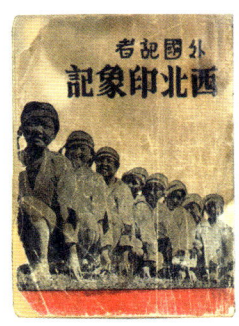

[图1.21] 《外国记者西北印象记》，上海丁丑编译社，1937年3月版，王福时、郭达、李华春等译。因斯诺当时还没有完成《毛泽东自传》和《长征》的写作，故没有收录。

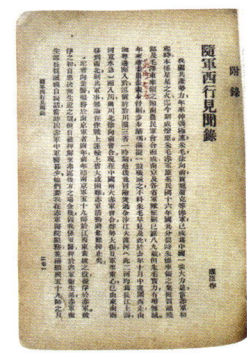

[图1.22] 《外国记者西北印象记》将陈云（廉臣）的《随军西行见闻录》作为附录收录。

[图1.23] 《从东南到西北》，明月出版社，1938 年 1 月版，61 页，32 开。该书在《随军西行见闻录》的原文上增加了小标题，封面。

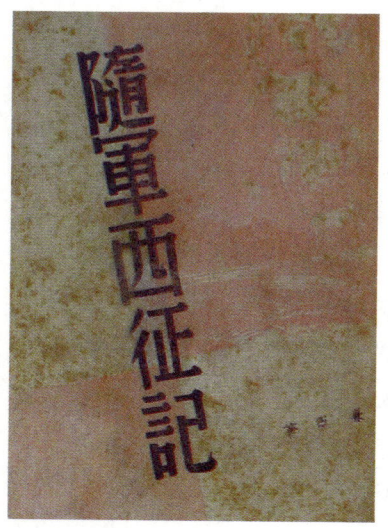

[图1.24] 《随军西征记》，上海生活书店、新知书店，1938 年 3 月版，32 开，74 页。

[图1.25] 《长征两面写》，大文出版社，1939 年 1 月初版。

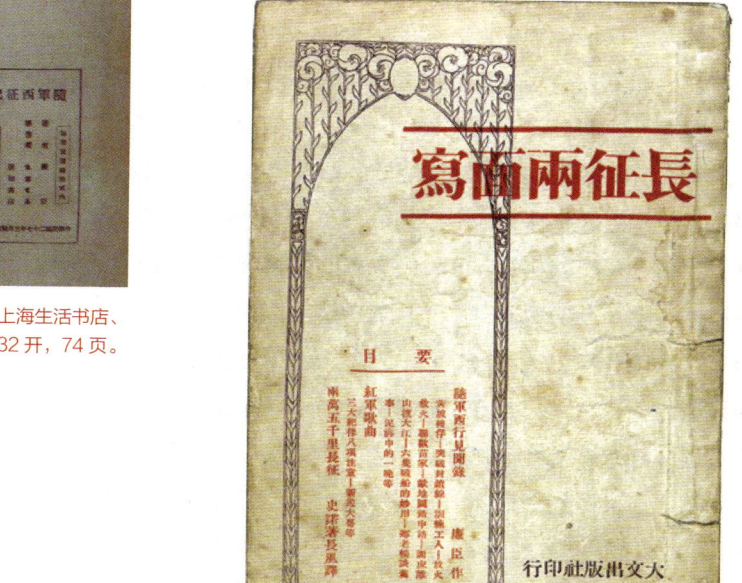

[图 1.27]《红军长征随军见闻录》，上海人民出版社出版，群众图书公司发行，1949 年 6 月版，32 开，60 页。

[图 1.26]《红军长征随军见闻录》，廉臣著，上海群众图书公司，1949 年 6 月版，56 页，32 开。

[图1.28] 《红军长征随军见闻录》，上海人民出版社，1949年6月版，版权页。

[图1.29] 《红军长征随军见闻录》，上海人民出版社，1949年6月版，封底。

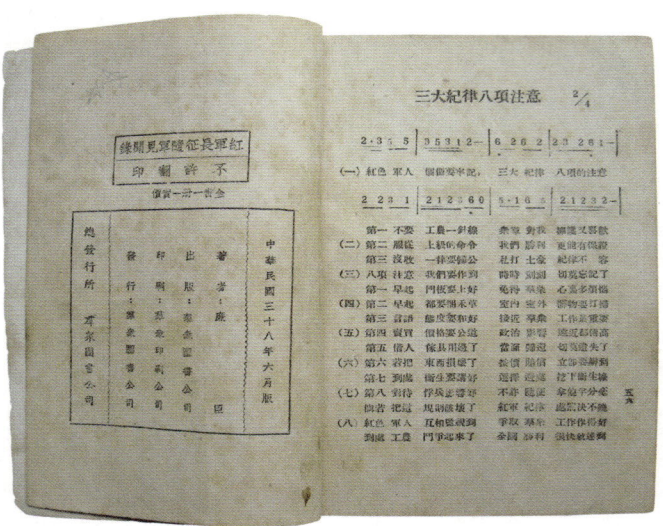

[图1.30] 《随军西行见闻录》，署名梦秋编著，上海生活出版社，1938年印行。封面上印有"第八路军红军时代长征史实"。笔者认为：该书应为收录了陈云《随军西行见闻录》的翻印本图书。梦秋是不是徐梦秋，有待进一步考证。

[图1.31] 《随军西行见闻录》，红旗出版社1985年版。作者正式署名陈云。

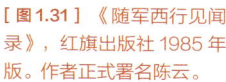

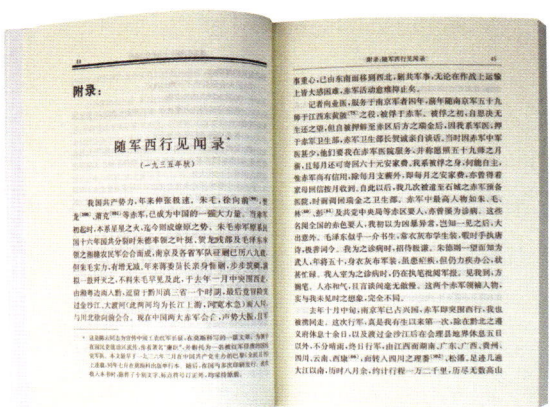

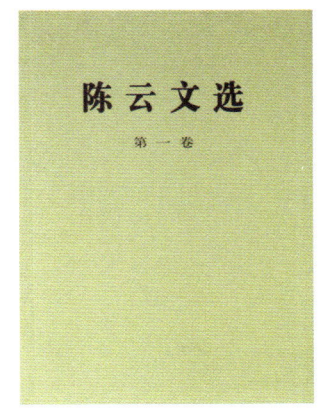

[图1.32]《陈云文选》1995年版第一卷收录《随军西行见闻录》。

[图1.33]《陈云文选》，1995年版，封面。

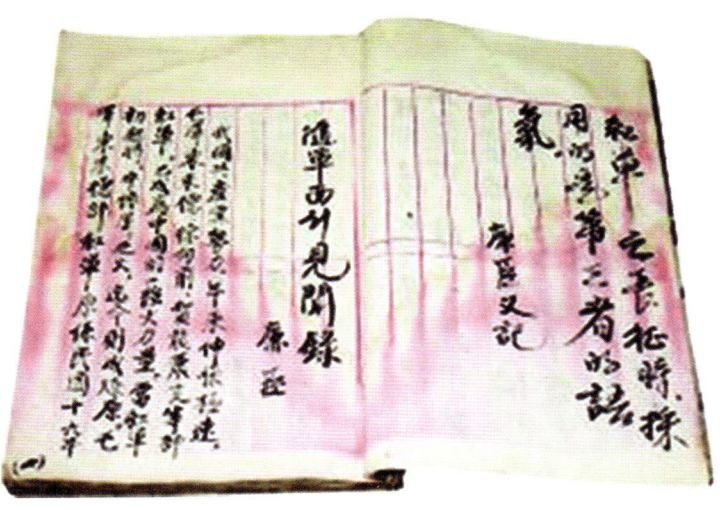

[图1.34]廉臣《随军西行见闻录》手抄本。时间不详。现珍藏于上海陈云故居纪念馆。该手抄本系四川一位收藏者1998年在西昌的旧书摊发现，购买并捐赠，全书共125页（据2006年10月25日《解放日报》报道）。

"史平"的长征报告
与施平《英勇的西征》

陈云一行抵达莫斯科的时间是 1935 年 8 月 20 日，共产国际"七大"刚好也在这一天闭幕。陈云回忆说："途中经半月，到达之日适逢国际七大结束。"

抵达莫斯科后，陈云一边整理修改《随军西行见闻录》，一边赶紧着手准备给共产国际的工作报告。

10 月 15 日，共产国际执行委员会听取了陈云所做的中央红军长征和遵义会议的报告。在这份长达 19000 字的报告中，陈云主要讲述了中央红军长征前期的经过、所犯的"纯军事性质的错误"，初步总结了取得的胜利以及胜利的原因，并对遵义会议做了客观的介绍和评价，表达了他支持毛泽东正确军事路线的主张。在这篇报告中，陈云称长征为"西征"。

1996 年，中央文献研究室委托中国驻俄罗斯大使馆工作人员，在俄罗斯社会科学院远东所的协助下，终于在俄罗斯国家档案部门保存的共产国际档案中，找到了当年陈云所做报告的俄文记录稿，其文件名为《共产国际执行委员会书记处会议（1935 年 10 月 15 日）史平同志的报告》。"史平"系陈云在莫斯科的化名。随后，此文由中共中央编译局文献翻译部俄文处翻译成中文，并由中央文献研究室第四编研部陈云研究处校核，全文发表在《党的文献》杂志 2001 年第 4 期，编者将标题改为《在共产国际执行委员会书记处会议上关于红军长征和遵义会议情况的报告》。

关于陈云的化名，作为党史小知识，有必要在这里列举如下：廖陈云（廖程云，1925 年前）、陈明（1928 年）、廖仲仁（1929 年）、黄苏（1931 年）、廉臣（1935 年）、史平（1935 年）。另外，在抗战时期，他还使用过成云、金生等化名。

20 世纪 80 年代，中央文献研究室在编辑《陈云文选》时，编研人员又在《共产国际》1936 年第 1 期和第 2 期的合刊上，发现了一篇署名"施平"、题为《英勇的西征》的文章。[图 1.35—1.41] 当时有编辑人员推测此文应该是陈云所撰，并建议将这篇近 15000 字的作品收入《陈云文选》。但在送呈陈云本人审定时，他十分肯定地指出这篇文章不是他写的，他所写的就只有《随军西行见闻录》，署名"廉臣"。对此，曾任陈云秘书的朱佳木 2005 年在《中共党史研究》上撰文《听陈云同志谈党史》，详细说明个中缘由，摘录如下：

关于陈云同志在莫斯科向共产国际的这个报告，也有过一个插曲。在发现报告之前，《陈云文选》编辑组从共产国际主办的《共产国际》杂志（中文版）1936 年第一期上看到一篇署名"施平"的文章，专门讲述中央红军长征和遵义会议的过程，题为《英勇的西征》。由于陈云同志在中共驻共产国际代表团曾用"史平"之名，在我党创办的巴黎《救国时报》上发表过许多文章，而"施平"与"史平"同音，编辑组因此判断这篇文章也是陈云同志写的，要我请示一下能否收入《陈云文选》。陈云同志看后说，他没有用过"施平"这个名字，也不记得在莫斯科写过这样的文章。另外，这篇文章写到了中央红军与四方面军的会合，而他在此之前已经离开了长征队伍。因此，可以肯定文章不是他写的。至于是谁写的，陈云同志说，邓发同志到莫斯科后，曾接着他假托被红军俘虏的国民党军医之口写的那篇《随军西行见闻录》，也写过一篇介绍红军长征的文章，登在巴黎《救国时报》上。但署名"施平"的这篇文章，写了许多红军政治工作方面的内容，这是他和邓发同志都不熟悉而王稼祥同志比较熟悉的。因此，可以查查是否是王稼祥所写。后来，人们发现了陈云同志向共产国际报告的记录，这才弄清楚，原来署名"施平"的这篇《英勇的西征》，就是根据陈云同志的报告改写而成的。但改写的作者是谁，至今还是弄不清楚。因为，文章发表于 1936 年春，而王稼祥是 1937 年夏天才到苏联的。^[5]

正如朱佳木所言，有关党史学者将《英勇的西征》与《共产国际执行委员会书记处会议（1935 年 10 月 15 日）史平同志的报告》进行比对，发现二者竟然惊人地相似，许多段落的文字基本相同，史实叙说也完全吻合。1996 年，为纪念中国工农红军长征胜利 60 周年，《党的文献》杂志在第 5 期全文发表了《英勇的西征》，并加"编者按"，说："本文根据

[图 1.35] 署名"施平"（陈云）的《英勇的西征》，最早刊登在《共产国际》附刊 *CHINA AT BAY*（《动荡不宁的中国》）英文版上。8 开，80 页，1936 年 1 月英国出版。此刊系《共产国际》杂志特刊，免费送给《共产国际》订户。本期中除了发表了陈云的《英勇的西征》，还有王明和萧克等人的文章。特刊还对毛泽东、朱德、方志敏等中共领袖作了介绍，并刊登了他们的素描肖像，称毛泽东是中国劳苦大众的领袖，朱德是中国工农红军的总司令，方志敏是中国人民的英雄。本刊最后部分发表了中国共产党《为抗日救国告全体同胞书》，即著名的《八一宣言》。
（此处《共产国际》杂志图片来自雅昌艺术网雅昌博客"卧以游之"的日志，特此致谢。）

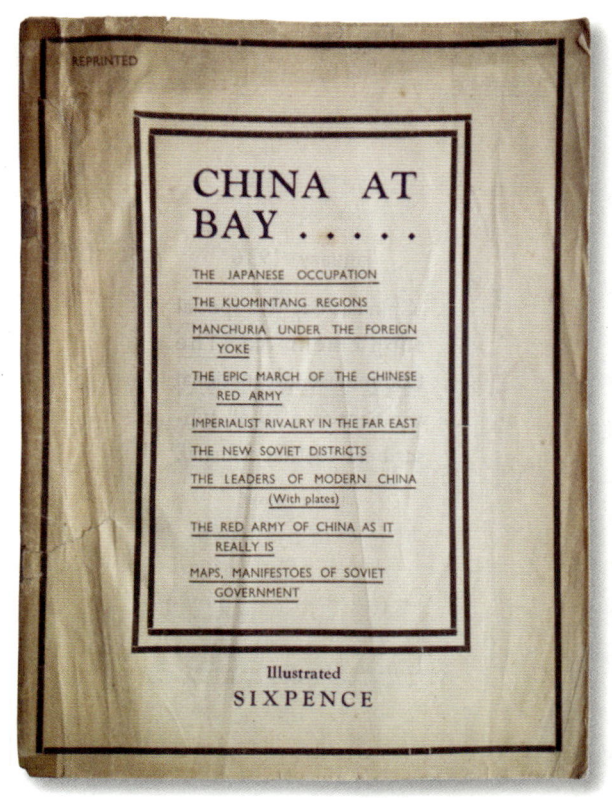

1935 年 10 月 15 日至 22 日间陈云在共产国际执委会书记处上的报告整理而成。署名'施平'是陈云当时在莫斯科的化名'史平'的谐音。文字整理者情况不明。"应该说，这个注释和评价是中肯的，也是准确的。

从《随军西行见闻录》到《共产国际执行委员会书记处会议（1935 年 10 月 15 日）史平同志的报告》，再到《英勇的西征》，毫无疑问，陈云是世界上第一个撰写长征历史的人（尽管内容只截至遵义会议），也是中共第一个向世界报告长征经过的领导人。正因此，1995 年 4 月 17 日，新华社在发布《陈云同志伟大光辉的一生》的新闻通稿中指出，"第一次向世界宣传中国工农红军的长征"的人是陈云。

[图 1.36] 1936 年 1 月《共产国际》附刊《动荡不宁的中国》扉页。

[图 1.37] 1936 年 1 月《共产国际》附刊《动荡不宁的中国》目录。

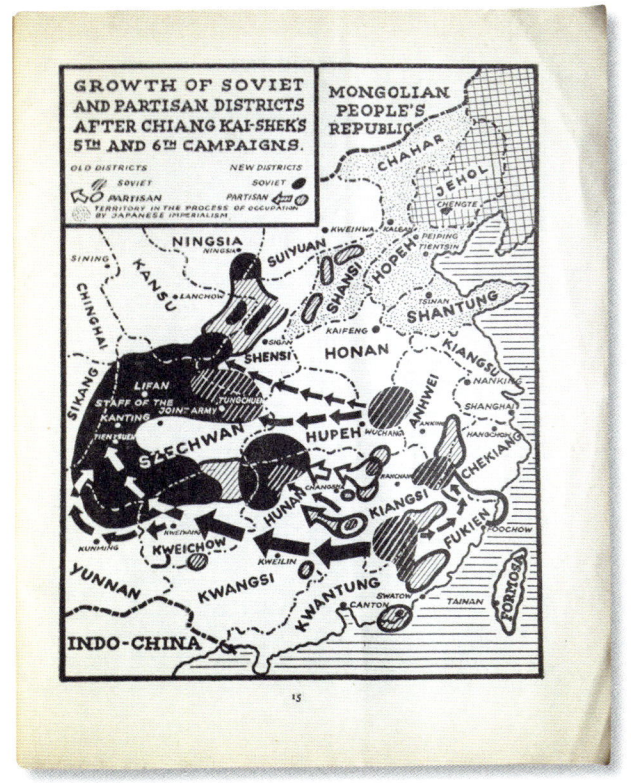

[图 1.38] 1936 年 1 月《共产国际》附刊《动荡不宁的中国》所刊红军长征图。

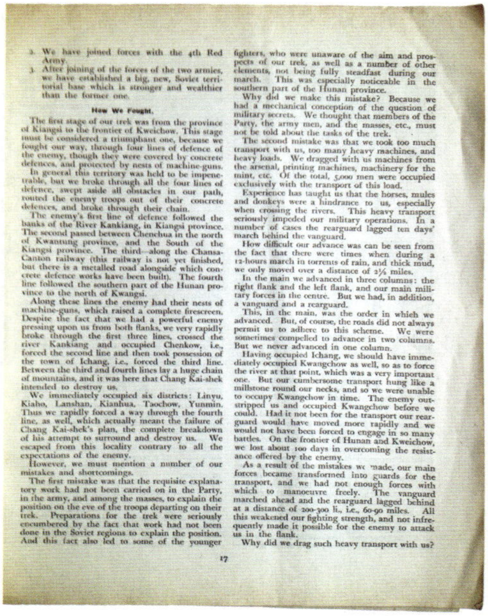

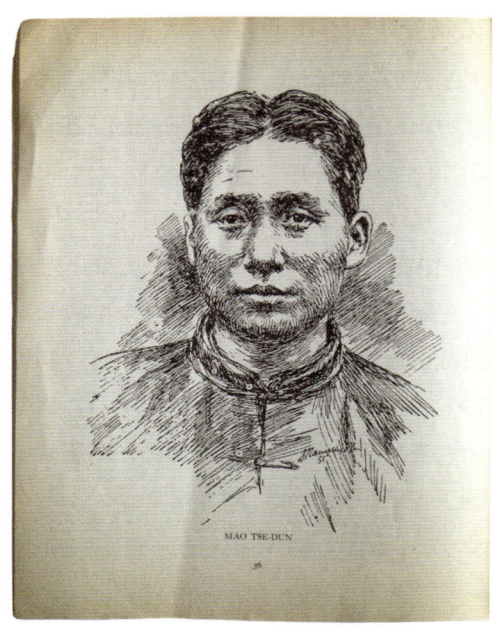

2. We have joined forces with the 4th Red Army.
3. After joining of the forces of the two armies, we have established a big, new, Soviet territorial base which is stronger and wealthier than the former one.

How We Fought.

The first stage of our trek was from the province of Kiangsi to the frontier of Kweichow. This stage must be considered a triumphant one, because we fought our way, through four lines of defence of the enemy, though they were covered by concrete defences, and protected by nests of machine-guns.

In general this territory was held to be impenetrable, but we broke through all the four lines of defence, swept aside all obstacles in our path, routed the enemy troops out of their concrete defences, and broke through their chain.

The enemy's first line of defence followed the banks of the River Kankiang, in Kiangsi province. The second passed between Chenchua in the north of Kwantung province, and the South of the Kiangsi province. The third—along the Chansa-Canton railway (this railway is not yet finished, but there is a metalled road alongside which concrete defence works have been built). The fourth line followed the southern part of the Hunan province to the north of Kwangsi.

Along these lines the enemy had their nests of machine-guns, which raised a complete firescreen. Despite the fact that we had a powerful enemy pressing upon us from both flanks, we very rapidly broke through the first three lines, crossed the river Kankiang and occupied Chenkow, i.e., forced the second line and then took possession of the town of Ichang, i.e., forced the third line. Between the third and fourth lines lay a huge chain of mountains, and it was here that Chang Kai-shek intended to destroy us.

We immediately occupied six districts: Linyu, Kiaho, Lanshan, Kianhua, Taochow, Yunmin. Thus we rapidly forced a way through the fourth line, as well, which actually meant the failure of Chang Kai-shek's plan, the complete breakdown of his attempt to surround and destroy us. We escaped from this locality contrary to all the expectations of the enemy.

However, we must mention a number of our mistakes and shortcomings.

The first mistake was that the requisite explanatory work had not been carried on in the Party, in the army, and among the masses, to explain the position on the eve of the troops departing on their trek. Preparations for the trek were seriously encumbered by the fact that work had not been done in the Soviet regions to explain the position. And this fact also led to some of the younger fighters, who were unaware of the aim and prospects of our trek, as well as a number of other elements, not being fully steadfast during our march. This was especially noticeable in the southern part of the Hunan province.

Why did we make this mistake? Because we had a mechanical conception of the question of military secrets. We thought that members of the Party, the army men, and the masses, etc., must not be told about the tasks of the trek.

The second mistake was that we took too much transport with us, too many heavy machines, and heavy loads. We dragged with us machines from the arsenal, printing machines, machinery for the mint, etc. Of the total, 5,000 men were occupied exclusively with the transport of this load.

Experience has taught us that the horses, mules and donkeys were a hindrance to us, especially when crossing the rivers. This heavy transport seriously impeded our military operations. In a number of cases the rearguard lagged ten days' march behind the vanguard.

How difficult our advance was can be seen from the fact that there were times when during a 12-hours march in torrents of rain, and thick mud, we only moved over a distance of 2⅕ miles.

In the main we advanced in three columns: the right flank and the left flank, and our main military forces in the centre. But we had, in addition, a vanguard and a rearguard.

This, in the main, was the order in which we advanced. But, of course, the roads did not always permit us to adhere to this scheme. We were sometimes compelled to advance in two columns. But we never advanced in one column.

Having occupied Ichang, we should have immediately occupied Kwangchow as well, so as to force the river at that point, which was a very important one. But our cumbersome transport hung like a millstone round our necks, and so we were unable to occupy Kwangchow in time. The enemy outstripped us and occupied Kwangchow before we could. Had it not been for the transport our rearguard would have moved more rapidly and we would not have been forced to engage in so many battles. On the frontier of Hunan and Kweichow, we lost about 100 days in overcoming the resistance offered by the enemy.

As a result of the mistakes we made, our main forces became transformed into guards for the transport, and we had not enough forces with which to manoeuvre freely. The vanguard marched ahead and the rearguard lagged behind at a distance of 200-300 li., i.e., 60-90 miles. All this weakened our fighting strength, and not infrequently made it possible for the enemy to attack us in the flank.

Why did we drag such heavy transport with us?

17

MAO TSE-DUN
56

THE COMMUNIST INTERNATIONAL
WORKERS OF THE WORLD, UNITE!
SPECIAL CHINESE NUMBER
Heroic Trek of the Chinese Red Army
Imperialist Contradictions in the Far East
Leaders of the Chinese People and Red Army
Tasks of the Communist Party of China
The United Anti-Imperialist Front
The Struggle in the Koumintang Regions
Documents
Maps
PRICE 15 CENTS

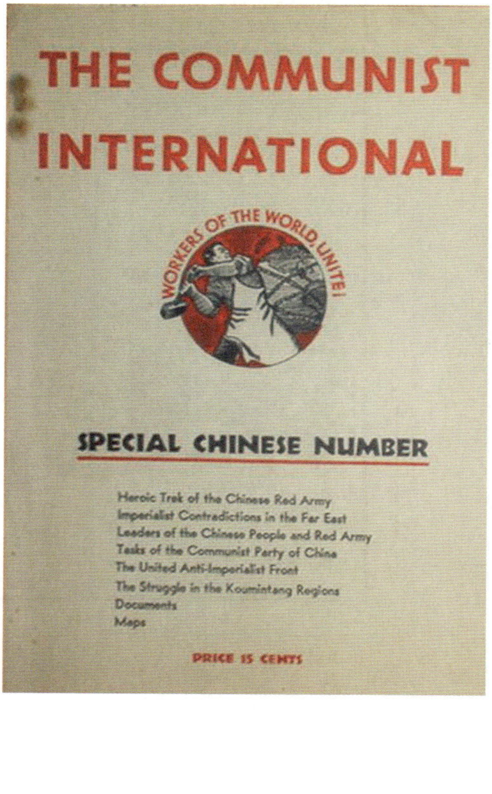

[图1.39] 1936年1月《共产国际》附刊《动荡不宁的中国》所刊施平《英勇的西征》。

[图1.40] 1936年1月《共产国际》附刊《动荡不宁的中国》所刊毛泽东肖像。

[图1. 41] 1936年2月《共产国际》的《中国特刊》（*SPECIAL CHNESE NUMBER*）英文版封面。本期内容与*CHINA AT BAY*（《动荡不宁的中国》）英文版相同。

[1934.10—1936.10]

第二回

艰苦一九三五年，万水千山只等闲

红一军团战士报，朱瑞最早颂远征

世界是这样知道 长征 的

THE LONG
MARCH

1934.10—1936.10

长 征 叙 述 史

NO. 0002

"苦不苦，想想红军两万五；累不累，想想红军老前辈。"长征，的确不是一般意义上的"行军"，它是一曲人类求生存的凯歌，是中国共产党人率领中国工农红军避开蒋介石的魔爪而进行的一次生死攸关、征途漫漫的战略大撤退大转移，是一场从错误走向正确、从黑暗走向光明、从失败走向胜利的，险象环生、危在旦夕、随机应变、灵活机动的斗智斗勇，是军事战略战术的大智大勇。

然而，就在这样的一个——"与天奋斗，与地奋斗，与人奋斗"的举世无双的战斗中，在每时每刻都面临饥饿面临死亡的惨烈远征中，竟然还有一份报纸，奇迹般地在长征路上不间断地编辑、印刷、发行，成为红军战士的思想灯塔和精神盛宴——它的名字叫"战士"，它就是红一军团的《战士》报。

《战士》报：长征路上唯一连续出版物，世界新闻史上写奇迹

《战士》报是人民军队历史上最悠久、出版时间最长的报刊之一，1930年由红一军团政治部在江西中央苏区创刊，军团政治部宣传部部长张际春兼任主编。创刊之初，《战士》报八开二版，手刻油印，发至所属部队连级和相当于连级的基层单位。当时纸张缺乏，《战士》报曾用红、绿、白三种颜色的纸张印刷。《战士》报在井冈山时，一直没有中断过出版，但由于战争环境险恶，这一时期的《战士》报无一保存下来。

1931年底，《战士》（副刊）编辑出版。油印，半月刊。主要编者有肖向荣、舒同等。现在只发现1932年出版的第14期、17期、18期。

1934年10月，中央红军主力开始二万五千里长征，红一军团

政治部改用"坚政治部"（红一军团政治部代号）名义，继续出版《战士》报。现在保存下来的两期报纸分别是1935年5月26日出版的第184期和5月30日出版的第186期。

5月24日晚，红一军团先头部队——红一团，占领大渡河南岸的安顺场。5月25日，该团二连17名勇士，[1] 由连长熊尚林率领，乘木船战胜激流骇浪和敌军阻击，强行渡过大渡河。5月26日，《战士》报在新出版的第184期上以《向"牲部"全体指战员致敬礼》的大字标题，报道了"牲部"（即红一团）强渡大渡河的英雄事迹。红军夺取安顺场后，分成左右两路夹河而上，继续前进。沿大渡河右岸北上的"勇部"（即红四团）经过240公里急行军，于5月29日凌晨占领了泸定桥右岸桥头。这天下午4时，该团二连22名共产党员和积极分子组成突击队，在连长廖大珠的率领下，冒着敌人猛烈火力，越过铁索桥，攻占左岸桥头堡，冲入泸定城。红军后续部队紧跟过河，迅速击溃守敌一个团，占领泸定城。5月30日，《战士》报第186期在《我们铁的红军无坚不摧战无不胜的勇猛精神扫平一切当前敌人》的大栏标题下，刊登了《大渡河沿岸胜利的总结》，详细报道了"牲部"强渡大渡河的17名勇士和5名特等射手的姓名和英雄事迹，以及"勇部"田湾大捷、夺取天险泸定桥等英雄事迹，为党史军史写下了重要史料，留下了宝贵财富。

长征途中，部队每天行军打仗，在国民党军队围追堵截的枪林弹雨中，《战士》（副刊）仍坚持出版。现在保存下来的仅两期，即1935年6月20日出版的第9期和12月17日出版的第10期。

6月20日，《战士》（副刊）出版了第9期。这期"副刊"是"支部工作专刊"，发表了三篇文章。第一篇题为《学习二团模范二连的支部工作》。文章介绍了二连党支部工作的经验，指出该连支部思想政治工作空气活跃，在战斗中发挥了巨大威力，涌现了17个勇士（其中5个党员、5个团员）抵御一个营敌军进攻的英雄事迹。第二篇文章题为《看！这才是模范的青年团小组》，介绍了某师六团七连第二青年团小组政治思想工作的情况和经验。第三篇《六团

[1] 据杨得志《大渡河畔英雄多》记载，大渡河渡河英雄应包括当时的指挥员孙继先，共18人。

的支部工作赶上去》则是一篇批评报道，批评了该团政治思想薄弱、组织松散、干部责任心不强等缺点，大声疾呼：六团的支部工作赶上去。

1935 年 9 月，中共中央俄界会议决定：红一军团和红三军团、军委纵队合编，组成"中国工农红军陕甘支队"，继续北上抗日。于是，从 1935 年 9 月开始，红一军团政治部即停止使用"坚政治部"的代号，改用"中国工农红军政治部"的名义继续出版《战士》报。现在仅发现保存有 9 月 20 日至 12 月 30 日期间出版的第 193 期、194 期、195 期和 206 期。红一军团还根据战斗形势，及时推出了《战士》（快报）。

俄界会议后，9 月 20 日出版的第 193 期《战士》报，在一版头条位置发表了陕甘支队政治部的《扩红号召》，提出"扩大红军、充实红军，是目前最中心的战斗任务，也是争取战斗胜利，实现赤化川陕甘的保证"，号召"全体动员起来，到群众中去，努力扩大红军……为实现党的战略方针而奋斗"。同时，还发表了《一切为着党的路线而斗争》的社论，深刻论述了当时迅速扩大红军的伟大战略意义，号召"为发动千百万群众，扩大千百万红军而奋斗"。同一天，他们还出版了《战士》（快报），刊登了舒同撰写的通讯《英勇顽强的"勇部"》，报道了红一军团先头部队——红二师四团夺取天险腊子口的英勇事迹，写得绘声绘色，生动感人。

9 月 27 日出版的第 194 期《战士》报，在《紧张起来！动员起来！为扩大一倍红军而斗争》的大栏标题下，发表了《扩红运动没有开展起来》和《用最大努力来巩固新战士》两篇评论。

9 月 30 日出版的第 195 期《战士》报，在《迅速北进，会合红二十五军、二十六军，巩固和发展陕北苏区，为全部赤化川陕甘而战》的通栏标题下，发表了支队政治委员聂荣臻、政治部主任朱瑞 [图 2.1] 署名的《训令》，指出："只有使每个红军战士真正自觉地遵守纪律……才能保证部队的巩固和更加进步"，"骄傲自满是落后的开始"。

[图2.1] 曾任红一军团政治部主任的朱瑞。

[图2.2] 长征中的邓小平。

1935年10月，陕甘支队经过半个多月的艰苦奋战，终于突破敌人的渭河封锁线，翻越六盘山，于10月19日胜利抵达陕北革命根据地吴起镇。至此，历时一年，纵横11个省、行程二万五千里的长征胜利完成。11月初，陕甘支队同红十五军团会师。会师后，中共中央决定：陕甘支队改番号为红一军团，隶属于红一方面军建制。红一军团政治部继续以"中国工农红军政治部"的名义出版《战士》报。12月17日，《战士》（副刊）出版了第10期；12月30日，又出版了《战士》报第206期。

爬雪山、过草地，长征的艰难困苦，也无须形容。《战士》报尽管是油印小报，但作为在长征路上唯一坚持连续出版的报纸，不用想象，其写稿、编辑、刻印和发行的艰苦状况可想而知，这不能不说是中国新闻出版史，甚至世界新闻史上的一个奇迹。而从内容、版式设计上来看，无论是《战士》报，还是它的"快报"和"副刊"，文章短小精悍，形式活泼多样，图文并茂，从标题制作、图案设计、字体字号，都充满着思想性、战斗性、鼓动性和时效性，成为红军将士长征路上的精神食粮。

自创刊伊始，《战士》报的主编一般都由红一军团政治部宣传部部长兼任，第一任主编是张际春。1935年6月，曾经主编过红军总政治部机关报《红星报》的邓小平 [图2.2] 调任红一军团政治部宣传部部长，《战士》报的主编由其兼任。但这一段历史在邓小平的传记中少有提及。

我们知道，在长征开始时，邓小平负责出版《红星报》。他早期的革命生涯中，也从事过多年的报刊编辑工作。20世纪20年代初，他与周恩来、李富春、王若飞等在法国巴黎留学期间，就曾负责编辑中共旅欧总支部的机关刊物《赤光》。年轻的邓小平不仅编写，而且还负责刻印，他的字迹端正，版面清晰，受到同志们的广泛赞扬，被誉为"油印博士"。在主编《红星报》时，邓小平凭借着高度的革命责任感与出色的才能，把这份报纸办得有声有色，当时的发行量达到17300份，被战士和群众称为"战士的良友""革命战争的一支有力喇叭""群众的一面大镜子""一架大无线电台""红军党的工作指导员""红军俱乐部"与"红军裁判员"等,在军队和群众当中起了巨大的宣传和鼓动作用。这一时期,邓小平不仅负责编辑和管理工作,还亲手写了大量的新闻报道和社论,被誉为"倚马可待"的奇才。1934年12月中旬,在党中央召开的黎平会议上,邓小平接替邓颖超,担任党中央秘书长。随后,邓小平参加了遵义会议,正式当选中央秘书长。1935年8月,他主编的《红星报》停刊。两个月前,他就任红一军团政治部宣传部部长。

抗日战争时期,红一方面军第一军团和第十五军团合编为八路军第一一五师,《战士》报遂改为一一五师党委机关报。1939年1月,朱德总司令为《战士》报题写了报名。其间,该报报道了百团大战、狼牙山五壮士等英勇抗日的战斗故事和新闻。1943年8月,一一五师与原山东军区、山东纵队合编,成立新山东军区。9月15日,《战士》报改为《战士》(月刊),仍沿用朱德总司令题写的"战士"报名。1945年9月,《战士》(月刊)随山东军区主力开赴东北,由山东军区与其他部队合编成立的东北民主联军继续出版。1946年4月,根据当时的主要任务,民主联军总政治部将《战士》更名为《自卫》报。9月,又更名为《东北前线》报,成为东北野战军党委机关报。1949年2月,平津战役胜利结束,东北野战军改变番号为中国人民解放军第四野战军,奉命向中南地区进军,更名为《前线》报继续出版。部队南下后,因行军作战频繁,报纸出版发行困难,《前线》报于1949年8月停刊,编辑部人员编入新华社第四野战军总分社,跟随各个野战部队南下采访。中南地区全境解放后,中南军区兼第四野战军党委决定,1950年7月1日恢复出版《前线》,更名为《战士报》。8月1日,朱德总司令重新题写报名"战士报"。1955年4月,全军整编后,《战士报》成为广州军区党委机关报。2016年1月,在人民解放军编制体制调整改革中,《战士报》因广州军区撤销而休刊。

《艰苦的一年，伟大的一年》：
最早完整叙述长征历程，首提"六渡赤水"

从 1935 年 5 月 26 日起，至 12 月 30 日止，在长征途中 7 个月零 4 天的时间内，《战士》报克服各种艰难险阻，共出版 23 期，平均每 10 天出版一期。作为长征路上唯一连续出版的新闻报纸，《战士》报对红军长征的报道自然是第一时间的第一手报道。

在目前存世的 9 张《战士》报中，其中第 184 期、186 期保存在中国人民革命军事博物馆，第 193 期、194 期、195 期保存在中央军委办公厅档案馆，其他的报纸分别由中国社会科学院、中国人民大学图书馆或民间收藏家收藏。本书影印的第 206 期《战士》报，则是笔者在民间收藏家手中发现的。因此，第 206 期《战士》报，也是目前发现的《战士》报最后一期。

《战士》报第 206 期的出版时间是 1935 年 12 月 30 日，再过一天就迎来 1936 年的新年了。本期报纸编辑出版时，正值中央政治局会议（瓦窑堡会议）召开。瓦窑堡会议着重讨论军事战略问题、全国的政治形势和党的策略方针问题。25 日，会议通过了《中共中央关于目前政治形势与党的任务的决议》。27 日，毛泽东在瓦窑堡党的活动分子会议上做《论反对日本帝国主义的策略》的报告，进一步阐明中央政治局瓦窑堡会议精神，并对长征的意义做了高度的概括，提出："讲到长征，请问有什么意义呢？我们说，长征是历史纪录上的第一次，长征是宣言书，长征是宣传队，长征是播种机。"（**本书第六回有详细记述**）

第 206 期《战士》报作为最后一期，到底发表了什么文章呢？因为没有发现该期原始报刊，此期《战士》报一直是一个谜。现在从笔者发现的原件上，我们可以看到，该期《战士》报在第一版和第二版以两个整版的篇幅，也就是整张报纸，发表了红一军团政治部主任朱瑞撰写的文章《艰苦的一年，伟大的一年》。[图2.3]

　　《艰苦的一年，伟大的一年》全文 2210 字左右，马兰纸，油印，八开。在报纸下方，通栏刊登一行大字标语："用我们的头颅和热血为苏维埃为独立自由的新中国奋斗到底！"笔者研究认为，这是目前发现的第一篇完整叙述中央红军长征整个（从开始至结束）艰难历程的历史文献，也是中国人笔下最早正式发表的长征纪实作品。它不仅比 1936 年发表并出版的陈云（廉臣）所著的《随军西行见闻录》时间更早，内容更完整（因陈云在遵义会议后就奉命离开长征队伍，返回上海前往莫斯科），更比埃德加·斯诺 1936 年 7 月至 10 月间到陕北保安采访毛泽东写出的《长征》（1937 年 10 月在美国《亚细亚》月刊首次发表，后收入《西行漫记》）要早两年。因此，《战士》报也是最早完整报道长征的新闻媒体。笔者曾求教于中央文献研究室研究员、《朱瑞传》作者郑建英先生，他在研究中没有发现第 206 期《战士》报，也没有阅读过《艰苦的一年，伟大的一年》全文。

　　《艰苦的一年，伟大的一年》一文分为三个大的部分。朱瑞以自己的亲身经历，叙述了 1935 年的战斗历程。他这么写道：

　　这一年，我们这一双脚一枝枪，经历了闽、干（赣）、粤、湘、桂、黔、滇、川、康、甘、陕十一个省，三百六十余天，两万五千余里。这一年，我们击溃了十几个省百数十万的白军、民团、土匪与一切反动武装。这一年，我们占领了大小五十四个中心城市，筹款百万，扩红数千，建立数十百处的地方政权、武装及群众组织。这一年，我们历尽了险山恶水，走遍了五岭山脉……这一年，我们以一双脚一枝枪，百战不死的身完成了人类空前伟大艰苦神圣的远征！

在第一部分，朱瑞以散文的笔触、优美的抒情方式，首先简单记述并总结了 1934 年红军在第五次反"围剿"失败、离开苏区的原因和伟大意义——"为着开展革命战争到全国去，为着保卫江西的基本苏区，一九三四年十月十六日下午中央红军野战军在党和中央政府新的战略方针下，趁着初冬天气的斜阳，踏着一片落叶与微风，开始离开江西苏区向着艰苦与伟大的任务——向着新的苏维埃中国的胜利道上迈进着。"

第三部分，则是对即将开始的 1936 年的展望和期待——"一九三五年过去了，一九三六年展开在面前，莫忘我们过去一年的艰苦奋斗，铁一般团结在党周围和指挥下，向前，向前，把苏维埃的胜利带到全中国去！"

全文的重点当然是第二部分。朱瑞浓墨重彩、澎湃激昂、高屋建瓴地对 1935 年的长征进行了高度简洁的叙述，对关键事件的地点、经过均给予了恰当的记录、描述和评论。比如，对于渡过金沙江的描写，朱瑞将红军的胜利与石达开的失败进行对比，更是健笔如飞，气势如虹：

金沙江奔腾于后，大渡河横梗在前，整个反动营垒在酗酒相庆，在诅咒我们将像石达开一样的覆亡！真的吗？不！石达开是没用的东西！红军，只有红军是永远在千百万劳苦工农群众的心田中和拥护下，只有红军是百战百胜与无坚不摧，所以我们终于以十七个英雄出死入生，夺得大渡河的安顺渡，日夜行二百四十里以廿二个英雄取得大渡河的泸定桥！是的，"足可疲，身可劳，衣服可烧，头颅可吊，什么不要，只要泸定桥！"我们的战号响彻了大渡河的流水！

再比如，在记叙与张国焘的斗争中，朱瑞以其形象的妙笔抒发了勇于与错误路线作斗争的无私无畏的英勇气概，表达了对党、对军队和对信仰的无比忠诚与坚定信心：

在这三个月中，机会主义张国涛（焘）像雪山草地一样给我们红军以大的损害，但我们在党的正确领导下艰苦奋斗——我们战胜白皑皑的雪山与茫茫的草地，我们身体虽然弱，但我们的意志是铁是钢！我们没东西吃可以吃青稞麦，以至野菜青草！我们走不动就爬，爬到最后一口气，也要跟着党！我们战胜了困难，我们也将战胜机会主义的张国涛（焘）！

最后，朱瑞以诗人的笔触和情怀，深情地写道：

这一年，我们千千百百的亲爱的指挥员、战斗员粉身碎骨的最后一切都献给革命事业！这一年，我们以一双脚一枝枪，百战不死的身完成了人类空前伟大艰苦神圣的远征！

一年过去了，我们的艰苦奋斗，我们的牺牲和我们一点一点的汗，一滴一滴的血，一片一片的脚印，将在广大南中国与西方盛开着繁荣的苏维埃之花！

朱瑞当年的部下、时任红一师第三团政治委员的老红军萧锋，在阅读了《战士》报发表的这篇文章后，于第二天即 1936 年 1 月 1 日的日记中写道："朱瑞主任的文章，确实说出了我们的心里话，我们团几个领导研究后，决定由政治处通知各营、连队，认真学习座谈。"[2]正因此，许多专家学者错误地认为，朱瑞的《艰苦的一年，伟大的一年》发表时间为 1936 年 1 月 1 日，并误以为此文是该报的新年献词。

值得一提的是，朱瑞在《艰苦的一年，伟大的一年》中提出了"六渡赤水"。他是这么写的：

党的遵义会议决定过乌江。从一九三五年一月廿九日起至三月廿一日止，我野战军出进于川黔边数千里，先后六渡赤水。土城一

［2］《长征日记》，萧锋著，上海人民出版社，1979 年版，第 143 页。

战，重创川军，逼永宁，下建武，占扎西，再夺桐梓与遵义。三月廿八日遵义一战，吴奇伟纵队全部击溃，消灭四个团，三月十四日鲁班场一战，更表现我红军的无敌与顽强！

"六渡赤水"是不是真实的呢？难道是朱瑞的笔误？抑或是《战士》报编辑印刷的失误？

四渡赤水出奇兵，这是红军长征和毛泽东军事指挥艺术的"得意之笔"，党史军史已作定论。遵义会议后，中央红军进行整编，准备渡过长江，进军川西或川北，与红四方面军会合。1月19日，中央红军兵分三路向北开进，准备从泸州至宜宾地段北渡长江，遭到了国民党军队和川军的重兵堵截，于是中央红军在贵州境内和四川南部，与40万国民党"追缴"部队展开了灵活机动的运动战，最为著名的就是四渡赤水战役。笔者参照《毛泽东年谱》《毛泽东传》《中国人民解放军八十年》等著作，对四渡赤水的时间、地点确定如下：

一渡赤水：1月29日凌晨，毛泽东果断率部脱离战斗，主力分三路从猿猴场（今元厚）、土城南北地区西渡赤水河，进入川南古蔺、叙永地区，寻机北渡长江；

二渡赤水：2月18日至21日，从四川古蔺县太平渡、二郎滩一带东渡赤水河，回师黔北，向桐梓地区急进；

三渡赤水：3月16日下午至17日中午，由茅台附近三口渡口再次向西，进入川南古蔺、叙永方向，摆出北渡长江的姿态，将国民党主力引向赤水河以西地区；

四渡赤水：3月21日晚至22日晨，从二郎滩、九溪口、太平渡又一次东渡赤水河。

在红军总政治部宣传部1942年11月编印的《红军长征记》一书中，我们可以看到附录中有《红军第一军团长征中经名山著水关隘封锁线表》，其中关于四渡赤水的时间情况，与上述表述略有不同。现节录如下：

月　日	省份	著水	备　考
1月26日	贵州	渡赤水河	西渡赤水河，翌日又渡赤水河（猿猴）
2月19日	贵州	渡赤水河	东渡赤水河
3月17日	贵州	渡赤水河	再次西渡赤水河，二日后又东渡

　　经过比对，我们不难发现，关于四渡赤水的问题，二者的主要差异在时间的记录上。唯一存疑的地方是在上述表格"备考"栏中"翌日又渡赤水河（猿猴）"处。实际上，四渡赤水的"四"，主要是从"西渡"和"东渡"的概念上来区分的，即"西渡—东渡—再西渡—东渡"，共计四次，而不是从所有部队渡河的批次上来划分的。而且其实际的军事行动也是以毛泽东所在的军团直属部队为标准计算，其他部队在具体行动的时间、地点上自然存在一些差异。

　　由此分析，可以看出，朱瑞在《艰苦的一年，伟大的一年》中谈及"六渡赤水"的问题，或许是由于作者笔误，或许是由于编印者笔误，还有一种可能就是——朱瑞在计算渡河的次数上，不是以"西渡"和"东渡"的概念来计算，而是狭义地以其所在的部队在不同时间渡河的具体批次来计算的。譬如像上述表格"备考"栏中所记的"翌日又渡赤水河（猿猴）"，也被计算为一次渡河，这样就多算了两次。

　　总之，朱瑞所著《艰苦的一年，伟大的一年》，是一篇关于长征历史的极其珍贵的文献，是最早完整地全景式叙述长征全过程的经典之作。

　　《艰苦的一年，伟大的一年》原文经笔者整理校订，作为附录收入本书，首次公布于世，并将原报原版原大影印附后，供读者阅读欣赏。[图2.3]

中國工農紅軍
政治部出版
一九三五年十二月三十日
第二〇六期

艱苦的一年—— 朱瑞 偉大的一年

用我們的頭顱和熱血為蘇維埃

一路数千里崎岖他们真追跟
胡宗雄把革命的种子撒遍了
西部！经无千辛万苦我们也
终於胜利的渡过奔涛骇浪的
金沙江。

金沙江后略於后大渡河
领袖在消灭了反动势力後的
洞河横在我党我们将像石达
开一样的灭亡！真的吗？不
！石达开尤其用的束狗！我
革命有红军是永远在千百万
劳苦工农浪涛心中而勝利
连不紧不横的所以我们终於以十
七个英雄出死入生夺得大渡
河河安顺渡日夜行二百四十
里以十二个英雄取得大渡河
的铁索桥！是河是可渡身可
渡，我既可以顾躯可有什么不
要只要夺得桥！我们的战鼓
响澈了大渡河的急流水！

过了大渡河翻越大相岭，
三天佔领了天全芦贤兴六
月初突击了领雪岭滕过火食
山，六月十四五十六日在大雄
兴懋功之间会合了四方面军。

一四方面军会合造成中
国苏维埃土地革命空前的有
利势党在川陕甘的大道
展中国革命全部力量的
向，可其机会主义的取消消
一切劝抵一切可耻的方逃跑

坏了我北进的决定把据守一四万
敌军阻在雪山洼地的治民地区整
整三个月而进二个月中机会主义
张国焘像雪山草地一样给我们红
军以大的损害但我们在党的正确
领导下顽苦奋斗——我们战胜
了雪山与草地之的草地我们
身体被冻弱等但我们的意志是钢铁
钢！我们没東西吃可以吃青草麦
以至野菜青草！我们走下命说保
把到最後一口气也要跟着党！我
们战胜了因爲我们也将战胜凡会
主义到张国焘！

一九三五年九月十三事党中
央坚决对抗国焘叛党支暌一三军前
跟着河数一眼的司令在党的周围
排挥北上十七号关破敌子口，十九
军任领的连翻十分多任意追到
青到石级消灭敌骇骑兵再两个连占战
索渍敌少兵一个间十月十一事與
尾续意顿了敌人勝兵四个回進入
陕北苏区会合十五军团直昌铁一
伏消灭了东军一O九师全部及一
O六师一个团救京粉碎了敌人对
陕北苏区河二次围剿前展着陕北
苏区期的发展使形势推动陕北苏区
到全国河中心蛋领导地位。

呵一年！做苦河一年！！伟大的
一年！！！这一年我们过一双脚一双
经继唇了四川、天、黔、湘、滇、桂、康、甘、
陕十一个省五六十胜天万涛万
千涛里这一年我们足渍了十载们

省百强十万可白軍民月上陈
夹一切又新武装这一年我们佔
領了大小五十四个中心城市坪
坏乐高北红教十建三千百
陈州地方政权武装群众组织
逢一年我们历尽了险山恶水度
过了五标山峡哥山雾墨山大
凉山大小相峡邛崃山唐昌岷山
渡了湘河拓半而滑水拓水浩
水江乌江水永北潮江大渡河金
沙江大渡河黑水白龙江滑水
这一年我们挥撞了不百隆隆
兴各种少数民族对地逢这一
我们千千百百的親爱的指挥
员战斗员们卫身咋草田寂使一切
却献给革命事業！逢一年我们以
一枚脚一棕鞋百战不死而身荒
爲了人類里前俸大愚去的
的远征！

一年逃去了，我们的报苦
奋斗我们的血繼續加我们一炎
一炎的不一滴一滴的血一炎
一炎的脚印将在廣大的由中國
与西方盛間着繁荣的苏維埃
之花！

一九三五年逃去了，一九
三六年度間在国前英志我的
过去一年的报苦奋斗歌一棕
国绕在党周围如指挥下向前
向前把苏維埃的勝利带到全
中国去！　——党×——

不当副总参谋长要当炮校教员，
毛泽东称赞朱瑞是"中国的炮兵元帅"

朱瑞，对今天大多数的中国人来说或许已经陌生了。但在中华民族解放的史册上，他确实是一个做出了重要贡献、不应该被忘却的烈士。

朱瑞到底是一个什么样的人呢？

1905 年 9 月 13 日，朱瑞诞生于江苏宿迁县埠子镇朱大兴庄，受五四运动的影响，他接受新文化新思想，渐渐走上革命道路。1924 年 7 月，19 岁的朱瑞在上海参加高考，被国立广东大学法学院录取。此间，经同学介绍加入国民党和社会主义青年团。1925 年秋，因成绩优异，在广州经中共粤区学委和广东大学支部推荐，由时任国民党中央组织部部长谭平山批准，被莫斯科中山大学录取，获得第一批留苏的资格。12 月 6 日离开广州。在莫斯科中山大学，朱瑞因成绩优秀于 1926 年 4 月升入俄语最好的班级第七班学习。此班被称作理论班，与国共两党的著名人物如共产党的左权、傅钟、邓小平、李卓然、潘自立和国民党的谷正纲、谷正鼎、陈春圃、邓文仪、李秉中、林柏生等，均为同班同学。在班上，朱瑞被称为"反对孙文主义的箭头子"。1927 年，朱瑞毕业后考入克拉辛炮兵学校，不久被任命为该校中国连司务长、支部书记。1929 年，参加克拉辛炮校毕业考试，朱瑞在笔试和实弹射击中均获第一名。9 月 18 日，他回到中国。

1930 年，在周恩来的关心和安排下，朱瑞先后担任中共中央军事委员会士兵委员会主任兼参谋、中共长江局军委参谋长兼秘书长、中央军委兵运破坏科科长等。1932 年 1 月 8 日，他奉命抵达中央苏区的瑞金，担任中国工农红军总司令部第二科（交通科科长）兼第三科（侦察科）科长。随后，先后担任红十五军政委、红三军政委，12 月 30 日升任红五军团政委，总指挥为董振堂。1934 年 8 月，朱瑞认为中央对红五军团调配不当，要求与李卓然对调，改任红一军团政治部主任，罗荣桓任政治部副主任。10月16日下午，朱瑞与林彪、聂荣臻、左权等率领红一军团开始长征。

1935年9月18日，红一方面军主力改编为中国工农红军陕甘支队，彭德怀任司令，毛泽东任政治委员。下辖3个纵队，原红一军团改编为第一纵队，林彪兼司令员，聂荣臻任政治委员，左权任参谋长，朱瑞任政治部主任。11月3日，中央决定恢复红军第一方面军番号，原红一、三军团合编为红一军团，林彪任军团长，聂荣臻任政治委员，左权任参谋长，朱瑞任政治部主任。12月30日，《战士》报发表了他撰写的《艰苦的一年，伟大的一年》。

1936年2月，朱瑞与毛泽东、周恩来、彭德怀等20名将领，联名发出《为红军愿意与东北军联合抗日致东北军全体将士书》。2月20日，他随军团部渡过黄河东征，主持一军团政治工作。5月18日，中央军委决定彭德怀、朱瑞为中共东北军工作委员会西线负责人，日常工作由朱瑞主持。6月27日，朱瑞到东北军驻地，向东北军士兵讲解中国共产党抗日民族统一战线政策。随后，他多次化装进入固原县城，代表红军和彭德怀司令与东北军骑兵军军长何柱国谈判，使何让出了海原、同心城之间的通道，让西征军去接援红二、四方面军。11月上旬，朱瑞被任命为中央慰问团成员，代表中央去慰问红二方面军。30日，林育英致电彭德怀并告毛泽东、周恩来、朱德、张国焘：因"弼时同志要到总部去"，提议将朱瑞留在红二方面军工作。12月上旬，中央任命朱瑞担任红军第二方面军政治部主任。

1937年7月，朱瑞抵达太原，参加中共北方局的工作，任中共北方局委员兼军委书记。9月，受周恩来派遣，朱瑞化名关良，赴国民党第一战区长官部政训处工作，任上校主任秘书。10月，恢复原名，担任八路军驻第一战区司令长官部联络处处长。抗战爆发后，朱瑞作为中共中央北方局军委书记、组织部部长来到华北前线，从1939年起担任山东军政委员会书记、山东局书记。但这一切职务，对朱瑞来说并不重要，重要的是他还是中国人民炮兵的奠基人。

在二战期间，炮兵被斯大林称作"战争之神"。抗战胜利后，朱德在党的七大上所做的报告《论解放区战场》中，就明确指出："为了将来的反攻，我们从现在起就要学习掌握新的技术，最为重要的就是学习炮兵技术。"后来，毛泽东在《将革命进行到底》一文中也强调指出："自从中国人民解放军形成了超过国民党的炮兵和工兵后，国民党的防御体系连同它的飞机和坦克就显得渺小了。"

1945年6月，毛泽东找朱瑞谈话，征求他对担任军委副总参谋长的意见。朱瑞坦诚地向毛泽东表示："毛主席，我在苏联学的是炮兵，现在正是人民解放军需要建设炮兵的时候，我愿意到延安炮校当一名教员，为建设我们自己的炮兵起一个螺丝钉的作用。"他还向毛泽东谈了自己对炮兵建设的设想。

毛泽东听后，非常高兴，对他的想法表示支持，说："你说的有道理，我们现在就是要加强技术人员的建设。我同意你去延安炮校，暂代郭化若校长的工作，希望你在炮兵建设中不仅要起螺丝钉的作用，更要起一个桥头堡的作用啊！"

临别时，毛泽东和朱瑞合影留念，并紧握着朱瑞的手说："苏联有炮兵元帅，你就当我们中国的炮兵元帅吧！"非常有趣的是，新中国成立之初，头戴八角帽、身着中山装的毛泽东半身画像和挂像，[图2.4]就是从与朱瑞的这张合影中裁取的。

8月1日，朱瑞主持了延安炮兵学校开学典礼。8月26日，中共中央政治局对中央军事委员会人员进行调整，决定军委副主席彭德怀兼军委参谋长，原总参谋长叶剑英任第一副总参谋长，朱瑞任第二副总参谋长，主管白区工作。9月14日，中央决定将延安

［图2.4］1945 年 6 月，毛泽东与朱瑞在延安。

炮校迁往东北组建新式炮兵。24 日，朱瑞与高岗、张闻天、李富春等乘飞机离开延安。10 月中旬抵达沈阳。11 月上旬，朱瑞代表东北民主联军总部与林保毅率领的日军原驻沈阳航空大队达成起义协定，将日军航空大队改组为民主联军航空总队，兼任航空总队队长，开办航空学校，培养飞行人才。

　　11 月 19 日，朱瑞担任东北联军后方司令员。12 月，他在通化主持召开炮兵学校党委会议，提出了"分散干部，收集武器，发展部队，建立家业"的十六字方针，将炮校师生组成小分队，分赴日军在东北驻防或作战的地方收集火炮器材。至 1946 年 5 月，共收集各种火炮 700 余门、炮弹 50 多万发、坦克 12 辆、装甲车 2 辆、汽车 23 辆，以及大量的零配件和各种器材，为建立东北炮兵奠定了物质基础。

　　1946 年 7 月，东北民主联军总部将延安炮校改名为东北军区炮兵学校，朱瑞任校长，向炮兵部队发出"苦练一个月，准备打胜仗"的号召。10 月，朱瑞任东北民主联军炮兵司令员。从 7 月起，朱瑞对现有炮兵部队进行调整，他先后以联军总部名义起草了四个"炮字"命令，对炮兵的组织、训练、装备、作战等方面作出了一系列明确的规定，人民炮兵从此由分散状态进入了统一的、有组织、有计划的发展阶段。

1948 年 7 月，朱瑞参加辽沈战役的准备工作，讨论战略大反攻的计划。军区领导决定留他在后方主持工作。朱瑞坚持说："我是炮兵司令，理应在前方指挥作战。"他还表示，要在解放东北的最后决定性战役中，赴前方总结炮兵在大规模运动战和攻坚战中的作战经验。

1948 年 9 月 12 日，辽沈战役开始，东北野战军主力迅速向北宁线奔袭。朱瑞指挥炮兵纵队参加攻克锦州以北国民党军坚固据点义县县城的战斗。

10 月 1 日上午，朱瑞亲自下令指挥炮兵集群配合东北野战军第三纵队和第二纵队五师向义县县城发起总攻。不到六个小时，即摧毁了国民党守军，活捉敌第二十师师长王世高，胜利地拉开了辽沈战役的序幕。

在这次攻坚战中，中国人民解放军炮兵部队第一次使用缴获的美国榴弹炮。为了了解这种火炮的性能，在战斗还没结束的情况下，朱瑞身先士卒从指挥所向突破口跑去察看，途中在躲避敌人机枪扫射时，不幸触雷，壮烈牺牲，时年 43 岁。

10 月 3 日，中共中央在唁电中指出："朱瑞同志在中国人民解放军的炮兵建设中功勋卓著，今日牺牲，实为中国人民解放事业之巨大损失。中央特致深切悼念，望转告全军，继续为革命斗争的彻底胜利而奋斗，以纪念朱瑞同志永垂不朽。"同日，中央军委同意将东北炮兵学校命名为"朱瑞炮校"，以作纪念。

朱瑞——"中国的炮兵元帅"，名副其实。

古代民族英雄岳飞说："文官不爱钱，武官不惜死。不患天下不太平！"

朱瑞文武双全，既不爱钱，亦不惜死，真英雄也！

附

艰 苦 的 一 年 伟 大 的 一 年

朱 瑞

《战士》 第二〇六期
中国工农红军政治部出版
一九三五年十二月三十日

由于我们在军事领导上犯了严重的单纯防御的错误，所以一九三四年十月间，江西基本苏区在敌人紧缩政策的堡垒主义封锁下，已陷入法西斯蒂血腥恐怖的烽火中。这不但限制了苏区与主力红军的发展，甚至最后限制了在江西苏区范围内粉碎敌人五次"围剿"的光荣神圣事业。为着开展革命战争到全国去，为着保卫江西的基本苏区，一九三四年十月十六日下午中央红军野战军在党和中央政府新的战略方针下，趁着初冬天气的斜阳，踏着一片落叶与微风，开始离开江西苏区向着艰苦与伟大的任务——向着新的苏维埃中国的胜利道上迈进着。

在粉碎敌人五次"围剿"艰苦一年的战争中，我们牺牲与奋斗的热忱、战争与胜利的信心，锻炼得像铁一般的坚强。在激壮的歌声里，在风驰电掣的动作中，我们以短短的两个月另六天的时间，席卷了敌人一、二、三、四道封锁线，两千里路的急进中，击溃广东、湖南、广西与贵州四省敌人的追击与截击，占领了宜章、蓝山、临武、道州、江华、永明、黎平、锦屏、通道、剑河、台拱、镇远、施秉、黄平、瓮安等十余个中心城市，最后——一九三四年十二月卅日以胜利的欢跃，占领余庆，结束了一九三四年的光荣事业，开展着一九三五年艰苦的一年与伟大的一年！

在余庆，我们在千千百百劳苦工农群众狂欢的拥护中过了一个新年。

一九三五年开始了，中央红军野战军继续向苏维埃新中国的胜利前进。一月四号，廿一个英雄击破了乌江的天堑与封锁，五号与六号下湄潭与遵义，十三号取桐梓，十六号野战军全部集中遵（义）桐（梓）松坑（坎）之线半个月时间，开展了黔北广大的苏维埃的斗争，千百万群众反抗和奋斗的吼声彻底撼动着整个贵州的统治！

党的遵义会议决定过乌江。从一九三五年一月廿九日起至三月廿一日止，我野战军出进于川黔边数千里，先后六渡赤水。土城一战，重创川军，逼永宁，下建武，占扎西，再夺桐梓与遵义。三月廿八日遵义一战，吴奇伟纵队全部击溃，消灭四个团，三月十四日鲁班场一战，更表现我红军的无敌与顽强！

为连（联）成过长江会合四方面军与配合全国革命力量，野战军在大迂回的战略方针下，放弃黔北，于三月底南渡乌江，至五月初仅仅卅二天连下定番、紫云、员（高）寨、广顺、贞丰、兴仁、宣威、安龙、马龙、易龙、寻甸、嵩明、禄丰、武定、元谋、东川、巧家——一路数千里，势如破竹，直逼昆明。苏维埃革命的种子撒遍了西南！历尽千辛万苦，我们也终于胜利的渡过惊涛骇浪的金沙江。

金沙江奔腾于后，大渡河横梗在前，整个反动营垒在酌酒相庆，在诅咒我们将像石达开一样的覆亡！真的吗？不！石达开是没用的东西！红军，只有红军是永远在千百万劳苦工农群众的心田中和拥护下，只有红军是百战百胜与无坚不摧，所以我们终于以十七个英雄出死入生，夺得大渡河的安顺渡，日夜行二百四十里以廿二个英雄取得大渡河的泸定桥！是的，"足可疲，身可劳，衣服可烧，头颅可吊，什么不要，只要泸定桥！"我们的战号响彻了大渡河的流水！

过了大渡河，翻过大相岭，三天占领了天全、芦山、宝兴，六月初攀登了积雪没膝的夹金山，六月十四日至十六日在大维与懋功之间会合了四方面军。

一四方面军会合，造成中国苏维埃土地革命空前的有利形势，党赤化川陕甘的决定，开展着中国革命全部反攻的局面。可是机会主义的张国涛（焘），一切动摇一切可耻的方法破坏党的北进的决定，把整个一、四方面军陷在雪山草地的番民地区整整三个月。在这三个月中，机会主义张国涛（焘）像雪山草地一样给我们红军以大的损害，但我们在党的正确领导下艰苦奋斗——我们战胜白皑皑的雪山与茫茫的草地，我们身体虽然弱，但我们的意志是铁是钢！我们没东西吃可以吃青稞麦，以至野菜青草！我们走不动就爬，爬到最后一口气，也要跟着党！我们战胜了困难，我们也将战胜机会主义的张国涛（焘）！

一九三五年九月十三号，党中央坚决的组织陕甘支队，一三军团亲密的铁一般的团结在党的周围，孤军北上，十七号突破腊子口，十九号占领哈达铺，廿九号占领通渭，青石嘴消灭敌骑兵两个连，古城击溃敌步兵一个团，十月十一号吴起镇击溃了敌人骑兵四个团，进入陕北苏区会合十五军团。直罗镇一仗消灭了奉军一〇九师全部及一〇六师一个团，彻底粉碎了敌人对陕北苏区的三次"围剿"，开展着陕北苏区新的发展形势，推动陕北苏区到全国的中心与领导地位。

呵，一年！艰苦的一年！！伟大的一年！！！这一年，我们这一双脚一枝枪，经历了闽、干（赣）、粤、湘、桂、黔、滇、川、康、甘、陕十一个省，三百六十余天，两万五千余里。这一年，我们击溃了十几个省百数十万的白军、民团、土匪与一切反动武装。这一年，我们占领了大小五十四个中心城市，筹款百万，扩红数千，建立数十百处的地方政权、武装及群众组织。这一年，我们历尽了险山恶水，走遍了五岭山脉、苗山、娄山、雾云山、大凉山、大小相岭、邛崃山、秦岭、六盘山，渡了雩都河、信丰河、潇水、湘水、清水江、乌江、赤水、北盘江、普渡河、金沙江、大渡河、黑水、白龙江、渭水。这一年，我们接触了苗、瑶、倮倮、番民各种少数民族的地区。这一年，我们千千百百的亲爱的指挥员、战斗员粉身碎骨的最后一切都献给革命事业！这一年，我们以一双脚一枝枪，百战不死的身完成了人类空前伟大艰苦神圣的远征！

一年过去了，我们的艰苦奋斗，我们的牺牲和我们一点一点的汗，一滴一滴的血，一片一片的脚印，将在广大南中国与西方盛开着繁荣的苏维埃之花！

一九三五年过去了，一九三六年展开在面前，莫忘我们过去一年的艰苦奋斗，铁一般团结在党周围和指挥下，向前，向前，把苏维埃的胜利带到全中国去！

本文根据 1935 年 12 月 30 日《战士》报原刊原文整理。由于作者的文字修辞、地名与当下略有不同，收入本书时，除作了有明显错误的人名和标点符号订正外，均保持原貌。文中"（）"内注释文字系本书作者校勘所加。由于年代久远，文中部分印刷不清楚的地方，本人根据有关史料进行了核实。

[1934.10—1936.10]

第三回

长江自荐大公报，成名之作西北角
塞上首访毛泽东，中国记者第一遭

世界是这样知道 THE LONG MARCH 的

1934.10—1936.10

长 征 叙 述 史 长征

№ 0003

且说红军长征的新闻宣传，就不能不说范长江。

成功总是属于那些除了拥有才能之外，还必须具有勇气、敢于挑战的人。范长江就是这样的人。在中国，就像几乎所有的作家没有人不知道鲁迅一样，新闻记者对范长江这个名字一点也不陌生。

作为中国杰出的新闻记者，范长江是无产阶级新闻事业的开拓者和领导者之一。新中国成立后，他曾任新华社总编辑、人民日报社社长等职。他创建的中国青年新闻记者协会的日子（1937年11月8日）被国务院确定为"中国记者节"；中国当代最高新闻奖项"范长江新闻奖"也以他的名字命名。

面见《大公报》总经理胡政之，范长江毛遂自荐走西北

1935年5月，26岁的范长江从北平赶到天津，找到当时被誉为中国报业"三杰"之一的《大公报》的总经理胡政之，开门见山地表达了自己的愿望："我要去考察西北，了解红军。"

对站在面前这位来自四川的小老乡提出的要求，胡政之一点也不惊诧。《大公报》近年来先后发表过多篇署名"长江"的稿件，比如《佛学在北大》《陶希圣与"食货"》《顾颉刚与"禹贡"》等数篇通讯，文笔精练，视角独特，反响很是不错。当初，驻北平办事处记者杨士悼向他推荐这个北京大学学生的时候，他似乎还有一丝犹豫，但当他读了长江在北平《晨报》《世界日报》和天津《益世报》上发表的文章后，立即答应可以支付这个年轻人每月15元的稿费，去西北采访，为《大公报》写稿。

范长江的新闻写作生涯，是从两年前的1933年下半年开始的。此前，这位名叫范希天的青年经历颇为传奇。1927年，诞生于四川内江东兴区田家乡赵家坝的川娃子范希天，只身前往重庆报考黄埔军校，因为迟到错过了报考时机，却考上了共产党人吴玉章创办的中法大学重庆分校。这年3月，他参加反对英美军舰炮轰南京事

件的游行示威活动，遭到国民党蒋介石的血腥镇压，在血泊中死里逃生，因遭通缉而被迫离开重庆前往武汉。在武汉，范长江参军入伍贺龙的第二十军教导团。8月1日，他参加了南昌起义。后随部队辗转湖南、广东。10月，在潮州遭遇国民党张发奎部的包围，在一次突围中与部队失去联系，流落街头，贫病交加，几近病死。1928年，经颠沛流离来到南京，他考入蒋介石任校长、罗家伦任教务长的中央政治学校。1931年"九一八事变"爆发后，对蒋介石的不抵抗政策，他再也坐不住了，愤然离校，脱离国民党。1932年，他来到北平，在黎锦熙主持的国语大辞典编纂处谋得一份剪贴资料的工作。同年秋，他考入北大哲学系。1933年1月，他加入朱庆澜将军主持的"辽吉黑抗日义勇军后援会"。随后，他以"热河战地记者"的名义参与"后援会"运输队组织抗日物资运往东北的任务，开始兼职给南京的《新中国报》和《民生报》写战地通讯。途中，他们在热河凌源与日军遭遇，战乱中幸得蒙古牧民收留。回北平后，他组织了"北大学生长城各口抗日烈士慰问团"，先后赴喜峰口、古北口、冷口、独石口等地，慰劳抗日军队。根据对世界形势的判断，他认为中日战争即将爆发，世界大战也不可避免，估计在1936年开战。因此，他在北大组织了"1936年研究会"。为此，他为研究会拟定的纲领在北平《晨报》发表后，引起社会广泛关注。

世界不太平，内忧外患，中国将向何处去？范长江敏锐地发现中国当下最热点的问题是，中国共产党和他领导的中国工农红军到底是一个什么样子？就在这个时候，他看到了胡政之主编的另一份时事性周刊《国闻周报》（1933年至1934年）。在这份报纸上，范长江先后阅读到了有关中共江西苏维埃政权的资料，比如该报连载的《赤区土地问题》《赤区土地问题之实际与批判》《赤区的合作社运动》《中国赤区的商业政策》《中国赤区的农业政策》《中国赤区的财政政策》，等等。他后来回忆说："我第一次看到苏区的原始资料，是《国闻周报》所连载的'赤区土地问题'等。《国闻周报》是天津《大公报》出版的。这个材料上登载江西苏维埃政府一些关于土地革命的政策'法令'，以及许多关于土地革命的文件，都是原件，不是改写的文章。"

显然，这些文章使范长江生出了无限的好奇。尤其是在 1935 年 5 月的这个时候，红军在经历第五次"围剿"后已离开江西被迫西征再转而北上，他们在西南和西北的情况到底如何呢？在他看来，一旦抗日战争全面爆发，东部沿海一带必不可久守，抗战的大后方肯定在西南和西北，那里的情况少有人知，肯定是出新闻的地方，应该让更多的人知道西南和西北的情况，尤其是中共和红军的情况。

范长江不禁"想入非非"，要去西南和西北看一看，写一写。于是，他曾设法与《世界日报》的老板成舍我等多家报刊老总联系，但均未接受他的采访计划。于是，他就大胆地向天津《大公报》的胡政之求援。范长江回忆说："我想，如果我能弄到《大公报》旅行记者的身份，到中国西部去旅行，就可以接近红军，甚至于进入红军，那我所关心的最大问题就解决了。旅行记者行动自由，文责自负，《大公报》不付工资、差旅费，支付稿酬，但可以借支。我想，如果这是一个好办法，也可能成功。于是，我去天津找胡政之……我提出到中国西南西北区旅行，为《大公报》写通讯……只要给我一个证件，一个名义，介绍一些地方旅馆和社会关系就行了。"

《大公报》是 1902 年创办的老牌报纸了，倡导"不党、不卖、不私、不盲"的"四不"办报方针，报社的事业经吴鼎昌、张季鸾和胡政之的经营正如日中天，成为中国北方的大报，在全国有 40 多个办事处（分销处）。作为一份无党派人士主办的报纸，他们敢说敢当，在社会舆论上的影响力可想而知。

面对这位比自己整整小 20 岁的年轻人，胡政之答应了范长江的请求，并对他的采访愿望和写作计划给予高度赞赏，说了很多鼓励的话，并为其开具了许多介绍信，以备沿途遇有困难时使用。就这样，范长江顺利地成为《大公报》的旅行记者，[图 3.1] 终于拥有了第一张"记者证"。胡政之还特别关照这位同乡，给他预支了稿费。这对于初出茅庐的范长江来说，真是喜出望外。后来，他回忆说："《大公报》那时在全国声望很高，有了《大公报》的正式名义，又经常在报上发表我署名的通讯，还有《大公报》在全国的分支机构可以依靠，虽然我的经济情况那时还很困难，常常捉襟见肘，但我活动的局面开始打开了。"

"成兰之行" 披露红军长征
《中国的西北角》一举成名

　　1935 年 5 月中旬，范长江离京南下。18 日，他从上海乘民生公司的"民主"号轮船逆流而上，首先回到自己的家乡四川内江。在短暂停留之后，他来到成都。本来，按照计划，他首先做环川旅行，再入西康省进行考察。抵达四川后，范长江获悉中共和红军已经抵达西北，必须尽快改变行程。一个偶然的机会，范长江得到了经川西北松潘北上去兰州的机会。对此，《大公报》编辑陈纪滢晚年在台湾撰文《抗战时期的大公报》时回忆说：范长江曾跟随胡宗南的部队追踪"共匪"，深入松潘等地。7 月 14 日，范长江打点行装，离开成都，踏上了前往中国西北角的采访之旅。

　　几乎与范长江向西南四川老家开始采访行程的同时，《大公报》总编辑张季鸾也前往西北采访。7 月 30 日，《大公报》发表了他撰写的《西北纪行》。张季鸾在文章中说："绥德以南丹州以北，数百里间，几全成赤化区域……赤化民众殆有六七十万，有枪者逾万，此数字如何姑不论，唯十余县赤化蔓延，则为周知事实……陕北地势，在种种意义上，今后将日增其重要。延（安）绥（德）榆林，历代本为重镇，现时形势，又成边防要区。余以为亟应有安民固边之经常计划……关于军事问题，兹不具论，唯可言者，陕北根本上是政治问题，非真正的军事问题……陕北困穷而乱，因乱而愈穷，现时所需者，为凡入境军队，绝对勿征发，勿筹款，且须办赈济。"作为著名报人和政论家，张季鸾可谓一语中的："陕北根本上是政治问题，非真正的军事问题。"值得注意的是，在 7 月份，《大公报》加大了对红军的报道力度，仅仅在该月就发表了有关中共和红军的消息、通讯和时评等达 24 篇之多。

　　不可否认，年轻的范长江也同样看到了中国内战问题的本质，正是抱着和张季鸾相同的认知或者疑问，踏上了"成（都）兰（州）

之行"的漫漫征程。一路上，他途经江油、平武、松潘和甘南西固、岷县等地，经过 50 余日的长途旅行，跋涉 1500 多公里，于 9 月 2 日抵达兰州。两天后，范长江写下了此行的第一篇通讯——《岷山南北剿匪军事之现势》，发表于 9 月 13、14 日出版的《大公报》。以此为开端，范长江依托兰州穿梭于甘陕之间，且继续向西，深入敦煌、玉门、西宁，足迹越过祁连山，绕过贺兰山，再北上到临河、包头等地采访，特别是深入到红二十五军和中央红军长征经过的毗邻陕北的陇东一带采访，先后撰写了 26 篇通讯，陆续发表在《大公报》上。这些通讯主要包括：《成都江油间》《"苏先生"和"古江油"》《平武谷地中》《松潘与汉藏关系》《金矿饿殍与藏人社会》《陕北甘东边境上》《渭水上游》（*以上 7 篇均有记叙红军和长征的文字，后来收入《中国的西北角》*）和《岷山南北剿匪军事之现势》（9 月 13 日）、《徐海东果为萧克第二乎？》（10 月 9 日）、《红军之分裂》（11 月 21 日）、《毛泽东过甘入陕之经过》（11 月 6 日）、《从瑞金到陕边——一个流浪青年的自述》《陕北共魁——刘子（志）丹的生平》（11 月 28 日）、《松潘战争之前后》（*以上 7 篇专门写红军和长征的通讯未收入《中国的西北角》*）。

"成兰之行"历时 10 个月，长达 3000 公里，是范长江第一次独立进行新闻采访活动，也是他记者生涯的标志性事件。尽管包括《大公报》在内的国内外报刊，陆续刊登了有关红军和长征的消息，而且在范长江之前至少有 7 位记者先于他到西北采访，但在当时那个白色恐怖的时代，像范长江这样长达数月的时间，写出如此之多有关红军和长征的系列通讯报道，涉及红军情况的面之广阔，内容之逼真深刻，应该说在当时还找不到第二个。

毫无疑问，范长江"成兰之行"的有关红军及长征的报道，满

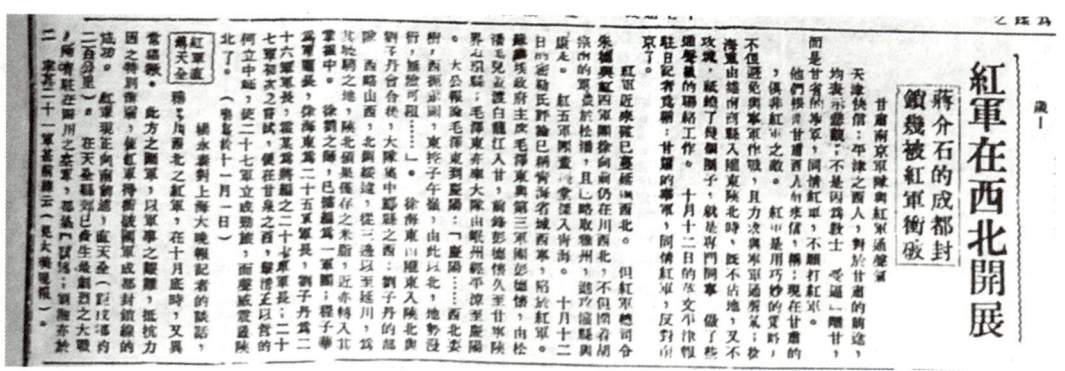

[图3.2] 1935 年 12 月 9 日，《救国时报》创刊号刊登选摘自范长江发的关于红军的新闻报道。

足了读者渴望了解红军和长征的情况的愿望，引起了强烈反响，轰动一时，名声大振。作为全国性的大报，《大公报》的发行量因此猛增。就连远在莫斯科由中共主办的《救国时报》，也在 1935 年 12 月 9 日创刊号第二版刊发的《红军在西北开展》消息中，[图3.2] 采纳摘选了范长江 9 月 30 日写于平凉、10 月 9 日发表在《大公报》上的《徐海东果为萧克第二乎？》中的内容。此后，亦多次选载范长江有关红军和长征的通讯以及后来关于西安事变的报道。

亲历长征的中央军委原副主席张震上将回忆说："我对长江同志的鼎鼎大名是在报纸上熟悉的。1934 年 10 月至 1935 年 10 月，中央红军离开江西苏区进行艰苦的长征。当我们经过长途跋涉来到甘肃、陕西地区时，收集到一些报纸，发现以长江署名的文章，在我军还未长征前即判断我们可能要放弃苏区实行战略转移，分析了红军为什么要离开根据地进行转移，并对红军长征过程和下一步的动向作出了估计，大家感到很惊讶，都对长江同志的过人才华而赞叹不已。"

1936 年 5 月，范长江回到天津，《大公报》聘任他担任正式记者。8 月，由孟可权负责编辑，天津大公报馆出版部将范长江西北之旅采写的通讯作品，分为"成兰之行""陕甘形势片段""祁连山南的旅行""祁连山北的旅行""贺兰山的四边"五辑，并收入 67 幅图片和 20 余幅所经路线图，结集为《中国的西北角》出版，在全国公开发行。[图3.3]同时，报馆还请书法家梁津先生题写了书名。

"未及一月，初版数千部已售罄，而续购者仍极踊跃"，一时间洛阳纸贵，成为"一部震撼全国的杰作"，出现了读者抢购的风潮。1936 年 1 月，《大公报》在为该书第五版所做的广告中说："本报记者长江先生所撰西北纪行，自刊印单行本以来，各界争购连印 4 版，未及三月，即已售罄。此书销行之广，为空前所未有，现第五版已出书即日发售，印行无多，惠购从速。"《中国的西北角》连续加印再版，共计印刷了 9 版，发行达十几万册。[图 3.4—3.9] 1937 年 4 月，《民国丛书》第三编（70 卷）将此书的第 7 版收入其中。[图 3.10] 1938 年，《中国的西北角》由松枝茂夫翻译成日文，由日本改造社出版。[图 3.11]

《中国的西北角》为《大公报》带来了巨大的社会效益和经济效益，胡政之十分高兴。1936 年 10 月 5 日，他主编的《国闻周报》发表书评向读者推介。这位署名"北平周飞"的作者畅谈读后感，说："我以最大的愉快，在《大公报》上陆续看过长江君的游记以后，又得重读他结集起来的这本《中国的西北角》。在读着的时候，我随着作者的笔尖从成都而兰州而西安，从繁华的都市到偏僻的山野，从古老的废墟到景色如画的贺兰山旁，它随处给我以新鲜活泼的刺激，随时给我以深思猛省的机会，数年来我没有读过这样一本充实的书籍，没有领略过比读这本书时更大的快慰。"

《中国的西北角》是范长江的成名作，也是其新闻生涯的早期代表作。史学界有人认为它"第一次真正、公正、客观地报道了红军长征的行踪和影响"。事实并非如此。第一，如前所述，范长江在《大公报》发表的《岷山南北剿匪军事之现势》等 7 篇真正写红军和长征的通讯，并未收入《中国的西北角》；但值得肯定的是，他在《大公报》上发表的 26 篇系列通讯则应该是中国记者报道长征的最早的"深度报道"。第二，除了《从瑞金到陕边——一个流浪青年的自述》这篇通讯是范长江现场亲自采访红军战士的第一手资料外，其他的基本上都是依赖间接的第二手材料和沿途侧面间接采访的，因此"成兰之行"中对红军的认识存在模糊不清和措辞不准确的缺陷。新中国成立后，《中国的西北角》由新华出版社再版时进行了适当删节。

[图3.3]《中国的西北角》，1936 年 9 月 版，32 开。作者署名长江，封面为嘉峪关图片，书名由梁津题写。全书包括五个部分，即"成兰之行""陕甘形势片断""祁连山南的旅行""祁连山北的旅行""贺兰山的四边"，有 67 幅照片和 20 多幅所经路线图。

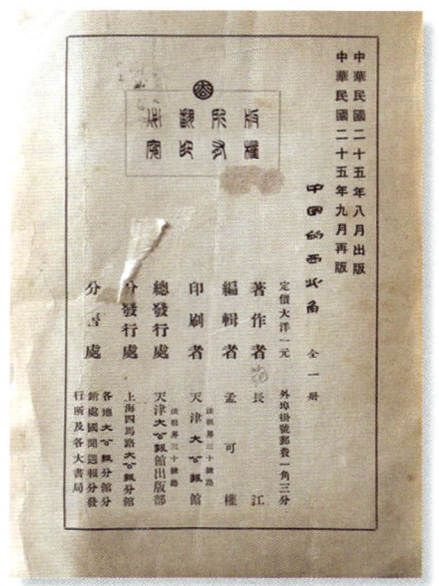

[图3.4]《中国的西北角》，
1936年9月第二版，版权页。

[图3.5]《中国的西北角》，
1936年9月第二版，插图。

[**图3.6**]《中国的西北角》，
1937年3月第6版。

[**图3.7**]《中国的西北角》，
1937年3月第6版，版权页。

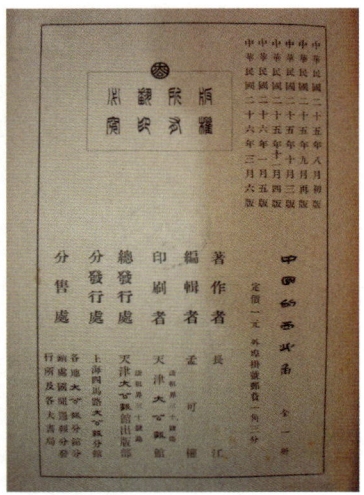

[**图3.8**] 范长江在《中国的西北角》
再版本上写的启事。

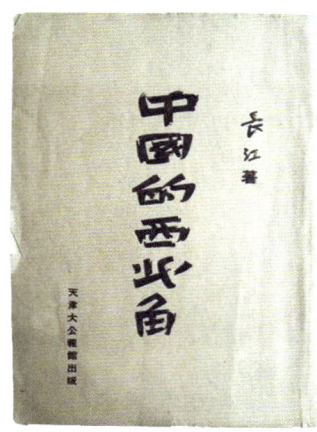

[**图 3.9**]《中国的西北角》，长江著，1937 年 4 月版。

[**图 3.10**] 1937 年出版的《民国丛书》第三编（70 卷）收入范长江的《中国的西北角》第 7 版和《塞上行》第 3 版。

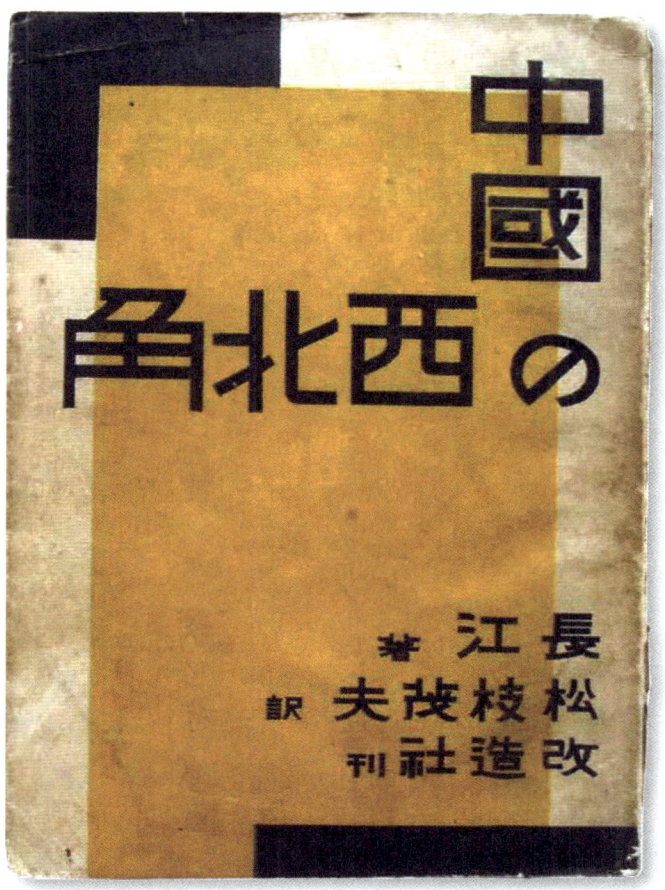

[**图 3.11**]《中国的西北角》日文版，长江著，松枝茂夫译，改造社（日本），1938 年刊印。

延安"一日游"写作《塞上行》，
毛泽东致信以"弟"相称

第一次西北之行新闻采访的成功和《中国的西北角》的出版，范长江一下子跻身新闻界的"名人"行列，他也因此担任了《大公报》通讯课主任，统筹对外采访工作。不久，他也跟随胡政之、张季鸾一起赴沪，创办《大公报》上海版。

1936 年 12 月 12 日，西安事变爆发，举世震惊。张学良、杨虎城的"兵谏"，蒋介石的扣留，是否是中共、毛泽东在背后所操纵，一时间众说纷纭，莫衷一是。《大公报》连续发表评论，声讨张、杨"罪行"。不久，蒋介石又被释放，张学良陪同回到南京。一时间，中国的政局如同雾里看花，让正在绥远前线百灵庙执行采访任务的范长江感到一头雾水，不得其解。就在这时，他接到张季鸾和胡政之的来信，要他利用曾去西北采访的优势，再次前往西北采访。

接到任务，范长江十分兴奋。他知道："这次如果不赶快去，也许要错过最后的机会了"，"决心不惜一切代价，到西安去，一探中国政治之究竟"。当时，因为局势紧张，西北的交通完全封锁，但此时范长江的大名在地方官吏和读者中已是如雷贯耳，非同往昔。他利用各种关系，从宁夏飞赴兰州，并极力说服甘肃省主席兼第五十一军军长于学忠，特拨给他军车一辆和数名全副武装的卫士护送。一路上几经周折，数次遭土匪绑架，险些丧命。

1937 年 2 月 2 日傍晚，范长江顶风冒雪终于抵达西安。谁知这一天，西安再生突发事件，东北军特务团团长孙铭九等九人反对撤兵，枪杀了第六十九军军长王以哲和参谋长徐方等四人，史称"二二事件"。范长江被阻隔在城外，无法入城。第二天，他找到《大公报》西安分销处经理李天炽，并经其介绍见到了陕西省政府主席邓宝珊，随之受到杨虎城的接待。对于此行的目的，范长江后来在一篇通讯中这么写道："记者于事变后奉命从绥远到兰州，因已确知周恩来在西安，且知已到西安附近，曾到过彭德怀、贺龙的部队，我很想借此机会，会会这般神秘人物，一探政治的究竟。"

2月4日，在杨虎城的公馆，范长江见到了周恩来。在后来的"陕北之行"中，他是这样描述周给他留下的第一印象的："四日午后，经朋友介绍，我们在杨虎城的公馆见到了周恩来先生，他有一双精神而朴质的眼睛，黑而粗的须发，现在虽然已经剃得很光，他的皮肤中所藏浓黑的发根，还清晰地表露在外面。穿的灰布棉衣，士兵式的小皮带，脚缠绑腿，口音夹杂着长江流域各省的土音，如果照普通话的口音判断，很有点像江西人。"

一见到范长江，周恩来就迎上来握手，高兴地说："我们红军里面的人，对你的名字很熟悉，你和我们党和红军都没有关系，我们很惊讶你对于我们行动的研究和分析。"周恩来温和的话语，一下子打消了范长江的疑虑，感到中共领袖是如此平易，仿佛是多年未见的朋友一样亲切。

2月5日，周恩来与范长江在杨虎城公馆"作竟日长谈"。周恩来坦诚地向范长江详谈了中共与西北军的联系、与张学良接触的来龙去脉，以及中共在政治路线上由"反蒋"到"联蒋"并进而"拥蒋"、坚持"抗日民族统一战线"的转变过程。周恩来的讲述，澄清了有关中共参与西安事变预谋的谣言。随后，周恩来还引荐范长江采访了叶剑英。采访结束后，范长江大胆地提出了一个要求："我要去延安。"周恩来爽快地答应了，并决定派车护送他去。

2月6日，在博古(秦邦宪)和罗瑞卿的陪护下，经过三天的颠簸，范长江于9日下午抵达延安中共交际处。一路上，博古一五一十地向他讲述了红军长征路上可歌可泣的故事，联筏抢渡乌江、巧渡金沙江、彝地歃血为盟、奇袭腊子口，等等，听得他如痴如醉，感慨万千。

经安排，范长江住在抗日军政大学。一进校门，他远远地就看见"欢迎长江先生""中国人不打中国人"的标语，让他觉得"有几分不好受"。在这里，他见到的第一个中共领导人是林彪。尽管对采访活动没有任何限制，但范长江只有一天的时间。随后，他闪电式地采访了林彪、吴亮平、廖承志、刘伯承、林祖涵、朱德、丁玲、张闻天、徐特立、张国焘和毛泽东等11人。

采访毛泽东，是范长江这次延安之行的"重头戏"。2月9日晚10时，范长江应邀来到凤凰山毛泽东的窑洞，两人畅谈，通宵达旦。走进毛泽东的家，范长江十分吃惊，家具竟然简陋至极。此情此景，范长江有精彩描述："许多人想象他不知是如何的怪杰，谁知他是书生一表，儒雅温和，走路像诸葛亮'山人'的派头，而谈吐之持重与音调，又类三家村学究，面目上没有特别'毛'的地方，只是头发稍微长一点。"接着，他这么写道：毛泽东"那个窑洞内，除了一个大炕之外，还有一张木椅，一张桌子，一条木凳，一盆木炭。木桌上放了许多纸条，还有经济学和哲学书籍，桌上燃起油烛。他对于窑洞发生了感情，因为它冬暖夏凉，适宜居住。他说薛仁贵回窑回的是这种窑，不是南方的砖窑。他因为过去行军作战关系，作计划下命令，都是夜间，于是白天在卧式轿里睡觉，夜间才紧张地做事，弄成和我们新闻编辑一样的日夜颠倒。他用脑过度，脑血管膨胀，经常兴奋，不容易睡着，神经受点影响。如果行军时，身体有劳动机会，睡觉可以好些。他平常很爱读书，外间舆论的趋势，他很清楚地和我谈论"。

采访中，范长江向毛泽东询问了红军的军事战略问题。毛泽东特别兴奋，滔滔不绝地说："我们的第五次反'围剿'不应当在广昌进行大会战，不应当和陈诚的主力硬拼，而是应当放弃苏区，兵分四路，猛出杭州、苏州、南京、芜湖四点，施以佯攻，再调动江西兵力，然后选择弱的一线，胜利后回到江西，那么苏区可以保全。"

现在，众所周知，毛泽东的战略思想核心就是"集中优势兵力，各个击破敌人"。第五次反"围剿"失败，红军被迫长征，其主要原因就在于没有实行灵活机动的战略战术，因地制宜打运动战。历史没有假设。但是，如果红军按照毛泽东这一战略思想与国民党进行斗争，或许中央苏区当是另外一番景象。范长江将长征前夕毛泽东的这一战略思想首次公布于世，也是对中国革命的一种贡献。

范长江确实是一个敏锐地抓住要害问题的记者。他直言不讳地问毛泽东：红军在二万五千里长征的艰苦跋涉中，是如何作出最后扎根陕北的决策的？毛泽东实事求是地回答说："不得已放弃江西之后，最初的目的地是湘西，并不敢预定说能到遥远的西北来。先命萧克去探路，只想从湘西凭借贺龙偷渡长江的技术，从三峡区域，北过长江，再图发展。谁知追兵太紧，湘西不能立足，乃想图贵州。贵州四面受敌，而且太穷，乃转而想从四川西南转入川西北之松潘一带，暂驻以观形势。土城一败，逼得走云南川边，辛辛苦苦到了川西北，乃是蛮荒千里，不宜居人。且松潘要地已入胡宗南手，不得已始出甘肃到陕北。"

真是逼上梁山啊！这就是真实的历史。长征，也是形势所逼。

对于外界盛传中国共产党不懂爱国的谣言，毛泽东严正地说：这些人是不懂马克思列宁主义，马列主义是反对帝国主义的。在当前的中国，"外在矛盾，大过内在矛盾，所以缩小内在矛盾，先解决外在矛盾"。谈及民族的解放事业和中共的政治要求，毛泽东甚至说："故为实现民主政治，共产党当可放弃土地革命、苏维埃和红军的名义。"

窑洞外寒风凛冽，窑洞内炭火正旺。与毛泽东的彻夜畅谈，加深了范长江对中国共产党人和红军的了解。他在晚年深情地回忆说："毛主席长时间地与我谈话，耐心地对我进行教导，把中国革命的性质、任务、两个阶段，特别是十年内战的经过，详细和我讲了，我才茅塞顿开，豁然开朗。抗日民族统一战线的伟大政策，把我多年来无法解决的'阶级'和'民族'的矛盾从根本上解决了。"

这次谈话，不仅解决了范长江积累多年的思想疙瘩，而且还促使他完成了世界观、人生观、价值观的重大转变，他说："在延安，毛主席教导我一个通宵，这十小时左右的教导，把我十年来东摸西摸而找不到出路的几个大问题全部解决了，我那天晚上之高兴，真是无法形容，对于毛主席的敬爱心情，由此树立了牢固的根基。"

1937年2月10日，是农历大年二十九，这年农历的腊月没有三十，因此这一天也是农历丙子年的除夕。拂晓，与毛泽东畅谈结束时，无比兴奋的范长江提出想留在延安，搜集材料写长篇著作的想法。毛泽东思索片刻，毫无迟疑地答复说："目前最重要的是把中共抗日民族统一战线的主张，利用《大公报》及其他各种可能的办法，向全国人民作广泛的宣传，动员全国人民团结起来，一致抗日。"向来重视宣传工作的毛泽东，对《大公报》的舆论影响力是极其看重的，而且他已经获悉再过六天国民党五届三中全会即将开幕，于是他对范长江说："你应该马上回到上海去，做宣传工作，写书可以以后再办。"范长江十分爽快地接受了毛泽东的意见。

山重重，水重重。从延安到上海，山水迢迢，冰封阻隔。此时此刻，正是传统的春节过大年，阖家团圆的日子啊！2月10日中午，范长江义无反顾地离开延安，日夜兼程，经西安转郑州，在陕北黄土高原上的旅途尘烟之中辞旧迎新，度过了新春佳节。

2月14日，范长江飞抵上海。傍晚，他回到上海《大公报》报社，谁也没见，一头扎进总经理胡政之的办公室，向他汇报西安和延安之行的情况。当胡政之了解到西安事变的真实情况后，立刻让他动笔，准备第二天见报。胡还告诉范，他已安排《大公报》附属刊物《国闻周报》在2月8日登载了毛泽东贺子珍夫妇、朱德、彭德怀、林彪、萧克的照片。真是不谋而合。于是，范长江就在胡政之的办公室奋笔疾书，赶写稿件。范写一段，胡看一段。当晚10时，文稿修改定稿，胡政之拟了一个较为中性的标题《动荡中之西北大局》，立即派人送国民党上海新闻检查所审查。谁知，稿件未能通过检查。时间紧迫，胡政之将文稿略加修改，决定"抗检"，冒险发表，并嘱咐《大公报》天津版同时发表。15 日，署名长江的《动荡中之西北大局》一文，由《大公报》上海版和天津版同时刊发，引起强烈反响。

恰在此时，也就是第二天，国民党五届三中全会在南京开幕，会议的主要议题是讨论西安事变以后的局势。作为西安事变的主要当事人，蒋介石在这次会议上却对西安事变缄口不言，根本不提中共和西安事变的关系，更不提中共主张和平解决西安事变、为释放蒋介石所作出的努力，完全是一套假话。然而，就在这天下午，《大公报》在南京上市，范长江的《动荡中之西北大局》如同一股红色旋风，吹翻了蒋介石新闻封锁的大门，把蒋介石的关于西安事变的谎言掀了个底朝天。

新闻是市场，更是战场。范长江的这篇文章就像一枚炸弹，震惊朝野，揭开了西安事变的真相，传播了中国共产党和平解决西安事变的正确主张和抗日民族统一战线政策，无疑扇了蒋介石一嘴巴。蒋介石看到后，更是气愤至极，立即把正在南京采访的《大公报》总编辑张季鸾叫过去，怒骂一顿，并命令此后要特别严加检查范长江的文章和私人信件。蒋介石如鲠在喉，芒刺在背，吃了个哑巴亏。

范长江和《大公报》秉持正义，并没有被蒋介石的淫威所吓倒。此后，《大公报》从 2 月 17 日起，又连续刊登了范长江的《暂别了，绥远》《宁夏进入记》《陇东未走通》等 3 万多字的长篇通讯。特别是相继发表的《陕北之行》，详细记述了红军二万五千里长征的艰苦历程，介绍了陕北根据地和中国共产党的领袖，记述了陕北苏区见闻，以及与毛泽东彻夜长谈的全部内容。中国共产党、毛泽东以前不被人们所注意的政治主张，终于系统、完整地在国内中国人自己办的最有影响力的报刊上得到了公开、正面宣传，从而使国统区民众加深了对中国共产党和红军的认识，知道了红军长征的原因、经过和意义，同时也展示了红军将士的风貌，传播了长征精神。

毛泽东看了范长江的这一系列文章后，非常高兴。1937 年 3 月 29 日，毛泽东谦逊地以"弟"相称，亲笔致信范长江：[图 3.12]

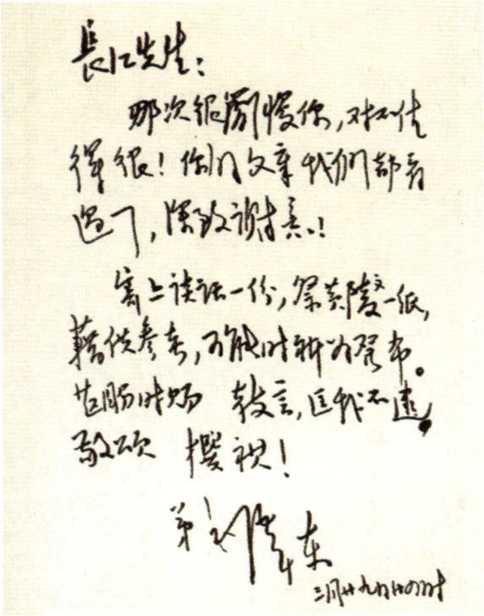

长江先生：

　　那次很简慢你，对不住得很！你的文章我们都看过了，深致谢意！

　　寄上谈话一份，祭黄陵文一纸，藉供参考，可能时祈为发布。甚盼时赐教言，匡我不逮。

　　敬颂

撰祺！

弟　毛泽东

三月廿九日廿四时

[**图 3.12**] 1937 年 3 月 29 日，毛泽东致范长江信手迹。

　　因为让范长江春节都奔波在旅程之中，毛泽东在信中一开始就表达了歉意。不久，当范长江率领中外记者采访团从徐州突围负伤归来，周恩来十分关切地致函慰问："长江先生：听到你饱载着前线上英勇的战息，并带着光荣的伤痕归来，不仅使人兴奋，而且使人感念，闻前线归来的记者正在聚会，特驰函致慰问于你，并请代致敬意于风尘仆仆的诸位记者。"

　　1937 年 7 月，卢沟桥事变后，当范长江提出要求派《大公报》记者进入山西的八路军采访时，毛泽东立即致电彭雪枫将军："欢迎《大公报》派随军记者，尤欢迎范长江先生。"1944 年 6 月、7 月间，《大公报》记者孔昭恺参加中外记者参观团访问延安，在欢迎宴会上，毛泽东让孔坐在首席，并举杯对他说："只有你们《大公报》拿我们共产党当人。"毫无疑问，毛泽东依然感激范长江在《大公报》上发表的通讯，因为范长江在他的文章中，从来不称共产党及其军队为"匪共"或"匪军"。

　　1937 年 7 月初，在胡政之的安排下，大公报社再次把范长江近期深入西北采访撰写的通讯汇编成册，取名《塞上行》。[**图 3.13**]该书先后重印 6 次，发行数万册之多。《塞上行》很快就被日本人翻译成日文，在日本出版。[图 3.14]《塞上行》的出版和发行，对激励全民抗战有着积极的意义，对宣传抗日民族统一战线也产生有效的影响。诚如范长江在自序中所言："在这小册子里面，我比较注意三个问题：第一，是国内民族问题；第二，是统一国家之途径问题；第三，社会各阶级利益调整问题。这些是我认为中华民族解放运动中，最基本最起码要解决的项目。"

对范长江这一系列新闻作品，胡政之认为："虽是新闻报告性质，实际就是中华民国的几页活历史。"他为《塞上行》亲自作序，恳切指出：

[图 3.13]《塞上行》，长江著，大公报社，1937 年 7 月版。

中国国家建设的征途，潜伏着一个很要紧的宿题，便是民族问题。我们非常羡慕苏俄能大胆地将国内无数不同的民族解放开来，为之发扬其固有的文化，钻研其神秘的史迹，充分重视他们的自尊心，同时又能巧妙地拿主义思想把他们熔成一片，这实在非中国历代对弱小民族威慑羁縻的方法所可望其项背。长江君对于民族问题素感浓厚兴趣，近年衔命出入西北各地，接触愈多，所感尤切。《塞上行》诸篇，字里行间随在流露他的情感和期望，这也是读本书的人应当注意的一点。

中国现在已不是宣传原则论和斗争观念论的时代，而当直截了当提出具体问题，以研讨实际方案，以中国国家之大，历史之久，人情之复杂，建设之多端，我们自愧智力薄弱，够不上谈解决问题，只有尽其所能为公众搜索问题，发现事实，披露出来供社会有识者的研究。长江此书所记，即为我们工作之一端。如能因此引起国人之注意，为国家许多重要问题开一真切认识和具体检讨的端绪，即是我们望外之幸。

[图 3.14]《塞上行》日文版《塞外行》，长江著，池田孝道译，满铁社员会发行（大连），1938 年 9 月版。

范长江的《塞上行》，除了《动荡中之西北大局》引起强烈反响，同时受到蒋介石和毛泽东的高度关注之外，其中《陕北之行》一文（1937 年 7 月 12 日出版的《国闻周报》也曾单独发表此文）更是引起读者极大兴趣。一位名叫吴平的苏州读者投书《国闻周报》，谈了他对中共和红军的看法："在西安事变中，共产党是最惹目的力量。长江君到西安后，先分析当时领导的政治理论；更与有力分子周恩来相见，因而知道共党的转变：在理论上，由阶级斗争变为民族革命解放战争；在策略上，由'反蒋抗日'变为'联蒋抗日'乃至'拥蒋抗日'。延安之行以后，他更介绍给我们许多由传说而变为神话式的人物。从他的笔下，我们可以很活跃地认识毛泽东、朱德、博古、叶剑英、廖仲恺先生的哲嗣承志、女作家丁玲，他们的谈吐，他们的行动，他们的思想，他们对于团结抗战的愿望，他们放弃军事暴动的决心。这些动人心魄的叙述，栩栩如生地，让每一个读者理解到西安事变急转直下的因由，也理解到此后中国内政外交动向的轮廓。不佞读《陕北之行》及《西北近影》两章里，是以最愉快的心情将它一口气读完的。在西安事变及其解决之中，我们都如黑夜摸索，读了这薄薄的几篇短文，才如拨云雾以见青天，重新走入明朗的境界。"[1]

[1] 原载 1937 年 8 月 26 日《国闻周报》。

作为《中国的西北角》的姊妹篇，《塞上行》打破了国民党的新闻封锁，以民族解放、团结抗日为大局，在《大公报》这个有力的舆论平台上，客观公正地向国统区的人民介绍了陕北革命根据地生气勃勃的面貌和中共领袖人物，准确地宣传了中国共产党抗日民族统一战线的正确主张，从而提高了中国共产党在人民群众心目中的地位。作为第一位正式以新闻记者身份进入延安的中国媒体人，范长江以其罕见的勇气、胆识和才能，写下了中国新闻的经典作品《中国的西北角》和《塞上行》，不仅为现代中国写下了活的历史，也因此改变了他个人的前途命运。

1937 年 11 月，范长江和羊枣、徐迈进等创建中国青年新闻记者协会（中国记协的前身），并被推选为"青记"总干事。1938 年，他在周恩来的领导下，发起成立了"中国青年新闻记者学会"，同年在长沙创办国际新闻社。1939 年，他在重庆曾家岩 50 号"周公馆"，经周恩来介绍，秘密加入中国共产党，从此开始了他人生新的篇章。

[1934.10—1936.10]

第四回

雪山草地行军记，再由甘肃到山西
身份成谜杨定华，陈云敲定是邓发

世界是这样知道的

1934.10—1936.10

THE LONG MARCH

长 征 叙 述 史

NO. 0004

长征

话说长征叙述史，也是一部新闻出版史。纵观中国乃至世界近现代史，大凡政治家都有过办报的经历，"马恩列斯毛"无不如此。由此可见，舆论掌控是革命的一个重要武器。毛泽东更堪称把"枪杆子"和"笔杆子"结合运用出神入化的大师。而中国共产党从诞生的那一天起，就始终紧紧地把新闻出版活动作为政治斗争的重要工具和媒介，有力地配合军事、外交等各方面的斗争，从而最终赢得了中国革命的胜利。

1936年10月，红军第一、二、四方面军在甘肃会宁胜利会师，标志着红军长征胜利结束。然而，让人想不到的是，仅仅两个月后，远在巴黎的《救国时报》就以连载的形式先后发表了杨定华撰写的《雪山草地行军记》和《由甘肃到山西》，系统完整准确地讲述了红军从四川至山西的整个历史过程。显然，这真是一件值得爱好历史的人仔细琢磨的事情。它到底是怎么一回事呢？作者杨定华又是谁呢？1938年1月，这两篇文章又是如何与陈云的《随军西行见闻录》一起合编为《长征记》在莫斯科出版的呢？

从《救国报》到《救国时报》：中共在海外最有影响力的报刊

1927年蒋介石发动"四一二"反革命政变之后，白色恐怖下的中国共产党在血雨腥风中转入地下，其在国内的新闻出版工作也转入地下。到了1935年，为了把四万万同胞的抗日呼声和中国共产党关于全民团结、抗日救国的主张传播到全国和海外侨胞中去，共产国际和驻共产国际中共代表团决定加大开展宣传舆论工作的力度，决定创办《救国报》。

1935年5月，《救国报》在莫斯科创刊，编辑部设在莫斯科

[图4.1]《救国时报》刊登的吴玉章照片。

红场附近的"十月二十五日大街"10号苏联外国工人出版局中文部。印制和发行工作地点在阿尔巴特大街火花印刷厂。报社工作主要由李立三负责，共有10多人，组稿、编辑、校对、排版、设计和印刷一条龙。受当时环境制约，在唯一的社会主义国家苏联向世界邮寄印刷宣传品比较困难，为了做好向中国国内和欧美其他国家的海外发行工作，《救国报》就以旅法华人的名义向法国当局申请，在巴黎设立了发行办事处。《救国报》在巴黎的工作主要由吴玉章负责。[图4.1]

经过半年的运行，《救国报》在海外的影响力越来越大，受到中国国内抗日军民和海内外爱国同胞、侨胞的欢迎，尤其是中共提出"停止内战、共同抗日"的"民族统一战线"主张，深入人心，到11月初已经出版了15期。就在第16期即将印刷的时候，法国政府当局突然通知："经阁议通过，停止邮寄《救国报》。"原来，蒋介石国民党政府看到《救国报》后，视其为洪水猛兽，立即指使驻法国使馆向法国当局提出要求，勒令其停止发行。经过月余的多次交涉，都未能获得认可。于是，吴玉章就和法国共产党的同志进行商量，转而利用法国政府标榜的言论出版自由，把《救国报》改名为《救国时报》，重新申请备案。就这样，经过"变脸"，《救国时报》获得了法国当局的批准。1935年12月9日，原本已经编辑好的《救国报》第16期"转身"为《救国时报》第1期，《救国时报》在巴黎创刊出版发行。[图4.2—4.3]

本人收藏有一部商务印书馆香港分馆1980年影印的《救国时报》（1935年12月至1938年2月）的合订本，[图4.4]遗憾的是尚缺第42期至第44期、第46期至第50期。《救国时报》第一任总编辑由李立三担任。后来继任者为陈潭秋（1937年）和赵毅敏（1938年）；副总编辑分别为廖焕醒、张报、周毅；编辑部其他成员还有李克、王德、林达森、欧阳欣、张涛、邱静山、于辛超等，胡秋原、艾一尘、于斌、萧三等也参加过编辑工作。除了李立三、陈潭秋、陈云等中共领导人给予指导外，何香凝、陶行知、陈铭枢、王造时等爱国民主人士也给予了大力支持，但其在巴黎的编辑、出版和发行工作实际上由吴玉章担主要责任。《救国时报》经济十分困难，"办报经费几乎到了山穷水尽的状况，印费邮费均无法支付"，自创刊伊始就经常在头版头条位置专门发表启事，成立"本报募集改刊日报基金"，始终得到海外华侨和国内爱国志士的大力支持，尤其是中共领导的东北抗日联军将士也给予捐款，如杨靖宇（1300 元）、王德泰（500 元）、赵尚志（1200 元）、李延禄（2000 元）。为此，报社还专门在第一版显著位置公开向捐款的仁人志士表达感谢。[图4.5]

《救国时报》创刊之初为周刊，1 张 4 开 4 版，不久改为五日刊。稿件多时曾出 8 个版，最多时出版 12 个版。因为消息全面准确，读者面越来越大，发行量由最初的 5000 份增长到 2 万份，在海外发行到 43 个国家和地区，国内发行基本覆盖了北平、上海、广州、天津、重庆、武汉、西安等大城市，成为中共在海外最有影响力的报刊。因为苏联新闻出版审查制度过于严格琐碎，又因路途遥远增加邮寄发行成本的困难，《救国时报》的编辑出版工作中心逐渐从莫斯科转移至巴黎，报社主要工作就由在巴黎的吴玉章领导，吴克坚负责编辑，陈大邦负责印刷。

1937 年卢沟桥事变后，全国抗日民族统一战线已经形成，中共中央的机关报《新中华报》和《新华日报》在国内也可公开出版发行，《救国时报》的历史使命基本完成。就在这个时候，苏联发生了清洗"托派"的斗争，《救国时报》的工人大都受到牵连而遭逮捕，报社陷于停顿。1938 年 2 月 10 日，《救国时报》在编辑出版了 152 期后（如果加上改版前出版的 15 期《救国报》，共计出版 167 期），决定移到美国继续出版，但未能实现，不得不宣告停刊。[图4.6]

《救国时报》是中共驻共产国际代表团在海外主办的一张中文报纸，也是中国共产党在国外从事抗日民族统一战线宣传的机关报，它紧紧围绕抗日救国这个主题主线，除在第一时间发表了大量反映中国人民争取民族独立解放的消息、评论之外，[图4.7]还发表了大量有关东北抗日联军将领杨靖宇、王德泰、赵尚志、周保中、李延禄的文章，同时也介绍了苏联社会主义革命和建设的情况。其中，关于中国工农红军和长征的报道，最为著名的就是以连载的形式发表了系统介绍长征的作品《雪山草地行军记》和《由甘肃到山西》。

从 1936 年 12 月 28 日至 1937 年 6 月 25 日，《救国时报》以 18 期的篇幅连载发表了《雪山草地行军记》，[图 4.8—4.10] 全文共计 24400 余字。紧接着，从 1937 年 7 月 5 日至 1938 年 1 月 20 日，该报又以 25 期的篇幅连载了长达 44100 余字的《由甘肃到山西》，[图 4.11—4.12] 成为世界上最早以连载的形式系统介绍长征的作品。

《雪山草地行军记》主要讲述了红军在川藏边境翻越夹金山、岷山，爬雪山过草地进入甘肃的艰苦征程。整个作品共分 3 章 28 节，内容如下：

一、雪山行军阶段

（一）革命热情淹没了夹金山上的奇冷；（二）红旗蔽空，进入达维；（三）大设筵席，会宴懋功；（四）离开懋功，稳度雪山；（五）藏民区域，地势险恶；（六）风雪袭人，渡马塘山；（七）割麦备粮，同甘共苦；（八）再度仓德，雨雪较稀；（九）雪山行军，告一段落。

二、草地行军的阶段

（一）水草沮洳，毒流遍野；（二）难能可贵的气概；（三）战胜了饥饿；（四）万里长征的女英雄；（五）长征中的老英雄；（六）在征途中的文学家；（七）不怕困难，军容旺盛；（八）走了七天，到达班佑；（九）草地行军，告一结束。

三、雪山栈道的行军

（一）草场已过，北出甘肃；（二）渡包坐河，危险万状；（三）栈道的庐山真面目；（四）继续向莫牙寺前进；（五）继续向瓦藏寺前进；（六）沿白龙河到腊子口；（七）腊子口险要万分；（八）快乐与兴奋的一夜；（九）利用防空隐蔽做政治工作；（十）越过岷山山脉。

《由甘肃到山西》紧接着《雪山草地行军记》，讲述了红军翻越岷山后，经过甘肃直至东征抗日进入山西再返回陕北的艰苦历程。全文共 41 节，主要内容如下：

（一）离别了雪山草地踏进甘肃，（二）大草滩的一宿，（三）从大草滩至哈达铺，（四）如狂风暴雨的情况，（五）哈达铺上军民联欢，（六）惊人的急行军，（七）胜利地渡渭河，（八）武漳之敌同时出击，（九）继续向榜罗镇前进，（十）开军事会议连队联欢，（十一）由榜罗镇到通渭城，（十二）沿途演习防空和骑兵战术，（十三）通渭城的巡礼，（十四）大设筵席开会联欢，（十五）沿途回民欢迎红军，（十六）在热闹的枪炮声中三路并进，（十七）星夜由界石铺出发，（十八）紧张的情况与急行军，（十九）追敌赶到，快马加鞭，（二十）难得解决的问题解决了，（二十一）从六盘山到北洋城，（二十二）北洋城的庐山面目，（二十三）行进途中的新困难，（二十四）到孟家园宰羊杀鸡，（二十五）追敌赶到，立即出动，（二十六）骑兵与空军同时追来，（二十七）经过铁角城到老爷山，（二十八）别却了甘肃进入陕西，（二十九）踏上了抗日的新阵地，（三十）迫不得已回击骑兵，（三十一）西北红军领袖刘志丹的家庭，（三十二）陕甘苏区行军所见，（三十三）与徐海东、刘志丹会合，（三十四）南京政府继续"围剿"，（三十五）延安甘泉之东北行军，（三十六）红军与张、杨打成了朋友，（三十七）抗日民族统一战线在陕北展开，（三十八）东山抗日的誓师，（三十九）黑夜强渡黄河，（四一）驰骋于吕梁山脉，（四十一）红军忍痛回师陕北。

从上述罗列的标题来看，无论是爬雪山过草地，还是从甘肃到山西，文章中所涉及的时空、人物、风土、地点、事件，上至红军高层决策，下至士兵闲情趣事，无不准确无误，非长征亲历者不能为也。

[图4.3] 《救国时报》在创刊号第5版以整版大幅留空的版面刊登《救国报》同人启事《告读者书》，第6版则是开天窗的空白。

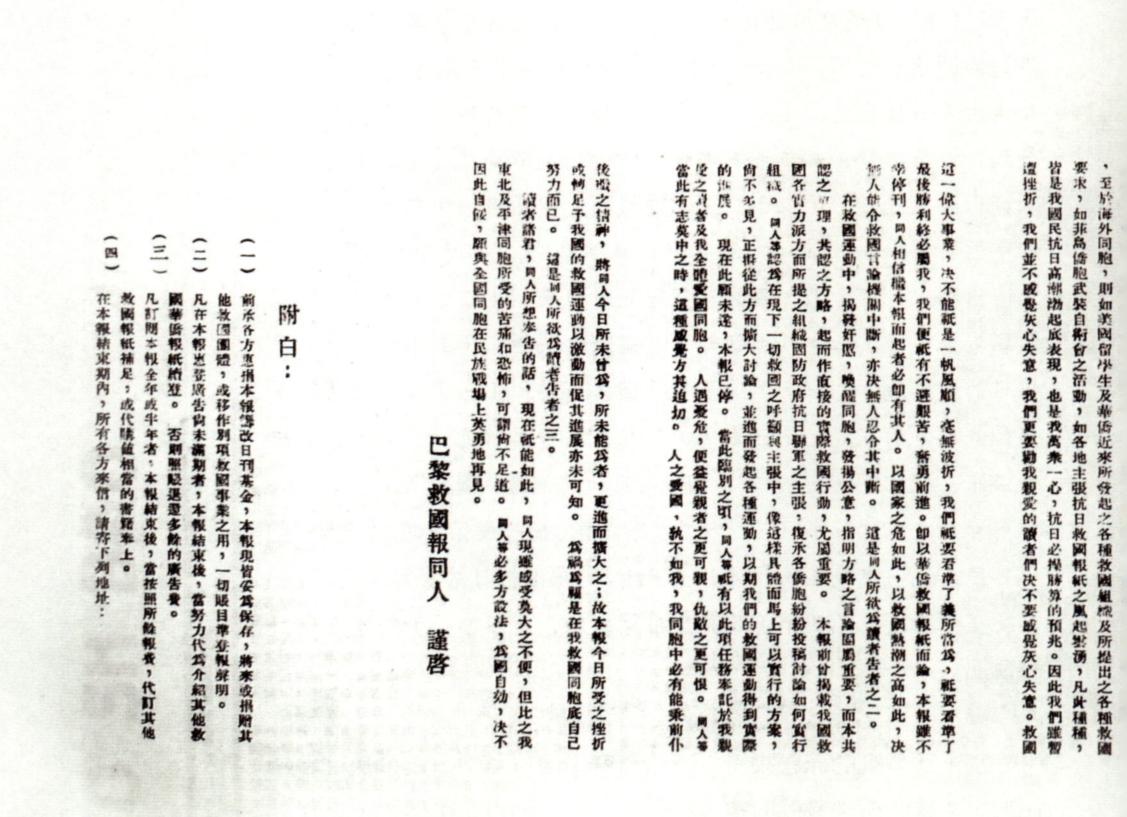
、至於海外同胞，則如美國留學生及華僑近來所發起之各種救國組織及所提出之各種救國要求，如菲島僑胞武裝自衛台之活動，如各地主張抗日救國報紙之風起雲湧，凡此種種，皆是我國民抗日高潮渤起底表現，也是我萬衆一心，抗日必操勝算的預兆。因此我們雖暫遭挫折，我們並不感覺灰心失意，我們更要勸我親愛的讀者們決不要感覺灰心失意。救國這一件大事業，決不能祇是一帆風順，毫無波折，我們祇要看準了義所當爲，祇要看準了最後勝利終必屬我，我們便祇有不避艱苦，奮勇前進。即以華僑救國報紙而論，本報雖不幸停刊，同人相信繼本報而起者必即有其人。以國家之危如此，以救國熱潮之高如此，決無人能令救國言論機關中斷，亦決無人忍令其中斷。 這是同人所欲爲讀者告者之一。

在救國運動中，揭發奸慝，喚醒同胞，發揚公意，指明方略之言論固屬重要，而本共認之原理，共認之方略，起而作直接的實際救國行動，尤屬重要。 本報前曾揭載我國救國各實力派方面所提之組織國防政府抗日聯軍之主張，復承各僑胞紛紛投稿討論如何實行組織。同人等認爲在現下一切救國之呼籲與主張中，像這樣具體而馬上可以實行的方案，尚不多見，正擬從此方面擴大討論，並進而發起各種運動，以期我們的救國運動得到實際的進展。 現在此願未遂，本報已停。 當此臨別之頃，同人等祇有以此項任務奉託於我親愛之讀者及我全體愛國同胞。 人遇憂危，便益覺親者之更可親，仇敵之更可恨。 同人等當此有志莫申之時，這種感覺方其迫切。 人之愛國，孰不如我，我同胞中必有能乘前仆後繼之精神，將同人今日所未曾爲，所未能爲者，更進而擴大之；故本報今日所受之挫折或轉足予我國的救國運動以激動而促其進展亦未可知。 爲禍爲福是在我救國同胞底自己努力而已。 這是同人所欲爲讀者告者之二。

讀者諸君，同人所想奉告的話，現在祇能如此，同人現雖感受莫大之不便，但比之我東北及平津同胞所受的苦痛和恐怖，可謂尚不足道。 同人等必多方設法，爲國自効，決不因此自餒，願與全國同胞在民族戰場上英勇地再見。

巴黎救國報同人　謹啓

附白：

（一）前承各方惠捐本報籌改日刊基金，本報現皆妥爲保存，將來或捐贈其他救國團體，或移作別項救國事業之用，一切賬目準登報聲明。

（二）凡在本報登廣告尚未滿期者，本報結束後，當努力代爲介紹其他救國華僑報紙續登。 否則照賬退還多餘的廣告費。

（三）凡訂閱本報全年或半年者，本報結束後，當按照所餘報費，代訂其他救國報紙補足；或代購值相當的書籍奉上。

（四）在本報結束期內，所有各方來信，請寄下列地址：

告讀者書

Supplément au n° 3 du Giu Guo Sh
Bao « Au Secours de la Patrie ».
7, rue Commines
Paris (3e)

我們的讀者們！ 海內外同胞們！

本報自全年五月出版以來，承袞東北義軍將領、兄弟，各地同胞、同業，或惠捐款項，或代為推銷，或投稿件，或登廣告，或予以精神及物件上之援助，推誠愛護，與日俱增。時我方力以為本報將長期與讀者相見，我們的努力將在祖國邊疆上將盡發力，因此近的月來容發驚魁，正在多方設法，罰改日刊。不意正在這時候，本報却因環境的關係，不能與讀者相見了。

在本報第十六期剛要發行之際，日人忽接到法政府通知，或是迫同這通過，停此郵寄本報。同人等對於旅居法律素無不合，又令人與素成動！因此常惠我各親愛讀者即將告別之項，高想河北烽屋土海震恐狀況，同人等不能不為充滿心緒要波的話，

本報宗旨在抗日救國，其被日人視為眼中之釘，固無足怪，其必為日人所迫審，亦早在我們的意料之中，但如果南京政府對本報同人在海外主張救國之報紙求必欲知以摧殘，則其動機與行動，實與其四年來降日媚外，迫害愛國行為之種種初無二致。本報對於南京政府繼有所指謫，然一本事實，為有目共見。且本報對於將介石及國民黨的以同胞態度相待，一再宣告，祇問抗日與否，不問其他，倘能同仇。此種態度，自問廓然大公，足以代表全國人民之公意。本報現難被迫停刊，同人等仍不肯以自身所受之痛苦而改變我們以全國人民之心為心的態度。日寇是我們的死敵，反對日寇，我們一息尚存，此志不懈。至於國內，我們仍祇問反日不反日，不問其是什麼人、什麼黨，其至為同胞抗日救國，安心耐食，含辛茹苦，原間路盡國民天責，今不幸乃登受此挫折，實不勝悲憤，而一想及國內外同胞

對於本報值此之深，期望之切，愛護熱動之周至，又令人興奮成動！因此常惠我各親愛讀者即將告別之項，為全國同胞告：

一。

抗日反日勢力，我們我國家民族計，祇有誓死反對到底。

日寇對我之侵略日益加劇，我國底危機日益加深，這也是眼前的事實。 反利以來，如袞北華勇軍將領望電全日救國之決心亦日益加深，這也是眼前的事實。

會給了我們些什麼迫害。 抗日者使是我們的朋友，誰不抗日，誰要幫助日寇來壓迫本國這些同人志所欲我國讀者告之之

[**图 4.4**] 《救国时报》合订本影印版，商务印书馆香港分馆，1980 年重印。

[**图 4.2**] 1935 年 12 月 9 日，《救国报》改名《救国时报》在法国巴黎创刊。图为《救国时报》第 1 期第 1 版。

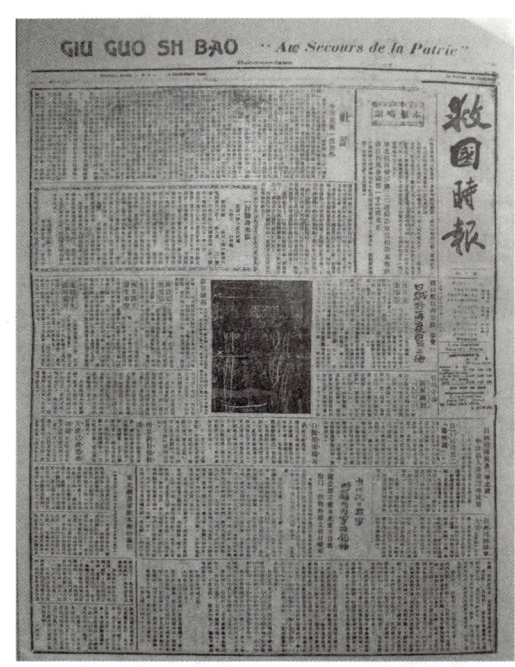

[**图 4.5**] 1937 年 7 月 5 日出版的《救国时报》第 108—109 期，在第一版头条位置刊登"鸣谢启事"，并在第二版开始连载署名杨定华的《由甘肃到山西》。

[图4.8] 1936年12月28日，《救国时报》第74期在第二版开始连载《雪山草地行军记》，作者署名"杨芝华"。

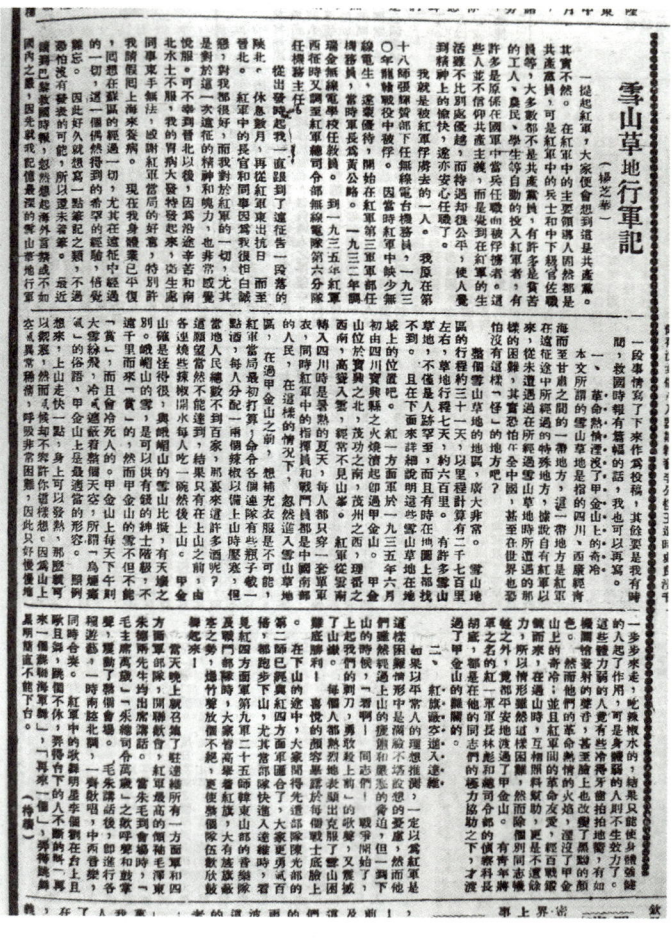

[图 4.9] 1937 年 1 月 15 日出版的《救国时报》第 77 期在第二版连载《雪山草地行军记》时，将作者署名改为"杨定华"。

[图 4.10] 1937 年 6 月 25 日，《救国时报》第 107 期第二版连载的第 18 篇《雪山草地行军记》，连载至此结束。

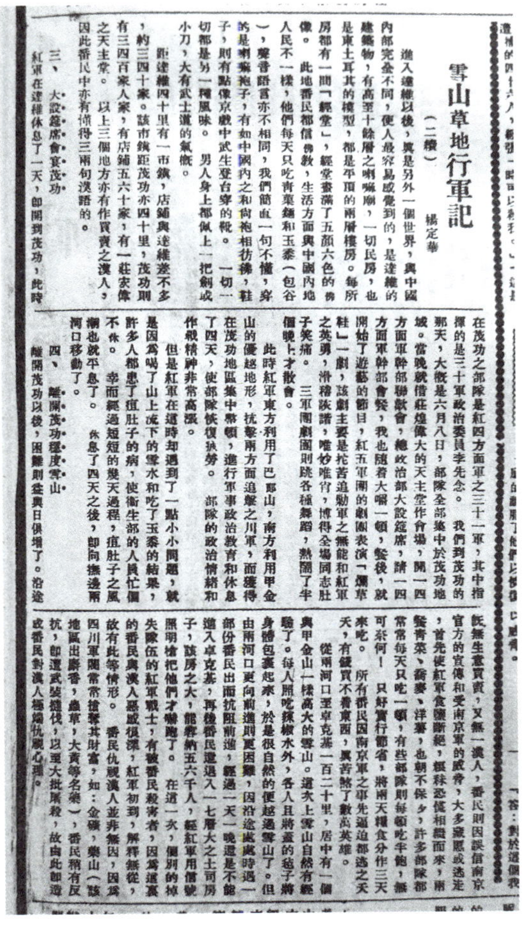

雪山草地行军记（二续）

杨定华

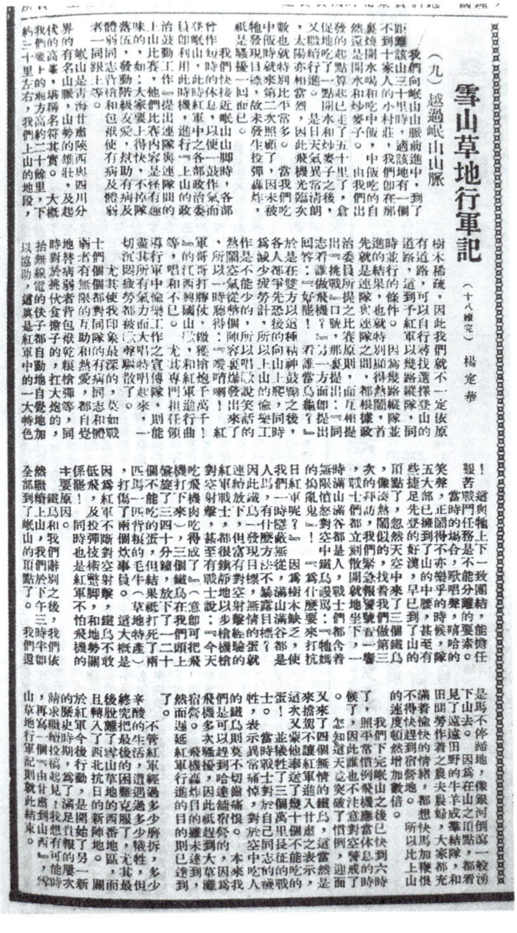

雪山草地行军记（十八续完）

杨定华

[**图 4.11**] 1937 年 7 月 5 日出版的《救国时报》第 108—109 期第二版连载的《由甘肃到山西》。

[**图 4.12**] 1938 年 1 月 20 日出版的《救国时报》第 148 期在第二版连载的第 39 篇《由甘肃到山西》，连载至此结束。

救国时报版《长征记》：
第一部亲历者完整叙述长征的单行本图书

　　时间到了 1937 年 7 月，随着卢沟桥事变的爆发，抗日民族统一战线的建立，全国全民族抗战已经是大势所趋，在国共再度合作的时代背景下，系统完整地宣传红军长征的时机已经成熟。一切如有天意。聪明的读者一看就知道，如果将本书第一回讲述的陈云署名"廉臣"所著《随军西行见闻录》和《救国时报》连载的杨定华所著《雪山草地行军记》《由甘肃到山西》三篇文章合在一起，正好完整系统地叙说了长征的全过程。远在巴黎主持《救国时报》的吴玉章和莫斯科的李立三、陈云、陈潭秋等中共高层人物，已经认识到了这个问题，并且立即付诸实施，决定出版一部《长征记》。

　　1937 年 7 月 31 日，《救国时报》在第四版发表了"本报为出版《长征记》招收预约启事"，[图 4.13] 这种形式与今天流行的"众筹"模式如出一辙。全文如下：

　　前本报出版廉臣先生所著之《随军西行见闻录》一书，大受读者欢迎，近又叠接读者来函，要求将杨定华先生所著之《雪山草地行军记》出版单行本。本报曾将此项建议向杨定华先生函商，现蒙复信表示允许，并蒙廉臣先生、杨定华先生都以全部版权见赠。本报为便利读者起见，决将廉臣先生之《随军西行见闻录》，杨定华先生前著之《雪山草地行军记》，及近著之《由甘肃到山西》等三书，合印一单行本出版，定名为《长征记》。

　　《随军西行见闻录》系叙述一九三四年红军自江西出发西征时，经过湘、粤、桂、黔、滇、川六省之沿途情形，叙至红军达到四川时为止。《雪山草地行军记》则系叙述红军经过四川、青海、甘肃之三角地带之雪山草地之情形；《由甘肃到山西》又系叙述红军由甘肃至山西一带之情形，恰足为《随军西行见闻录》之续。

故一读本书，红军数万里长征之整个情形皆可了然。三书文笔皆极为生动流利，红军在西征中壮伟神智之笔层出不穷，著者均以生花之笔一一叙入，故文章尤为出色。本书虽为笔记体裁，然举凡红军西征时沿途之军事形势，以及山川地形、风物人情、民族习惯、红军之组织与策划、红军克服困难之精神与方法、红军作战经过、红军西征之政治意义，读者皆可于本书中见其大概。

中国人民抗日红军为我中华民族之伟大力量，早为中外所共认，故本书不独可作为文艺作品读，且实为珍贵之史料与检阅民族力量之宝鉴。凡关心中国问题者皆应人手一编。本报业将全稿汇齐，现正在精校筹印中。为帮助读者神思，增加全书美观起见，并搜罗照像数十幅制版插入，皆系珍贵罕见之品，与本书文字相得益彰。全书都十万言，精装一册，因初版份数有限，故在筹印期间特定预约办法如后，以便读者。敬希海内外同胞注意，并从速预定为要。

预约办法：（一）本书定价法币十五法郎，预约照价八折，邮费奉赠，预约定额以二千部为限。（二）预约期限至本年年底截止，过期概无折扣，计算日期以预约者发信之日为准。（三）明年一月底出书。（四）预约投函请联同书价一并直寄巴黎本报，函中务须开明姓名及详细地址，出书以前预约者地址如有更动务须立即通知，除本国预约者外，其他各地预约者之姓名地址并须加注西文。本报于收到来信后即将预约券奉寄，出书时照来函所示地址寄书。

与此同时，《救国时报》还刊登了廉臣（陈云）和杨定华的捐赠版权启事。

《杨定华启事》写道："巴黎《救国时报》是国人呼吁救亡的共同喉舌，该报出版以来，即日在经济困难中挣扎，自该报发起募捐运动以来，向同胞求援的要求尤为迫切。我们无人不应救国，即无人不应援助呼吁救国的言论机关，故对于该报，每个爱国者实都有援助的义务。我前写《雪山草地行军记》一稿，曾在该报陆续发表，后又应该报之请，续写《由甘肃到山西》一稿，在该报逐期发表。现据该报来函，拟将此两稿与廉臣先生所著之《随军西行见闻录》合刊为《长征记》一书，以应读者要求。我除对于该报提议完全同意外，现特登报声明，为表示我对于巴黎《救国时报》的爱护和援助起见，我自愿将《雪山草地行军记》及《由甘肃到山西》两稿之版权一概赠送该报，以后即归该报独家出书。此启。"

陈云的《廉臣捐赠〈随军西行见闻录〉版权启事》这么写道："拙著《随军西行见闻录》一书，曾在《全民》杂志上连续登载，嗣后《全民》停刊，全稿由巴黎《救国时报》社接收，并已出有单行本。现接该报来函，谓应读者要求，拟将该书与杨定华先生之《雪山草地行军记》及《由甘肃到山西》两大著合刊为《长征记》一书，征求同意。鄙人对于此种盛意当然乐于同情。且该报为海内外同胞共同之喉舌，其救国主张为国人所一致赞同，但常遭经费困难之厄，难于发展。鄙人为侨胞之一分子，为该报之同情者，尽力之所及以维护该报，实属应尽之义务。因此特自动声明，愿将拙著《随军西行见闻录》一书版权转移赠巴黎《救国时报》，作为我对于该报的捐款，以后该书不再在他处出版，凡爱读该书者请径向该报订购可也。"

紧接着，《救国时报》在同栏目发表《本报鸣谢启事》："兹承《随军西行见闻录》著者廉臣先生，《雪山草地行军记》和《由甘肃到山西》著者杨定华先生，慨然将该三书版权完全捐赠本报，作为对于本报经济上之补助。两先生不吝珠玉，允许将其大作由本报刊印，同人业已深感荣幸，乃复蒙念及本报经费困难，自愿牺牲稿费，高风厚谊，更深感佩。同人除己专函鸣谢外，合登报端，以彰义举。"

遗憾的是，《救国时报》1938年2月出版的《长征记》，史学界目前没有发现该书中文版。毫无疑问，这部《长征记》应该是系统、完整地叙述长征历史的第一部单行本图书，更为重要的是两位作者均是长征的亲历者，其史料性、文献性和真实性无与伦比。但幸运的是，1938年11月，苏联国家政治读物出版社出版了该书的俄文版，笔者有幸收藏一册，估计在国内也是唯一的一册。俄文版《长征记》（一译《红军长征记》），32 开，80 页，封面图片为长征地图，正文收录周恩来、彭德怀和红军照片 10 幅，红军根据地和长征路线形势图一幅，并配插图两幅。[图 4.14—4.31]

陈云的《随军西行见闻录》在莫斯科出版了中文版单行本（见本书第一回），杨定华的《由甘肃到山西》目前没有发现单行本，但《雪山草地行军记》单行本在中国国内的图书馆和民间收藏家中均有收藏，主要有三个版本，分别是东北书店 1948 年 11 月初版、[图 4.32—4.37] 中原新华书店 1949 年 6 月版 [图 4.38] 和苏南新华书店 1949 年 7 月初版。[图 4.39]

新中国成立后，1954 年 2 月，作为早期记录红军长征历史的经典文献，杨定华的《雪山草地行军记》和《由甘肃到山西》，经过修订，与陈云的《随军西行见闻录》一起在中宣部党史资料编辑部编辑的《党史资料》（内部发行）上发表，随后一并收入《中国工农红军第一方面军长征记》由人民出版社公开出版发行（参阅本书第六回）。

[图 4.13] 1937 年 7 月 31 日，《救国时报》第 114 期在第四版，刊登廉臣、杨定华捐赠版权启事和《长征记》出版招收预约启事。此期同时在第二版连载杨定华《由甘肃到山西》第四篇。

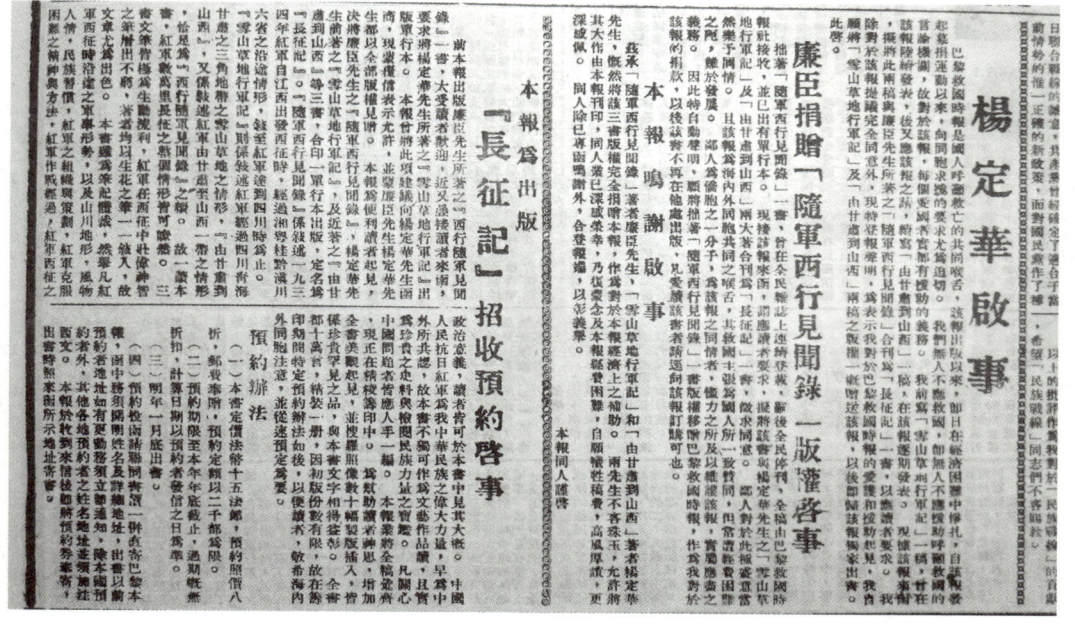

[图 4.14]《红军长征记》，
苏联国家政治读物出版社
（莫斯科），1938 年 11 月版，
80 页，32 开。

[图 4.15]《红军长征记》，
苏联国家政治读物出版社，
1938 年版，插图：红军长
征示意图。

[图 4.15]《红军长征记》，苏联国家政治读物出版社，1938 年版，插图：红军长征示意图。

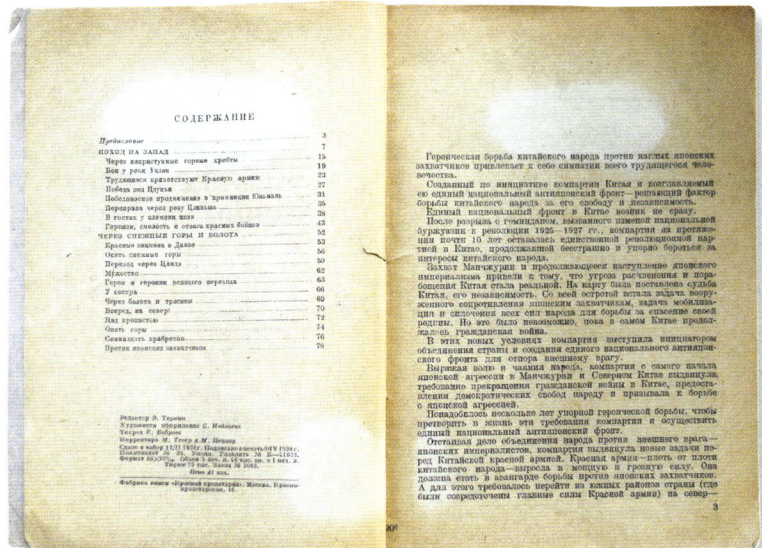

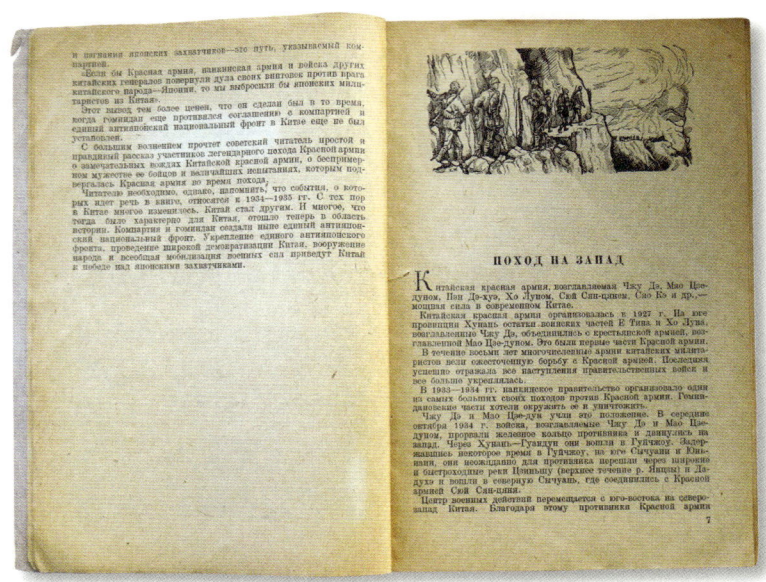

［图 4.20］《红军长征记》
插图：毛泽东和朱德。

［图 4.21］《红军长征记》
插图：红军士兵。

【图 4.22】《红军长征记》
插图：彭德怀。

【图 4.23】《红军长征记》
插图：陕北红军图书室"列宁室"。

［图 4.24］《红军长征记》插图：山西娃娃王东平（原名王月）。

［图 4.25］《红军长征记》插图：周恩来。

[图 4.26]《红军长征记》
插图：红军将士。

[图 4.27]《红军长征记》
插图：红军战士。

[图 4.28]《红军长征记》
插图：红军将士在唱歌。

[图 4.29]《红军长征记》
插图：红军医疗卫生人员。

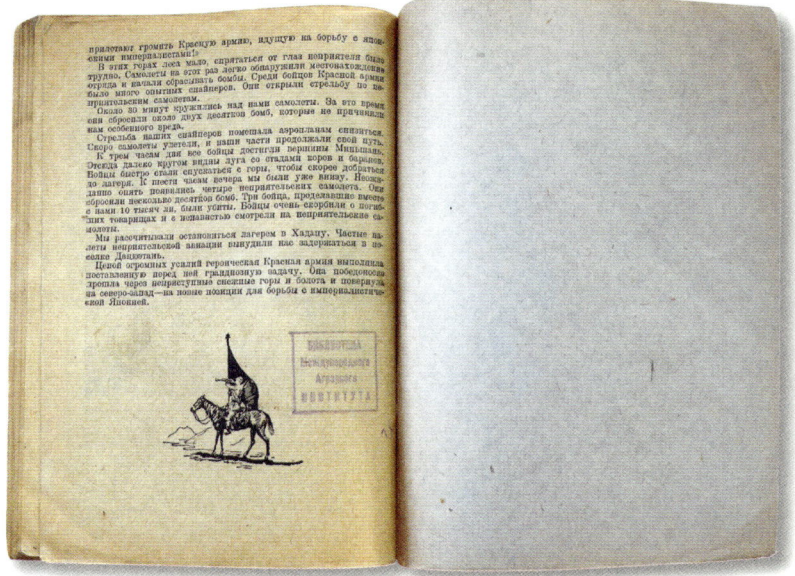

目錄

一　雪山行軍的開始

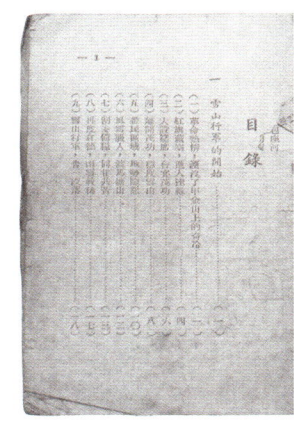

[图 4.33]《雪山草地行军记》，东北书店，1948 年 11 月版，目录页之一。

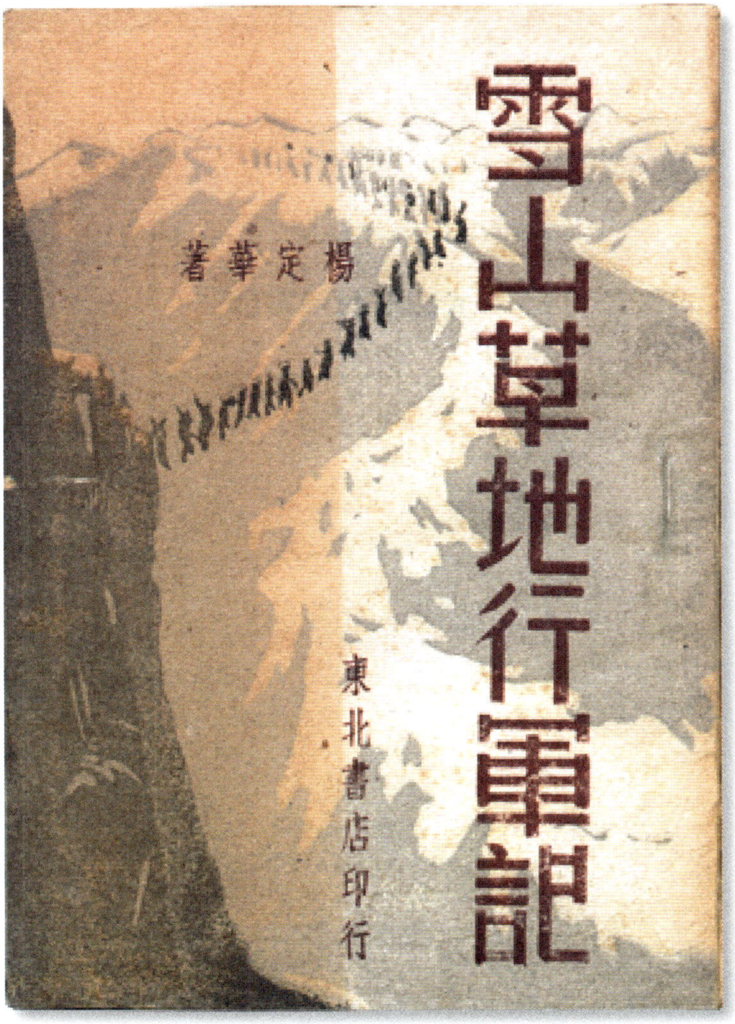

雪山草地行軍記
楊定華著
東北書店印行

[图 4.32]《雪山草地行军记》，杨定华著，东北书店（佳木斯），1948 年 11 月版，77 页，大 64 开。

[图4.34]《雪山草地行军记》，东北书店，1948年11月版，目录页之二。

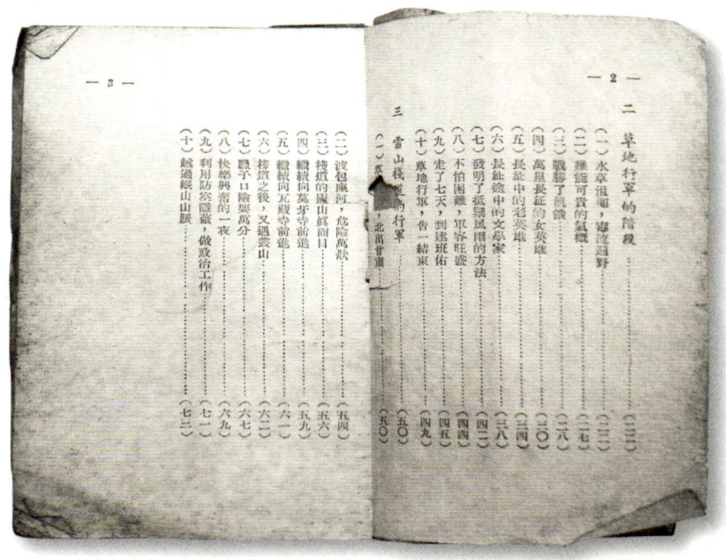

[图4.35]《雪山草地行军记》，东北书店，1948年11月版，前言。

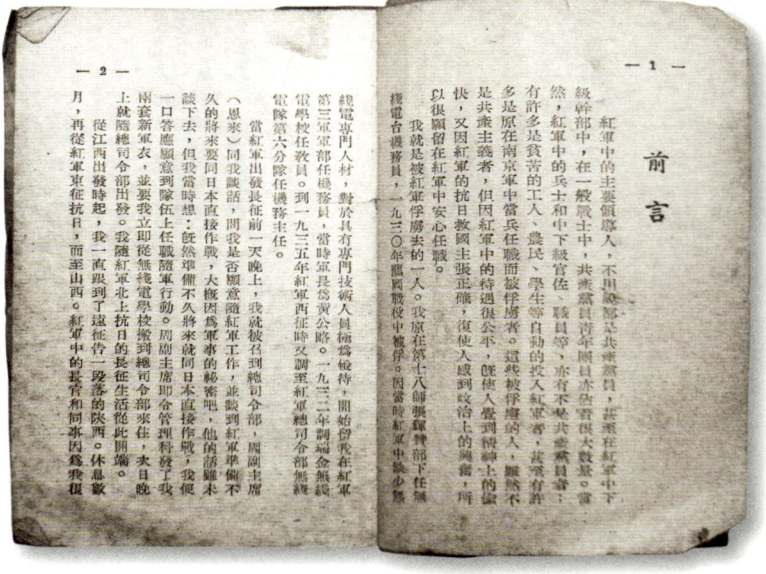

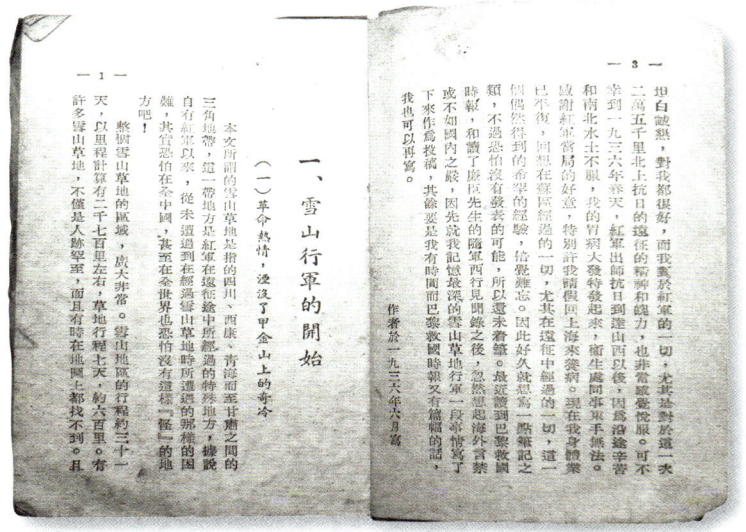

[**图 4.36**]《雪山草地行军记》，东北书店，1948 年 11 月版，前言和正文首页。

[**图 4.37**]《雪山草地行军记》，东北书店，1948 年 11 月版，封底。

[图4.38]《雪山草地行军记》,
杨定华著,中原新华书店(郑州),
1949年6月版,77页,大64开。

[图4.39]《雪山草地行军记》,
杨定华著,苏南新华书店(无锡),
1949年7月版,52页,48开。

尘封 70 载杨定华身份成谜，陈云一言定音是邓发

从《雪山草地行军记》到《由甘肃到山西》，两篇文章都是第一人称的语气，作者杨定华口述了参加长征的亲身经历，语言质朴流畅，描写栩栩如生，人物逼真动人，形象惟妙惟肖。

《雪山草地行军记》一文开头即这么写道："一提起红军，大家便会想到这是共产党。其实不然。在红军中的主要领导人固然都是共产党员，可是红军中的兵士和中下级官佐职员等，大多数都不是共产党员，有许多是贫苦的工人、农民、学生等自动投入红军者，有许多是原系在国军中当兵任职而被俘虏者，这些人并不信仰共产主义，而是觉到在红军的生活虽不比别处优越，而待遇却很公平，使人觉到精神上的愉快，遂安心任职了。"

这样的开头，打破了阶级、党派的局限和隔阂，一下子就拨动了读者的心弦。而作者杨定华紧接着在第二段就道出了自己的"身份"，竟然也是一名被红军俘虏的国民党军队的士兵。他说——

我就是被红军俘虏去的一人，我原在第十八师张辉瓒部下任无线电台机务员，一九三〇年龙赣战役中被俘。因当时红军中缺少无线电生，遂蒙优待，开始在红军第三军军部任机务员，当时军长为黄公略。一九三二年调瑞金无线电学校任教员。到一九三五年红军西征时又调至红军总司令部无线电队第六分队任机务主任。

从出发时起我一直跟到了远征告一段落的陕北。休息数月，再从红军东出抗日，而至晋北。红军中的长官和同事因为我很坦白诚恳，对我都很好，而我对于红军的一切，尤其是对于这一次远征的精神和魄力，也非常感觉悦服。可不幸到晋北以后，因为沿途辛苦和南北水土不服，我的胃病大发特发起来，卫生处同事束手无法，感谢红军当局的好意，特别许我请假回上海来养病。现在我身体业

已平复，回想在苏区经过的一切，尤其在远征中经过的一切，这一个偶然得到的希罕的经验，倍觉难忘。因此好久就想写一点笔记之类，不过恐怕没有发表的可能，所以还未着笔。最近读到巴黎《救国时报》，忽然想起海外言禁或不如国内之严，因先就我记忆最深的雪山草地行军一段事情写了下来作为投稿，其余要是我有时间，《救国时报》有篇幅的话，我也可以再写。

在这篇文章结束的时候，杨定华深情地写道："不管红军经过多少磨折，多少辛酸的生活，遭遇过多少牺牲，但终究把最后的困难克服了，尤其最后脱离了雪山草地的藏人地区，而且转入了西北抗日的新阵地。关于红军今后行动，是开始了另一新的历史时期。为了满足贵报的屡次请求继续投稿起见，我想有可能时，再写一个《由甘肃到山西》，《雪山草地行军记》则就此结束。"

杨定华有意无意地在这里暴露了一个信息，那就是他的写作是得到了《救国时报》的邀约的，或者说是得到中共高层的支持和帮助，甚至指示的。而实际上，在相隔不到十天之后，《救国时报》就接着连载了作者提到的《由甘肃到山西》。由此可见，从写作到发表，这一切都是事先安排好了的，只是在这里卖了一个关子而已。

在《由甘肃到山西》一文中，杨定华加了一个副标题——"抗日人民红军北上长征的最后一段"。而在这篇文章的最后一节《红军忍痛回师陕北》中，作者以先抑后扬的手法，高度赞扬了红军抗日救国的决心和呼吁国共应该合作团结抗战的诉求。不妨摘录如下：

我在红军服务多年，从未见过红军临时改变其作战决心的，因为红军的将领经常判断情况，分析敌情，非常精确周到。所以，他的作战决心，很少不能实现的。那么为什么此次出河北的决心未能如愿以偿呢？平心而论，照我个人的观察，在誓师之前，红军的确未曾估计到南京的军队会真的开入山西。我们是否可以由此而得出：红军判断情况的错误，或下错了决心的结论呢？我认为不能这样说的。因为红军对于南京军队能否开入山西阻挡他们抗日进路的问题，他们是从政治去估计的，因为看见当时南京政府已有表示不接受日本广田对华三大原则的态度，外交政策上亦不如"九一八""一二八"时之继续屈辱退让，同时全国民众要求国内和平一致抗日的情况飞快发展，日寇的进迫，华北时局的紧张等，使他们想到红军自任先锋出而抗御日寇，绝不致有人反对或作梗。无奈日寇走狗亲日派竟秉承日寇意旨，逼迫南京当局出兵山西，进攻红军，日寇又直接威胁南京当局，表示若南京政府不能阻挡红军进入河北，则日军直接起来执行此种任务；同时威胁宋哲元订立中日防共协定，用恐吓威迫的手段逼迫阎锡山先生攻打红军，南京当局及阎、宋两氏，一时误信日寇之齐诱，竟集中二十师之众，准备在山西与红军决战，日寇"以华制华"的阴谋可谓毒矣！

当时情况，既然如此，红军若不重新考虑，不顾一切地继续集结部队东进，那就不可避免地要与同蒲铁路上之南京军及晋军进行决战。红军同二十万军队决战，结果将不仅两败俱伤，而且成了鹬蚌相持、渔人得利，日寇必乘两军打得相持不得开交的时候，立即进兵华北，这是显然易见的道理。红军洞悉了日寇此种阴谋毒计，故红军宣言上指出："中华苏维埃中央政府与红军革命军事委员会，一再考虑，认为国难当前，双方决战，不论胜负属谁，都是中国国防力量的损失，而为日本帝国主义所称快。"这是红军忍痛通电回师理由之一。其次红军忍痛通电回师之另一目的，是要求南京政府共同一致抗战，唤醒一时迷惑进攻与阻挡红军之将领的觉悟，所以他在回师通电上说："特慎重地向南京政府诸公进言，在亡国灭种紧急关头，理应幡然改悔，以兄弟阋于墙外御其侮的精神，在全国范围，首先在陕甘晋停止内战，双方互派代表磋商抗日救亡具体办法。"红军忍痛回师陕北的苦衷，上述通电发出之后，当时不仅引起了全国人民和舆论的注意，而且的确引起了南京政府当局诸公及不少军事将领的同情。至于个别社会舆论，指红军通电回师之举为缓兵之计，只是一种手段，这显然是一种片面和主观的狭隘的观察。

在我未读红军回师通电之前，当时心里觉得非常不舒服，因为为着抗日而作二万五千里的长征，已经快踏上抗日战场了，忽然宣告回师，我曾一时气得心脑几乎爆裂，以后接读回师通电，觉得自己的急躁是一种如何的幼稚呀！红军匆忙集中回师之际，正是我胃病发作之时，当红军开始回渡黄河时，我便背道乘车回上海，进医院治疗。我写这稿子的时候，忽阅报端，知红军总司令朱德又率一方面之五、九两军团、四方面军全部及贺龙之二、六军团到达陕北集中。这次红军的总汇合，对于抗日战争是有重大意义的，而且可以预料此种力量，必然成为来日抗日战线上不可战胜的力量。我又从朋友手中接读了中国共产党致国民党三中全会通电，并且国共两党已开始往返谈判。我想红军的抗日民族统一战线的主张，一定可以在全国范围内实现的。我现在非常懊悔不应该因病离开红军，但我自信虽然现在我不在红军服务，但对于我几年的红军生活，是永久不能忘却的。因此将来有暇执笔，仍愿努力介绍红军人物小史，战斗事实，生活趣闻等于国人，本文则至此结束。

综上所述，《雪山草地行军记》和《由甘肃到山西》的作者杨定华自称是"红军总司令部无线电队第六分队机务主任"，但从这两篇长达 68000 多字的文章中，我们不难发现，作者杨定华文化水平高、文字功底深，不仅对红军高层领袖、将领包括毛泽东、张闻天、朱德、周恩来等人的活动、会议了如指掌，而且对红军的整个行动计划、基层官兵的战斗生活状态也耳熟能详，对长征途中自身经历和发生的大大小小事件的时间、地点、经过等描述得一清二楚明明白白，更重要的是对国际国内的政局时局和复杂的军事斗争形势作出如此高度、深刻的分析，对于一个普通的由"俘虏"转任"机务主任"的人来说，是难以想象的。不仅需要得到中共和红军高层的绝对信任，才能在身边工作掌握这么多的机密，而且需要多么顽强的记忆力和笔力，才能完成这样的写作任务啊！

这个杨定华不简单！

这个杨定华是谁呢？

从笔者收藏的《救国时报》影印版上可以发现，《雪山草地行军记》首次发表时，该文作者署名为"杨芝华"，到第二次连载时又将署名改为"杨定华"，直至两篇文章连载完毕，就再也没有改动过。[图4.8—4.9]而在前文引用其自述的文字中，我们知晓因他"胃病发作"，"当红军开始回渡黄河时"，他"便背道乘车回上海，进医院治疗"，从此离开了红军，并为此"非常懊悔"。从此，这位"红军总司令部无线电队第六分队机务主任"，就再也没有出现在我们的党史和军史上了。笔者查阅由军事科学院红一方面军军史编审委员会编辑的《中国工农红军第一方面军人物志》（**解放军出版社1994年版**），也没有关于此人的记载。

难道，杨定华就这样"人间蒸发"了吗？

我们知道，本书第一回已经讲过，1935年随陈云去苏联的有中共中央分局委员陈潭秋、瞿秋白烈士夫人杨之华、何叔衡烈士女儿何实嗣和曾山等七八个人。他们经海参崴于8月20日抵达莫斯科，住在中共驻共产国际代表团宿舍，后来到共产国际为各国共产党培养高级干部的列宁学院学习。陈云、陈潭秋、曾山、滕代远、许光达、孔原、高自立、曾涌泉、梁广等编在一个特设的研究班。学习期间，中国学员都使用了化名，其中曾山化名唐古、陈潭秋化名徐杰，而陈云的化名为史平。

杨定华曾署名"杨芝华"，是不是瞿秋白夫人杨之华呢？

众所周知，杨之华没有参加长征。显然，这是不可能的。而且，从上文引用《救国时报》发表的"杨定华启事"中可以看出杨定华是一位"先生"，应该是男性。

杨定华是不是陈云呢？

如果从陈云化名"廉臣"发表《随军西行见闻录》和他在莫斯科的经历来考察，也就是说，从写作者的化名身份、语气、视角和表达方式来比对，"廉臣"和杨定华的写作和发表模式几乎一模一样——陈云化名"廉臣"以红军俘虏（**国民党第五十九师军医**）的身份写作，杨定华也是假托俘虏身份（**国民党张辉瓒部下无线电台特务员**）。他们乔装化名是为了躲过国民党统治当局的耳目，便于文章能在国内外广泛流传。但是陈云早在 1935 年 6 月自四川省天全县就离开了长征，他根本没有参加后来的雪山草地行军，更不可能从甘肃到山西。况且，在 1937 年 7 月 31 日《救国时报》为出版《长征记》一书发表"招收预约启事"的同时，还在同一版发表了《杨定华启事》和《廉臣捐赠〈随军西行见闻录〉版权启事》，可见他们肯定不是同一人。但杨定华撰写这两篇文章却深受陈云的影响。他在 1936 年 6 月写的《雪山草地行军记》前言中说："最近读到巴黎《救国时报》，和读了廉臣先生的《随军西行见闻录》之后，忽然想起海外言禁或不如国内之严，因先就我记忆最深的雪山草地行军一段事情写了下来作为投稿，其余要是我有时间，《救国时报》有篇幅的话，我也可以再写。"

杨定华肯定是另有其人，他到底是谁呢？

中国人民大学党史系教授李安葆先生认为：

从以上《救国时报》刊登的捐赠版权启事和鸣谢启事中可以看出，廉臣和杨定华实是两个人，不是一个人。这两人都有参加红一方面军长征的经历，都曾向《救国时报》投稿，同《救国时报》有联系，他俩的捐赠版权启事同时发表在该报，他俩之间似也有某种联系。廉臣（陈云）当时是在莫斯科中共驻共产国际代表团工作，而杨定华是否也在同类或相近的机关中工作呢？引人深思。从他俩所写的长征回忆文章中可以看出，他们对长征中党和红军的高层领导人毛泽东、朱德、周恩来、刘伯承、叶剑英、彭德怀、林彪、聂荣臻、林伯渠、徐特立、董必武、谢觉哉等都很熟悉，对长征中召开的重要会议精神的传达和贯彻（如遵义会议、毛儿盖会议等）的记载甚是准确（如《雪山草地行军记》中说俄界中央政治局会议"获得了绝对的一致"）。对红军在长征中的重要战略行动（如红军渡金沙江、大渡河北上，红一、四方面军达维、懋功会师等）都有确切的记载，对红军部队的本质特征、军民关系、民族政策都有深刻的论述，等等。从这些可以看出，他俩不是红军中的一般干部，而是熟知党和红军内情的高层领导人。

事实上，长征中的廉臣（陈云）是中共中央政治局委员、红五军团党中央代表、军委纵队政治委员，参加了遵义会议、扎西会议、会理会议等中央重要会议，后去上海恢复党的白区工作，复赴苏联任中共驻共产国际代表团成员。在中共驻共产国际代表团成员中，尚有王明、吴玉章、康生、潘汉年、邓发、滕代远、张浩、孔原、欧阳生、周和生、宋一平等。在这些成员中，除陈云、潘汉年、邓发参加过长征外，其余都没有参加过长征。然而，潘汉年和陈云在1935年春夏之际，便先后离开长征队伍，去上海和莫斯科工作，未能走完长征全程，只有邓发走完了红一方面军长征的全过程，邓发在长征中是中共中央政治局候补委员、中央军委第二纵队副司令员兼副政治委员，参加了遵义会议、毛儿盖会议、俄界会议、榜罗镇会议等中央重要会议，红一、三军团单独北上时，他任红军陕甘支队第三纵队政治委员。长征到达陕北后，他参加了中共中央召开的瓦窑堡会议等。因此，邓发撰写红军长征后期行动的回忆文章(《雪山草地行军记》和《由甘肃到山西》)的可能性最大。

如果再从上述文章中对邓发等领导的第三纵队活动的详细报道来分析，就使我们可以看出杨定华就是邓发化名的端倪。杨定华在《由甘肃到山西》一文中说："我从来行军都是随着第三纵队走的。"杨定华自称是随叶剑英（第三纵队司令员）和邓发（第三纵队政治委员）领导的第三纵队行动。因此，杨定华在文章中对第三纵队从甘肃到山西的活动记载颇为详细和具体。文中有些地方就直接写出邓发等的具体活动情况。如邓发和叶剑英、杨尚昆在通渭游艺联欢会上讲话的情况，邓发和叶剑英、彭德怀在铁边（角）城山头上观察追敌骑兵的活动情况，邓发和叶剑英、蔡树藩、张经武在老爷山寺庙宿营的情况，邓发、叶剑英在保安县吴起镇附近的陈光、刘亚楼司令部住宿的情况，等等。杨定华的这些具体记载使人感到是否是邓发的"夫子自道"呢？

杨定华在文章中，特别记载了直罗镇战役中牺牲的红军干部黄甦。黄甦和邓发都是广东人，早年共同参加省港大罢工和广州起义等，是亲密的战友。黄甦长征刚到陕北便不幸牺牲了，使邓发甚为悲痛，他为此写了《追悼我们的黄甦同志》一文，发表在《斗争》第78期上。而杨定华在文中记述黄甦的牺牲和经历，便是邓发这篇追悼文章的简述，杨定华的这段文字就是邓发文章的缩影。

回顾1936年初，中共中央准备派代表去苏联汇报中国政局和党的情况。当时，毛泽东、彭德怀已率部渡黄河东征抗日，在陕甘根据地后方瓦窑堡的周恩来等根据当时国内政治形势的发展变化，决定派邓发为中共代表经新疆赴莫斯科。4月13日，周恩来将这一决定电告在前线作战的毛泽东、彭德怀征求意见。4月20日，毛泽东、彭德怀回电说："邓发同志去苏联以快些动身在夏天到达并取得结果为好。"[1]

6月间，邓发化名杨鼎华，自陕北启程，经西安、甘肃、新疆前往苏联。到达莫斯科后，邓发代表中共中央向共产国际汇报了中国党和革命的情况，随之参加了共产国际中共代表团的工作。这里特别应该指出的是，1936年夏邓发从陕北去苏联时，化名杨鼎华。而在《救国时报》上发表文章的化名是杨定华。"定"与"鼎"是谐音，杨定华正是杨鼎华的谐音，这两个化名不都说明正是邓发一个人吗？[2]

李安葆教授的分析有理有据，笔者十分赞同。此外，李教授还回忆起一件同成仿吾谈及《雪山草地行军记》一文的往事。他说："上世纪80年代初，我们帮助成仿吾同志整理长征回忆资料时，曾向成老问及杨定华在《雪山草地行军记》一文中记载他和毛泽东、彭德怀在草地夜晚篝火旁讲述革命经历一事。成老简单回忆了当时草地夜晚露营的情况后，顺便说：这是邓发他们写的。现在提起这件尘封多年的往事，我觉得对弄清杨定华是否是邓发的化名还是有

[1] 《邓发纪念文集》，中共党史出版社，2002年10月版，第537页。原注。

[2] 《撰写〈雪山草地行军记〉等文的杨定华是谁？》，原载《北京党史》2007年第6期。

一定参考意义的。在中央苏区，成仿吾和邓发是熟识的战友。在中央红军长征离开瑞金时，邓发作为中央军委第二纵队的负责人，曾到成仿吾等所在的干部休养连作临行前的政治动员，成仿吾在《长征回忆录》中对邓发的这次风趣幽默的讲话做了生动的描述，而杨定华在上述两篇长征回忆文章中也再三提到成仿吾，这绝不是偶然的随笔，是战友间难忘的亲切的记忆。根据以上有关资料，我初步认为杨定华即是邓发的化名。" [图 4.40]

遗憾的是，邓发没有像陈云那样等到革命的胜利，于1946年4月8日同博古、王若飞、叶挺等人从重庆返回延安时，因飞机失事，在山西吕梁兴县黑茶山遇难。因此，也就无法得到由他本人就此作出的相关解释和历史记载。据说，1945年9月，邓发参加巴黎世界工人联合会成立大会时，西班牙著名画家毕加索赠送给毛泽东一幅油画，委托他带回延安，因飞机失事，这幅油画也随之灰飞烟灭。

历史的大门始终是为后来者开放的。

2005年，曾任陈云秘书的朱佳木先生在《中共党史研究》上撰文说：

　　《陈云文选》编辑组从共产国际主办的《共产国际》杂志（中文版）1936年第一期上看到一篇署名"施平"的文章，专门讲述中央红军长征和遵义会议的过程，题为《英勇的西征》。由于陈云同志在中共驻共产国际代表团曾用"史平"之名，在我党创办的巴黎《救国时报》上发表过许多文章，而"施平"与"史平"同音，编辑组因此判断这篇文章也是陈云同志写的，要我请示一下能否收入《陈云文选》。陈云同志看后说，他没有用过"施平"这个名字，也不记得在莫斯科写过这样的文章。另外，这篇文章写到了中央红军与四方面军的会合，而他在此之前已经离开了长征队伍。因此，可以肯定文章不是他写的。至于是谁写的，陈云同志说，邓发同志到莫斯科后，曾接着他假托被红军俘虏的国民党军医之口写的那篇《随军西行见闻录》，也写过一篇介绍红军长征的文章，登在巴黎《救国时报》上。[3]

[3] 此段文字在本书第一回曾经引用，原文标题为《听陈云同志谈党史》，刊载于《中共党史研究》2005年第4期。

　　陈云一言定音，杨定华就是邓发，尘封了70年的谜底终于揭开。
　　就像陈云化名"廉臣"在《全民月刊》上发表《随军西行见闻录》一样，邓发化名"杨定华"在《救国时报》上发表《雪山草地行军记》《由甘肃到山西》，已经不仅仅是简单的个人写作行为，而是一种组织的策划安排，是一种责任和使命。说到底，就是中国共产党的高层领导者始终没有忘记用自己的"笔杆子"，充分发挥宣传舆论阵地的引导作用，为实现革命理想而打赢一场舆论战。
　　马克思说："批判的武器当然不能代替武器的批判，物质的力量只能用物质力量来摧毁；但是理论一经群众掌握，也会变成物质力量。"历史和实践都告诉人们一个道理：批判的武器与武器的批判同等重要，当二者实现最佳结合时，战斗力则倍增，无往而不胜。

[1934.10—1936.10]

第五回

征途扣留传教士，翻译地图见情谊

神灵之手写传奇，萧克不忘薄复礼

世界是这样知道 THE LONG MARCH 的

1934.10—1936.10

长 征 叙 述 史　长征

NO. 0005

前几回解读的长征叙述史故事，无论是陈云还是邓发，无论是范长江还是朱瑞，那都是咱中国人自己述说长征。这一回，要讲一讲长征路上的外国人口述的长征。

长征路上有没有外国人呢？

到底有几位外国人参加了长征呢？

这实在是一个有意思的话题。但往往这个问题又容易被我们忽略。从目前的史料来看，共有五位外国人参加了长征，尽管他们肤色不同，语言各异，但他们却抱着共同的革命理想和目的，与中国红军将士一起，跨越千山万水，历经千辛万苦，直至走完长征路，赢得长征的胜利。他们分别是德国籍革命者奥托·布劳恩（即李德），朝鲜籍革命者金勋（即毕士悌）、金武亭（即武亭），越南籍革命者武元博（即洪水）、李碧山（即李班）。但除了上述五位外籍革命者之外，还有一个外国人也参加了长征，他就是英国籍瑞士传教士鲁道夫·艾尔弗雷德·博斯哈德·比亚吉特（Rudolf Alfred Bosshardt Piaget），中文译名勃沙特，他为自己取的中文名字叫薄复礼。

信奉上帝的薄复礼没有想到，在来中国第 12 年的纪念日"被捕"

1934 年 10 月 1 日，是薄复礼来中国传教生活整整 12 年的纪念日。

此前一天，是 9 月的最后一个周末，薄复礼和心爱的妻子露茜参加完贵州教会在安顺组织的"复活"祈祷活动之后，一路轻轻地唱着"我将跟随主通过花园，跟着他走向天国，一往无前"的赞美诗，便匆匆忙忙地赶回他工作的所在地镇远教堂。途经

[图5.1] 青年薄复礼，一个帅小伙。

黄平老城旧州时，他与另外一名德国籍传教士海曼在城外的小河举行了洗礼之后，握手告别。为了尽快赶回，出城不久，薄复礼和露茜带着布道人员以及他们的厨师苏恩林，选择一条小道，兴致浓浓地爬上一座小山包，放眼远望，一座静谧、隐蔽的小山村就在眼前。日落黄昏，暮色四起，他们决定就在这个小山村过夜。

离家越来越近了。然而，让薄复礼没有想到的是，还没等下山，从路边的树林中冲出来一群持枪者，拦住了他们的去路。在露茜的"滑竿"前，一个人手持左轮手枪，晃来晃去。

"不要开枪！"露茜主动搭话，"你们想干什么？"

显然，语言交流是非常困难的，尽管薄复礼和露茜会说一些中国话。

从遥远的英国曼彻斯特镇被教会派到贵州盘县传教，是1923年的秋天，那一年，薄复礼26岁。[图5.1]在他眼里，贵州原意为"鬼州""恶魔的土地"，改为"贵州"就是价值连城的好地方。确实如此，薄复礼深深地喜欢上了这个贫穷的地方。1931年6月10日，他和来中国传教的瑞士姑娘露茜·比亚吉特在贵阳结婚。随后，他们夫妇在贵州的镇远、黄平、遵义一带传教。后来，他接替美籍传教士贾习真，负责盘县的基督教务和镇远教堂。他们夫妇定居在盘县凤鸣镇大同路162号，并以孔子"克己复礼"的格言给自己取了中文名字"薄复礼"，妻子露茜取的中国名字为"薄羡万美"，当地群众则尊称露茜为勃师母。

现在，薄复礼夫妇遇到麻烦了。持枪者所讲的方言，他们根本听不懂。

"强盗！抢东西！"薄复礼和露茜自然想到包围他们的人的身份，更何况他们已经不是第一次遭遇这种情况。正当薄复礼准备和妻子打声招呼的时候，一个持枪者把他打倒在地并且把他捆了起来，然后带他们下山。他回头瞧了一眼，发现妻子露茜跟在身后，而且还平安地坐在她的"滑竿"上。这令薄复礼有些纳闷，他仔细观察身边的这群人——语言是陌生的，装扮从未见过，每一个人的衣服杂乱破旧，五颜六色，式样各异。更令他惊讶的是，等他们下山来到一个马厩的时候，刚刚分手的海曼也被带到了这里，但他的财物竟然被如数归还，连旅费中的几个银毫子也如数奉还。而且晚上休息时，他被安排在躺椅中，露茜睡在用木板拼起来的床上，而抓他们的士兵则睡在地上。这一切，不禁令薄复礼胡思乱想起来："如果他们不想抢劫财产，为什么还要把我们抓到这里来呢？"

是的，薄复礼遭遇了他人生意料之外的意外——他被中国工农红军以"间谍"的名义"逮捕"了。[图5.2]这支部队正是任弼时、萧克、王震所率领的红六军团。这支中央红军长征的先遣部队，自1934年8月7日从江西遂川出发，一路血战，辗转千里，突破湘、贵、黔三省的国民党军队包围，正按照中央的战略意图转战黔东，与贺龙所率领的红二军团会合。

"天无三日晴，地无三尺平。"就这样，薄复礼和妻子露茜、德国传教士海曼和夫人一行跟随红军转战跋涉，艰苦行军在贵州的山林之中，在国民党军队的"追剿"下，风餐露宿。其间，他也曾试图逃跑，甚至自杀。这个时候，作为共产主义者的红军信奉无神论，对于外国传教士在中国的传教活动是反对的。红六军团保卫部部长吴德峰负责处理薄复礼一行。一路上，对薄复礼的衣食住行都给予特别的优待，比红军将士的生活条件好出不知多少倍。因为山路崎岖，红军还专门为薄复礼配备了一匹好马。[图5.3]由于红军经济状况困难，缺医少药，吴德峰要求薄复礼等人写信给他的教会，必须拿出赎金或药品才能获得自由。后来，因为种种原因，红军提前释放了露茜和海曼夫妇及他们的孩子，[图5.4—5.5]只留下最为年轻的薄复礼作为"筹码"，希望尽快得到"赎金"和药品。[图5.6]就这样，薄复礼吃尽了他一辈子也没有吃过的苦，在红军队伍中，前后共计生活18个月560多天，成为他一生中最神奇的经历。

[**图5.2**] 与红军一起长征的薄复礼。

[**图5.3**] 长征途中，红军让薄复礼骑马行军。

[图5.6] 为薄复礼夫妇传递信息的三个中国雇员——蔡先生、杨先生和侯先生。

[图5.4] 被单独释放的传教士海曼。

[图5.5] 红军给传教士海曼开具的通行证。

通行証

兹有帝國主義的偵探成邦慶犯

罚款缴清释放 希沿途宜线放

行此証。

十一月十八日

[图5.7] 薄复礼在遭遇红军"逮捕"后所认识的红二、六军团的将领，左起: 甘泗淇、萧克、王震、关向应。

[图5.8] 薄复礼夫妇在云南昆明休养。

薄复礼著述《神灵之手》，
四年后再回"逮捕过他的国家"

1936 年 4 月 12 日，薄复礼被红军释放。这一天，是西方的复活节。这个日子，对一个基督教传教士来说，真是一个好日子。

释放的前一天，红六军团保卫部部长吴德峰专门设午宴宴请薄复礼，并请来军团长萧克和政委王震作陪。宴会非常丰盛，从下午 3 时一直吃到晚上。席间，话题大多围绕宗教问题展开。[图 5.7]

王震对薄复礼说："我不理解你们外国的教育，为什么总让人相信上帝，实际上你也知道我们都是从猿进化来的，我认为人的任何聪明才智都是靠实践而来。"他还和颜悦色地说："当你接受新闻界采访时，你要记住，我们是朋友，你们已经看到，我们对穷人是多么的好，是如何按原则去工作的，我们不是'土匪'，这是敌人的污蔑。"

吴德峰插话说："如果你愿意保持联系的话，我们将很高兴能收到你的信。"

最后，萧克告诉薄复礼："你作为一个旅游者留在中国我不反对，甚至可以允许你办学校，只要不欺骗学生和百姓，让他们信奉什么上帝，这是可以的。但是，如果你回家并且留在那里，这可能更好些。"

宴会结束后，薄复礼与萧克、王震一一握手。最后，吴德峰把他留下，给了他 10 元路费，并叮嘱他："在天亮以前，你们都不能离开所住的屋子；天亮以后，你们即可自由行动，必须记住，是在天亮以后，因为我们将在今天半夜以后开始转移。"

事实正是如此。4 月 12 日半夜，红六军团开始了佯攻昆明的军事行动。天亮后，薄复礼恢复了自由。很快，他就来到了昆明。在上海的露茜听到这个消息后，立即迫不及待地乘坐当时安全性能很不好的小飞机，与分别已经 18 个月又 12 天的丈夫相会。[图 5.8]

露茜在日记中这么写道：

　　在我们再次相聚后，首先应该感谢上帝。是上帝做了我们所想做的事情，"啊，上帝，是你护卫了我，让我们举起你的名字吧！"

　　上帝，你的解救是多么及时啊。医生说我的丈夫最多活不过十天。现在，我的丈夫卧床休息，用我带回的药进行治疗，正逐步恢复健康，心脏正常了，致命的病没有了，但胸膜炎、支气管炎、腹泻等疾病仍在折磨着他，还得要多长时间才能好啊？

　　我的上帝！

　　经过几个月的疗养，薄复礼很快康复了。在这一段时间里，在妻子露茜的陪同下，他把自己的经历口述给他的朋友利德尔等热心人士，他们边听边记，整理出了一部回忆录。1936 年 8 月，当贺龙率领的红二军团和萧克、王震率领的红六军团刚刚完成整编合成红军第二方面军，继续艰苦跋涉在长征路上的时候，薄复礼的回忆录 *The Restraining Hand*（《神灵之手》，直译为"抑制的手"），交给了英国伦敦哈德尔和斯托顿公司（London Hodder and Stoughton）于 12 月出版，是西方最早介绍红军长征的图书。

[图 5.9—5.16]

　　虔诚的传教士薄复礼始终认为，他在红军的传奇经历是"冥冥之中神灵之手对我们的祐护"，因此把回忆录定名为《神灵之手》，并在书中反复感恩上帝的救赎。伦敦哈德尔和斯托顿公司在该书的"出版前言"中写道："1934 年 10 月的第一二两天，中国内地的5 名外国传教士及两个孩子在贵州突遭红军扣留。他们是 R.A. 勃沙特夫妇、A. 海曼夫妇及两个孩子和埃米·布劳斯小姐，虽然每人被要求支付 10 万元赎金，但已婚妇女和孩子几乎当场释放。一个星期后，埃米小姐在途中因昏迷也被红军释放。1935 年 11 月，海曼在关押 413 天后获释，5 个月后，在东方的春季，濒临死亡的勃沙特亦在关押 560 多天后，最终获得了自由。本书由勃沙特撰写，同时增补了海曼·贝克尔先生关于营救他们获释经过的简述。"

薄复礼在《神灵之手》的《自序》中，"感谢"在红军长征途中的扣留经历。他以基督徒的宗教情怀这么写道：

本书是按1934年10月至1936年4月12日（中国的清明节），我作为中国共产主义者俘虏一年半的经历顺序，于病床上口授的。我写作的目的是感谢上帝，在不幸的时刻，是上帝赋予我力量。我能战胜一次次的审讯和我祈祷中许多请求的实现，也许正是上帝显示他的存在，并以他的威严，作为对他的各种请求的答复。部分事件的内容和地点，是我被捕后的前3个月记录的，当它被我们的人重新发现并得到时，它和我的《新约》《每日祈祷词》等均被那些共产党人弄得面目全非。

读者将看到，按保守的估计，我们曾惊人地在贵州、四川、湖北、湖南、云南范围内行了6000英里（主要是步行），并在外宿营达300多处。读者也许会因我们这些杂乱的随想，难以得出一个正确的时间概念。我们的很多路线也由于夜间及山间小路行走的缘故，像那些来不及考证的事一样，难以正确的复述。况且，我们很多时间是在卫兵看管之下，大约300人轮流担任卫兵，一时一种看管办法，有时甚至更多，因此我们也很难与他们熟悉，过分的好奇将招致他们的怀疑。

许多报道，因抓我们这些人的举动，而将红军称为"匪徒"或"强盗"。实际上，红军的领导人是坚信共产主义和马克思列宁主义的信徒，并在实践着其原理，是另一种频率和形式的"苏维埃"。归根结底，俄罗斯是其范本。我们应认识这种像魔鬼一样对文明家庭和宗教的红色威胁，拿起信仰盾牌，挥动精神利剑，组成一支大军，为天国而战。让我们为那些如迷途羔羊一样受尽苦难的芸芸众生而祈祷，竭尽全力在他们沉沦前给予上帝的忠告。"同志"孜孜以求的世界革命目标，只是一剂令人迷幻的毒药，崇高的那种品德，只能使人软弱无力，共产主义只是幻想中的宗教。

当上帝派他的使者"走遍天涯海角，给世间万物传播福音"时，他已看到世人正陷入仇恨之中："我看到你受人驱使，像羊入狼群。"他告诉我们，在蛮陌荒野，我们的真理亦将失去光辉，但人们能看到上帝之手将在那里惩恶扬善，故本书命名《神灵之手》。本书作者坚信，丧失灵魂的人伤害天国的企图，反将使它更坚强，光荣归于全能的上帝。

感谢 G. 利德尔、M. 肯特小姐和 C.L. 莫尔先生的帮助，以及那些为我们不断祈祷的人们——没有他们，本书不可能于此完成。感谢"被捕"，我的心得到了基督徒的爱。友谊和血的联结，超过世间的一切。面对"先贤"，我把炽热的祈祷倾吐。恐惧、希望、追求，我得到宽慰和鼓舞。我们患难与共，我们共勉负重。为那些珍贵的互助，我洒下深情的泪珠。

显然，作为传教士，薄复礼真正感谢的并非是红军对他实施的所谓"被捕"，而是感谢上帝的保佑。《神灵之手》共分为"被捕、逃跑及后果、朋友们的消息、行行复行行、'打'、我一个但并不孤单、饥渴交困、强迫中的痛苦、'狱中'、释放的允诺、自由"和"海曼·贝克尔的记述"12 章，约 11 万字。该书出版后，在英国引起较好反响，很快再版，第二年被译成法文在瑞士 Editos Emmaus 出版社出版。后来由于战乱，该书的英文打字稿被毁。

1936 年 10 月，薄复礼夫妇回到欧洲，先去瑞士露茜的老家，然后回到英国曼彻斯特。这个时候，他成了传奇人物，家乡的人们以最大的热情像欢迎英雄一样欢迎他的归来，要求他谈自己奇特经历的请柬像雪片一样飞来。包括伦敦、伯明翰、小河口、南港等几乎遍及全英国的教会信众集会，也都等着他去做报告。其中有一个地方对薄复礼的报告会作出了如下记录：

薄复礼先生告诉我们，中国红军那种令人惊异的热情，对新的世界的追求和希望，对自己信仰的执著是前所未闻的。他说，他们的热情是真诚的，令人惊奇的。他们相信，他们自己所从事的革命是世界革命的一部分。红军已经超过两万人，他们大多数年龄在二十到二十五之间。他们正年轻，为了他们的事业正英勇奋斗，充满了青春的活力和革命的激情，薄复礼先生常常渴望他们成为基督徒。但他们却自豪地说，他们是红军，是共产主义者，所做的一切都是从这一点出发。在所经过的每一座小村庄，他们都要留下标语、口号或其他特征。

英国的报界还曾以"薄复礼先生计划返回曾逮捕过他的国家"为标题，报道了薄复礼在英国的系列报告活动。而这正说出了薄复礼的心里话。但是他和露茜想返回中国的愿望，遭到了亲友和医生的坚决反对。于是，他不得不向家人作出妥协，作出一个折中的计划，改变主意前往美国。此时，欧洲战争已经爆发。1939 年 10 月 17 日，他们终于抵达了纽约。

薄复礼夫妇到美国的第一件事，就是赶往新泽西州，拜访在中国因病死去的另一位传教士朋友约翰·斯达姆的父母。随后，他们辗转美国费城、芝加哥、洛杉矶、波特兰、俄勒冈、所罗门等地，前往加拿大，在教会组织做报告，和基督徒们一起畅谈自己在中国的神奇经历，谈上帝的仁慈和智慧。

值得一提的是，笔者收藏了一本从美国内华达州一个名叫 Pahrump 的地方购得的 1938 年 4 月出版的《神灵之手》。从该书的版权页上可以看出，此书 1936 年 11 月份初版之后，当月就再版了，随后在 12 月份又两次再版印刷，1937 年 2 月和 12 月分别再版一次，1938 年 4 月再次印刷。[图 5.14] 难能可贵的是，笔者收藏的这本书的书名页上不仅有薄复礼和夫人露茜的英文亲笔签名，而且还有薄复礼亲笔手书的上帝耶和华英文别名"Emmanuel"和中文名字"以马内利"，其中还有一行"Ps：34.3"字样。[图 5.16] 经笔者考证："Ps"即《圣经·旧约》"诗篇"的缩写，由此推测"34.3"应该是指《旧约》"诗篇"第 34 章第 3 句。笔者查阅《圣经》，此处原文为："你们和我当称耶和华为大，一同高举他的名。"这句话与露茜在昆明与薄复礼久别重逢后写的日记中引用的一模一样。而这本书的扉页上还有一枚蓝色印章："'THE FIRS' BOOK ROOM, 139 CABLE STREET BELLINGHAM, WASHINGTON"。直译即"杉树"书店，华盛顿州贝灵汉开普街 139 号。而在扉页上还有一个英文签名，估计应该是该书的主人。[图5.15]由此可见，笔者收藏的这部《神灵之手》应该是薄复礼夫妇 1939 年美国之行留下的纪念物。

1940 年 9 月底至 10 月初，薄复礼和露茜经日本来到中国上海，终于圆了重返中国的梦想。随后，他们再次回到贵州盘县，在这里负责基督教事务，继续传教，同时帮助当地群众看病，并开办了一所学制 1 至 4 年的"明恩小学"，招收以信徒子女为主的学生 50 余名。1945 年夏天，他还曾帮助救治过解放军的伤员。新中国成立后，他还曾去台湾传教。薄复礼夫妇感情甚笃，没有孩子。1951 年 1 月，他接到基督教中国总部"中国内地会"（英文简称 CIM）的来信，要求立即申请离开中国。就这样，他不得不成为最后一个离开中国的外国传教士。

1936 年，在告别中国时，薄复礼曾对遵义教友宁文生讲述他对红军的良好印象："红军对穷人很好，在艰苦的长征途中，时时忘不了帮助那些贫穷的人们。红军打仗勇敢、顽强，指挥官都很年轻，萧克将军只有 20 多岁。红军战士对我很好，行军时，萧克将军还特别为我准备了一匹马。"这次离开中国，在告别教友时，薄复礼十分真诚地说："别的外国传教士都怕共产党，我就不怕。因为我了解他们，只要共产党是我见到过的红军，就不用害怕。他们是讲友谊的，是信得过的朋友。我之所以要回国，主要是新中国还没有加入联合国，国际教会组织没有把这里作为传教的国家，所以几次通知我回国。这就是我要回国的原因，绝不是害怕共产党才回国的。"1966 从教会退休后，薄复礼闲居英国曼彻斯特郊外。1993 年去世，享年 96 岁。

[图 5.9] 《神灵之手》英文版，英国伦敦哈德尔和斯托顿公司，1938 年版。

[图 5.10] 《神灵之手》精装版书脊。

[图 5.11] 《神灵之手》封面与封底。

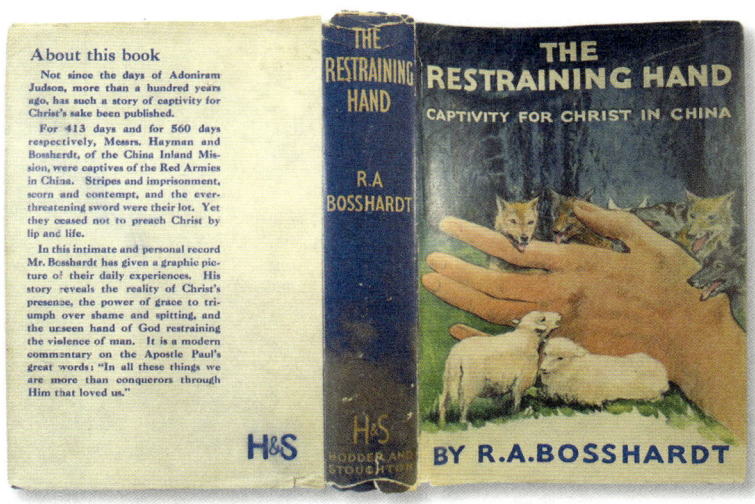

[图 5.12] 《神灵之手》扉页插图，此图是薄复礼为红军翻译的法文地图。该地图约 1 平方米，中国革命军事博物馆收藏有此地图。

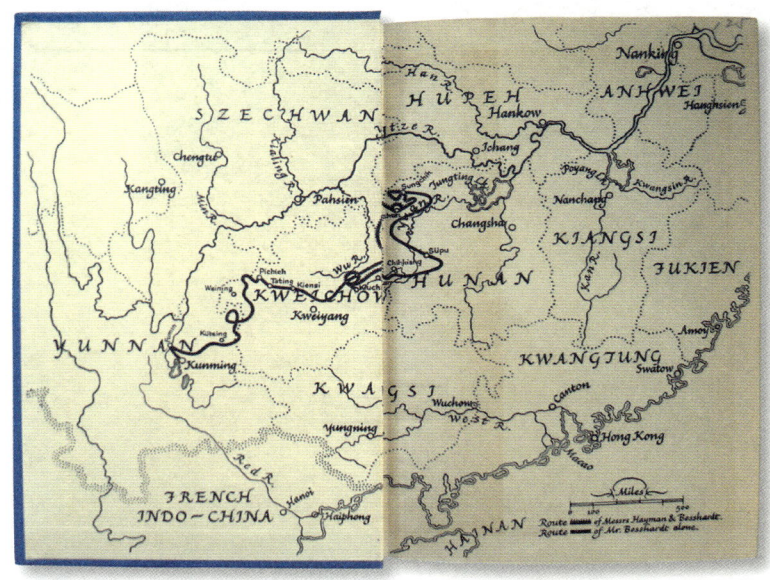

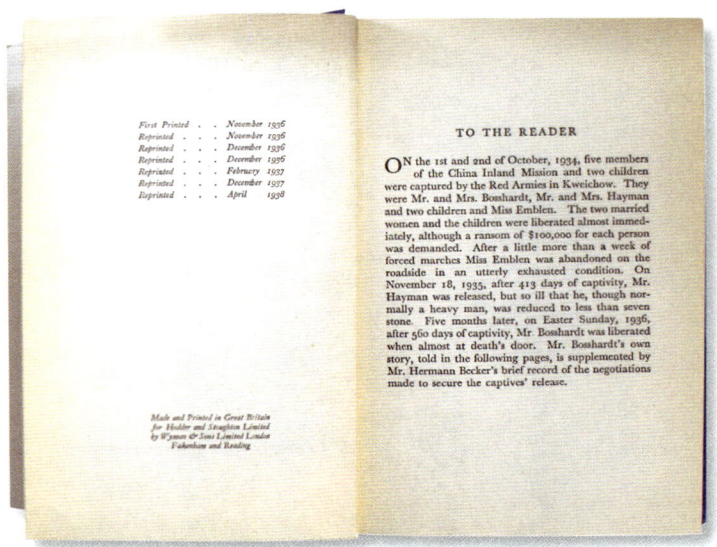

[图 5.13] 《神灵之手》开篇《致读者》和版次说明。

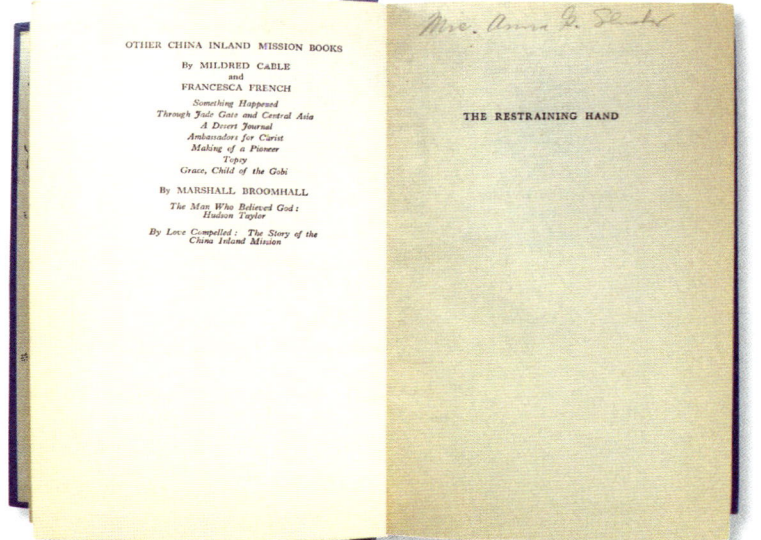

[图 5.14] 《神灵之手》版权页。

[图 5.15] 《神灵之手》扉页签名，笔者认为系当年该书的所有者，即薄复礼夫妇所赠送的朋友。

[图 5.16] 《神灵之手》插页和书名扉页。薄复礼夫妇照片。

Mr. and Mrs. Rudolf Alfred Bosshardt.

THE
RESTRAINING HAND

Captivity for Christ in China

R. A. BOSSHARDT
OF THE CHINA INLAND MISSION

Rose E. Bosshardt.
Ps: 34.³

R. Alfred Bosshardt.
"Emmanuel"

以
馬
內
利

LONDON
HODDER AND STOUGHTON

76 岁美国作家索尔兹伯里帮助萧克寻找薄复礼，续写跨越半个世纪的友谊

　　1984 年，美国作家哈里森·索尔兹伯里受埃德加·斯诺的影响，准备创作《长征——前所未闻的故事》，专门来中国采访和搜集史料。[图 5.17—5.18]时任中国人民解放军军事学院院长（国防大学前身）的萧克上将在接受采访时，提到了传教士薄复礼随红军长征的故事。回到美国后，索尔兹伯里在整理采访资料和创作过程中，致信萧克再次询问薄复礼在红军队伍中生活了 18 个月的具体情况，尤其是薄复礼帮他翻译法文地图的细节。

　　索尔兹伯里的来信，让萧克想起了薄复礼与他合作翻译地图的历史场景。他回忆说："时隔多年，我之所以念念不忘，因为这是一件不能遗忘的军事活动。当年，我们在贵州转战，用的是旧中国课本上的地图，32 开本，只能看看省会、县城、大市镇的大概位置，山脉河流的大体走向，没有战术上的价值。当我们得到一张大地图，薄复礼帮助译成中文，而且是在最需要帮助的时候，解决了我们一个大难题，同时，他在边译边聊中，还提供了不少有用的情况，为我们决定部队行动起了一定的作用。他帮助我们翻译的地图成为我们转战贵州作战行军的好'向导'。"

　　薄复礼帮助萧克翻译地图的事情发生在他"被捕"的第二天，也就是 1934 年 10 月 2 日的晚上。红军在占领黄平县老城旧州城内的一所教堂里，发现了一张一平方米的法文贵州地图。萧克如获至宝，但外文没有人看得懂，就想起了昨天抓获的外国"间谍"。刚刚在一座破庙后殿里躺下的薄复礼，接到萧克的邀请，赶紧穿好衣服。他后来在书中回忆说："一见面，他要我帮他翻译一张法文贵州地图。他要求我把图上所有的道路、村镇的名字告诉他，他希望避免在运动中遇到汽车路。我的良心立即受到质问，他只有 25 岁，是一个热情奔放、生气勃勃的领导者，一双明亮的大眼睛闪闪发光，

充满了信心和力量。在艰辛曲折的旅途中，他不屈不挠。显而易见，人们誓死愉快相从的原因就在这里。我觉得，他是一个充满追求精神的共产党的将军，正希望在贵州东部建立一个共产主义的政权。"

薄复礼当然不知道红军的战略意图和正在进行的长征。他坐在一张小方桌的旁边，按照萧克的要求，把一座座山脉、一条条河流、一个个村庄的中文名字翻译出来，萧克一一标在地图上。若暗若明的油灯闪烁着，他们炎笑风生。萧克对薄复礼的翻译非常满意，后来还多次请他翻译外文报刊。而且薄复礼还有织毛线的好手艺，途中还曾给萧克、贺龙等红军将领织过毛线帽、袜子和手套。

想起长征途中与薄复礼的邂逅，萧克激动不已，赶紧给美国作家索尔兹伯里写了回信，在信中再次对翻译地图的事情表达了感激之情："我们多么高兴啊！虽然在这以前，我们对于传教士的印象不佳，但这位传教士帮我们译出了这张地图，而且在口译时，边译边谈，提供了不少情况，使我在思考部队行动方向时，有了一定依据。在合作之后，固有的隔膜无形中消除了不少。尤其令人难忘的是，我们后来转战贵州东部直到进入湘西，其间全是靠这张地图。"同时，萧克还拜托索尔兹伯里："如能见到这位友人（假如他还活着）或其家属，请代致问候！"

索尔兹伯里办事非常认真，不久便从美国给萧克寄来了薄复礼在英国出版的回忆录《神灵之手》。因为50年前在贵州相识时，萧克认为薄复礼是瑞士人。1984年，萧克出访欧洲途经法国时就委托有关方面打听薄复礼的下落，期待重逢。《人民日报》报道了这则消息，立即在国内外引起强烈反响，众多热心人士参与寻找薄复礼。就在这时，山东省博物馆工作人员严强在朽坏的地板缝隙中发现了一本英文版《神灵之手》，并在萧克、王震等的支持下，着手进行中文翻译工作。经过努力，1985年初，中国外交人员通过薄复礼和其内弟的妻子比亚吉特夫人的书信联络，终于找到了已经88岁的薄复礼，他居住在曼彻斯特郊外的卓尔敦国王路234号。薄复礼也迅速给驻法国使馆回信，介绍了本人的情况，并委托使馆

[图 5.18] 索尔兹伯里著作《长征——前所未闻的故事》，解放军出版社，1986 年 3 月初版，2001 年 1 月三版。

人员向萧克"转达热忱的问候"。此后，英国白城电影公司的辛格和格雷先生访问中国，薄复礼委托他们带给萧克一盘有关他近况的录像带和他的著作《神灵之手》和《舵手》（又译为《指导的手》）。《舵手》[图 5.19]（*The Guiding Hand*）是 1978 年他应出版商之约重写的一部著作，不久改名《导手》（*Conduit Samain*），翻译成法文由瑞士教会出版社出版，其中文版改名为《一个外国传教士眼中的长征》，1989 年由昆仑出版社出版。[图 5.20] 1990 年，贵州文史丛刊也将《神灵之手》改名为《红军长征秘闻》出版。[图 5.21] 2006 年 9 月，黄河出版社出版了由严强、席伟翻译的《神灵之手：一个西方传教士随红军长征亲历记》。[图 5.22]

1985 年 11 月，索尔兹伯里偕夫人前往薄复礼住所进行拜访，再次转达了萧克对他的问候，称其为"长征队伍里的局外人"。获

[图 5.17] 美国作家哈里森·埃文斯·索尔兹伯里（1908—1993），1972 年后曾五次访华，终于完成关于长征的著作《长征——前所未闻的故事》。

[图 5.19]《神灵之手》，直译为"抑制之手"，在二战战火中手稿被毁。1978 年，薄复礼应出版商之约，重写了自己在中国工农红军中的这段传奇经历，并定名为《指导的手》（*The Guiding Hand*）。英文版出版后，不久译成法文，书名改为《导手》（*Conduit Samain*），由瑞士教会出版社出版。

悉薄复礼的近况后，萧克非常高兴，一直惦念着重逢。1987 年 5 月 27 日，他委托中国驻英大使冀朝铸前去拜访薄复礼，并转交了他的亲笔签名信，同时附上英文稿。[图5.23]信的内容是：

薄复礼先生：

　　久违了！从索尔兹伯里先生处知道了你的近况。虽然我们已分别半个世纪，但五十年前你帮我翻译地图事久难忘怀。所以，当索尔兹伯里先生问及此事时，我欣然命笔告之。一九八四年我在出国访问途中，曾打听你的下落，以期相晤。如今我们都早过古稀，彼此恐难再见。谨祝健康长寿。

萧克

一九八七年五月廿七日于北京

中华人民共和国驻英国大使馆
Embassy of the People's Republic of China

49-51 Portland Place, London WIN 3AH
Telephone: 01-636 8375

(Translation)

Defence Section
Chinese Embassy
10 Eton Avenue
London NW3
Tel. 794 4201

Dear Mr. Bosshardt:
I haven't heard from you for decades. It was long ago that I heard some latest news about you from Mr. Salusbury. Though we have been separated for half a century, I still remember very well your generous help of translating the names on some maps for me. When Mr. Salusbury mentioned this, I was very pleased to tell him what happened. During my trip abroad in 1984, I tried in vain to contact you. Today, we are both well over 70 and I am afraid that it would be very difficult for us to see each other again. I sincerely wish you a good health and a long life.

Yours
Xiao Ke (signed)
May 27,1987　Beijing

[图5.23] 1987 年 5 月 27 日，萧克致薄复礼先生的信函。

　　1987 年末，《人民日报》驻英记者对薄复礼进行了专访。90 岁高龄的薄复礼满头银发，精力旺盛，记忆力惊人，向中国记者娓娓讲述了与红军一起长征的传奇经历。而对薄复礼的回忆录《神灵之手》《舵手》两部作品的历史价值和意义，萧克在晚年作出如下评述：

　　据他本人讲，关于记述他在中国的事，他先后写过两本书。一本于 1936 年出版，一本于 1974 年写成。两本书的基本内容一样，只不过后一本增加了他从来中国到离开中国的全过程。

　　作为传教士，他所写的当然是宣传上帝，上帝指引他前进。他之所以大难不死，就是因为上帝救了他。显然，在这些观点上我们是不同的。因为我们是马克思主义无神论者。

　　那么，我们欣赏书中的什么内容呢？

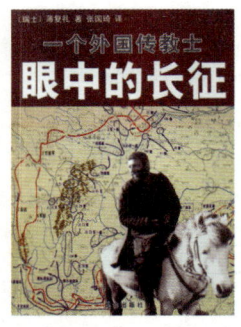

[图5.20] 薄复礼的第二部著作《导手》中译本，译者张国琦为萧克上将秘书。昆仑出版社，1989年8月初版，2006年9月再版。

[图5.21]《神灵之手》中译本《红军长征秘闻》，勃沙特著，贵州文史丛刊，1990年第3辑。

[图5.22]《神灵之手》中译本，严强、席伟译，黄河出版社，2006年9月版。

有人说，他作为外国人第一个向国外客观报道了中国红军的长征。还有人曾做过这样的考证，说他记述中国工农红军长征的这本书比美国记者埃德加·斯诺的《西行漫记》要早一年。

这是一个方面，但不是主要的。

也有人说是他在书中驳斥了官方报纸和某些新闻界称红军为"土匪"或"强盗"的说法。在那时，蒋介石处处称红军为"匪"，亲蒋的西方人士也称红军为"匪"，几乎没有例外，而薄复礼先生则认为"这些人实际上是坚信共产主义和马克思列宁主义，并实践着其原理，是另一种形式的苏维埃。"他认为红军不是"土匪"和"强盗"。

这也是一个很重要的方面，但仍不是主要的。

其主要的方面，我认为是他记录了中国工农红军历史上的一个侧面。历史是多方面的，中国工农红军的历史自然也不例外，也是一个多侧面的。有一个时期，我们的研究者，往往喜欢看它的正面，不想看它的侧面，更不敢看它的背面，特别是在那动乱的年代，许多书都属于在禁之列，更不用说出版这类书了，我觉得这是不好的。薄复礼从传教士的角度来观察红军、理解红军，记下了他的所见所闻以及他的感想，的确是不可多得的历史资料，对于我们研究红军有很好的参考价值。

萧克上将的一席话，实事求是，对薄复礼和他的著作作出了公正的历史评价，其马克思主义态度和辩证唯物论的方法，也从一个侧面证明了薄复礼作为红军"囚徒"却对红军不持偏见、不忌恨的缘由，写就了红军长征与一个传教士的历史传奇。

[1934.10—1936.10]

第六回

红军二万五千里，史无前例是史诗

主席号令搞征文，集体留下长征记

世界是这样知道的

1934.10—1936.10

长 征 叙 述 史

THE LONG MARCH

长征

的

NO. 0006

话说"长征",使长征真正成为"世界语言",成为"英雄创世纪",成为一种人文精神,毫无疑问,正是得益于中国共产党,得益于毛泽东。

1935年12月27日,毛泽东在瓦窑堡党的活动分子会议上做《论反对日本帝国主义的策略》的报告,深刻指出了"长征"的历史意义。他说:"讲到长征,请问有什么意义呢?我们说,长征是历史纪录上的第一次,长征是宣言书,长征是宣传队,长征是播种机。自从盘古开天地,三皇五帝到于今,历史上曾经有过我们这样的长征么?十二个月光阴中间,天上每日几十架飞机侦察轰炸,地下几十万大军围追堵截,路上遇着了说不尽的艰难险阻,我们却开动了每人的两只脚,长驱两万余里,纵横十一个省。请问历史上曾有过我们这样的长征么?没有,从来没有的。"[1]

是的,长征不仅是中国历史上没有的,也是世界历史上没有的,是人类历史上的奇迹。

[1]《论反对日本帝国主义的策略》,《毛泽东选集》第一卷,人民出版社,1991年版,第149—150页。

为出版《长征记》征稿,毛泽东亲自发电报给部队并致信参加长征的同志

关于长征的称谓,国民党从20世纪30年代一直到80年代,一直诬称为"西窜"。1935年6月,红一方面军和红四方面军会师,红四方面军首先使用"西征"这个词语。这年10月15日,陈云在共产国际执行委员会书记处会议上所做的报告,以及他发表的《随军西行见闻录》也使用了"西征""西进"这样的词语。

不可否认,中共中央和中央红军是因第五次反"围剿"的军事失败而被迫转移的,其最初的目标是实现与红二、六军团的会合,并非如现在已经进入历史的长征。在延安整风运动中,毛泽东在批

判"王明路线"（第三次"左"倾路线）时，称之为从冒险主义、保守主义到逃跑主义。由此可见，中共中央和中央红军最初是没有"长征"的计划的。但没有预定的计划，并不是说中共中央没有做战略转移的准备，只是在转移的过程中，因时因地因势而制宜，在内外斗争中采纳并恢复了毛泽东的正确路线，以灵活机动的战略战术在不断的变化中求生存求发展，才赢得了长征的胜利。

红军长征胜利到达陕北，除了人员大量牺牲之外，内外依然面临重重困难，外是国民党军队的继续追踪围剿，内是人力物力财力极为短缺。民以食为天。兵马未动，粮草先行。但陕北地瘠民贫，一下子来了好几万人，如何养活，才是头等大事。红军面临的军事、政治和经济环境十分恶劣，如果走出困境？这是摆在中共中央和毛泽东面前的重大课题。就在这个时候，1935 年 11 月，化装成商人的张浩（林育英）穿越荒无人烟的大漠，从蒙古边境进入陕北抵达瓦窑堡，给中共中央带来了共产国际七大制定的建立广泛反法西斯战争统一战线的精神，传达了中共驻共产国际代表团和王明代表中共中央起草的《八一宣言》，明确把建立广泛的抗日民族统一战线作为党的新方针。于是，毛泽东、张闻天、周恩来等迅速调整政策，在红军东征、西征的同时，周恩来积极与张学良、杨虎城等协商建立统一战线，而"两广"也发起了反蒋运动，全国的形势有了新的发展变化。

新闻出版不仅是市场，更是战场，是阵地。其实，新闻出版的市场就是战场。毛泽东深谙此道。提出"没有文化的军队就是愚蠢的军队"的毛泽东，作为一个"笔杆子"，却罕见地提出了"枪杆子里面出政权"的革命理论。长征以来，无论是国外的媒体，还是国内的报刊，始终关注红军长征的消息，各种有关红军和红军领袖毛泽东、朱德的报道满天飞，且大多是攻击"赤匪"的谣言和污蔑之词，极尽诋毁之能事。长征胜利抵达陕北后，中共中央和毛泽东意识到了这个问题的严重性，1936 年春天就开始酝酿向参加长征的同志征集有关个人日记等，做好对外形象的宣传工作，把红军和苏区的真相告诉全国人民和全世界，却因红军东征等军事紧张形势，不得不暂时搁置了这个计划。

就在这个时候，中共中央接到了上海方面的消息，燕京大学新闻系讲师、美国记者埃德加·斯诺在中共地下组织和宋庆龄的联络和安排下，希望前来采访中共红军和毛泽东。显然，这是一个向外宣传红军和争取外部援助的极好机会。此前，中共中央在陕北瓦窑堡就收到了斯诺通过秘密交通送到陕北的采访问题单子。5月15日，毛泽东、张闻天、博古、王稼祥、凯丰、罗迈（李维汉）、林伯渠、杨尚昆、吴亮平、陆定一等人专门开会，以"对外帮如何态度——外国新闻记者之答复"为议题，就斯诺提出的11个方面的问题进行了讨论，随时准备迎接斯诺的到来。《毛泽东年谱》记载：毛泽东这天"在延长县大相寺出席中共中央政治局常委会议，会议讨论国际关系和我党的外交政策问题。毛泽东发言说：现在对国际各国统一战线与国内统一战线问题，我们只能说日本侵略中国，也侵犯了各国在中国的利益。我们同各国的关系，将来可根据双方的利益得到解决，尊重各国的利益"。由此可见，对斯诺的来访，中共中央包括毛泽东是极其重视的，也是做了充分准备的。

1936年7月13日，刚刚抵达保安才两天的毛泽东步行至中华苏维埃人民共和国中央政府外交部，看望本日到达的斯诺和美国医生乔治·海德姆（美籍黎巴嫩人，后改中国名马海德）。第二天，毛泽东出席了欢迎斯诺和海德姆的欢迎会。随后，毛泽东分别在15日、16日、18日、19日、23日与斯诺进行了深入交谈（具体内容参见本书第八回）。或许就是在这几次交谈中，斯诺向毛泽东提出了建议，应该大力宣传红军长征的英勇事迹，并以此为契机开展公共舆论宣传工作，为红军抗日进行募捐活动，并承诺愿意为红军帮忙。

就这样，长征史料的征集工作提上了中共中央和毛泽东的议事日程。

8月5日，毛泽东和军委总政治部主任杨尚昆联署，向参加长征的同志发出信函：

现因进行国际宣传，及在国内和国外进行大规模的募捐运动，需要出版《长征记》，所以特发起集体创作，各人就自己所经历的战斗、行军、地方及部队工作，择其精彩有趣的写上若干片段。文字只求清通达意，不求钻研深奥，写上一段即是为红军作了募捐宣传，为红军扩大了国际影响。来稿请于九月五日前寄到总政治部。备有薄酬，聊志谢意。

同时，毛泽东还向各部队发出电报，称：

现有极好机会，在全国和外国举行扩大红军影响的宣传，募捐抗日经费，必须出版关于长征记载。为此，特发起编制一部集体作品。望各首长并动员与组织师团干部，就自己在长征中所经历的战斗、民情风俗、奇闻轶事，写成许多片断，于九月五日以前汇交总政治部。事关重要。切勿忽视。

毛泽东的号召，得到了红军将士们的积极响应，纷纷拿起笔来撰写自己的长征回忆录。中央领导、军委领导同志首先带头写作，如董必武、谢觉哉、徐特立、李富春、张云逸等。做政治工作的陆定一、李一氓、萧华、王首道、熊伯涛等身体力行。在保安红军大学第一科学习的 36 名学员都是红军的高级干部，他们中不少人也纷纷响应号召，许多拿枪杆子的人，如张爱萍、彭雪枫、刘亚楼、杨成武、谭政、耿飚、周士第、陈士榘、莫文骅、彭加伦、舒同、贾拓夫、童小鹏等，都立即行动起来，拿起手中的笔杆子，写自己的长征故事。但至今依然还有像李月波、莫休、曙霞等参加征文活动的作者，或许因为化名，或许因为早已牺牲，依然生平不详。

童小鹏在通知发出第二天的日记中这么写道："杨（尚昆）主任、陆（定一）部长又来要我们写长征的记载，据说是写一本《长征记》。用集体创作的办法来征集大家——长征英雄们的稿件，编成后由那洋人带出去印售。并云利用去募捐，购买飞机送我们，这真使我们高兴极了。"童小鹏在日记中所说的"洋人"，正是埃德加·斯诺。他热情高涨，一个人就写了《离开老家的一天》《粤汉路边》等 7 篇文章，最后一篇《残酷的轰炸》完成于 10 月 7 日。

经过近三个月的努力，到 1936 年 10 月底，红军总政治部就征集到 200 多篇文章，50 多万字。毫无疑问，这些文字在长征历史文本中具有无可替代的历史地位，其文献价值迄今为止也是最高的，因为它最真实、最质朴，呈现了长征的最初的原始形态，字里行间闪耀着彻底的革命英雄主义和革命理想主义的光芒。但在征文启事发出后，红军总政治部具体负责《长征记》的编辑们，"仍放不下极大的担心：拿笔杆比拿枪杆还重的，成天在林野中星月下铅花里的人们，是否能不使我们失望呢？没有人敢说有把握的确信。然而到了八月中旬，有望的氛围传来了，开始接到来稿。这之后稿子便是从各方面涌来，这使我们兴奋，我们骄傲，我们有无数的文艺战线上的'无名英雄'！"因为"写稿者有三分之一是素来从事文化工作的，其余是'桓桓武夫'和从红角中、墙报上学会写字作文的战士"。而对更多没有入选的作者，编辑还以安慰的语气特别指出："所有执笔者多半是向来不懂所谓写文章，以及在枪林弹雨中学会作文字的人们，他们能粗糙质朴地写出他们的伟大生活、伟大现实和世界之谜的神话，这里粗糙质朴不但是可爱，而且必然是可贵。"[2]

1936 年 8 月，埃德加·斯诺在陕北采访时，已获悉《长征记》的创作、编辑情况，并在红一军团参谋长左权那里亲眼看到了红一军团编辑的《长征中经过地点及里程一览表》。这在《红星照耀中国》（中文版《西行漫记》）中也有明确记载："红军成功地突破了第一道碉堡线以后，就开始走上它历时一年的划时代的征途，首先向西，然后向北。这是一次丰富多彩、可歌可泣的远征，这里只能作极简略的介绍。共产党人现在正在写一部长征的集体报告，由好几十个参加长征的人执笔，已经有了 30 万字，还没有完成。"他还这么写道："红军说到它时，一般都叫'二万五千里长征'，从福建的最远的地方开始，一直到遥远的陕西西北部道路的尽头为止，

［2］《红军长征记》，总政治部宣传部印，1942 年 11 月版，第 2—3 页。

其间迂回曲折，进进退退，因此有好些部分的长征战士所走过的路程肯定有那么长，甚至比这更长。根据一军团按逐个阶段编的一张精确的旅程表，长征的路线共达一万八千零八十八里，折合英里为六千英里，大约为横贯美洲大陆的距离的两倍。"斯诺在"旅程表"处作了如下注释："《长征记》，一军团编（1936 年 8 月预旺堡）。"[3]

[3]《西行漫记》，生活·读书·新知三联书店，1979 年 12 月版，第 164 页。

在书中，他还公开说明 1936 年 10 月离开陕北时，"有我十几本日记和笔记，三十卷胶卷——是第一次拍到的中国红军的照片和影片——还有好几磅重的共产党杂志、报纸和文件"。据说，其中就有《长征记》征文作品的部分内容的复制件。1937 年 1 月 21 日，斯诺在北京协和教会做《共党与西北》的报告时说："他们的长征，这段历史是太伟大了，我不能用几句话来叙述它。共产党中有几十个人合写了一部三十余万字的《长征记》，但是还没有叙述完全……"

值得一提的是，由于征稿时红二、红四方面军和红二十五军尚在长征途中，所以《长征记》收录的只是红一方面军长征的回忆文章。

当然，《长征记》也还有遗憾，这场由毛泽东亲自发起的征文活动，可谓是中共党内和军内第一次大规模的集体文化创作活动，但中共中央和军委的最重要的领导同志，包括毛泽东本人在内，张闻天、周恩来、朱德、博古、王稼祥、凯丰、邓发、林彪、彭德怀、刘伯承、叶剑英、罗迈（李维汉）、聂荣臻、罗荣桓、杨尚昆、邓小平等，均没有撰写文章。由于工作繁忙和时局变化，毛泽东曾经应允为《长征记》撰写"总述"的愿望，也未能实现。谢觉哉在 1945 年 11 月 2 日的日记中这样写道："读《红军长征记》完，颇增记忆。没有一篇总的记述。总的记述当然难。毛主席说过，'最好我来执笔！'毛主席没工夫，隔了十年也许不能全记忆，恐终究是缺文。"的确，缺文成了永远的缺憾！

《二万五千里》和《红军长征记》
编辑出版的台前幕后

自 1936 年 8 月 5 日毛泽东和杨尚昆联署的"为出版《长征记》征稿"的电报和信函发出后，红军总政治部专门成立了"《长征记》编辑委员会"，其主要成员有丁玲、徐特立、成仿吾和徐梦秋，整体工作则由时任总政治部宣传部部长的徐梦秋负责，并由其最后统稿。[图6.1—6.2] 到 10 月底，共收到稿件 200 多篇，约 50 万字。

丁玲在 1937 年 4 月 15 日写的《文艺在苏区》一文中生动描述了她在编辑《长征记》时的愉快心情："新的奇迹又发生了，这便是二万五千里长征的征文。开始的时候，征稿通知发出后，还不能有一点把握。但在那悄悄忧心之中，却从东南西北，几百里、一千里路以外，甚至远到沙漠的三边，一些用蜡光油纸写的，用粗纸写的，红红绿绿的稿子，坐在驴背上，游览塞北风光，饱尝尘土，翻过无数大沟，皱了的纸，模糊了的字，都伸开四肢，躺到了编辑者的桌上。在这上面，一个两个嘻开着嘴的脸凑拢了，蠕动的指头一页一页地翻阅着，稿子堆到一尺高，两尺高。这全是几百双手在一些没有桌子的地方，在小油灯下写清了送来的。于是编辑们，失去了睡眠，日夜整理着，誊清这些出乎意料，写得美好的文章。"

关于丁玲参加《长征记》的编辑工作情况，上海复旦大学文摘社在 1937 年 8 月 1 日出版的《文摘》杂志第八期（第二卷第二期）上，选摘了《联合文学》7 月 1 日发表的专访文章《集体创作与丁玲》。[图6.3] 《文摘》自称"杂志之杂志"，[图6.4] 是中国最早的文摘类期刊之一，1937 年 1 月 1 日创刊，月刊，16 开，主编为复旦大学教务长兼法学院院长孙寒冰等人，由上海黎明书局经售发行。值得一提的是该期《文摘》杂志在"人物种种"栏目中，还同时发表了埃德加·斯诺笔录、汪衡翻译的《毛泽东自传》。此后因"八一三"淞沪战役爆发，《文摘》月刊被迫改为《文摘·战时旬刊》，迁移

[图6.1] 丁玲在延安。

[图6.2] 徐梦秋在延安。

至汉口编辑出版。（本书第八回有详细记述）

在这篇《集体创作与丁玲》中，记者任天马这么写道："延安（肤施县），在很高很深的山中踞着，城池是十分小巧美丽的……丁玲在谈到她近来生活时说得好：'在这里可以比在外面更自由些，更有趣些，没有什么拘束。'也许正是因为这里一切都不受拘束，集体创作的'二万五千里长征记'乃得写就了它的初稿。这初稿的内容是从许许多多身经二万五千里路程的征人们日记中采取来的。"接着，记者介绍说："起初由参加长征的人自由用片段的文字叙述长征中的史实，在几千篇短文中，选出几百篇较佳的作品。由这几百篇作品加以淘汰，只剩下了百余篇佳作。再按历史的次序排列起来，乃集合成了一部长篇巨著。这长篇巨著，经过丁玲、成仿吾等人加以剪裁后，始成为现在正式的初稿。"随后，记者还详细描述丁玲的工作状态："在丁玲的桌上，也放着那样宽约一尺，长约一尺半，厚约二寸的一份……这稿子外面包着绿纸的封面，里面是用毛笔横行抄写的。在每行文字之间和上下空余的白纸上，已让丁玲细细地写上无数极小极小的字。据说，在另外的二十三本上，也同样改得糊涂满纸了。"

任天马问丁玲："什么时候可以完成呢？"

丁玲回答说："今年秋天可以完成，现在大家都在加倍努力。"

"将来怎样发行呢？"

"能在外面发行更好，有困难呢，我们自己来印。这部东西自然的有它历史的价值。无论如何，它一定会流传到全世界去的……"

的确像这篇专访所言，经过半年时间的努力，至 1937 年 2 月 22 日，《长征记》征文完成了初步的编辑工作，共收入董必武、杨成武、耿飚、舒同、萧华等 40 多人的 110 篇文章、10 首红军长征歌曲和 6 个附录文件（分别是《乌江战斗中的英雄》《安顺场战斗中的英雄》两个英雄榜单和《红军第一军团长征中经过地点及里程一览表》《红军第一军团长征中经过名山著水关隘封锁线表》《红军第一军团长征中所经之民族区域表》《红军第一军团长征所处环境》四张表格），并将书名确定为《二万五千里》。为此，徐梦秋专门撰写了一篇《关于编辑的经过》。作为文献史料，笔者全文照录如下：

关于编辑的经过

一九三六年春上海《字林西报》曾有以下的话：红军经过了半个中国的远征，这是一部伟大诗史，然而只有这部书被写出后，它才有价值（大意如此，现无原文参考——笔者）。这位帝国主义代言人虽然是在破例地惊欢红军的奇迹，但他也在恶笑红军的"粗陋无文"。可是现在这部破世界纪录的伟大诗史，终于在数十个十年来玩着枪杆子的人们写出来了，这是要使帝国主义的代言人失惊的，同时也是给了他一个刻苦的嘲弄。

编辑这一本书的动机，是在去年的春天，当时的计划是预备集中一切文件和一些个人的日记，由几个人负责写。但被指定写的人偏忙着无时间，一直延宕到八月。事实告诉我们不得不改变原定计划，而采取更大范围的集体创作，于是发出征文启事，并又从组织上和个人关系上去发展计划中必需的稿件。

征文启事发出后，我们仍放不下极大的担心：拿笔杆比拿枪杆还重的，成天在林野中星月下铅花里的人们，是否能不使我们失望呢？没有人敢说有把握的确信。然而到了八月中旬，有望的氛围传来了，开始接到来稿。这之后稿子便是从各方面涌来，这使我们兴奋，我们骄傲，我们有无数的文艺战线上的"无名英雄"！

到了十月底收到的稿子有二百件以上，以字数计，约五十余万言，写稿者有三分之一是素来从事文化工作的，其余是"桓桓武夫"和从红角中、墙报上学会写字作文的战士。

我们怎样来采录整理和编次这些稿子呢？我们决定以下几个方针：

一、同一内容的稿子，则依其简单或丰富以及文字技术的工拙，来决定取舍。

二、虽是同样的内容，散在两篇以上稿子里，但因其还有不同的内容，也不因其有些雷同而"割爱"。

三、有些来稿，只是独有的内容，不管文字通与不通也不得不采用。

四、有些来稿虽然是独有的内容，但了了百数十字，而内容又过于简单平常，那也只好"割爱"了。

五、来稿中除一些笔误和特别不妥的句子给以改正外，其余绝不滥加修改，以存其真。

六、编次的方法，是按着时间和空间。

此外关于统计等等，是依着命令报告、各种日记和报纸汇集的。

我们把这约三十万言的稿子汇齐后，然而看一看目录，却使人有极大的不满，这里所有的还不到我们生活过的和应该写出的五分之二！然而我们不能再等了，环境和时间都不容许我们了。

这里特别指出的，所有执笔者多半是向来不懂得所谓写文章，以及在枪林弹雨中学会作文字的人们，他们的文字技术均是绝对在水平线以下，但他们能粗糙质朴地写出他们的伟大生活、伟大现实和世界之谜的神话，这里粗糙质朴不但可爱，而且必然是可贵。

这本书本应早日和读者见面，但因稿子大量涌来后，编辑委员会的人员出发了，结果只有一个脑力贫弱而又肢体不灵的人在工作，加以原稿模糊，誊写困难，以致延长预定编齐的期间约两个月，这是非常抱歉的。

编 者

一九三七年二月廿二日于延安

这篇《关于编辑的经过》中提到的"一个脑力贫弱而又肢体不灵的人"，正是该文作者——最后完成统稿任务、时任总政治部宣传部部长的徐梦秋。关于徐梦秋这个人，在这里还要多说两句。徐是安徽寿县人，1923年11月在上海加入中国共产党，1927年受派前往苏联学习，1930年回国后进入江西苏区，曾担任军委秘书长、中国工农红军大学政治部主任。徐梦秋在1927年"四一二"反革命政变后，隐藏于上海法租界，一度与党组织失联。为谋生计，他化名"孟明"，在商务印书馆做校对、编辑工作。其间，努力读书写作，曾出版过《朱元璋评传》《南明衰史》《中国抗倭史》《戚继光》等著述。

1934年10月，徐梦秋随中央红军长征，1935年9月改任红三军团宣传部部长。长征途中，他在爬雪山时双腿冻坏，到延安后由马海德大夫主刀锯掉，是参加长征的领导同志中唯一受伤残疾的高级领导干部，毛泽东、周恩来等为此特别疼惜，在延安特别享受小灶待遇。1937年，经组织安排与四方面军红军干部李玉南结婚，并专门安排送其去苏联治腿。后来，因为苏联大肃反和苏德战争爆发等原因，滞留新疆。1942年，盛世才反共，徐梦秋被捕，毛泽东指示要重点营救徐，但徐已投降盛世才，任军统少将特研组组长，成为中共长征干部中极少有的叛徒。新中国成立后，徐在重庆向政府自首，被长期关押，后来病死狱中，写下了一个"红色历史学家"的悲剧。

《二万五千里》编辑完成后，并没有付印出版，编辑委员会仅仅抄存了极其少量的内部誊清稿，目前考证存世的仅有两部。一部留存于延安总政治部宣传部，一部则在1937年上半年经由中共地下交通渠道交给了在上海负责恢复白区工作的冯雪峰。

《二万五千里》为什么没有及时印刷出版呢？的确如徐梦秋所言，"编辑委员会的人员出发了"。1936年12月西安事变爆发后，丁玲即随红军主力去了陇东，毛泽东闻讯后，专门为其作词《临江仙·给丁玲同志》，并用电报发到前线，由红一方面军转给丁玲，赞曰："纤笔一枝谁与似？三千毛瑟精兵。阵图开向陇山东。昨日文小姐，今日武将军。"而以西安事变的和平解决为标志，中共和红军在陕北苏区的危机得到了意料之外却又在情理之中的化解，从此打开了新的局面。一年后中共取得合法地位，第二次国共合作建立，中共和红军从此踏上了发展壮大的"快车道"。

面对新的形势和任务，《二万五千里》的出版印行工作就暂时搁置下来。但中共中央、毛泽东对红军的宣传工作并没有停止。当时通过党内交通员王尧山或者董健吾等，将《二万五千里》的誊清稿带到了上海，交给了冯雪峰。冯参加长征到达陕北后，于1936年4月被张闻天和周恩来派往上海，以中央特派员身份任中共上海办事处副主任兼管文艺工作。他拿到《二万五千里》誊清稿后，原本打算尽快在上海出版。但由于种种原因，未能实现。于是，他就通过摘选、节选、缩编的方式，将书稿中的篇章内容陆续传播出去。比如，此时在上海出现的《从江西到陕北》《第八路军行军记——长征时代》等单行本图书，其基本内容大都摘录自《二万五千里》。1937年底，冯雪峰离开上海时，将《二万五千里》誊清稿本与方志敏的手稿《可爱的中国》《清贫》等一起，交由为党做过不少工作的党外人士谢澹如保管（瞿秋白部分遗稿也由其保存）。新中国成立后，谢澹如担任上海鲁迅纪念馆第一任副馆长。1962年去世后，其子女将《二万五千里》誊清稿本等一批革命文物捐献给了上海鲁迅纪念馆。[图6.5]

　　《二万五千里》誊清稿分为上中下三册，手工线装，绿色马兰纸护封，上册225页，中册262页，下册252页，共计739页。[图6.6]书稿中既有用圆珠笔抄写的，也有用复写纸誊印的，且正文中有诸多用毛笔、红钢笔和铅笔修改的字迹。[图6.7—6.8]从目录来看，当时选定的文章共计110篇，但实际收录的文章仅95篇，其余15篇或被删除或被注明空缺。其中用毛笔删除的3篇文章分别是：唐天际《湘南游击队》、张震《畑安之役》、张雄《毛儿盖到河西》；用铅笔打上"×"号并注明"有×的都缺"的12篇文章是：艾平（张爱萍）的《再占遵义》《看谁先到》《抢渡北盘江》《一个团一个师》《鲁东渡》《火焰山》《"猓猓"投军》《老娘也要戳他一竿子》《隔河相望》、陈士榘的《五个子弹》、小超的《三十个》、张平凯的《几个见识》。此处的小超，是否是邓颖超，还有待进一步考证。[图6.9—6.16]

从 1936 年 8 月于保安发出"《长征记》征文启事",《二万五千里》在延安的出版工作经过六年时间的等待，迟至 1942 年 11 月才正式排版印刷，最终确定书名为《红军长征记》，[图6.17] 作为"党内参考资料"铅印成书内部发行，并作《出版的话》，全文如下：

出版的话

这本富有伟大的历史意义和珍贵的历史价值的《红军长征记》一书（原名《二万五千里》），从一九三七年二月二十二日编好（见编者的话）[4] 直到现在，已经五年半以上了。其间因编辑的同志离开延安，而伟大的抗日战争又使我们忙于其他的工作，无暇校正，以致久未付印，这是始终使我们放不下心的一件憾事。

现在趁印刷厂工作较空的机会，把它印出来，为的是供给一些同志作研究我军历史的参考，以及保存这珍贵的历史资料（近来借阅的同志很多，原稿只有一本，深恐损毁或遗失）。

本书的写作，系在一九三六年，编成于一九三七年二月，当许多作者在回忆这些历史事实时，仍处于国内战争的前线，因此，在写作时所用的语句，在今天看来自然有些不妥。这次付印，目的在供作参考及保存史料，故仍依本来面目，一字未改。希接到本书的同志，须妥为保存，不得转让他人，不准再行翻印。

总政治部宣传部
一九四二年十一月二十日

《红军长征记》分上下两册，32 开本，共 412 页，收录文章 100 篇，其中上册 42 篇，下册 58 篇，比 1937 年《二万五千里》誊清稿少了 10 篇。经比对，具体篇目依次如下：彭加伦的《出发的前夜》、定一的《珍重》、谭政的《突围的一天》、彭加伦的《胜利后的一幕》、唐天际的《湘南游击队》、文彬的《朱总司令炒肚子》、张雄的《毛儿盖到河西》、张际春的《铁屁股》、小超的《三十

[4] 此处的编者的话是指本书前面已引用的、由徐梦秋执笔撰写的《关于编辑的经过》一文。

个》、张平凯的《几个见识》。[图6.18—6.25]《红军长征记》在延安内部印制以后，朱德总司令曾亲笔签名赠送一套给埃德加·斯诺。斯诺后来带回美国，现珍藏在美国哈佛燕京图书馆。[图6.26]目前，国内的陕西省档案馆珍藏有此版本《红军长征记》一套。[图6.27]

值得一提的是，《红军长征记》除了附录红军歌曲10首、《乌江战斗中的英雄》《安顺场战斗英雄》[图6.16]之外，书后还附录了四个表格，史料极其珍贵。《红军第一军团长征中经过地点及里程一览表》，详细记录了以军团直属队为标准的行军月日、出发地点、经过地点、宿营地点和里程，长征行程共计18088里；除休息外，行军作战时间分别如下：1934年10月12天，11月24天，12月24天；1935年1月22天，2月26天，3月24天，4月30天，5月27天，6月23天，7月10天，8月14天，9月16天，10月19天；七八两月行军时间少，是在毛儿盖波罗子休息的时间为多。《红军第一军团长征中经过名山著水关隘封锁线表》，详细记录了经过的月日、省份、名山、著水、封锁线及关口要隘草地和备考等，并特别说明金沙江、大渡河、白水江为河流最为险要的地方，大小相领、猛虎岗和五个大雪山为高山最险要的地方。《红军第一军团长征中所经之民族区域表》，统计表明，红一方面军在长征中历时13个月，计371天，其中经历汉族地区246天，占长征时间的66.3%；番族（今藏族）地区92天，占24.99%；苗族地区21天，占5.66%；夷族（今彝族）地区5天，占1.84%；回族地区4天，占1.07%；瑶族地区2天，占0.52%；僮族（今壮族）地区1天，占0.26%。在《红军第一军团长征所处环境一览表》中，详细记载红一方面军直属队在371天的行军中，白天行军238天，占64.1%，夜间行军18天，占4.8%，作战15天，占4.0%，休息100天，占26.9%。

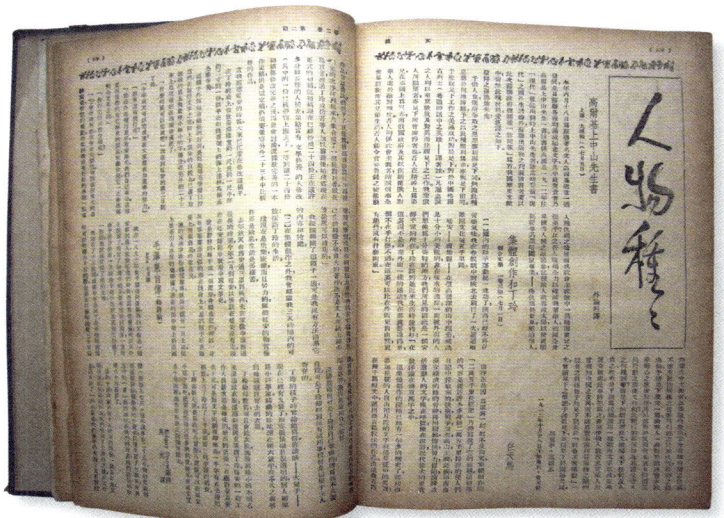

[图6.3] 1937年8月1日《文摘》杂志转载《联合文学》7月1日发表的《集体创作与丁玲》。同期同页发表了斯诺笔录、汪衡翻译的《毛泽东自传》。

[图6.5] 上海鲁迅纪念馆珍藏的《二万五千里》誊清稿。

[图 6.6] 《二万五千里》
誊清稿原件。

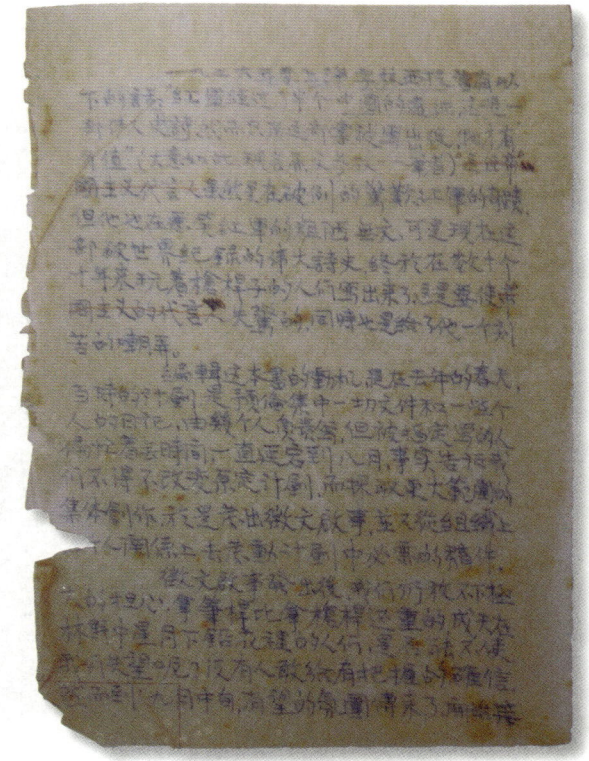

[图 6.7] 《二万五千里》誊清稿
编者《关于编辑的经过》手稿。

[图6.8]《二万五千里》誊清稿编者《关于编辑的经过》手稿第2页和第3页。

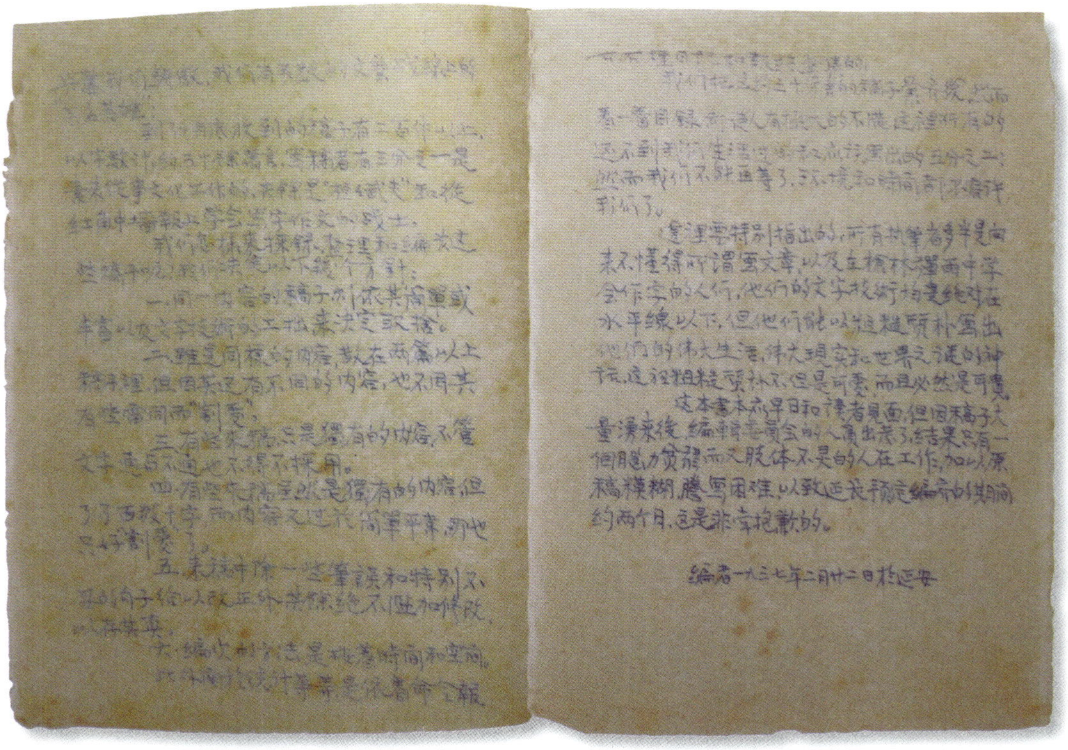

[**图 6.9**] 《二万五千里》
誊清稿目录。

[**图 6.10**] 《二万五千里》
誊清稿目录。

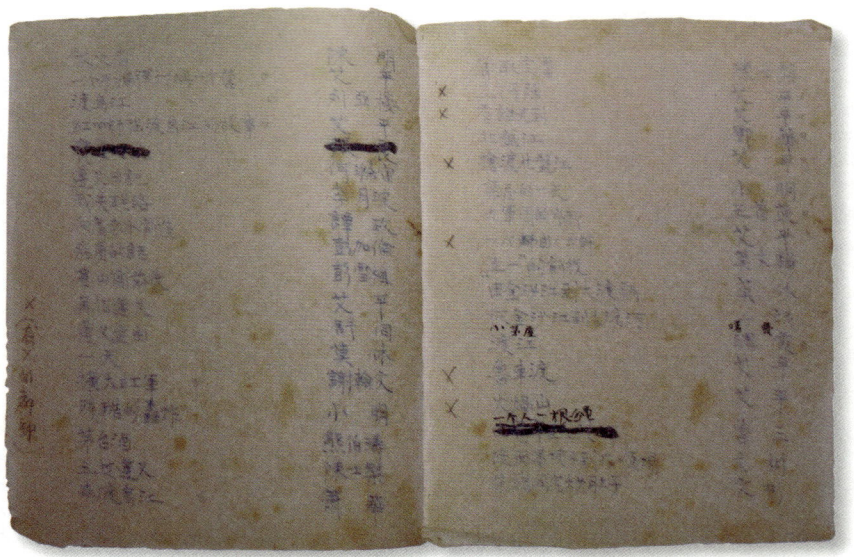

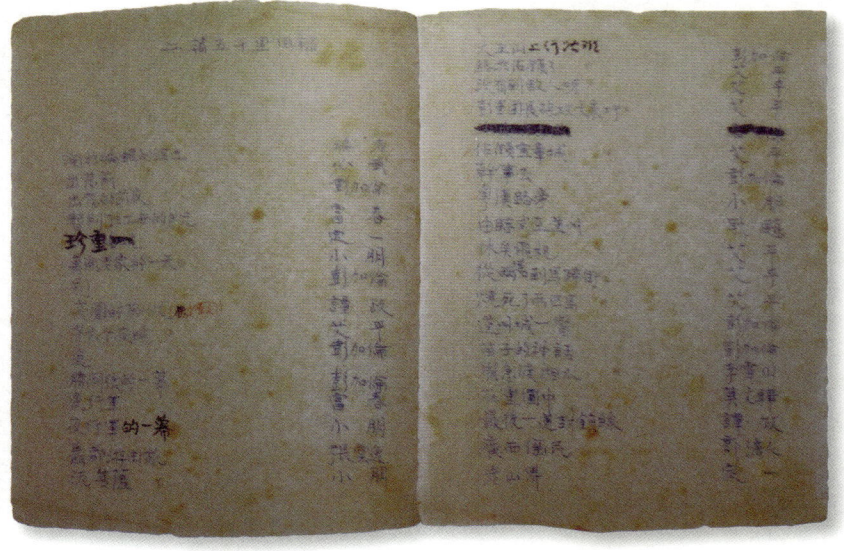

[图 6.11] 《二万五千里》
誊清稿目录。

[图 6.12] 《二万五千里》
誊清稿目录。

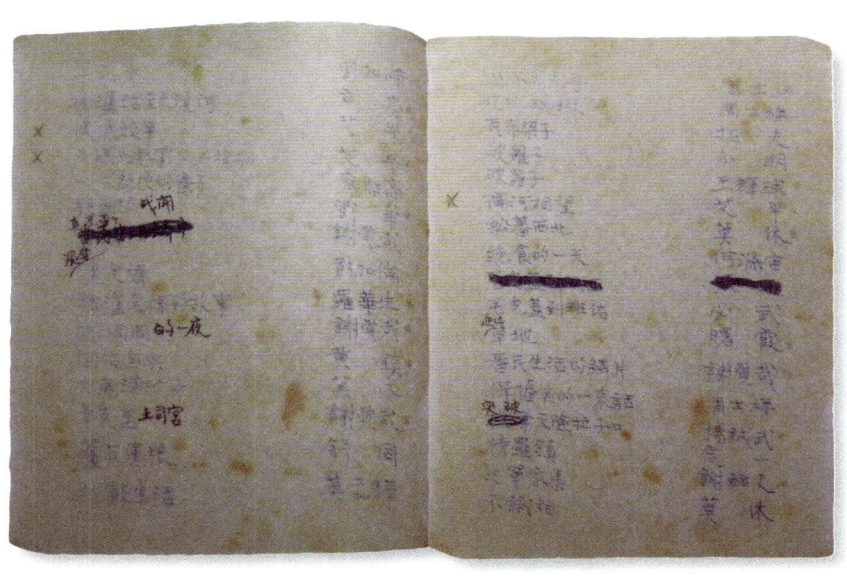

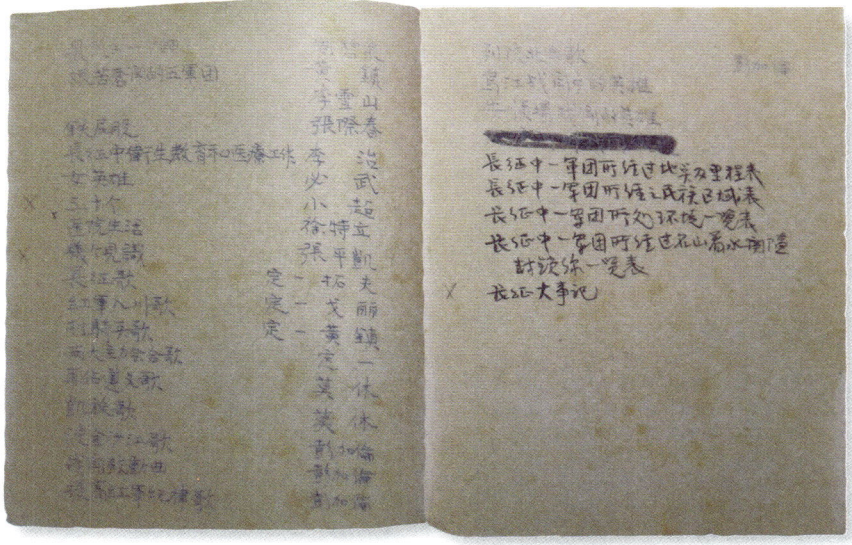

[图 6.13] 《二万五千里》
誊清稿正文第一篇董必武
的《出发前》修改稿。

[图 6.14] 《二万五千里》
收录彭雪枫的《娄山关前
后》修改稿。

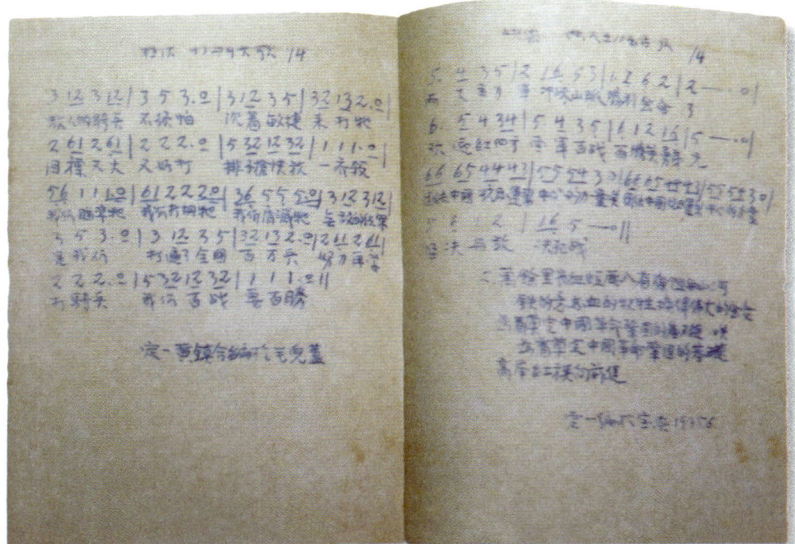

［图 6.15］《二万五千里》誊清稿收录的陆定一、黄镇等人创作的红军歌曲誊清稿。

［图 6.16］《二万五千里》誊清稿收录的抢渡乌江和强渡大渡河英雄人物名单。

[**图 6.17**]《红军长征记》上下册，
总政治部宣传部 1942 年 11 月刊
印，马兰纸印刷，小 32 开，412 页。

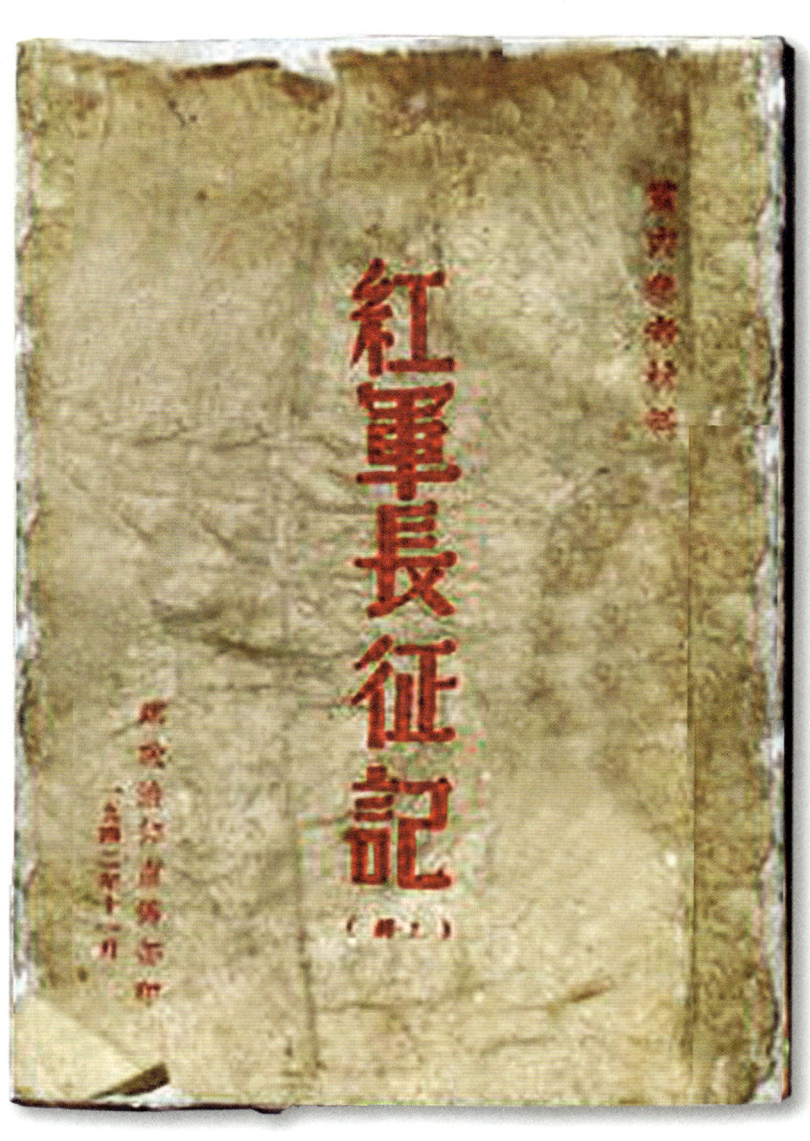

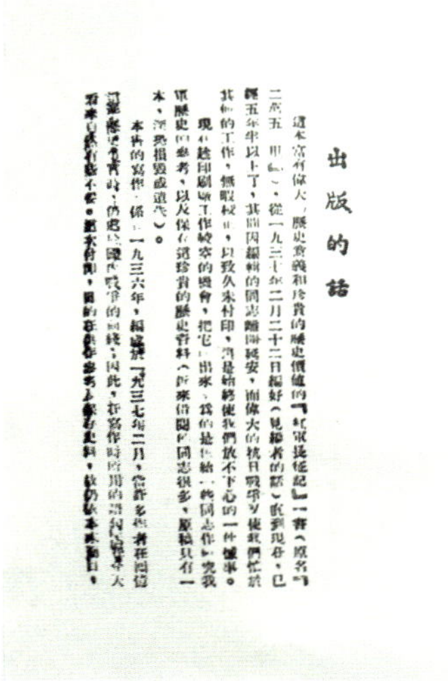

[图 6.18]《红军长征记》扉页发表的《出版的话》。

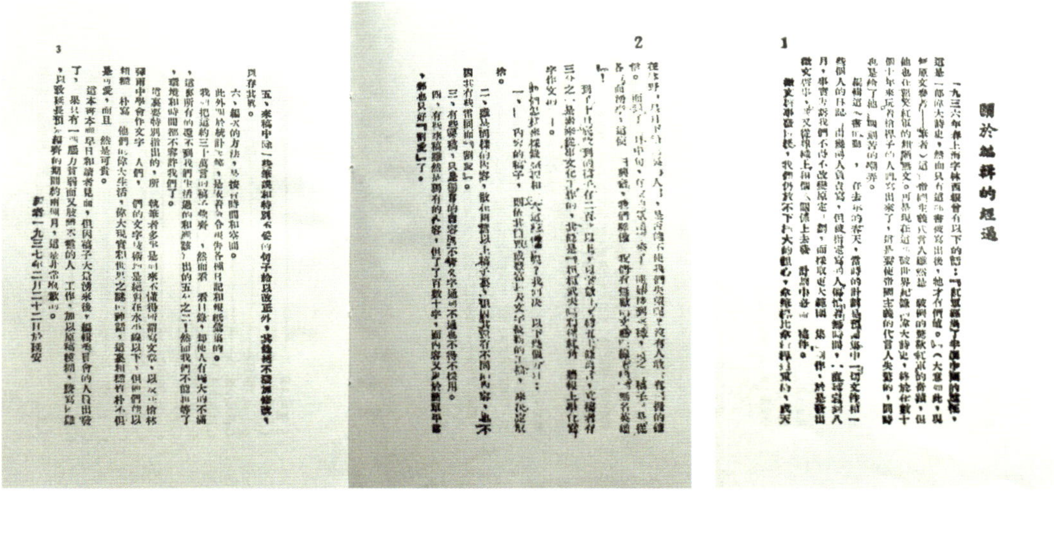

[图 6.19]《红军长征记》发表的《关于编辑的经过》，内容与《二万五千里》相同。

[图 6.20] 《红军长征记》上册目录，编排顺序与《二万五千里》基本相同。

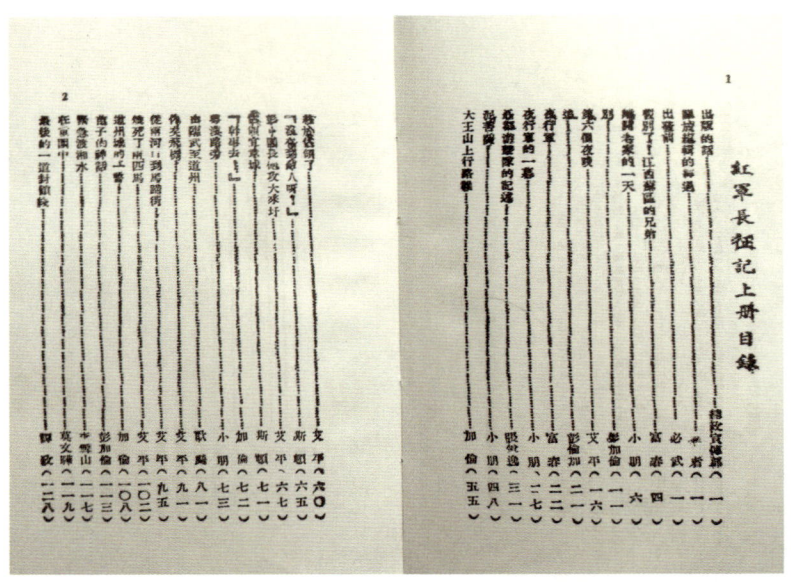

[图 6.21] 美国哈佛燕京图书馆收藏的《红军长征记》。

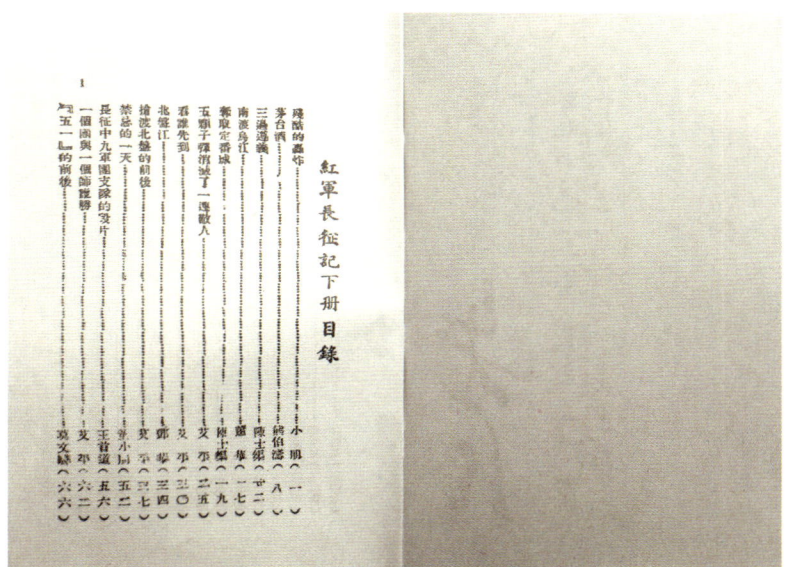

[图 6.22]《红军长征记》下册目录 1。

[图 6.23]《红军长征记》下册目录 2。

[图6.24] 《红军长征记》下册目录3。

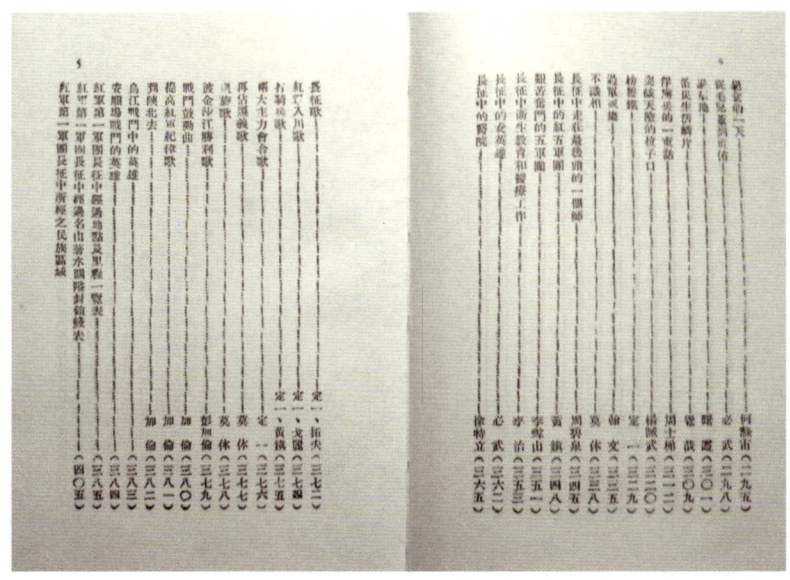

[图6.25] 《红军长征记》下册目录4。

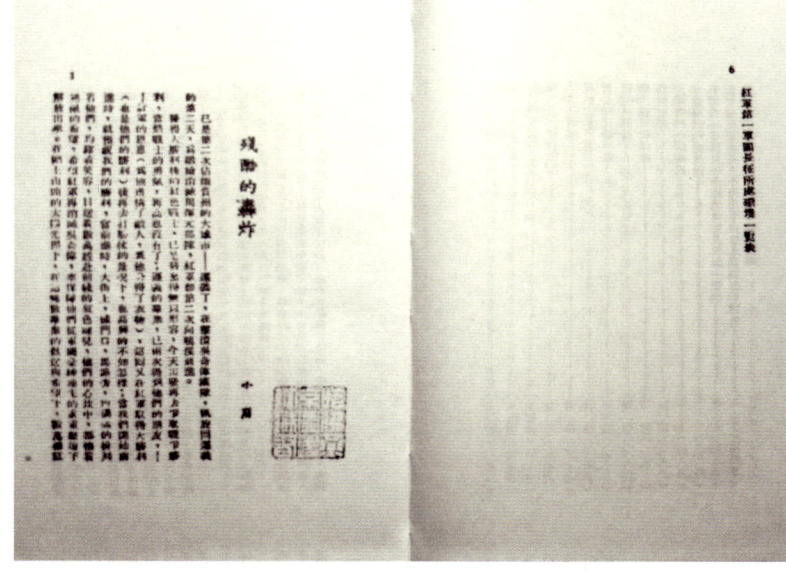

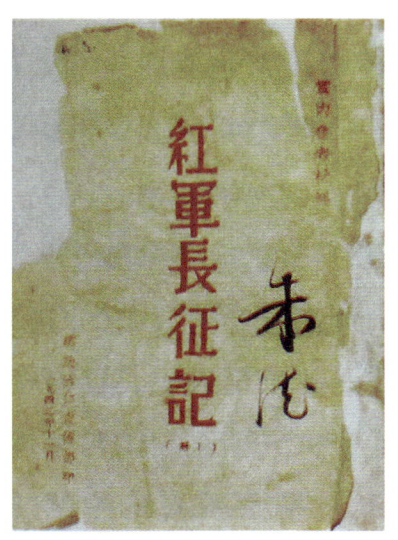
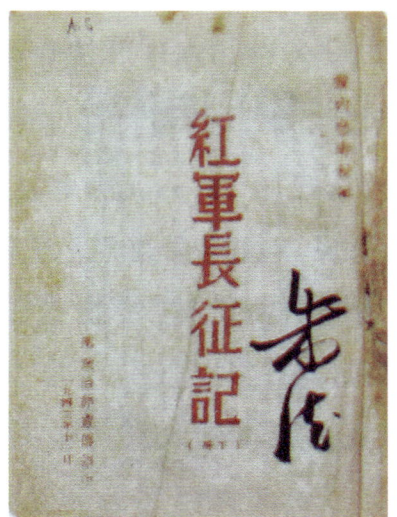

[图 6.26] 埃德加·斯诺赠送给美国哈佛燕京图书馆的朱德签名的 1942 年版《红军长征记》。

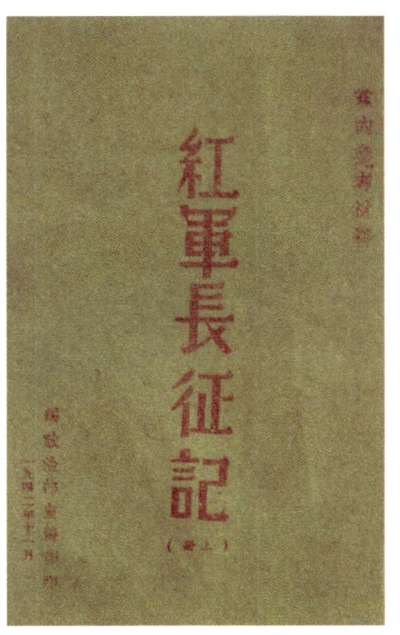
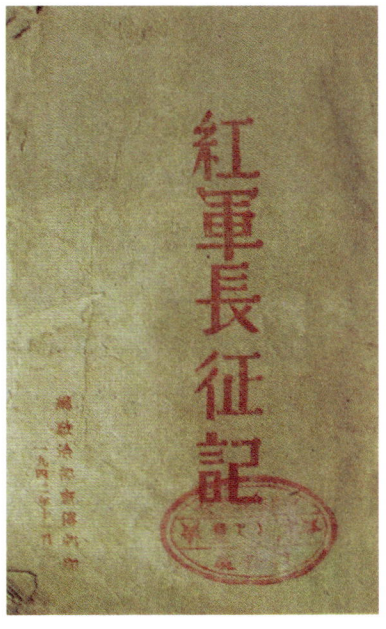

[图 6.27] 陕西省档案馆珍藏的 1942 年版《红军长征记》。

1954 年，《红军长征记》改名《中国工农红军第一方面军长征记》

"长征的历史叙述在中国共产主义革命的解释体系中占据了特别重要的地位，其作用之巨大和影响之广泛，尤如'英雄创世纪'，如果没有'长征'这一段，不仅是难以想象的，而且有关中国共产革命的叙述就褪色许多。'长征'成为一个骨架和桥梁，把 1949 年前中国革命的两个历史阶段——瑞金时期和延安时期连结了起来，它对中国共产党及其军队的意义，是不言而喻的。"[5] 但长征作为英雄史诗，在中国家喻户晓人人皆知，却是新中国成立以后的事情。

从战争年代转到和平建设时期，百废待举，为加强中共党史的研究和资料收集工作，中共中央宣传部专门成立了党史资料室，由缪楚黄负责编辑内部刊物《党史资料》。[图6.28] 此时，军队和地方新成立的政府、机关、学校都急需革命历史和传统的教材，《红军长征记》自然是再好不过的"精神食粮"。于是，《党史资料》就将其改名《中国工农红军第一方面军长征记》，从第一期开始连续三期进行了重印，并在文前增补了《毛泽东同志长征诗》（即《七律·长征》）和《毛泽东同志长征词》（即《清平乐·六盘山》）。

1954 年 2 月出版的《党史资料》第一期，紧随发表毛泽东、刘少奇、周恩来、朱德的传记之后，即刊载了《中国工农红军第一方面军长征记（上）》，[图6.29] 并写有《重印序言》，全文如下：

本书原名《红军长征记》，是工农红军第一方面军的同志们经过长征到达陕北后集体写成的。一九三六年春由第一方面军政治部发起征稿，一九三七年编成，一九四二年由总政治部在延安出版，作为党内参考材料。因为当时条件困难，印书用的是草做成的纸，不易阅读，也不易保存；印数也很少，现在所存无几。为了保存史

[5]《红军长征的历史叙述是怎样形成的？》，高华，《炎黄春秋》2006 年第 10 期。

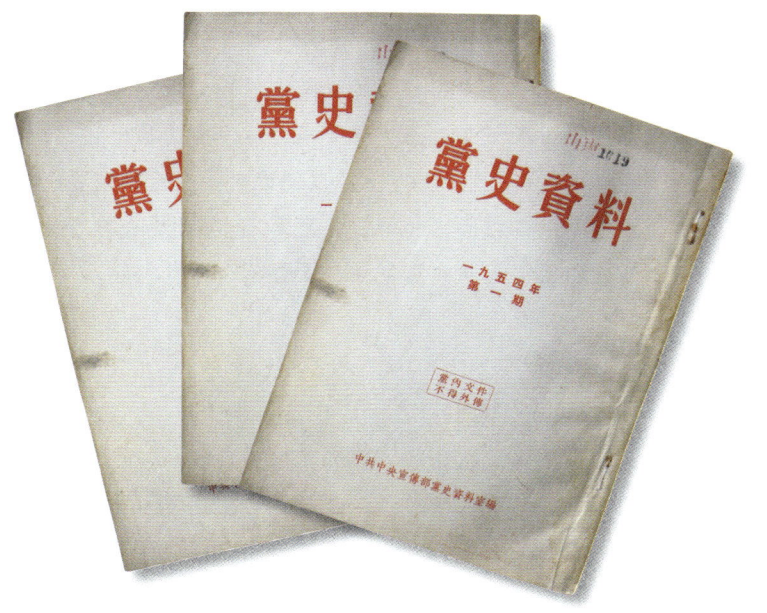

[图 6.28] 1954 年 2 月，中共中央宣传部党史资料室编的《党史资料》第一期。

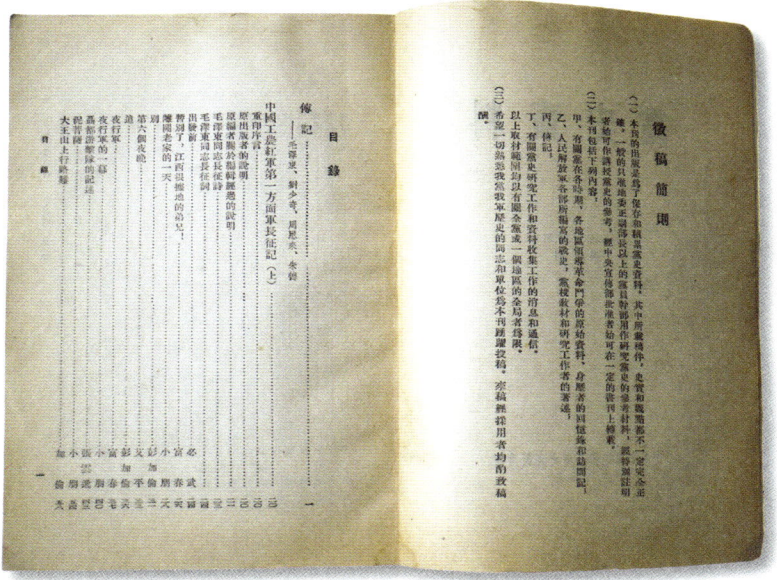

[图 6.29] 1954 年 2 月，中共中央宣传部党史资料室编的《党史资料》第一期目录。

料，决定作为党内参考资料，重新印行。重印之前，将错字校正，尽可能加了些补注和附注，文字上略作修改，并删去了很少几篇。但凡是有些史料价值的，统统谨慎地保存下来了。加补注的原因是，长征中有不少重要事件，没有文章记述，成为空白，用补注来尽可能加以补足，以便读者知道这些重要事件。

工农红军第二方面军和第四方面军，也英勇地进行了长征。其史料正在特约专人组织编写中，希望不久亦可出版。

编者

一九五四年一月

《党史资料》这次重印"删去了很少几篇"，到底是哪几篇呢？经核对，其实仅仅删除了 4 篇，分别是何涤宙的《遵义日记》《绝食的一天》、李月波的《我失联络》和莫休的《一天》。

《中国工农红军第一方面军长征记》在《党史资料》刊出

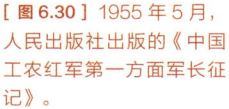

[图 6.30] 1955 年 5 月，人民出版社出版的《中国工农红军第一方面军长征记》。

[图6.31] 人民出版社 1958 年 4 月第 3 次印刷的《中国工农红军第一方面军长征记》。

[图6.32] 人民出版社 1958 年 4 月版的《中国工农红军第一方面军长征记》目录。

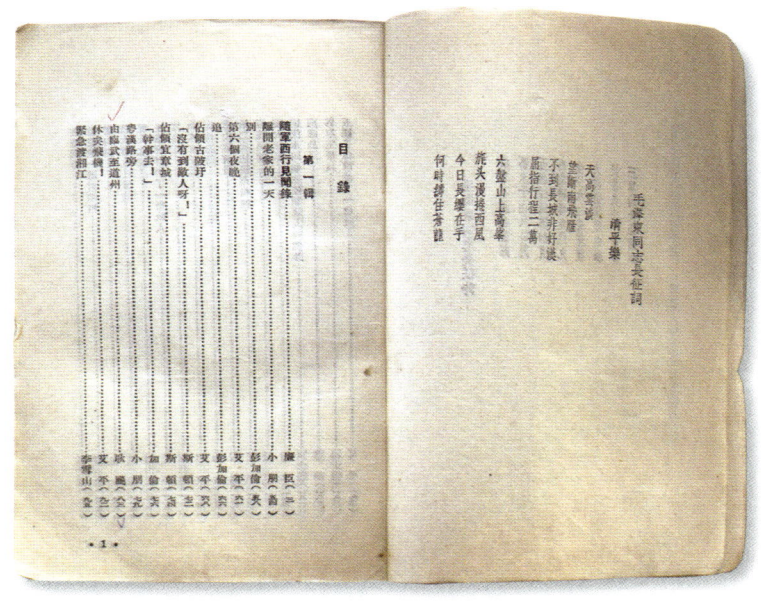

[图6.33] 上海人民出版社 2006年9月影印出版的《二万五千里》誊清稿。

[图6.35]《红军长征记》，解放军文艺出版社，2006年9月版。

[图6.34] 广西师范大学出版社2006年9月影印哈佛燕京图书馆版《红军长征记》。

后，在中共党内产生积极反响，纷纷要求将此"不得外传"的"党内文件"公开出版。

1955 年 5 月，人民出版社公开出版了《中国工农红军第一方面军长征记》，并再次对全书内容重新进行了增删和修订。[图 6.30] 鉴于"工农红军第二方面军和第四方面军，也英勇地进行了长征。其史料正在特约专人组织编写中"的实际情况，编者再次专门做了一个《出版者说明》，就编辑的主旨和增删的内容作了十分翔实的说明，内容如下：

本书第一辑系汇集红军第一方面军的同志在长征结束后不久所写的一部分回忆录而成。其中《随军西行见闻录》曾在中国共产党主办的一九三六年的巴黎《全民月刊》上连续登载过；《雪山草地行军记》《从甘肃到陕西》曾在中国共产党主办的一九三六年至一九三七年间的巴黎《救国时报》上连续发表过；其余的文章则选自一九三六年红军第一方面军政治部发起组织的编辑委员会所编的《二万五千里》一书。在上述很多文章中，《随军西行见闻录》《雪山草地行军记》和《从甘肃到陕西》等三篇，比较系统地描述了红军第一方面军的长征，其余的大部分是这三篇文章所叙述的某些事件的特写。

本书第二辑是前述《二万五千里》一书的编者根据长征中的各种命令、日记和报纸编成的。这是关于红军第一方面军长征的富有历史价值的统计资料。

应当声明，参加长征的红军，除了本书所载的红军第一方面军以外，还有红军第二方面军、第四方面军等。关于这些红军部队在长征中艰苦英勇地奋斗的光荣史绩，介绍的文章很少，现在尚不能编辑成书。这里，我们只将缪楚黄同志所写的《中国工农红军长征概述》一文作为本书的附录，以备参考。我们希望参加这些红军部队长征的同志踊跃地撰写回忆的稿件，以便在不久的将来也能编成专书出版。

《中国工农红军第一方面军长征记》单行本为32开，15个印张，30万字，同时增绘了双色套红印刷的《中国工农红军长征路线略图》。但本书却只收录了《红军长征记》100篇中的52篇文章（含陆定一和贾拓夫写的《长征歌》）。全书篇目次序也重新做了调整，按照事件发生的时间先后顺序进行编排，同时增补了廉臣（陈云）的《随军西行见闻录》和杨定华（邓发）的《雪山草地行军记》《从甘肃到陕西》。缪楚黄所写的《中国工农红军长征概述》附在书末。其中《随军西行见闻录》《雪山草地行军记》和《从甘肃到陕西》三篇在目录中专门用醒目的黑体字进行了标记。值得一提的是《从甘肃到陕西》系《由甘肃到山西》一文的删节版，主要删除了该文第30节至第41节中有关红军东征出兵山西的内容。人民出版社在《中国工农红军第一方面军长征记》初版时，还特别说明："本书暂时在机关、团体、学校、部队内部发行，不公开出售。"但仅仅三年时间就连续印刷了4次，发行73万册。在第四次印刷时，该书由"内部发行"改为公开发行，封面也由原来的白色套红印刷改为四色彩印。[图6.31—6.32]

红军长征的历史，就这样走进了千家万户，走进了中小学生的课本课堂，成为家喻户晓妇孺皆知的人间传奇，而长征精神因此逐渐成为中国人民艰苦奋斗、不怕牺牲、战胜困难、勇敢前进的精神图腾。

2006年，在纪念红军长征胜利70周年之际，上海人民出版社影印出版了《二万五千里》鲁迅纪念馆珍藏的誊清稿，[图6.33]广西师范大学出版社影印出版了美国哈佛燕京图书馆收藏的朱德签名版《红军长征记》，[图6.34]解放军文艺出版社也以《红军长征记》原书名再版，[图6.35]续写了红军长征叙述史的新传奇。

[1934.10—1936.10]

第七回

逸经发表西引记，国统区内第一次

作者署名叫幽谷，红色牧师董健吾

世界是这样知道 THE LONG MARCH 的

1934.10—1936.10

长 征 叙 述 史 长征

№ 0007

且说长征叙述史，不能不说这篇《红军二万五千里西引记》。

前面已经说过，陈云是第一个把长征的故事告诉世界的人，无论是他在共产国际执行委员会的报告，还是他署名"廉臣"在《全民月刊》连载的《随军西行见闻录》，都可谓是世界第一。但不论是陈云嘴上说的，还是他笔下写的，那都是遵义会议之前的长征故事，之后他因工作原因离开长征辗转去了莫斯科。朱瑞发表在《战士》报上的《艰苦的一年，伟大的一年》，虽然完整叙述了长征，但那也只是一个概况，没有多少细节，更重要的是发行范围仅仅在中央红军内部，阅读的受众范围很小。邓发（杨定华）在巴黎《救国时报》发表的《雪山草地行军记》《由甘肃到山西》，是陈云（廉臣）《随军西行见闻录》的叙事接力，也没有完整叙述长征，所以才有了救国时报社将三篇作品合集出版的《长征记》，但其发表和出版都是在国外，受众也多是海外华侨和中共苏区或控制地区。范长江的《中国的西北角》《塞上行》确实是中国记者最早对长征的深度报道，但关于长征部分的史料多为第二手。

那么，现在有一个问题出现了——那就是到底是谁最早在中国本土国统区的什么刊物上发表了长征历史的完整叙述呢？也就是说，是谁最早在国统区的报刊上全面介绍红军长征的呢？

正确的答案是——《逸经》杂志 1937 年 7 月 5 日发表的《红军二万五千里西引记》，作者署名"幽谷"。请听我一一道来。

《逸经》是一本什么样的杂志？

　　1936 年 3 月创刊于上海的《逸经》杂志，是一份文史类半月刊，每月 5 日、20 日出版，简又文任社长兼发行人，谢兴尧（前 22 期）、陆丹林（23 期之后）前后任主编，简静远任事务主任，杨玉洁任会计主任。社址位于上海市愚园路愚谷村，由人间书屋负责总经售，印刷由位于上海市南成都路 141 号的仓颉印务有限公司承担。1937 年 8 月 20 日出至第 36 期停刊。主要撰稿人有俞平伯、柳亚子、冯自由、林语堂等，作者队伍可谓群英荟萃。

　　简又文别号"大华烈士"，曾在冯玉祥军队中任职，与冯和国民党左派人士交往密切。此时他身兼国民党立法委员，在国民党和国民政府内也有一定的人脉资源。因此，《逸经》杂志思想立场显然倾向左翼，属于进步刊物。比如，它不仅刊登过《马克思也是诗人》，还独家发表了瞿秋白就义前在狱中写的自述《多余的话》。《逸经》杂志开设的主要栏目有文学、艺林、特写、诗词、纪游、小说、杂俎、民族问题、今代史料、太平文献、建国史实、史乘、考据、掌故、秘闻、人志、图像、读者通讯等。

　　《逸经》杂志是分正文和附表两次发表《红军二万五千里西引记》的。正文部分发表在 1937 年 7 月 5 日出版的第 33 期（夏季特大号）[图 7.1]"今代史料"栏目中，共计 9760 余字；[图 7.2]附表（即《红军第一军团西引中经过地点及里程一览表》）发表在 7 月 20 日出版的第 34 期上。[图 7.3]正文部分还随文插了毛泽东在延安机场全身像、"二万五千里西引经过路线图（由江西瑞金县始至陕西吴起镇终）""红军在江西所发行的建设公债券"等三幅图片。

　　《红军二万五千里西引记》发表时，国共第二次合作还没有开始，中共和红军在国统区的称呼一概叫"赤匪"或"匪"。而《逸经》杂志发表该文的标题直接称呼"红军"，这是需要相当大的勇气的，也是令人称奇，博得"眼球"的。据曾任《逸经》主编的谢兴尧先生回忆：简又文社长交际广泛，政治性的文章大都是他约稿，且对文稿来源渠道极其保密。由于《红军二万五千里西引记》堂而皇之地称"赤匪"为"红军"，戳穿了国民党对共产党的污蔑，令蒋介石当局大为光火，曾企图陷害简又文。好在时任国民党宣传部部长邵力子也曾参加过共产党，且与简又文有旧交，就按惯例公函警告《逸经》杂志社：以后发表文稿，务望审慎。

《红军二万五千里西引记》在《逸经》发表两天后，卢沟桥事变爆发，共产党和红军的正面形象立即在国统区引起强烈反响。7 月 15 日，由夏丏尊、叶圣陶主编，开明书店发行的大型综合性刊物《月报》，将此文改名《二万五千里西行记》在第一卷第七期全文转载。[图7.4] 上海大众出版社等多家出版社也随即以《二万五千里西行记》为名，出版了单行本图书。如此积极正面的形象塑造，使得国统区的读者对中国共产党和红军有了全新的了解，对提高中共在抗日民族统一战线中的地位和作用，起到了积极的作用。

全国抗战爆发后，为适应民族解放战争的新形势，《逸经》与《宇宙风》《西风》联合出版了《宇宙风·逸经·西风非常时期联合旬刊》，共出 7 期。随着上海、南京、武汉等相继沦陷，上述三刊的编辑骨干又避聚香港，再次联合创办抗战刊物《大风》杂志，直至香港沦陷，共计出版 101 期，以知识分子的良知和正义捍卫着民族的尊严，为民族救亡图存而奋力呐喊。

[图 7.1] 1937 年 7 月 5 日出版的
第 33 期《逸经》杂志。

[图7.2]《逸经》杂志第33期在"今代史料"栏目，刊登作者署名幽谷的《红军二万五千里西引记》。刊登的毛泽东照片为1937年4月在延安机场。

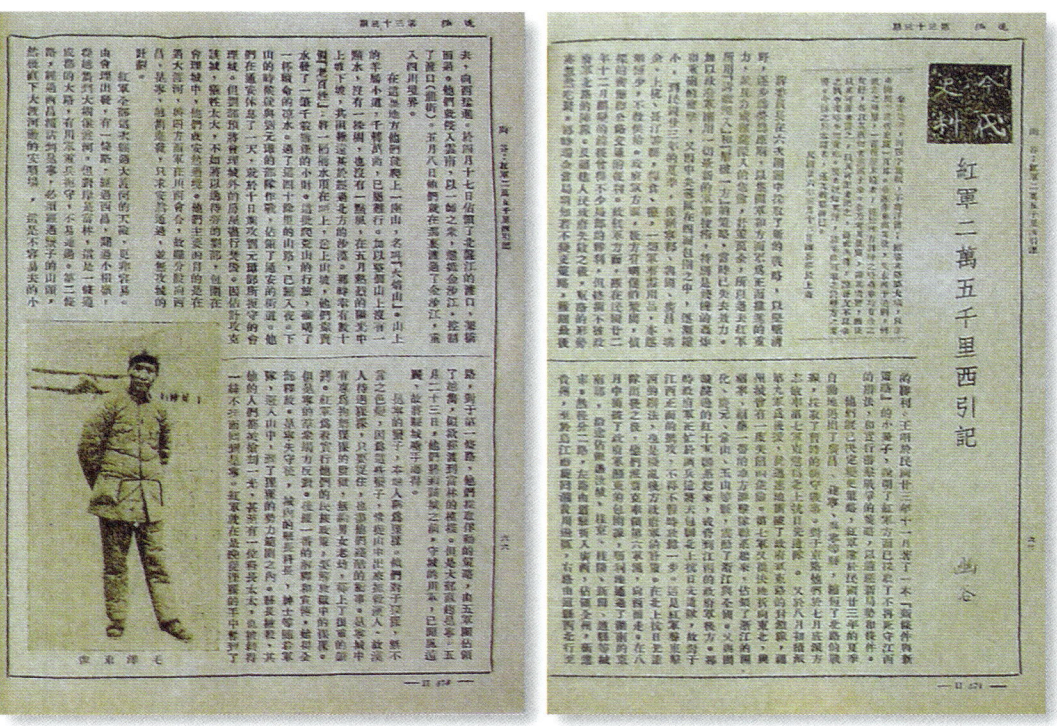

[图7.3] 1937 年 7 月 20 日出版的《逸经》杂志第 34 期，刊登了《红军二万五千里西引记》之附表《红军第一军团西引中经过地点及里程一览表》。

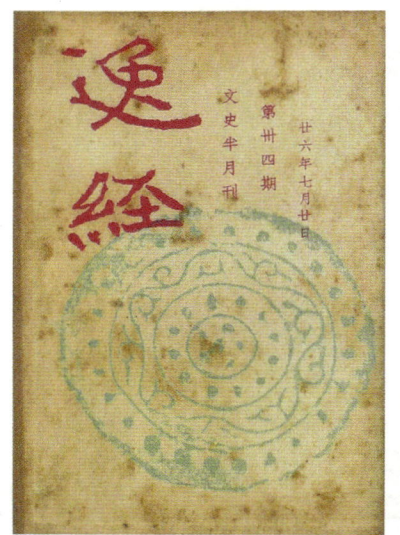
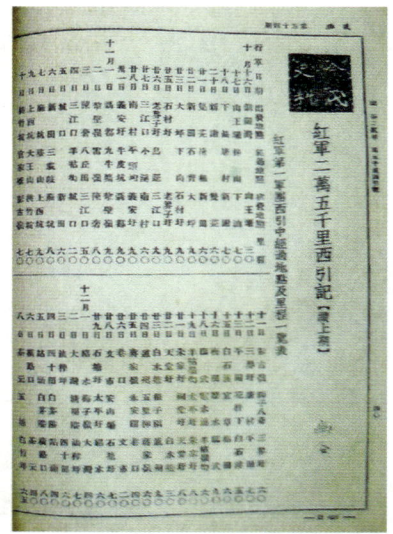

[图7.4] 1937 年 7 月 15 日，由夏丐尊等主编的《月报》杂志第一卷第七期，转载了署名幽谷的《二万五千里西引记》。

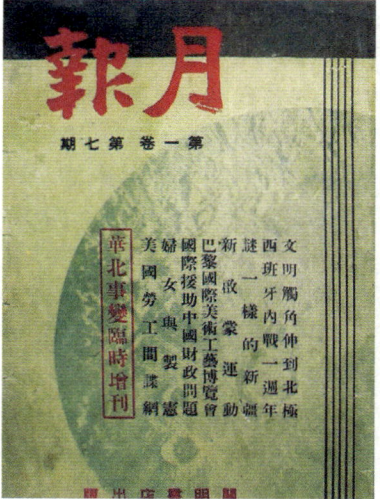
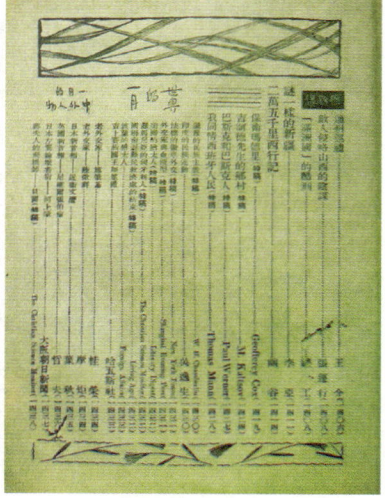

《西引记》是一篇什么样的文章？

《红军二万五千里西引记》文字不过一万，却简洁系统地讲述了红军从中央苏区第五次反"围剿"失败，决策战略转移，直到红一方面军抵达吴起镇与陕北红军胜利会师的全过程。突破湘江、强渡乌江、四渡赤水、通过彝民区、飞夺泸定桥、爬雪山过草地、通过藏民区、巧克天险腊子口、吴起镇会师，等等，长征途中诸多重大事件，均依照时间顺序，娓娓道来，时间、地点、人物准确无误。其中还不乏精彩的细节，比如强渡乌江的十八勇士、"义成老烧房"的茅台美酒成了洗脚的"脚汤"、释放关押的彝族男女老幼"犯人"、安顺场强渡大渡河的十七勇士、懋功会师，等等。我们不妨摘录"茅台逸事"的片段欣赏一下：

他们在茅台时，有一件趣事可以顺笔写出，就是找了一家永远不会忘记的酿酒作坊"义成老烧房"。这是一座很阔绰的西式房子，里面摆着百余口大缸，每口可装二十担水，缸内都装满了异香扑鼻的真正茅台美酒。开始发现这酒坊的士兵，以为"沧浪之水可以濯我足"，及酒池生浪，异香四溢，方知为酒。可惜数缸美酒，已成为脚汤。事为军事顾问李德所闻（李德素嗜酒），即偕数人同往酒坊，一尝名闻寰球的茅台美酒。他们择其中最为年远的一缸，痛饮了一场，至于醉，才相扶而出。临行时，他们又将是类佳酿带走不少，继续经过茅台的部队，都前往该坊痛饮一杯，及最后一部经过时，数缸脚汤也涓滴不留了。

在《红军二万五千里西引记》一文的开头，作者"幽谷"写有一个"序"。全文如下：

余作是篇，因限于篇幅，不能详尽；惟举其荦荦大端，以存中国民族近代史迹一页耳。余既非参与其役，又未列于追剿，何能言之凿凿，一若亲历其境者？盖于双方对峙之营垒中均有余之友好，各以其所知尽述于余。余乃考其异同，辨其虚实，然后以其可言者言之，以其可记者记之，而成此篇，谅吾友不以余之执中从略而相责也。读者欲知其详，将来自可求之于双方之专书。今得之于本篇者，仅其概要而已。

民国廿六年五月十六日幽谷序于上海

这段文字简短精悍，扑朔迷离，可堪玩味，实乃故弄玄虚的自白，完全是一种隐晦的文字技巧，可谓那个年代文化斗争的范例。而且从此文的标题来看，尽管主语罕见地使用了"红军"，但谓语对长征的表述却采取了中性的"西引"，而不是"西征"。在正文中，对长征的表述，除了采用"西引""西行""长行"外，还故意在多处使用了"西窜"。显然，作者以此方式一方面表达其中立客观的立场，另一方面也是为了迎合当时在国统区新闻出版的实际需要，以此障人耳目，便于通过国民党严格的新闻检查。

《红军二万五千里西引记》行文干净利落，而且十分专业，对红军的战略战术分析得有条有理。比如在陈述红军第五次反"围剿"失败被迫长征的原因时，认为主要是因为蒋介石国民党军队"采取了新的战略，以坚壁清野、逐步为营为原则"，"应用一切最新的军事技术，特别是飞机的轰炸和重炮的密击"，而红军却没有及时改变战略战术，依然"用'诱敌深入'和'击破一方'的策略"，而根据地"逐渐缩小"，"一切军事需用品，亦逐渐减少，不敷供给"。而对长征路上张国焘搞"分裂"的活动，此文却恰当地避而不谈，只是隐晦地说："到了毛儿盖，红军主力自七月十日至七月卅日，就在该处休息了二十天。自八月一日至八月廿三日，又行动于毛儿盖和波罗子之间，但是这个行动，不出黑水河流域，故仍然是一种休息状态的练习，也是为着入陕甘的准备。"同时，文中还披露了其他长征文献中没有提到的历史事件，比如，

1935 年 1 月 16 日夜间，贵州赤水枪厂的工人暴动；红军在卓克基攻下与之敌对的藏族土司的宫殿，却要求对其中的文物古董和陈设加以保护；红军在草地行军中有 500 余人因患黑疟疾病死；等等。

从《红军二万五千里西引记》的内容来看，其史料丰富和准确程度如此之高，非亲身经历者难以完成。而署名"幽谷"的作者却自称："余既非参与其役，又未列于追剿，何能言之凿凿，一若亲历其境者？盖于双方对峙之营垒中均有余之友好，各以其所知尽述于余。余乃考其异同，辨其虚实，然后以其可言者言之，以其可记者记之，而成此篇。"实际情况如何呢？经过比对就可以发现，《红军二万五千里西引记》与徐梦秋、丁玲编辑的《红军长征记》一书内容基本吻合，其叙述的诸多故事情节几乎直接引用或来源于《红军长征记》。比如，强渡乌江的内容引自刘亚楼的《渡乌江》；茅台镇的逸事引自熊伯涛的《茅台酒》；火焰山的行军引自艾平（张爱萍）的《火焰山》；红六团芦花断粮引自舒同的《芦花运粮》，等等。最重要的一个细节是《逸经》在第 34 期发表的《红军第一军团西引中经过地点及里程一览表》，也与《红军长征记》附录的《红军第一军团长征中经过地点及里程一览表》完全一致。如此详尽的行军里程一览表，显然只能出自"被追剿"的红军一方。而为了掩饰一下作者明显的政治倾向，作者"幽谷"在表后的注释里故意加了这么一句："统计西窜行程为一万八千零八十八里，号称二万五千里，是夸大之词。"其实，这个数字里程是准确的，正是红一方面军直属队行走里程的统计数字，而二万五千里的距离是指红军长征最远的里程。

值得一提的是，幽谷的《红军二万五千里西引记》发表后，在上海引起了轰动，随后各种版本的图书也在此基础上经过编辑、整理应运而生。比如：

1《从江西到陕北的第八路军》，抗敌研究社编，抗敌出版社（上海福州路），1937 年 11 月初版。[图 7.5—7.8]

2.《二万五千里长征记：从江西到陕北》，上海大众出版社，赵文华编著，1937年12月版，32开，78页。[图7.9]

3.《二万五千里长征记》，大众出版社，赵文华编著，1937年版，32开，78页。[图7.10]

4.《第八路军行军记（1）长征时代》，黄峰编，上海光明书局，1937年11月版，159页，32开。[图7.11]

5.《第八路军行军记（1）长征时代》，黄峰编，上海光明书局，1938年1月版再版，159页，32开。[图7.12]

6.《二万五千里长征记：从江西到陕北》，朱笠夫编著，抗战出版社，1937年11月版，32开，74页。[图7.13]

7.《今日的红军》，朱戈编，1937年11月出版，32开，387页。出版单位不详。该书共收录34篇文章，其中第225—274页将幽谷的《二万五千里西引记》改名为《二万五千里长征记》收录。[图7.14]

8.《二万五千里长征记》，朱笠夫编著，抗战出版社（汉口），1938年1月版，32开，82页。[图7.15]

9.《二万五千里的长征：第八路军红军时代的史实》，救亡研究社编辑，上海救亡出版社，1937年12月版，32开，83页。本书版权页书名为《从江西到陕北：第八路军红军时代的史实》。[图7.16]

10.《二万五千里长征记：从江西到陕北》，大华编著，复兴出版社，1938年1月再版，76页，32开。"复兴丛书"之一。[图7.17]

11.《二万五千里西行记》，天行编，自由出版社（上海），1938年3月出版，32开，106页。全书约54000字，主要收录了幽谷的《二万五千里西引记》（1—49页），同时收录莫休的《大渡河抢渡》、李敏的《谈到朱德》、任天马的《游击战与朱德》、王唯廉的《谈谈毛泽东》和《武汉时代的毛泽东》、马骏的《最近的毛泽东》，并附录《毛泽东等呈蒋委员长一致对日抗战电文》。[图7.18]

综上所述，从现在博物馆和民间收藏家收藏情况来看，

《二万五千里长征记》版本比较多，除了上海光明书局、救亡出版社之外，还有抗战出版社、大众出版社、复兴出版社、自由出版社的不同版本，编著者署名除了赵文华、文华、大华、朱笠夫、黄峰等个人之外，还有抗敌研究社、救亡研究社等研究机构。经研究考证，上述图书内容基本相同，可以说基本上都是翻版、翻印图书，出版的地点主要在上海。

经研究考证，该系列图书的第一章至第三章的内容素材均来源于斯诺笔录、汪衡翻译的《毛泽东自传》的第三章和第四章；第四章则原文摘选了幽谷的《红军二万五千里西引记》；第五章的素材来源于徐梦秋、丁玲以红军总政治部宣传部名义编的《红军长征记》（即《二万五千里》）中的《飞夺泸定桥》等篇目内容；第六章素材则汇编自斯诺、海伦·斯诺等中外记者的新闻报道。关于编者的署名问题，有学者猜测认为是《逸经》杂志社社长简又文，其笔名为"大华烈士"。而从上述不同版本的《二万五千里长征记》封面设计来看，基本上整体风格相同，只是在编者署名和出版社名称上在再版印刷时有所改变，因此，笔者认为，编著者应该是同一个团队或组织，而为了掩护身份的需要，出版社和编著者署名只是临时的化名。

现在，一个新的问题出现了——作者"幽谷"到底是谁呢？他又是通过何种渠道得到如此翔实准确的长征史料的呢？他是不是根据《红军长征记》来撰写这篇《红军二万五千里西引记》的呢？

[图 7.5] 《从江西到陕北的第八路军》，抗敌研究社编，抗敌出版社（上海福州路），1937 年 11 月初版。

[图 7.6] 《从江西到陕北的第八路军》，1937 年 11 月初版，书名页。

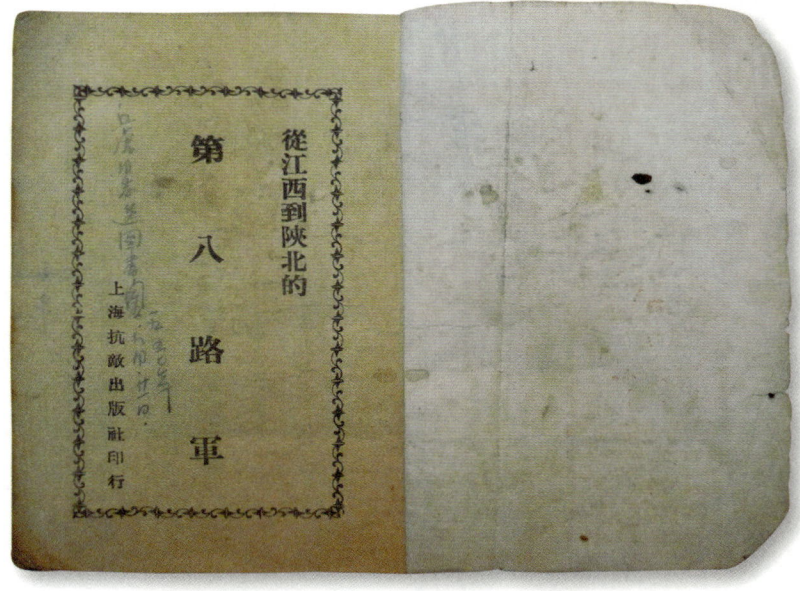

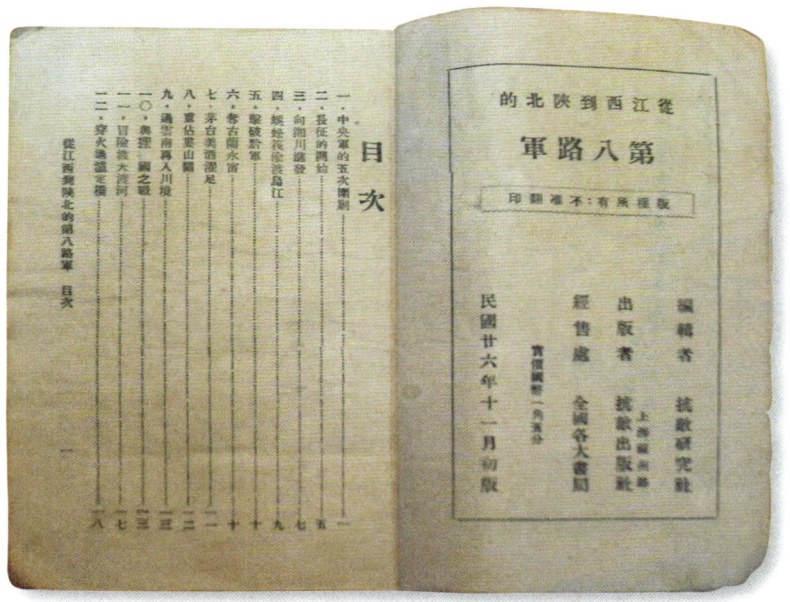

[图 7.7]《从江西到陕北的第八路军》，1937 年 11 月初版，版权页和目录。

[图 7.8]《从江西到陕北的第八路军》，1937 年 11 月初版，目录和正文第一页。

[图 7.11] 《第八路军行军军记（1）长征时代》，黄峰编，上海光明书局，1937 年 11 月版，159 页，32 开。

[图 7.9] 《二万五千里长征记：从江西到陕北》，赵文华编著，上海大众出版社，1937 年 12 月版，78 页，32 开。

[图 7.10] 《二万五千里长征记》，大众出版社，赵文华编著，1937 年版，32 开，78 页。

[图7.12]《第八路军行军记（1）长征时代》，黄峰编，上海光明书局，1938年1月版，159页，32开。

[图7.13]《二万五千里长征记：从江西到陕北》，朱笠夫编著，抗战出版社，1937年11月版，32开，74页。

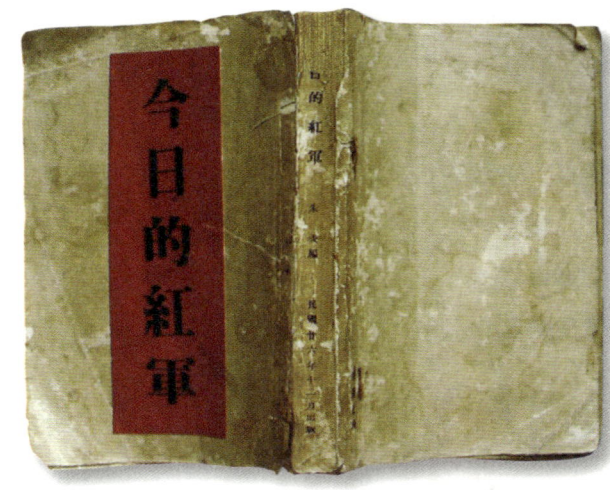

[图7.14]《今日的红军》，朱戈编，1937年11月出版，32开，387页。出版单位不详。该书共收录34篇文章，其中第225—274页将幽谷的《二万五千里西引记》改名为《二万五千里长征记》收录。其他文章主要有《中国共产党为实现三民主义奋斗宣言》《蒋委员长对共产党宣言发表谈话》《为独立自由幸福的中国而奋斗》《七年来的中国苏维埃》《毛泽东论反对日本帝国主义进攻的方针办法与前途》《朱德论实行对日作战》《彭德怀论抗日战略》等。

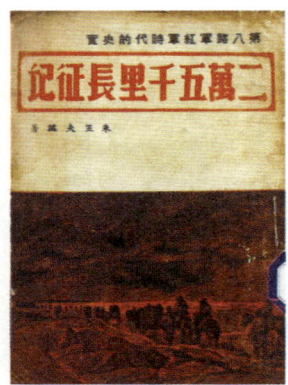

[图7.15]《二万五千里长征记》，朱笠夫编著，抗战出版社（汉口），1938年1月版，32开，82页。

[图7.17]《二万五千里长征记：从江西到陕北》，大华编著，复兴出版社，1938年1月再版，76页，32开。"复兴丛书"之一。

[图7.18]《二万五千里西行记》，天行编，自由出版社（上海）1938年3月版，32开，106页。全书约54000字，主要收录了幽谷的《二万五千里西引记》（1—49页），同时收录莫休的《大渡河抢渡》、李敏的《谈到朱德》、任天马的《游击战与朱德》、王唯廉的《谈谈毛泽东》和《武汉时代的毛泽东》、马骏的《最近的毛泽东》，并附录《毛泽东等呈蒋委员长一致对日抗战电文》。

[图7.16]《二万五千里的长征：第八路军红军时代的史实》，救亡研究社编辑，上海救亡出版社，1937年12月版，32开，83页。本书版权页书名为《从江西到陕北：第八路军红军时代的史实》。

"幽谷"是一个什么样的人?

1936年10月,红军二万五千里长征胜利结束,1937年7月《逸经》杂志第一次完整系统地向国统区的人们介绍了长征,这背后肯定有许多鲜为人知的故事。

《红军二万五千里西引记》作者署名"幽谷",这肯定是一个笔名,或者化名。他在文章的"序"中已经说明自己既不是红军长征亲历者,也不是国民党军队的人员,那他到底是谁呢? 1937年6月20日出版的《逸经》杂志第32期,也曾发表过"幽谷"的一篇《李太白——唐朝的大政治家》,长达12000字。可见,"幽谷"绝非等闲之辈,而是一个有相当学识的读书人或学者。因为《逸经》社长简又文始终对此文的来源守口如瓶,使得史学界一直难以准确地判断"幽谷"到底是谁。

事情直到1994年终于水落石出。这一年,《上海党史研究》杂志第4期发表了一篇题为《"幽谷"原是董健吾》的文章,令人恍然大悟。原来,"幽谷"是1936年为宋庆龄和宋子文送信至陕北中共中央后,又陪同美国记者埃德加·斯诺去陕北采访毛泽东和红军的"红色牧师"董健吾。[图7.19]"幽谷"的全名叫周幽谷,"幽谷"乃"忧国"的谐音,即日军曾重金悬赏的"周二胖子"。

董健吾1891年2月13日出生于上海青浦一个基督教世家。1914年他考取基督教圣公会创办的圣约翰大学,专攻神学,与浦化人、宋子文、顾维钧等做同学。受五四运动影响,他成为一名爱国进步青年。"五卅惨案"期间,他带头在圣约翰大学降下美国旗,升起中国旗,因此被非常赏识他的美籍校长卜舫济开除学籍。离校后,他在上海圣彼得教堂担任牧师。后来,经已加入中共的浦化人介绍,他到冯玉祥部队传教。此时,简又文也在冯玉祥部任职,两人相识结交。1927年,因冯玉祥蒋介石合流,他被"礼送出境",

[图7.19] 红色牧师董健吾。

遂由刘伯坚、浦化人介绍在西安秘密加入中共，回到上海在陈赓领导下从事情报工作，曾担任中央特科警报组负责人，参加过南京暴动，协助陈赓铲除内奸白鑫。1930 年底，他在地下党领导和宋庆龄的资助下，以基督教"互济会"名义创办大同幼稚园，专门收养中共烈士和领导人的子女（包括毛泽东的儿子毛岸英、毛岸青、毛岸龙，蔡和森的女儿蔡转，李立三的女儿李力，恽代英的儿子恽希仲，等等）。因为同信基督教，又是大学同学，董健吾经常出入宋子文家。1936 年 1 月、6 月，他两次受宋庆龄之托送信、送人到陕北，并向中央汇报上海地下党组织情况，中央派冯雪峰 4 月回上海整顿党组织，也曾借住董家。6 月，他化名"王牧师"陪同斯诺成功访问陕北。

《"幽谷"原是董健吾》一文作者董云飞，乃董健吾之子。他在文章中回忆说，1986 年在家中的藏书楼中找到刊载此文的《逸经》杂志，而父亲董健吾生前也曾经跟他讲起撰写《红军二万五千里西引记》的往事，其内容来源除了到陕北听到、看到的之外，还有潘汉年在 1937 年初曾经交给他的一批资料。而且他与冯雪峰有密切交往，中央委托地下交通转交给冯的《红军长征记》誊清稿，他也应该阅读过。因为董健吾曾多次前往西北，1936 年曾完成陪同美国记者埃德加·斯诺成功访问陕北的任务，因此笔者认为：《红军长征记》誊清稿有可能就是董健吾从陕北带回上海，转交给冯雪峰的。此间，董健吾在第一时间阅读了《红军长征记》誊清稿，并对书稿内容进行消化吸收，重新进行了整理撰写。《红军长征记》是1937 年 2 月 22 日编好的，董健吾以"幽谷"之名撰写完稿时间为5 月 16 日，时间上也非常吻合。

新中国成立之初，董健吾以其特殊身份为上海基督教会的管理工作做了大量卓有成效的工作。1955 年受"潘杨事件"牵连，董健吾遭逮捕关押，这时他才亮出自己的真实身份——中国共产党党员。

1960 年，斯诺访华时向毛泽东提出想见当初陪同他访问陕北的"王牧师"。中央经调查才搞清"王牧师"就是董健吾，同意见面。遗憾的是，斯诺时间有限，错失了见面机会。年底，毛泽东、周恩来指示陈赓到上海，以中央的名义安排董健吾工作。毛泽东对陈赓说："我总算才明白，到瓦窑堡商谈国共合作的密使董健吾就是护送斯诺的'王牧师'，也就是抚养我的三个孩子的董健吾，此人真是党内一怪。党内有两个怪人，一个做过和尚（许世友），一个当过牧师，都邀请他们出山。"

1961 年陈赓会见了董健吾，并把董的情况向时任上海市委第一书记的柯庆施作了介绍。1962 年 6 月，经柯庆施批示，董健吾被安排为上海市参事室参事。"文化大革命"中，他受到造反派攻击。1970 年初，因胃出血住院手术，后诊断为胃癌。这年 10 月，斯诺在再次来华访问等待毛泽东接见期间，又提出要见一见老朋友"王牧师"，然而重病中的董健吾没能等到美国友人的会见，因未及时医治于 12 月 12 日凄然离世。

[1934.10—1936.10]

第八回

美国记者埃德加，西行漫记走天涯

写下长征两万五，红星照耀大中华

世界是这样知道的

THE LONG MARCH

1934.10—1936.10

长 征 叙 述 史

長征

的

№ 0008

话说长征，就不能不说说美国记者埃德加·斯诺。[图8.1] 正如人们一谈到世界新航线的开辟就自然想到哥伦布一样，一提起《红星照耀中国》（《西行漫记》），无论中国人还是美国人都会想到埃德加·斯诺。斯诺是中国人民的诚挚朋友，他对中国人民和美国人民怀有坚定不移的信心，数十年如一日，为促进中美关系正常化做出了不可磨灭的贡献，为增进两国人民的了解和友谊倾注了毕生的心血，被称誉为"报春的燕子"。

斯诺不仅是中国人民也是世界人民和平友好的使者。他1928年来到上海，目睹了遭受列强殖民主义瓜分和日本帝国主义蹂躏的旧中国与旧中国的黑暗腐败统治，亲身体验了中国人民水深火热的艰苦生活，从而理解并同情、支持了中国革命。他以客观、公正、诚实的品格，参与帮助了中国青年学生的"一二·九"运动、抗日战争中的"中国工业合作运动"，他是第一个冒险进入红色苏区报道中国革命的西方记者，是第一个也是唯一一个采访并撰写《毛泽东自传》的人，是第一个将皖南事变的真实情况公布于世的人，是第一个翻译鲁迅先生作品的美国人，是第一个报道上海抗战的美国记者，是第一个报道新中国的美国记者，是第一个报道"文化大革命"的外国记者，是第一个被邀请登上天安门城楼和毛泽东一起参加国庆大典的外国记者，[图8.2] 同时他还是第一个完整地向世界宣传长征的外国记者……在旧中国，他曾因此两次被国民党吊销外国记者特许证，并在1941年被迫离开中国；在新中国成立后，他又因此被迫离开自己的祖国迁居瑞士。

[图8.1] 埃德加·斯诺
（1905—1972）。

[图 8.2] 1970 年 10 月 1 日，毛泽东在天安门城楼接见斯诺和第二任夫人洛伊斯。

[图 8.3] 2005 年 7 月，丁晓平采访著名外交家黄华。黄老欣然为丁晓平著作《记者之王：埃德加·斯诺在中国》签名留念。

从一个本想在中国只待六个星期"撞大运"的青年，到后来竟然在中国生活了 13 年的优秀记者，斯诺深深地热爱上了中国，先后与宋庆龄、鲁迅、毛泽东、周恩来等建立了深厚的友谊。而毛泽东和斯诺的友谊可以说是一段历史奇缘。毛泽东先后五次会见他，两人的友谊长达 35 年之久，直至斯诺去世。毛泽东把生平自传、二万五千里长征、发动"文化大革命"的目的和解冻中美关系的信息，没有告诉自己的家人、战友和其他领导人，而是首先告诉给这个美国人。在斯诺病重期间，毛泽东、周恩来还派出了专门医疗小组去瑞士为他治病；而当他去世时，中国政府和领导人在北京人民大会堂第一次为一个外国人举行隆重的追悼大会。这一切都是共和国历史上所没有的。而在美国，因为斯诺报道了中国革命，罗斯福总统三次在白宫约见他，还亲自推介他的著作。这一切成就了斯诺成为 20 世纪当之无愧的"记者之王"。

关于埃德加·斯诺的人生传奇，笔者曾经专门为其创作了一部 20 集的电视连续剧《红星照耀中国》和传记文学《记者之王：埃德加·斯诺在中国》（2005 年 4 月由新世界出版社出版），后者经修订于 2013 年 7 月改名《埃德加·斯诺：红星为什么照耀中国》由中国青年出版社出版。[图8.3—8.6]

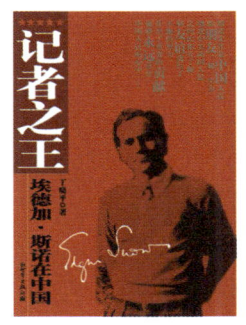

[图8.4]《记者之王：埃德加·斯诺在中国》，丁晓平著，新世界出版社，2005 年 4 月版。

[图8.5]《埃德加·斯诺：红星为什么照耀中国》，丁晓平著，中国青年出版社，2013 年 7 月版。

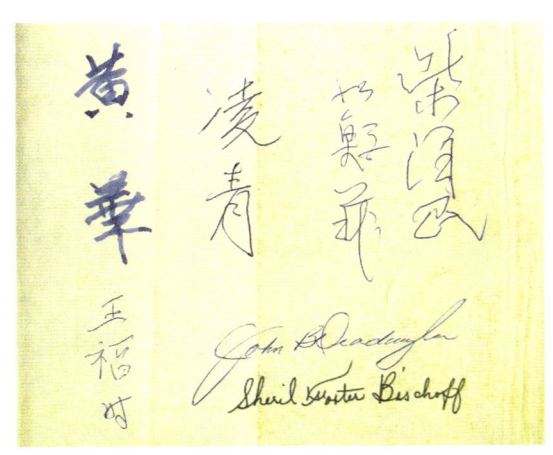

[图8.6] 黄华、王福时、苏菲（马海德夫人）、凌青、柴泽民和斯诺的亲属在丁晓平著作上的签名。

"拿一个外国人的脑袋去冒险"，斯诺秘密探访中国红区

1936 年春天，斯诺从一个支持并参与"一二·九"运动、从西安访问张学良将军回到北平的爱国学生宋黎[1]那里得到可靠消息——中国红军长征到达陕北，并同在西安的东北军将领张学良将军达成秘密协议，停止内战，一致抗日，陕北被封锁的情形有所改变。这个消息立即唤醒了斯诺两年前就准备访问中国红军的欲望，向往着前去采访红军。在他看来，国民党越是封锁，越是造谣，共产党红军就越成为一个禁地，一个神秘的谜。他认为："蒋介石十年来一直大喊'赤匪'，接二连三地去消灭共产党，但是共产党依然存在，而且变得越来越强大了，他们到底是神话故事还是什么，西方人，包括中国人都不知道真相。这些年，红军一直在战斗，但没有任何一个外国记者，甚至没有一个外国人进入过红军控制的地区，如果我能去的话，就将获得世界独家新闻。而且这是一个全世界等待了九年的头号新闻。"

斯诺在自传《复始之旅》中回忆说："九年内战使'红色中国'更是成了'未知之地'，我向《纽约太阳报》和《每日先驱报》秘密提议，让我突破对西北共产党控制区周围的封锁，进入红区。两家报纸都赞成我的计划。《每日先驱报》答应负担我此行的全部费用，并且如获成功，还将付我一笔可观的奖金。当时在兰登出版社的哈里逊·史密斯也向我约稿，并预付了少量稿费。由于得到了支持，我便到上海去，再次拜访孙逸仙夫人。请她帮助我，以便红军起码把我作为一个中立者来接待，而不是把我当作间谍。"

机会千载难逢，不能错过。斯诺"还没有听说过新闻史上有过比这还要好的机会了"，于是决定抓住机会，设法打破国民党这一持续了九年的新闻封锁。"再说，为了探明事实真相，只拿一个外国人的脑袋去冒险，没有比这更值得的了"。

1936 年 4 月，斯诺赶到上海，找到了宋庆龄。向宋庆龄提出了去苏区访问的要求，希望能帮助他完成采访红军的梦想。[图8.7] 而此时，中共领导人毛泽东、周恩来也从西北向中共在上海的地下组织发来密电，请宋庆龄帮助物色一名客观公正、公道正直，而且同共产国际没有任何瓜葛的"诚实的"外国记者和一名医生到苏区考察，以打破国民党的新闻封锁，向世界报道中共和苏区红军的真相。[图8.8] 斯诺真可谓幸运。其时，宋庆龄也曾向中共中央推荐史沫特莱，但因为史沫特莱与共产国际有联系，又撰写发表过倾向于中共和反映红军的作品，中共担心她的报道难以被西方不了解中共和红军的人们所接受和承认，因而没有被选中。中共中央经过慎重考虑，最后同意了宋庆龄推荐的斯诺，斯诺终于在 6 月于蒋介石准备对红军发动第六次"围剿"之前踏上了探访"红色中国"的旅程。用斯诺自己的话说，这次行动是"跨越雷池"。

就这样，在宋庆龄的帮助和安排下，斯诺在北平接到了中共地下党员、东北大学教授徐冰转来的一封致毛泽东的介绍信——信是柯庆施根据刘少奇的指示，用隐色墨水写的。

1936 年 6 月 3 日夜，斯诺带着这封介绍信、两架照相机、24 个胶卷从北平出发了。到西安后，斯诺在西京招待所和伪装成"王牧师"的著名"红色牧师"董健吾取得联系，并和宋庆龄介绍的另一位年轻的美籍黎巴嫩医生乔治·海德姆（即马海德）一起，在红军联络员、中共驻东北军党代表刘鼎（原名阚思俊，字尊民）和时任中共驻西北办事处粮食部部长邓发的秘密安排下，冲破了封锁。埃德加·斯诺就这样成了第一个到陕甘宁革命根据地的西方新闻记者，也是第一个与中国共产党人对话的美国人。

1936 年 7 月 9 日，斯诺在安塞白家坪见到了周恩来。9 日和

[图8.7] 20世纪30年代，斯诺在上海拜访宋庆龄。

[图8.8] 1935年9月19日，红军部队在陕北永平村第一次会师。

10 日，周恩来与斯诺进行了两天的谈话，随后为其精心安排了一个 92 天的采访行程。13 日，斯诺在红军官兵的护送下，来到了中共中央所在地保安。斯诺和马海德住进了中华苏维埃人民共和国中央政府外交部的招待所，这是一幢只有四间小砖房的屋子。在这里，毛泽东、周恩来指定由招待所所长胡金魁全程保障斯诺和马海德的生活。而这位胡金魁，就是《西行漫记》中至今依然被误译的"傅锦魁"。[图 8.9]

[图 8.9] 时任中华苏维埃共和国中央政府外交部招待所（交际处）所长的胡金魁，他陪同斯诺全程访问了陕北。《西行漫记》中至今依然被误译为傅锦魁。

这天傍晚，毛泽东步行至外交部，看望刚刚抵达的斯诺和马海德，对他们的到来表示欢迎。在斯诺的印象中，这时的毛泽东颇为清癯，个子高出一般的中国人，背有些驼，一头浓密的黑发留得很长，双眼炯炯有神，鼻梁很高，颧骨突出，结实的下巴上长着一颗明显的黑痣，一脸的平易近人。在斯诺的眼里，毛泽东有点像美国的林肯。

7 月 14 日，毛泽东出席了欢迎斯诺和马海德的欢迎会，并即席讲话。

7 月 15 日，毛泽东在自己的窑洞里第一次会见了斯诺。据民间传说，这孔窑洞是北宋名将杨继业的士兵开凿的。[图 8.10] 毛泽东是 12 天前才从瓦窑堡搬过来的。因为蒋介石在这个时候正在华南与两广军阀陈济棠、李济深争斗，暂时放弃了对陕北红军的"围剿"计划，所以中共中央的领导人在近期相对有了一段平静的日子。

斯诺和马海德走进毛泽东的窑洞，寒暄了几句就坐下来开始了第一次交谈。斯诺坐在一张没有靠背的方凳子上，打量着毛泽东的住所。这是一眼石孔窑洞，有两间，天花板和墙壁都是从岩石中凿出来的，下面则是砖块地。窗户也是从岩石中凿出的，半窗里挂着一幅布窗帘，一张没有油漆的方桌上铺了一块清洁的红毡，一支蜡烛在上面毕剥着火花。四壁简陋，空无所有，只挂了一些地图。卧室里财物只有一卷铺盖，几件随身衣物——包括两套布制服。毛泽东所佩的领章和普通红军战士所佩的一样。在斯诺眼里，毛泽东夫妇的主要奢侈品只是一顶蚊帐。毛泽东的夫人

　　贺子珍在隔壁房间里，正把新鲜的野杏子制成蜜饯。毛泽东交叉着腿坐在从岩石中凿成的一个很深的壁龛里，吸着一支"前门"牌香烟。坐在斯诺旁边的是翻译吴亮平（即吴黎平，时任中共中央宣传部副部长）。时间已过了晚上九点，熄灯号已经吹过，保安城内几乎所有的灯火已经熄灭。

　　这次会见，毛泽东回答了他关于苏维埃政府对外政策的提问。毛泽东告诉斯诺：今天中国人民的根本问题是抵抗日本帝国主义。日本帝国主义不仅是中国人民的敌人，而且是全世界所有爱好和平的人民的敌人。除了日本和那些帮助日本帝国主义的国家以外，所有国家可以组成反战、反侵略、反法西斯的世界联盟。我们几万万的人民，一旦获得真正的解放，把他们巨大的潜在的生产力用在各方面创造性的活动上，能够帮助改善全世界经济和提高世界文化水准。一个独立自由的中国，对全世界将有伟大的贡献。

　　7月16日，自晚上9时至次日凌晨2时，毛泽东同斯诺谈中国抗日战争的形势、方针问题。毛泽东说：中国战胜日本帝国主义，要有三个条件：第一是中国抗日统一战线的完成。第二是国际抗日统一战线的完成。第三是日本国内人民和日本殖民地人民的革命运动的兴起。这三个条件中，中国人民的大联合是主要的。他指出，战争的结果是，日本必败，中国必胜。转换全局的战略方针，必然是运动战。阵地战虽也必须，但是属于辅助性质的第二种方针。

　　7月18日、19日，毛泽东同斯诺谈苏维埃政府的对内政策问题。毛泽东告诉斯诺：在整个中国正面临着要变为日本奴隶的迫切关头，为着把一切爱国分子组成一个抗日的民族阵线，我们的政策，在许多方面已经改变了。从苏维埃运动以来，我们永远是欢迎知识分子参加的。对于自有职业者、小资产阶级、小商人和资本家、地主，甚至蒋介石，如果他们一旦决定参加反日的抗战，我们也欢迎他参加的。现在我们的目的，不能是社会主义，更不能是共产主义，我们要求的是全民族的民主共和国的建立。即使实现了民主共和国，我们也不能立即实行社会主义。在中国，实现社会主义，大概不会

像苏联那样快，因为中国是一个半殖民地半封建的国家，有着较长的和更困苦的路要走。

7月23日，毛泽东与斯诺就中共与共产国际、苏联的关系进行了深入交谈。毛泽东说：共产国际不是一种行政组织，除起顾问作用之外，它并无任何政治权力。虽然中国共产党是共产国际的一员，但决不能说苏维埃中国是受莫斯科或共产国际统治。中国共产党仅仅是中国的一个政党，在它的胜利中，它必须是全民族的代言人，它决不能代表俄国人说话，也不能替第三国际来统治，它只能为中国群众的利益说话。毛泽东在回答红军何以能够胜利的问题时指出，原因有三：第一，红军是民众的军队，人民群众千方百计地支持它。第二，依靠共产党用正确的战略战术来领导。第三，红军的指挥员是能干、正确、聪明、忠实和真诚的。在回答抗日战争结束后国内革命的主要任务时指出：中国革命属于资产阶级民主革命的性质，因此首要工作是调整土地问题——实行土地改革。

斯诺与毛泽东会见以后，对毛泽东更加崇敬，感叹道："毛泽东那时43岁，只比我大14岁，但是他的阅历不知比我丰富多少倍！"后来，斯诺在《红星照耀中国》中这样回忆第一次与毛泽东见面时的印象："毛泽东生平的历史是整整一代人的一个丰富的横断面，是要了解中国国内动向的原委的一个重要指南，我以后还要根据他所告诉我的情况，把他个人历史的那个丰富的激动人心的纪录写进本书。但是我在这里想要谈一些主观的印象，还有关于他的令人感兴趣的少数事实。首先，切莫以为毛泽东可以做中国的'救星'。这完全是胡说八道。决不会有一个人可以做中国的'救星'。但是，不可以否认，你觉得他的身上有一种天命的力量。这并不是什么昙花一现的东西，而是一种实实在在的根本活力。你觉得这个人身上不论有什么异乎寻常的地方，都是产生于他对中国人民大众，特别是农民——这些占中国人口绝大多数的贫穷饥饿、受剥削、不识字，但又宽厚大度、勇敢无畏、如今还敢于造反的人们——的迫切要求作了综合和表达，达到了不可思议的程度。假使他们的这些要求以及推动他们前进的运动是可以复兴中国的动力，那么，在这个极其富有历史性的意义上，毛泽东也许可能成为一个非常伟大的人物。"

随后，斯诺听从毛泽东的建议，由吴亮平和胡金魁陪同，前往甘肃、宁夏的红军前线采访。[图8.11] 9 月 22 日，斯诺回到保安。此间，也就是 8 月 5 日，毛泽东接受了斯诺为红军募捐的建议，为红军扩大国际影响，与杨尚昆联名发出《长征记》征稿启事，并向参加长征的同志发出信函，鼓动大家为拿起笔来写长征的回忆文章，进行集体创作（关于《长征记》的征文和出版情况，本书第六回已做了详细叙述）。

9 月 23 日，斯诺一回到保安，毛泽东就接见了他。两人主要谈了联合战线问题。毛泽东同时也指出：土地革命是资产阶级的性质，它有利于资本主义的发展。我们反对帝国主义，但并不反对现在在中国发展资本主义。

来到陕北，斯诺一直想了解有关毛泽东个人的事迹，他说"关于毛泽东，我可以单独写一本书"。斯诺再次向毛泽东提出了为其作传的问题，并交给毛泽东一大串有关他个人的问题要他回答。

10 月份，毛泽东接连几个晚上与斯诺进行了谈话。但在谈话中，毛泽东总是"很少提到他自己或者他个人在某些事件中的作用"，只是跟他谈长征、谈革命、谈党、谈普通的红军战士和英雄的故事。毛泽东似乎对自己的个人经历不感兴趣，不愿意说自己个人在中国革命中所起到的作用，"认为个人是不关重要的"。斯诺想套出毛泽东个人的事情是非常不容易的，他们好像是在捉迷藏。尽管毛泽东的记忆力好得惊人，对每一次战斗、每一个事件发生的时间、地点和人物，都讲得清清楚楚，但毛泽东依然不大相信有必要谈论他自己个人的经历。他把革命取得的胜利完全归功于党的正确领导，并列举了 18 个领导人的名字："党之所以不可战胜，再一条原因在于有人才，有一批革命的干部，他们才能非凡、忠勇双全。朱德、王明、洛甫、周恩来、博古、王稼祥、彭德怀、罗迈、邓发、项英、徐海东、陈云、林彪、张国焘、徐向前、陈昌浩、贺龙、萧克同志，还有许许多多为革命献出了生命的优秀同志，通过所有这些同志的通力合作，创建了红军和苏维埃运动。这些同志以及正在成长的一代新人，将领导我们走向最终的胜利。"

最后，斯诺力争说："毛主席，你个人的问题，在一定程度上，比其他问题更重要。你要知道，大家读了你的话，就想知道你是一个怎么样的人。再说，你也应该纠正一些流行的谣言。"

见斯诺如此据理力争，毛泽东终于答应概括地把自己的经历说出来。就这样，一连十几个晚上，毛泽东将自己的生平故事和长征的经过，第一次也是唯一一次告诉了别人，而且是美国人。毛泽东幽默地笑着追忆着自己的这些往事，气氛十分随和。斯诺像搞密谋的人一样，躲在那个窑洞里，伏在那张铺着红毡的桌子上奋笔疾书，微弱的烛光映红了窑洞的墙壁，吴亮平坐在斯诺身旁翻译。马海德也坐在一旁聆听着，像入了迷一样。《毛泽东自传》就在这样的情境中诞生了。随后，毛泽东还向斯诺详细讲述了长征的历程。

1979 年 8 月，吴亮平在修订《毛泽东与斯诺一九三六年谈话》时回忆说：毛泽东口述"自传"和长征经过是在 1936 年 10 月间进行的，毛泽东就此同斯诺谈了十几个晚上。毛泽东在讲完红军

[**图8.11**] 1936 年 8 月至 9 月，斯诺在红军前线采访。

[**图8.12**] 1936 年 8 月，斯诺在陕北保安采访徐特立。左起依次为徐特立、黄华、保安与北平间的信使王林、斯诺。

长征的经过后，兴致很高，欣然提笔，挥毫写下了那首著名的《七律·长征》赠送给斯诺。"谈话通常从晚上 9 点多钟开始，未谈正文之前，毛泽东常谈一二个短故事（斯诺后来在写书的时候说他很遗憾没有把这些故事记下来）。谈到十一二点钟时，毛泽东招待他吃一顿便餐，有馒头和简单的菜，菜里有一点点肉，这在当时的困难条件下已是十分难得的了。对客人来说，这是夜宵。但对毛泽东来说，则是正常的晚饭。因为毛泽东为了指挥战争和领导全国革命工作的需要，往往在夜间工作直到凌晨才休息。毛泽东同斯诺谈话时，要我去做翻译。谈话时有正文，也插些故事、闲话，毛泽东的态度是那么平易近人，谈话又是那样生动活泼，逸趣横生，久久不倦。斯诺常说这是他生平经历过的最可宝贵的谈话。谈话一般都谈到夜间二点来钟。谈话时，斯诺做了详细笔记。斯诺在陕甘宁边区，进行了广泛的采访活动，并曾到前方的部队，最后于 1936 年 11 月间离开边区……"其中"关于毛泽东个人革命经历部分，斯诺按照毛泽东的要求整理成文，由黄华译成中文，经毛泽东仔细审阅后做了少数修改，交黄华照改后退给斯诺"。[图8.12]

斯诺临行前，毛泽东在陆定一的陪同下来外交部招待所看望斯诺，并交给斯诺一沓照片。毛泽东告诉斯诺："这些照片都很珍贵，希望你把它带出去，推荐给新闻报刊发表，让全世界的人，都看看我们共产党，看看我们苏区的人民是怎么生活，怎么战斗的！让他们看看我们这些'赤匪'们都长着什么样子，到底是不是丑八怪。这样，一切真相都会大白于天下喽！"

"谢谢！这的确是珍贵的照片，我一定把它们公布于世！"说着，斯诺像突然想起了什么似的说，"哦，毛主席，我还没有给你拍照片呢，现在我就给你拍一张，好不好？"

毛泽东同意了。架好相机调好焦距后，斯诺正准备拍照，却发现毛泽东没戴帽子，就叫李克农、陆定一把他们的帽子给毛泽东戴上。可是他们的帽子不仅破旧，而且还小了。于是，斯诺就急忙把自己头上的新帽子摘下来，走过去亲自给毛泽东戴上。毛泽东简单地用手梳理了一下头发。就这样，斯诺拍下了毛泽东戴红星八角军帽的照片。这幅照片也就成了风靡世界的毛泽东最好的戎装照片。[图8.13]照完相，毛泽东又把帽子还给斯诺，同时从口袋里取出几枚1931年至1934年间在江西中华苏维埃政府铸造的银质钱币送给斯诺留作纪念。以后的几十年里，斯诺一直把毛泽东戴过的这顶军帽珍藏着。[图8.14]直到斯诺去世后，才由他的第二任夫人洛伊斯·惠勒·斯诺赠送给中国国家博物馆(前身为中国革命历史博物馆)收藏。

1936年10月12日，斯诺离开保安，19日抵达西安，于月底返回北平。随后，斯诺进入了紧张的写作之中，同时通过讲演、聚会、放映电影等形式，及时传递从陕北红区带回的消息。燕京大学新闻学会在未名湖畔的临湖轩召开全体大会，邀请斯诺做访问陕北的报告。斯诺在大会上首次放映了反映苏区的影片和幻灯片。会场上人们异常踊跃，300多人把会场挤得水泄不通。这些日子，斯诺废寝忘食夜以继日地在打字机前写作，他关于中共红军和毛泽东的新闻报道像一枚炸弹在中国的大地上炸响，成了世界关注的焦点，占据了各大报刊的重要版面。

对于斯诺的客观报道，中共中央和毛泽东十分感激。1937年3月10日，毛泽东在延安亲笔致信斯诺："斯诺先生：自你别去后，时时念到你的，你现在谅好？我同史沫特列谈话，表示了我们政策

[图 8.13] 毛泽东头戴斯诺给他戴上的红军帽戎装照。

[图 8.14] 1936 年 10 月 25 日，斯诺从陕北归来，头戴毛泽东所赠红军帽在北平家中留影。

的若干新的步骤，今托便人寄上一份，请收阅，并为宣播，我们都感谢你的。此问健康！"[图 8.15]

　　应该说，在斯诺发表的诸多文章中，尤以在《亚细亚》（ASIA）杂志发表的《毛泽东自传》和《长征》最为著名。有关《毛泽东自传》的发表、出版以及图书版本源流考证，本人曾重新编校《毛泽东自传》并著述《解谜〈毛泽东自传〉》由中国青年出版社出版，此书不再赘述。[图 8.16] 本章以斯诺撰写《长征》为主线，重点讲述《红星照耀中国》一书的出版、翻译和传播。

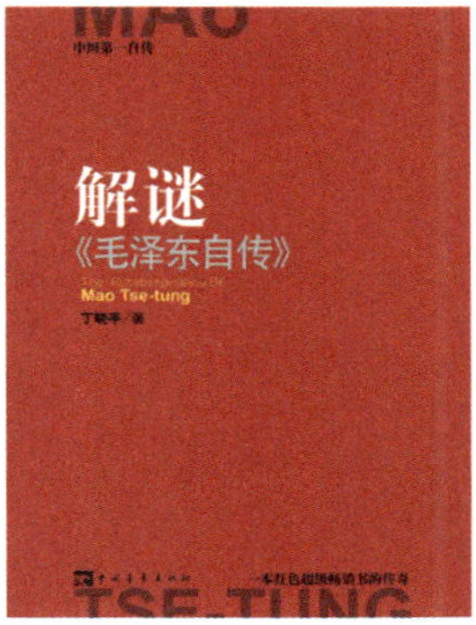

[图8.16]《解谜〈毛泽东自传〉》，丁晓平著，中国青年出版社，2008年1月版。

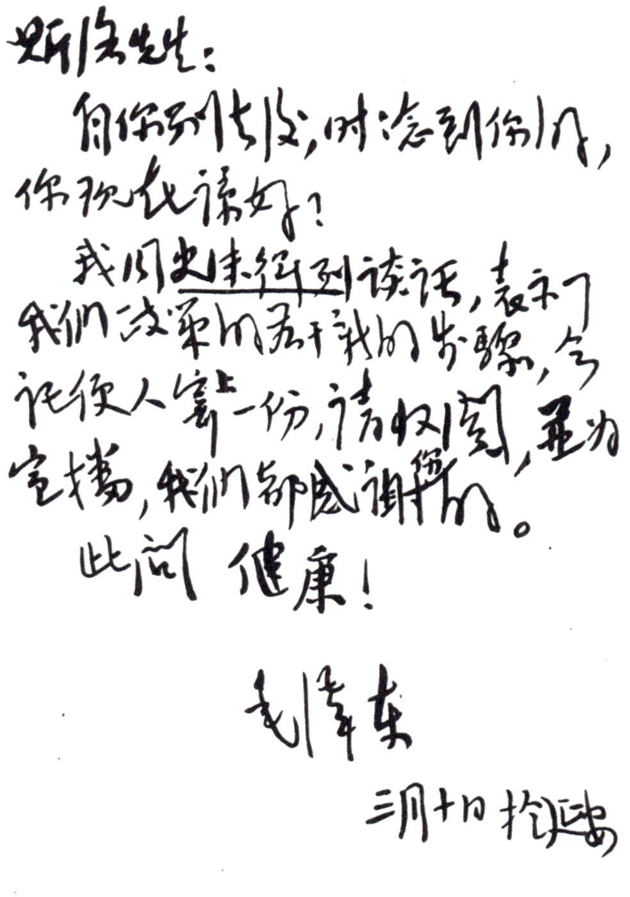

斯诺先生：

自你到前线，时念到你们，你现在谅好？

我们同史沫特莱谈话，表示了我们政策的若干我们的步骤，今托便人寄上一份，请收阅，并为宣播，我们都感谢你们。

此问 健康！

毛泽东

三月十日于延安

Mao Tse-tung's letter to Edgar Snow

(March 10, 1937)

[图8.15] 1937年3月10日，毛泽东在延安致信斯诺。

王福时等翻译的《外国记者西北印象记》是斯诺著作最早中文译本

[2]《红星照耀中国》，埃德加·斯诺著，李方准、梁民合译，张葆霖校，河北人民出版社，1992年版，第438页。

[3] 王福时，笔名王爱华，时系东北流亡学生，辽宁抚顺人，1911年生。其父王卓然曾任张学良将军的重要文职助手，东北大学代校长。1928年王福时初中毕业后入南京陶行知先生创办的晓庄师范读书。1931年"九一八事变"后回东北农学院读书，参加过反日示威，并在学校办壁报《拓荒者》。不久举家流亡北平，在燕京大学借读，参加"反帝大同盟"，主编墙报《今日与明日》。1932年考入清华大学，插班社会学系二年级就读，1935年毕业，在校期间曾撰文欢迎红军北上抗日。1936年12月西安事变爆发时，他主编印刷小报《公理报》，报道西安事变的真相。在清华大学读书期间，王福时与埃德加·斯诺夫妇结识，并成为斯诺夫妇在当时北平盔甲厂13号大院的常客。斯诺就是在这个时候将自己在中国"红区"采访稿件的英文稿交给王福时等人翻译，出版了《外国记者西北印象记》的。1937年4月，王福时又陪同斯诺夫人海伦·斯诺访问延安，受到毛泽东接见，并在返回北平后在

在北平，斯诺住在盔甲厂13号（今盔甲厂胡同6号附近区域）[图8.17]，迅速整理采访日记，完成了一系列"红色中国"通讯报道的写作。[图8.18] 1971年8月，斯诺在重新修订英国鹈鹕出版社版《红星照耀中国》时，曾经在该书附录的《人物注释·毛泽东》中这样写道："1936年底，我从西北返回北京后，很快就写完了日记。我将自己写的新闻报道和杂志报道（大约22篇）送给一些中国教授，他们将这些报道译成中文并汇编成册以《中国西北印象记》一名出版（属半合法性质）。1937年7月，我又将《红星照耀中国》的全部抄稿给了一些教授，他们偷偷运到上海（日本人已经占领了北京），在那里他们组织了一个翻译小组加速进行出版工作。他们都是救亡协会的爱国成员，我将翻译版权给他们，所得报酬也给了中国红十字会。他们译成后定名为《西行漫记》，这是有关毛泽东谈话的唯一有权威的中文译本。"[2]

此处，斯诺记忆有误。上述引文中斯诺提到的《中国西北印象记》一书，其真名叫《外国记者西北印象记》。这是斯诺1936年陕北之行采写的中共和红军报道的最早中文译本，可谓是《红星照耀中国》的"雏形本"。斯诺说"我将自己写的新闻报道和杂志报道（大约22篇）送给一些中国教授"，其实也并非是"教授"，而是他的中国青年朋友王福时[3]、郭达[4]、李放[5]和李华春[6]等人。这里又有一段鲜为人知的故事。

海伦·斯诺在1979年4月12日写给王福时的信中说："埃德加的书里出现错误的问题，可能是他没有能记住某些人确切的头衔和所发生的事情。他总是很忙，没有多加注意中文翻译。……你说埃德加的书第一个中文译本《外国记者西北印象记》的发表日期是1937年3月至4月，知道了这一点我很高兴。我想埃德加可能把

你称作'教授'了，因为他忘记是把文章交给谁发表的。我记得你和埃德加的秘书郭达在做这个工作。过了这么多年，埃德加忘掉了许多事情，在他回到美国后所写的书里有许多错误，那时他还同时写有关欧洲和其他题目的文章。他对一九三六年是如何安排去保安的，也多少有点混乱。俞大卫[7]也参加了这件事的安排，还曾征求其他人的意见。我有大卫提到这件事的信，信上说，曾把这件事告诉了当时在天津的第一号人物，这是指刘少奇。"

《外国记者西北印象记》这本书当年又是怎么出版的呢？而且为什么能早在 1937 年 3 月就翻译成中文出版了呢？这比 1937 年 10 月在英国伦敦戈兰茨公司出版的《红星照耀中国》早了 6 个月，比 1937 年 11 月由汪衡翻译、上海文摘社和黎明书局出版的《毛泽东自传》早了 7 个月，比 1938 年 1 月在美国纽约兰登书屋出版的《红星照耀中国》早了 9 个月，比上海复社 1938 年 2 月出版的《西行漫记》早了 10 个月。而《外国记者西北印象记》为什么没有《毛泽东自传》和《长征》

北平中国地下党刊物《人民之友》上发表了毛泽东谈话记录稿《告北方青年书》。王福时在反右运动中遭伤害，平反后曾在中国大百科全书出版社工作，1993 年离休后曾移居美国旧金山，2004 年底回北京定居。

[4] 郭达，1909 年生于湖南湘潭，1914 年随父母迁居北京，1927 年毕业于北平财政商业学院，后到燕京大学工作。1930年加入中国共青团，次年加入中国共产党。曾任北平左翼文化总同盟党团书记、中共北平市委宣传部长，主编文总刊物《今日》。后因叛徒出卖遭国民党特务逮捕入北平第一模范监狱，4 年后获释。1937 年经王福时介绍担任斯诺秘书，参与翻译了《外国记者西北印象记》斯诺与毛泽东对话的部分文稿。1939 年 7 月到香港协助斯诺夫妇工作，1940 年 4 月随斯诺前往菲律宾碧瑶，一直是斯诺的得力助手，1938 年 1 月24 日，斯诺曾在上海复社版中译本《西行漫记》的作者序言中说："最后，我得感谢我的朋友许达，当我在北平最不稳定的状况下，写这本书的时候，他曾经跟我一块儿忠诚地工作。他不仅是一个第一流的秘书和助手，而且他是一个勇敢的出色的革命青年，现在正为他的国家奋斗着。他译出了这本书的一部分，我们原打算在北方出版，可是战事发生之后，我们分手了。后来别的几位译者起首在上海翻译这本书。现在

这本书的出版与我无关，这是复社发刊的。据我了解，复社是由读者自己组织起来的非营利性质的出版机关。因此，我愿意把我的资料和版权让给他们，希望这一个译本，能够像他们所预期那样，有广大的销路，因而对于中国会有些帮助。"此处的许达，即郭达。1979 年4 月 12 日，斯诺第一任夫人海伦·斯诺致信王福时说："埃德加为什么把郭达叫许达，可能是为了避免暴露身份。我记得早些时候我也这么做的，那时暴露任何人都很危险。我确信埃德加知道那是郭达，他只是不想公开暴露他。"

[5] 李放，原名李春芳，广东人，1934 年毕业于东北大学理学院，"九一八事变"后流亡北平，曾在东北外交委员会主办、由王福时父亲王卓然主编的《外交月报》工作，《外国记者西北印象记》主要译者之一。1949年后在沈阳 1447 研究所工作。

[6] 李华春，生卒年月不详。时系东北大学学生，流亡北平后参加王福时父亲王卓然主办的《东方快报》工作，参与了《外国记者西北印象记》一书的翻译出版和发行工作。据说牺牲在抗日战场前线。

[7] 俞大卫又名俞启威，即黄敬，1932 年加入中共，1949年后历任天津市第一任市委书记、市长，第一机械工业部部长，国家技委主任，中央委员。

[图8.17] 斯诺居住的盔甲厂胡同今天依然安在。

[图8.18] 1937年，在北平盔甲厂胡同13号写作《红星照耀中国》时的斯诺。

[图8.19] 2005年10月，本书作者丁晓平和王福时先生在一起。

这两个部分的内容呢？为此，2005 年至 2007 年间，笔者多次与该书中译本主要翻译者、出版者、九十高龄的王福时老先生，对该书和《毛泽东自传》一书的翻译出版做过深入交谈。[图 8.19]

当埃德加·斯诺从陕北苏区采访回来后，先后在美国驻北平大使馆、燕京大学、"扶轮国际"北平分社、北京饭店、北平华语学校、协和教会和美国外交官谢伟思家中演讲，这些演讲报告深深打动了学子的心，许多进步的爱国青年也向往着苏区。于是他们按照斯诺提供的路线，扮成阔少爷、富小姐的春季旅游团，先后两次成功地组成北平学生访问团奔赴延安访问。斯诺还在家中接待了一批又一批的爱国青年和进步学生，王福时、郭达等人就是斯诺家中的常客。

王福时说："我是在清华毕业后结识斯诺夫妇的，常和一部分学生到他们家议论时政，我还将郭达介绍给斯诺当秘书。双十二西安事变后，我主持发行油印《公理报》，介绍西安事变真相，欢迎红军北上抗日，更是常去他们家探听消息。1936 年 10 月斯诺访问陕北回来，很快将整理出来的一部分英文打字稿交给我，斯诺夫人从旁协助，忙着外面冲印照片。她在 1937 年给我的信中回忆道：'当时我自己也是把所有的时间用在整理埃德加一切的笔记、照片说明文字、会谈记录等上面。'我拿到了稿子，意识到这批新闻报道稿十分重要，应该尽快发表。时间紧迫，便组织斯诺的秘书郭达、《外交月报》工作人员李放和李华春立即翻译。大家通力合作，争分夺秒，常常是边翻译边排版边校对，交叉进行。在《东方快报》的印刷工人积极配合下，按时完成了印制工作。后来，海伦·斯诺在一封信中对此也做了描述：'你是我们在那些日子里所从事的事业的伙伴，我们当时都认

[图 8.20] 埃德加·斯诺及中文名"施乐"印章。

[图 8.21] 海伦·斯诺，笔名尼姆·威尔斯，及中文名"宁谟"印章（尼姆的谐音）。著有《续西行漫记》等有关中国的著作 10 余部。

识到不能浪费一秒钟，后来证明这样是对的。当时每一件事都关系到生死存亡。'"[图8.20—8.21]

显然，和后来胡愈之用《西行漫记》这个隐讳的书名一样，王福时、郭达等人采用了《外国记者西北印象记》也是为了躲避白色恐怖的袭扰。而作为该书的发起者，王福时不仅担当主编，还得充当协调人、组织人、编辑、合译者和出版者的多重角色，他说："为了保证这本书的安全出版发行，我们也费了一番心思，封面没有指明作者是外国记者施乐[8]，书名用《外国记者西北印象记》，避开了当时敏感的'陕北''保安'。第一篇文章的标题《毛施会见记》，而未用'毛泽东和斯诺会见记'，出版社则有意署名'上海丁丑编泽社出版'，避开了北平。"[图8.22]

而对于该书的封面设计，王福时也动了脑筋，封面"选用一张陕西少女统一战线舞的照片，意在衬托这本书的主题，动员全中国人民起来抗日"。

经过两个月的努力，《外国记者西北印象记》1937年3月在北平秘密出版，全书共300页，包括34幅照片，首次在中国公开发表了毛泽东的《七律·长征》、斯诺拍摄的毛泽东头戴八角红军帽的照片和包括《三大纪律八项注意》在内的10首红军歌曲，还配有红军长征路线图，[图8.23]共印刷5000册，向北平各图书馆、各大学、进步团体和爱国人士中广为散发。同年4月、11月间，上海和西安等地，就出现此书的翻印本。[图8.24]《外国记者西北印象记》仅译载了斯诺刚写成的一部分文章，是后来出版的《红星照耀中国》57节中的13节，约为全书的五分之一。但《外国记者西北印象记》中也有近一半的内容是《红星照耀中国》一书里所没有的。

此书主要内容有《毛施会见记》[9]、斯诺回北平后的演讲稿《红党与西北》以及采访纪实《红旗下的中国》，同时收录了毛泽东与史沫特莱的谈话《中日问题与西安事变》、美国经济学家韩蔚尔（即诺曼·汉威）写的《中国红军》《中国红军怎样建立苏区》《在中国红区里》等三篇有关川陕苏区和红四方面军的见闻，并附录了陈

[9] 此篇主要内容为毛泽东和斯诺于保安的6次谈话，即1936年7月15日关于"外交"的谈话、7月16日关于"论日本帝国主义"的谈话、7月18日和19日关于"内政问题"的谈话、7月23日关于"特殊问题"的谈话、9月23日关于"论联合战线"问题的谈话。

云署名"廉臣"的《随军西行见闻录》。[图 8.25—8.35]

　　20 世纪 30 年代的北平，还没有什么出版社，在印刷技术落后、物资匮乏的情况下，这本既有插图，又有歌谱，长达 300 页的图书之所以能快速出版发行，除了斯诺夫妇"不仅无偿供给书稿和资料外，还给予经济赞助，并提供一部分纸张"的原因之外，主要还是因为王福时就是《东方快报》印刷厂厂长、《外交月报》社主持人王卓然的儿子。因此工厂经理到车间主任，以及每一个工人，都非常积极，因而也非常安全。而《东方快报》实际上是由张学良将军赞助的，印刷厂的厂址就在中南海里面，照片的制版则在虎坊桥一家商店制作的。

　　1937 年 4 月，王福时陪同斯诺夫人海伦·斯诺访问延安，带去了一柳条箱的《外国记者西北印象记》。毛泽东在延安会见海伦·斯诺时，作为翻译的王福时就将这本刚刚出版的《外国记者西北印象记》，当面呈送给了毛泽东。王福时回忆："在场的黄敬说，那时他们本来也想出一本类似的书。我和陈翰伯在延安停留了十多天，回西安的路上同萧克将军搭同一辆车。我也把此书送给他一本，他对红军长征路线图看得特别仔细。"

　　回北平后，王福时在中国地下党刊物《人民之友》上发表了《抗日民主与北方青年——毛泽东氏与北方青年的谈话》。1937 年 8 月的《救国时报》转载了此文。更令王福时感到自豪的是，后来《毛泽东选集》发表《论持久战》一文时，在引用毛泽东和斯诺关于中日战争问题谈话的内容所作的注释中，就专门说明是引自《外国记者西北印象记》一书。因此可以肯定《外国记者西北印象记》是延安的中共领袖毛泽东等看到的斯诺访问陕北作品的第一本书。王福时还告诉笔者，《外国记者西北印象记》一书中的插图说明文字几乎都是斯诺先生亲自写的，其中在毛泽东头戴红星八角帽的戎装照下，斯诺这样写道："毛泽东——苏维埃的巨人。他是红党的最高领袖，1934 年被举为苏维埃主席。毛氏在 1893 年生于湖南一贫家，其经历与性格颇类似林肯，最初在农家雇工，因奋斗的结果，长沙师范读书，后入北京大学，与李大钊相识，参加国民革命，为当时

[10] 上海群众图书公司发行，1949 年 6 月版。封面署名美国记者。正文署名美国施乐（即斯诺）。该书内容与《外国记者西北印象记》基本相同。有意思的是在该书扉页的背面印有一个启事，"征求战时版本书一册"，说："本书于抗战时期，已印行一次，嗣以国军后撤，文化事业，受敌人之侵略，所有存书，全部焚毁，纸型保存不易，被鼠咬坏，几段字迹不明，原书一时无法找寻，所以不克补排，对爱读本书者，很为抱歉。但从前已有一部分流传在外，本书读者，如有保存战时版本，乞惠寄敝编辑部，俾便再版时补排完善，无遗漏残缺之憾，那末不特出版界之幸，亦喜欢本书读者的幸事！寄到战时版本书之第一人，酬本书市价十倍之书籍，或现金。其次到者，第二名至第十名，除原书奉还外，各赠鲁迅先生著集外集一册。"

[11] 又名《今日的红色中国》，新华出版社，1984 年 8 月第 1 版。

国民党中委。国共分家后，遂转战华南各省，从事扩大苏区运动。其为人宽大、诚恳、颇富民主精神及对弱者之同情心。毛氏自奉甚简，衣食住皆与士兵同，中央曾悬赏 25 万元捉之，他此次领导了有名的长征，可见其军事天才殊不下于其政治经验也。"

《外国记者西北印象记》当年虽然没有像《毛泽东自传》和《西行漫记》那样畅销，但也很快流传于大江南北，天津、上海、陕西等地都出现了假借"陕西人民出版社"和"上海群众图书公司"出版的多种不同的翻印本，有的将书名改为《中国的新西北》《红旗下的中国》《一个美国人的塞上行》《西北散记》，有的将书名改为《中国的红区》《中国红区印象记》[10] 出版，但都被国民党政府列为禁书，禁止销售。[图8.36—8.42] 正如海伦·斯诺在 1979 年 4 月写给王福时的信中所说的："这是一次真正的美中合作"，"你所出版埃德加的中译本书，在中国如同闪电一击，使人们惊醒起来"。

斯诺在 1962 年出版的著作《大河彼岸》[11] 的《序言》中说："在此值得一提的是我在中国可以说是知名人士，因为我是第一个冲破'国共内战'的屏障而获得与毛泽东、周恩来和其他中国红军领袖会面与拍照的外国人。那是 25 年前（即 1936 年）的事了。……毛泽东亲自向我讲述了他本人的事迹，并且向我叙述了到那时为止的中国共产党革命史，这些情况都已经记叙于 1937 年出版的拙著《西行漫记》（原名《红星照耀中国》Red Star Over China）中。此书英文版尚未发行时，中译本已经面世，并且首次向中国人民提供了有关中国共产党的真实消息。"

由此可见，斯诺再次肯定了《红星照耀中国》的中文版其实比英文版出版得要早。显然，这里所指的中文版并不是上海复社胡愈之等组织翻译的 1938 年 3 月出版的《西行漫记》，更不可能是1979 年生活·读书·新知三联书店出版的董乐山译本，正是王福时等人翻译的《外国记者西北印象记》。

2006 年，王福时先生授权解放军文艺出版社再版《外国记者西北印象记》，改名为《前西行漫记》。[图8.43]

[图8.22]《外国记者西北印象记》，上海丁丑编译社，1937年3月版，王福时、郭达、李华春等译。因斯诺当时还没有完成《毛泽东自传》和《长征》的写作，故没有收录。

226

[图8.23] 斯诺从陕北带回的"红军长征路线图",也是首次在《外国记者西北印象记》中刊发。

[图8.24] 《外国记者西北印象记》,陕西人民出版社,1937年4月版。此书为上海丁丑编译社版的翻印书。

[图8.25] 陕西人民出版社《外国记者西北印象记》1937年版,版权页。

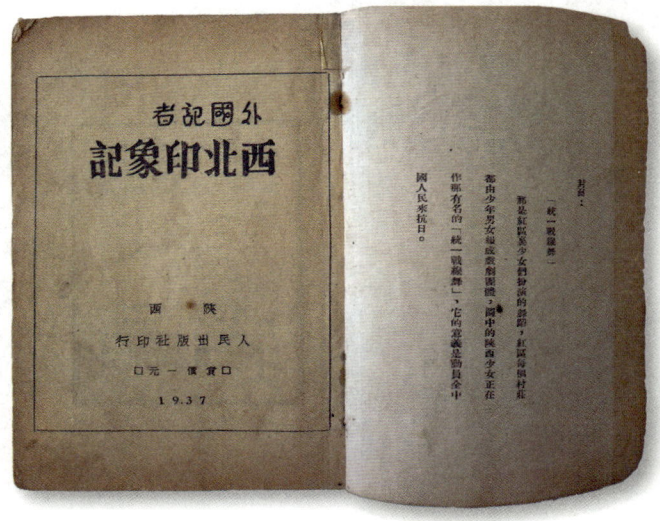

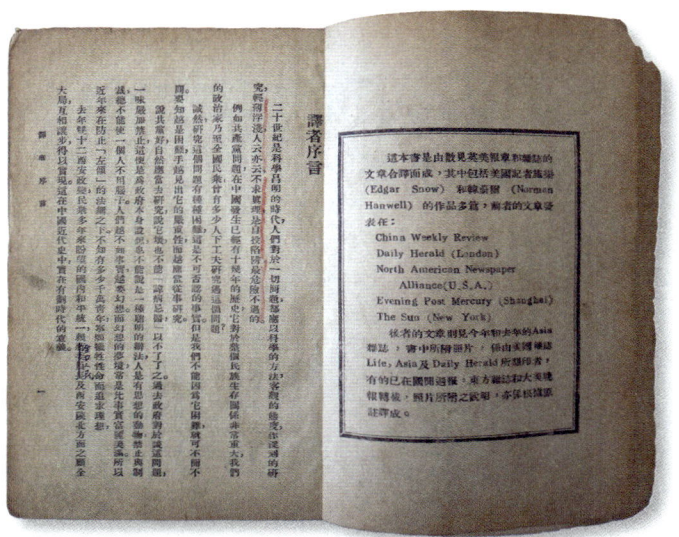

[图8.26]《外国记者西北印象记》出版说明和译者序言。据王福时老人回忆，当年他在北京假托上海丁丑编译社出版的版本，并没有作序。此序言作者待考。

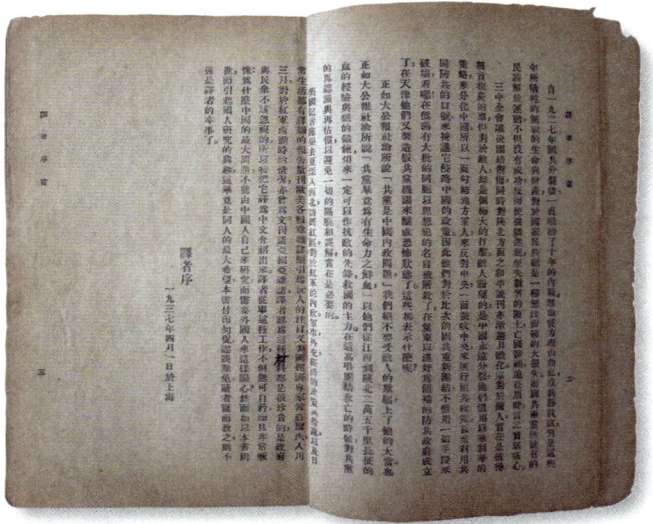

[图8.27]《外国记者西北印象记》译者序言。

[图 8.28] 《外国记者西北印象记》插页之一。

[图 8.29] 《外国记者西北印象记》插页之二。

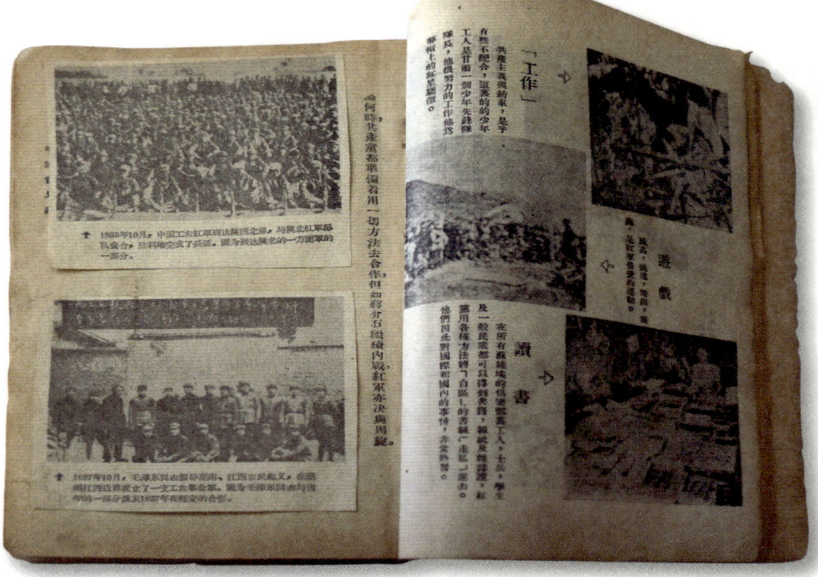

[图8.30]《外国记者西北印象记》插页之三。

[图8.31]《外国记者西北印象记》插页。斯诺拍摄的这张毛泽东戎装照片，最早发表在上海的《密勒氏评论报》上，作为中文单行本图书，本书系最早发表。

[图8.32]《外国记者西北印象记》插页之四。

[图8.33]《外国记者西北印象记》收录的红军歌曲。

[图8.34]《外国记者西北印象记》将陈云（廉臣）的《随军西行见闻录》作为附录收录。

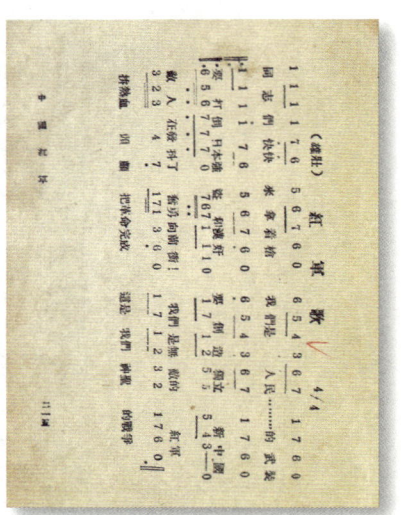
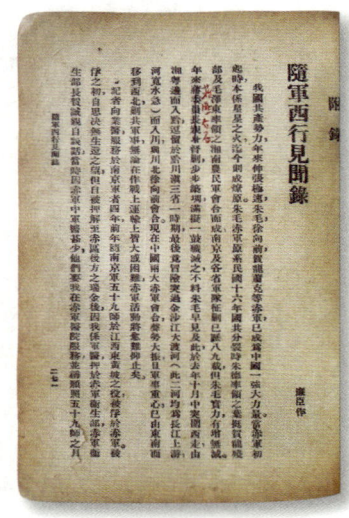

[图8.35]《外国记者西北印象记》收录《三大纪律八项注意》和毛泽东《七律·长征》，这是在国统区首次发表。

[图 8.36] 《中国的新西北》，斯诺
著，思三译，上海平凡书店，1937
年 5 月版，32 开，88 页。

[图 8.37] 《中国的新西北》，斯
诺著，张剑萍译，上海战时读物社，
1937 年 12 月版，32 开，60 页。
封面有陕甘苏区示意图。该书第一
至第三部分为斯诺在北平协和教
会的演讲报告。上海复旦大学文摘
社的《文摘战时旬刊》曾多次为该
书做发行广告。

[图8.38]《红旗下的中国》，斯诺著，赵文华译，上海大众出版社，1937 年版，32 开，144 页。

[图8.39]《中国的红区》，史诺（斯诺）著，1938 年1 月1 日版，上海救亡出版社刊行，32 开，46 页。编译者不详。

[图 8.40]《西北散记》，斯诺著，邱瑾译，战时读物编泽社编辑，汉口群力书店发行，1938 年 2 月版，32 开，58 页。

[图 8.41]《一个美国人的塞上行》，史诺（斯诺）原著，广州新生出版社，1938 年 3 月 20 日出版，32 开，119 页。编译者不详。书名模仿范长江的《塞上行》。

[图8.43]《外国记者西北印象记》新版，改名《前西行漫记》，解放军文艺出版社，2006年8月版。

中國紅區印象記

者記國美

全部新式配備之人民解放軍

上　卷

舊眾圖書公司發行

[图8.42]《中国红区印象记》，上海群众图书公司发行，1949年6月版。

> ## 汪衡翻译《二万五千里长征》是斯诺《长征》最早中文译本，也是第一部以"长征"为名的图书

对于王福时这位第一个翻译斯诺著作的中国人来说，最大的遗憾莫过于当时没有翻译《毛泽东自传》和《长征》了。他回忆说："对斯诺的报道，我们在初版的中文节译本中没有毛主席口授而写成的有关毛主席自传的几个章节，以及关于长征的那一章。毛主席的自传在印单行本时，就成了畅销书。"这是为什么呢？

笔者在《解谜〈毛泽东自传〉》和《毛泽东自传》（中英文插图影印典藏精装本，中国青年出版社版）中，已完整叙述了《毛泽东自传》最初发表、翻译和出版的经过，以及不同版本的考证。[图8.44]1937 年，关于毛泽东个人生平事迹部分的文字，斯诺将其投寄给美国的 *ASIA* 杂志（《亚细亚》）上发表。[图8.45]*ASIA* 杂志是从 1937 年的 7 月至 10 月，分四期发表的，每期标题下均有一个副题：*The Autobiography of Mao Tse-tung*（毛泽东自传）。这就是"毛泽东自传"的由来。上海复旦大学文摘社编辑的《文摘》杂志是最早刊登《毛泽东自传》的中文刊物，汪衡[12]是《毛泽东自传》的最早翻译者，黎明书局是最早出版《毛泽东自传》中文版图书单行本的出版机构。[图8.46]但据斯诺回忆，他曾见过广州真理书店出版过的《毛泽东自传》中文版。[图8.47]

《文摘》自称为"杂志之杂志"，1937 年 1 月 1 日在上海复旦大学创刊，月刊，16 开。名誉社长钱新之，社长吴南轩，主编为复旦大学教务长和法学院院长孙寒冰等人，由上海黎明书局发行经售，是我国最早的文摘杂志之一。1937 年 7 月，英文杂志《亚细亚》发表《毛泽东自传》后，孙寒冰觉得非常

[12] 汪衡，1914 年 8 月 29 日出生于北京，父亲汪凤瀛曾是长沙知府和湖广总督张之洞的幕僚，是一个主张实业兴国的开明人士，在民国初年还曾做过大总统府的顾问。汪衡兄妹五个，族名汪椿宝。1935 年考入上海复旦大学土木工程系，后来又转入经济系学习。在复旦读书期间，汪衡开始阅读大量的进步书刊，尤其对鲁迅先生更是崇拜。1936 年夏天，复旦大学教授孙寒冰先生创办《文摘》杂志，主要摘译国外有关中国的报道，并邀请中文和英文基础都十分优秀的汪衡参加编辑工作。1937 年 1 月 1 日，《文摘》月刊正式出版了第一期，此后汪衡不负众望，很快就在编辑部担起了大梁，成为孙寒冰教授的得力助手，并一度和孙寒冰等人一起担任了主编。汪衡还编辑出版过《周恩来抗战言论集》《平型关大捷》《台儿庄大捷》《日本的泥足》等 20 多种小册子。抗战胜利后，汪衡在复旦大学英国教授 Robert Payne 的帮助下，将爱国将军冯玉祥的自传《我的生活》翻译成英文，并被冯玉祥收作"门生"。1946 年 7 月，汪衡作为英文秘书和翻译，随爱国将军冯玉祥的水利考察团赴美。1951 年回国，曾先后在学习杂志社、人民出版社、世界知识出版社工作。1969 年下放。1978 年返京，应陈翰伯的邀请从北京图书馆调入国家新闻出版局工作。1979 年起出任中国出版工作者协会版权研究小组第一任组长，起草版权法，曾担任版权处处长，被誉为"中国的版权先生"。1993 年 1 月去世。

难得，如获至宝，立即找到他的学生亦是文摘社的编辑汪衡，请他翻译。英文水平很好的汪衡看到文章后也非常兴奋，立即着手翻译工作。[图8.48]这样，《文摘》杂志就以比《亚细亚》月刊稍晚一期的进度，在美国和中国几乎同步（从美国航空邮寄到上海）发表《毛泽东自传》，共分七次连载完毕。

《文摘》月刊是从1937年8月1日出版的第二卷第二期（总第八期）开始以连载的形式发表汪衡翻译的《毛泽东自传》的。但这也是《文摘》的最后一期。随后，因为"八一三"淞沪战争的爆发，《文摘》杂志改名《文摘战时旬刊》。1937年11月1日，黎明书局出版了汪衡翻译的《毛泽东自传》单行本。

像把《毛泽东自传》交给《亚细亚》月刊首先发表一样，斯诺把《长征》（Long March）的首发权，也交给了《亚细亚》。[图8.49—8.58]而在中国，复旦大学文摘社的汪衡同样像翻译、连载《毛泽东自传》一样，开始了《长征》的翻译工作。在1937年11月8日出版的《文摘战时旬刊》第五号连载《毛泽东自传（六）》的同时，该刊开始连载署名"史诺著、长风译"的《两万五千里长征》。"长风"系汪衡的笔名。

《亚细亚》月刊是在1937年10月和11月两期连载斯诺撰写的《长征》（Long March）的。《文摘战时旬刊》以《两万五千里长征》为题，分五次连载完毕，[图8.59—8.71]分别是：

第一次：载1937年11月8日《文摘战时旬刊》第五号第109页；

第二次：载1937年11月18日《文摘战时旬刊》第六号第133页；

第三次：载1937年12月28日《文摘战时旬刊》第七号第156至157页；

第四次：载1938年1月8日《文摘战时旬刊》第八号（新年特大号）第195至196页；

第五次：载1938年1月18日《文摘战时旬刊》第九号第219至220页。

可见，在1937年11月28日、12月8日、12月18日，《文摘战时旬刊》因为战火原因没有按时完成编辑出版工作。为此,《文摘战时旬刊》编者在第八号(新年特大号)第 198 页的《编者的几句话》中作了说明:"这一期我们把篇幅增加了一倍,这倒不是什么'恭贺新禧,万象更新'的意思,而是本刊上期编后记中'以更大的努力来答复敌人'的实践。本期原定一号出版,后来因为又到了一批航空稿件,不得不临时抽换了许多已经付排的文章,再加以此地印刷所的滞缓,于是延到了今天才与读者相见。但是材料都是以最迅速的方法搜集来的,在几乎看不到外国杂志的汉口,这一点是值得向读者一提的。"

在 1937 年 11 月 8 日《文摘战时旬刊》第五号第一次发表《两万五千里长征》的时候,汪衡在标题下专门写了一段译者的话:"国军和赤军(现已改编为第八路军)的两万五千里长征,是中国民族坚毅不屈的精神的最大表现,这种种精神,正是战胜日本帝国主义的因素之一。现在,史诺已将赤军的长征情形陆续在《亚细亚》杂志中发表,我们希望也有人将国军在长征中所表现的英勇和忠诚描写出来。"显然,这是为了便于通过国民党的新闻检查制度而作出的一些说辞。

而该刊也在封底的《编者的几句话》中,专门向读者作了推荐:"第三篇是《两万五千里长征记》,长征西北,已为大家所耳熟的事,但是,其间的艰苦恐非一般人所能想象,正如译者所说是'中国民族的忍耐力的最大表现',现在已有史诺君搜集种种材料,著成本文,陆续在《亚细亚》杂志中发表,这是一篇很名贵的'文献'。"

随后,在 1938 年 1 月 8 日出版的《文摘战时旬刊》第八号(新年特大号)连载《两万五千里长征(四)》的时候,该刊封底上即打出《二万五千里长征》的图书征订启事,标题则由"两万"改成了"二万",署名则改为"史诺著,汪衡译",[图8.72]全文内容如下:

本书是史诺氏继《毛泽东自传》之后的又一力作,原文在美国亚细亚杂志上发表,曾轰动一时,引起外人莫大的兴趣,因为"长征"不仅充分表现了中国民族的伟大的忍耐力，而且在军事方面，也极有研究的价值。原文材料全部系"长征军"供给，著成以后，又经过他们的校正，所以：史氏这本书是"长征"的第一本正确而有系统的记述。全书长三万余言，趣味丰富，可作游击战教程读。每册实价一角五分。

此广告在《文摘战时旬刊》第八号的封底，与《毛泽东自传》的征订广告一起刊出。

在《文摘战时旬刊》正在连载《两万五千里长征》的时候，1938年1月1日，像1937年11月1日出版发行《毛泽东自传》一样，黎明书局依然以文摘小丛书的名义出版了《二万五千里长征》的单行本图书，标志着世界上第一部公开以"长征"作为书名的图书诞生。[图 8.73—8.76] 该书内容共分八个部分，具体目录如下：

写在前面

在长征以前

长征的第一阶段——从江西到贵州边境

长征的第二阶段——从黔边到遵义

长征的第三阶段——从遵义到扬子江

长征的第四阶段——从会理到四川

到达了新的根据地

附录：红军第一军团西征旅程记

值得一提的是，汪衡译本《二万五千里长征》图书并非全部译自斯诺的作品，而是在时任八路军驻上海办事处主任潘汉年和刘少文的指导和提供的长征史料的基础上进行了加工再编辑而成的。我们可以在该书的《写在前面》的前言中得到答案：

本书的材料是以美国名记者史诺氏（E.SNOW）在亚细亚杂志

（ASIA）上分四期发表的《长征记》（Long March）为主体，其中有许多细节而原文所无的则都是编者三数好友供给的材料。史诺氏的名字已为国人所熟知，他的历史，这里可以不必介绍。他曾发表过许多介绍前中国红军的状况的文字。最近他在美国新共和周刊（The New Republic）上发表的《中国苏维埃》一文，其中对红军的西征也有记述，不过较为简略；但末段所述红军到达后的陕北工业状况，则是《长征记》中所没有的，本书中最后一章，就是它译文。

本来红军在西征中所遇到的困难和挫折，是非一般人所能想像的，但是，在后面追踪了两万五千里的国军的艰苦，却更不为国人所知，而且在某一种意义上说来，国军士兵所遭受的艰苦，也许较红军尤甚。可惜现时还没有这种材料，还没有人把它写出来公诸国人。但是，就凭了这一点，我们已经可以断言：中国民族的吃苦耐劳的精神，是今日世界上任何民族都赶不上的；而编者编印本书的主要目的，也就是在证明这一点。本书的第二目的是在证明：具有高度机动性而政治水准很高的军队可以战胜在武器、资源、经济等方面远占优势的敌人，只要自己能站在主动的地位，采取主动的战略，与民众打成一片。本书的第三目是在证明：在战事过程中，虽然犯了种种严重的错误，遭受了重大的损失，甚至失却广大的土地，但只要随时发扬自我批判的精神，随时把错误纠正过来，那仍然是可以保全了战斗力来争取最后胜利的。

在目前，关于八路军的书籍，真是"汗牛充栋"，多得不得了；就是记述"长征"的小册子，也已经有了好几本，但多半东拼西凑，既无系统，而且前后重复。史氏原文的材料则全部是由八路军军部方面供给的，原文写成以后，又经过他们的校正，所以可以说是比较正确的记述。在抗战形势已转入新阶段的今日，这本书的印行，是具有战略意义的，而且可以给读者一个比较正确的观念。

综上所述，《亚细亚》是最早发表斯诺《长征记》的英文期刊，汪衡是最早的中文译者，上海复旦大学文摘社《文摘战时旬刊》是

[图 8.44] 《毛泽东自传》
精装版封面。

[图 8.45] 首先发表《毛泽
东自传》的美国纽约 *ASIA*
（亚细亚）杂志 1937 年 7
月号封面。（ 美国哈佛燕
京图书馆特别提供 ）

[图 8.46]《毛泽东自传》，
汪衡译，上海文摘社编辑、
黎明书局发行，1937 年 11
月 1 日初版（国家图书馆善
本）。

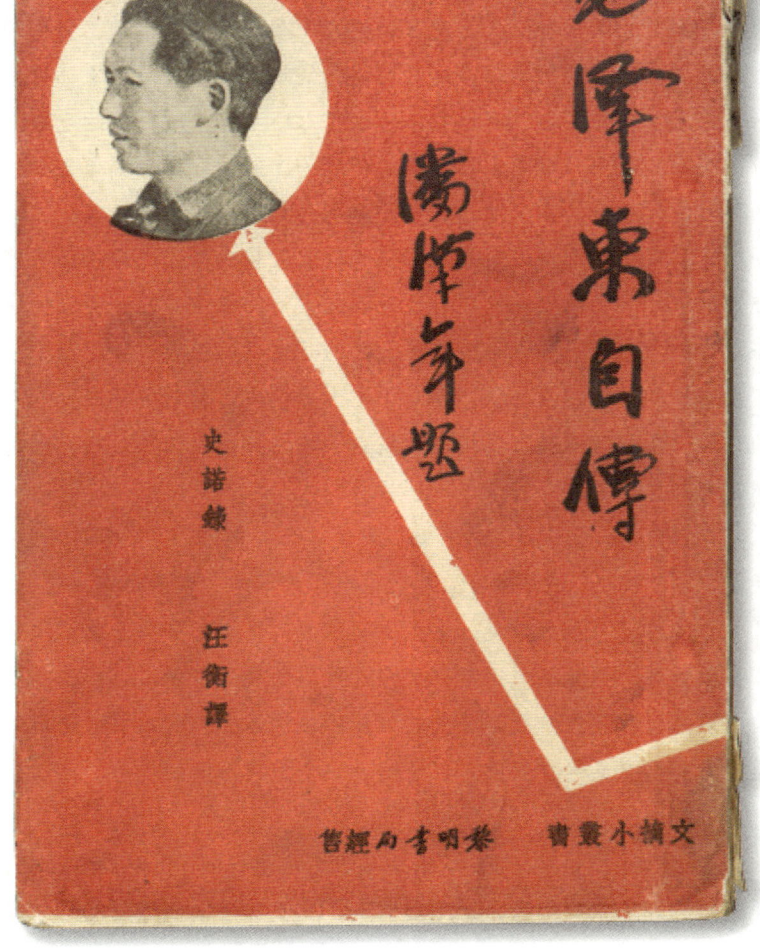

最早发表《两万五千里长征》的中文期刊，黎明书局是最早出版《二万五千里长征》中文版图书单行本的出版机构。

　　汪衡译本《二万五千里长征》出版后，反响强烈，各种翻印本图书也随之畅销。1939 年 1 月文学出版社出版的《长征两面写》，将此文与陈云的《随军西行见闻录》合成一书。[图 8.77—8.79] 1949 年，文学出版社、天下出版社和上海文学出版社出版的天明译同名《二万五千里长征》，也是汪衡译本的翻版。[图 8.80—8.82]

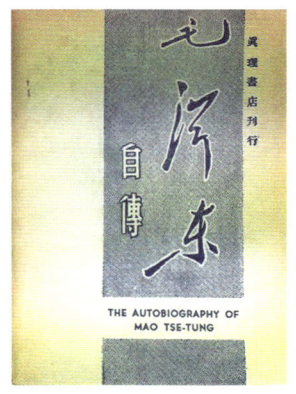

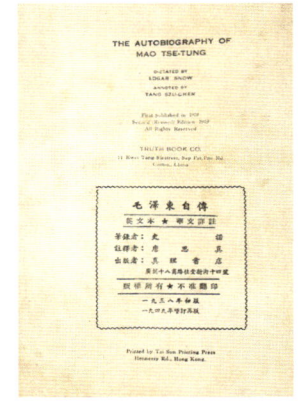

[图 8.47] 斯诺曾经阅读过的广州真理书店 1938 年出版的《毛泽东自传》，唐思真译。但此图为 1949 年再版本。

［图 8.49］《亚细亚》（ASIA）
1937 年合订本。该刊在第 10 期
和第 11 期，将斯诺撰写的《长征》
分两期连载发表。

（本书收录的 ASIA 和《文摘战
时旬刊》影印资料由中国红色收
藏馆馆长程辰先生独家提供。）

［图 8.50］ ASIA（亚细亚）月刊
1937 年第 10 期封面。此前在连
载《毛泽东自传》的同时开始连
载《长征》。

[图 8.51] 1937 年 10 月，《亚细亚》（ASIA）月刊第 10 期目录。斯诺撰写的《毛泽东自传》和《长征》在同期发表。

[图 8.52] 1937 年 10 月，《亚细亚》（ASIA）月刊第 10 期发表的《长征》和有关红军人物的照片。

[图 8.53] 1937 年 10 月，《亚细亚》（*ASIA*）月刊第 10 期发表的《长征》。

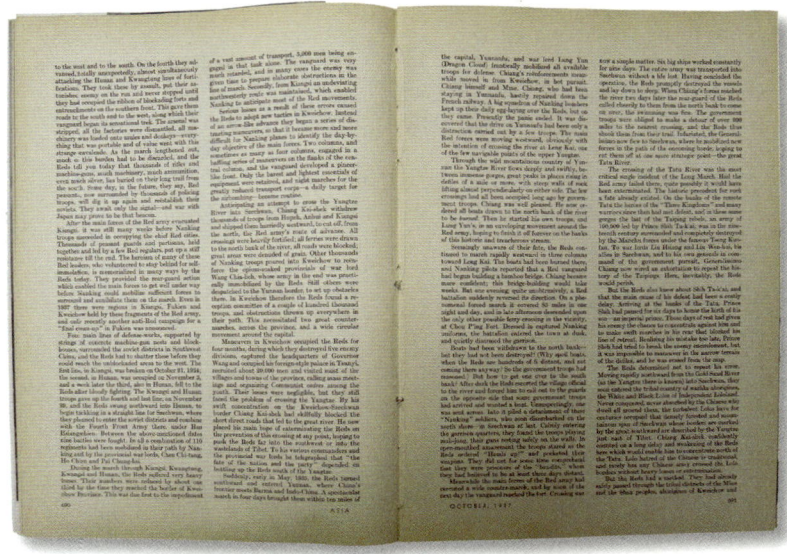

[图 8.54] 1937 年 10 月，《亚细亚》（*ASIA*）月刊第 10 期发表的《长征》。

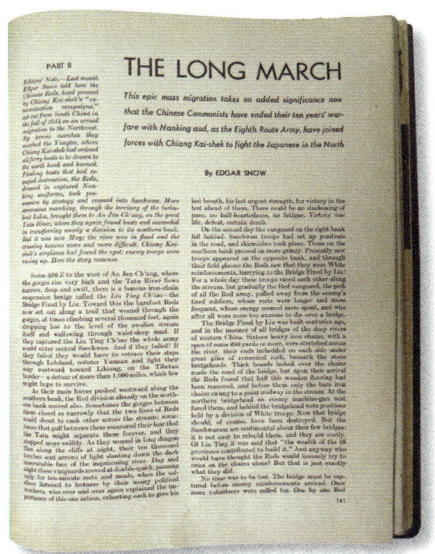

[图 8.55] 1937 年 11 月，《亚细亚》（ASIA）月刊第 11 期发表的《长征》第二部分。

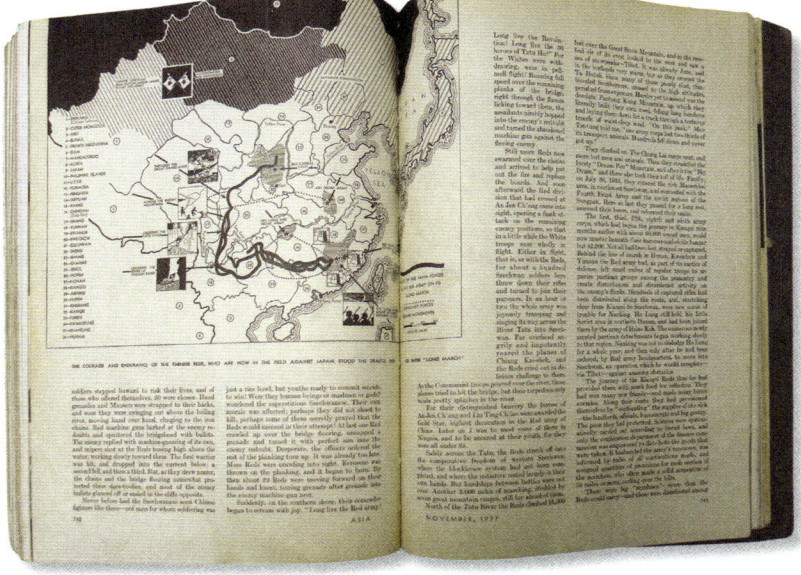

[图 8.56] 1937 年 11 月，《亚细亚》（ASIA）月刊第 11 期发表的《长征》第二部分和红军长征地图。

［图8.57］ 1937 年 11 月，《亚细亚》（*ASIA*）月刊第 11 期发表的《长征》第二部分和红军照片。

［图8.58］ 1937 年 11 月，《亚细亚》（*ASIA*）月刊第 11 期发表的《长征》第二部分和毛泽东、朱德、红军士兵以及斯诺个人的照片。

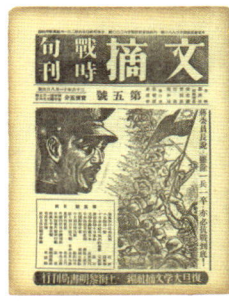

[图8.59] 1937年11月8日出版的《文摘战时旬刊》第五号封面，从此期开始连载署名"长风"（汪衡）翻译斯诺发表在《亚细亚》（ASIA）的《两万五千里长征》（Long March），同期连载了《毛泽东自传》的第六篇。

兩萬五千里長征（一）

史諾著

長風譯

國軍和赤軍（現已改編為第八路軍）的兩萬五千里長征的，中國是民族堅毅忍耐不屈的精神的最大表現這種精神正是戰勝日本帝國主義的因素之一。現在史諾已經發表我們希望還有人將國軍在長征情形繼續在「觀翻譯」雜誌中發表……的英勇和忠誠情寫出來。——譯者

不論我們對於中國赤軍和他們的政治觀念有什麼感想但我們不能不認識他們的長征西北軍史上上一個偉大的壯舉。

赤軍自己普通總說是「兩萬五千里長征」其實這所有的轉折和走過的路自江西起來從福建最遠的一點到陝西的西北隅是征軍中的某一些部隊所走的路線無疑地超過了上述的數字照第一軍團所能的一個團最遠的一段旅程中部都是步行的防過了世界最高的山嶽和亞洲最洶涌的河流而且從頭到底就是一個長久的戰爭。

他們從江西的退部隊總是非常迅速驚人的旅程他……

在閩始長征除了九萬人左右的主力軍以外還有成千成萬的農民老的和幼的男的女的共產黨和非共產黨當一年後他們進入陝北的時候生存的他們完全出乎意料地差不多

一九三三年十二月底第五次圍剿開始當時在江西福建的正規赤軍能勤員了二十萬個游擊隊和赤衛軍但所許能夠動員的非八萬人包括所有的槍枝與剩約的十萬桿步槍和赤衛軍也有

軍軍火準備和軍火庫佔領了這些槍借到打了這些彈約給予軍隊閣始向湖南走同一排的殲線向閩西和南邊走軍到了第四夜，

有三夜的時閑赤軍以兩人

正規軍大部調派上全部隊也熱在夜間襲行當時贵上全部赤軍集中的行列一齊走當夜長長下去的今天赤軍還會訴你有好幾枝步機槍和機在於贛南的零部附近時發出了長征的命令一九三四年十月十六日在澄渡途各地（特續）

正規軍丁赣南的人馬和東北部縱線的發軍的和有價值的東西都隨着這奇異的行列一齊走當夜長長下去的今天赤軍軍退會會告訴你有好幾枝步機槍和機

們拆散了軍火廠所有的工廠將機器裝在騾子和驢子的背上——任何可以帶走的都帶走了今天赤軍軍退會告訴你有幾枝步機槍和機槍許多機器許多軍火彈約和銀子都埋

和諸密的以致於赤軍的主力已經行軍數日之後對方的司令部才發覺這件事。

![赤軍偷渡黃河上游時的情形]

《 109 》

[图8.60] 1937年11月8日出版的《文摘战时旬刊》第109页连载署名"长风"（汪衡）翻译的《两万五千里长征（一）》。

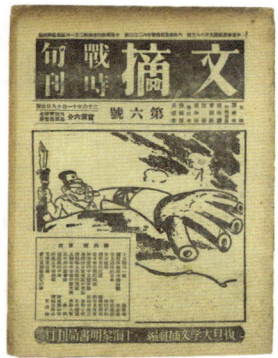

[图 8.61] 1937 年 11 月 18 日出版的《文摘战时旬刊》第六号封面。

両萬五千里長征（二）

史諾著
長風譯

[图 8.62] 1937 年 11 月 18 日出版的《文摘战时旬刊》第六号第 133 页连载《两万五千里长征（二）》。

[图 8.63] 1937 年 12 月 28 日出版的《文摘战时旬刊》第七号封面。

两萬五千里長征（三）

史諾著
長風譯

[图 8.64] 1937 年 12 月 28 日出版的《文摘战时旬刊》第七号第 156—157 页连载《两万五千里长征（三）》。

[图 8.65] 1937 年 12 月 28 日出版的《文摘战时旬刊》第七号第 156—157 页连载《两万五千里长征（三）》。

[**图 8.66**] 1938 年 1 月 8 日出版的《文摘战时旬刊》第八号（新年特大号）封面。

[**图 8.67**] 1938 年 1 月 8 日出版的《文摘战时旬刊》第八号（新年特大号）第 195—196 页连载《两万五千里长征（四）》。

［图 8.68］ 1938 年 1 月 8 日出版的《文摘战时旬刊》第八号（新年特大号）第 195—196 页连载《两万五千里长征（四）》。

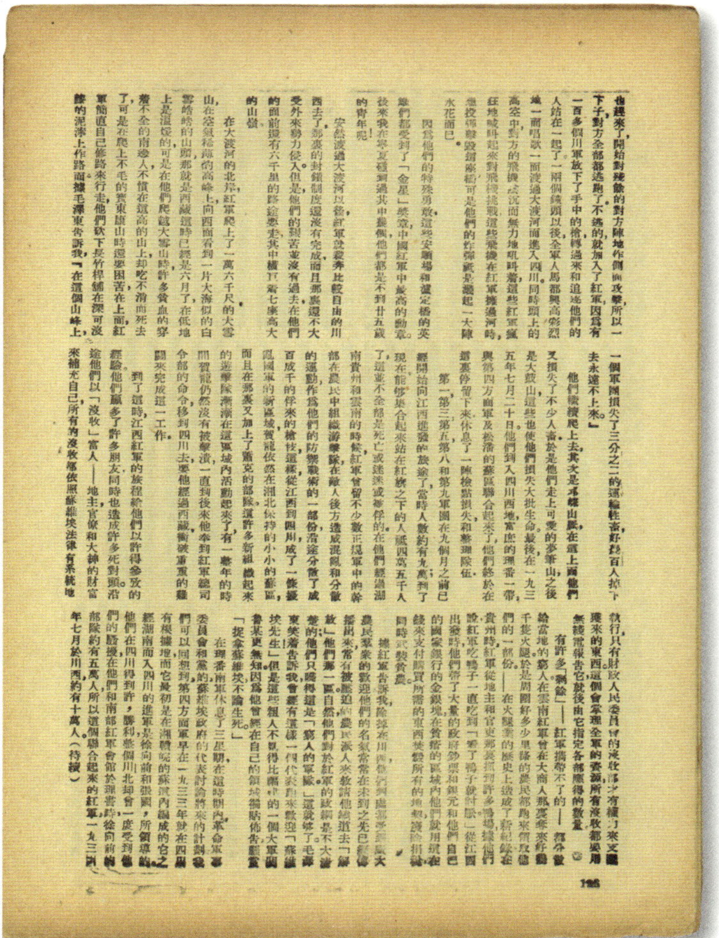

也趕來了，開始對殘餘的對方陣地作側面攻擊，所以一下子，對方全部都逃跑了。不逃的，就加入了紅軍，因爲有一百多個川軍放下了手中的槍轉過來和追逐他們的人站在一起了。兩個鐘頭以後，全軍人馬都興高彩烈地一面唱歌一面渡過大渡河而進入四川。同時頭上的高空中，對方的飛機，衰沉而無力地吼叫着，這些紅軍瘋狂地喊叫起來對飛機挑戰。這些飛機在紅軍擁過河時，急投炸彈毀鐵索橋，可是他們的炸彈祇是濺起一大陣水花而已。

因爲他們的特殊勇敢，這些安順場和瀘定橋的英雄們都受到了「金星」獎章，中國紅軍中最高的勳章。後來我在寧夏碰到過其中幾個，他們都是不到廿五歲的青年呢！

安然渡過大渡河以後，紅軍就緩奔比較自由的川西去了。那裏的封鎖制度還沒有完成，而且那裏還不大受外來勢力侵入。但是他們的艱苦並沒有過去。在他們的面前還有六千里的路途要走，其中橫亘着七座高大的山嶺。

在大渡河的北岸，紅軍爬上了一萬六千尺的大雪山，在空氣稀薄的高峰上，向西面看到一片大海似的白雪皚皚的山脚，那就是西藏。這時已經是六月了，在低地上是溫煖的，可是在他們爬越大雪山時，許多貧血的穿着不全的南邊人，不慣在這高的山上，卻吃不消而死去了。可是在爬上不毛的寶東康山時還要困苦，在上面，紅軍簡直自己修路來行走，他們砍下長竹桿鋪在深可沒膝的泥濘上作路面。據毛澤東告訴我，『在這個山峰上，一個軍團損失了三分之二的運輸牲畜，好幾百人掉下去永遠不上來。』

他們繼續爬上去，其次是巫峰山脈，在這上面他們又損失了不少人畜。於是他們走上可愛的夢筆山，之後是大鼓山，這些也使他們損失大批生命。最後，在一九三五年七月二十日，他們到入四川西地富庶的理番一帶，與第四方面軍及松潘的蘇區聯合起來了。他們終於在這裏停留下來休息了一陣，檢點損失和整理隊伍。

第一，第三，第五，第八和第九軍團在九個月之前已經開始同江西進發的旅途了，當時人數約有九萬；到了現在能夠集合起來站在紅旗之下的人祇四萬五千人了，這並不全部是死亡或迷途或被俘的。在他們經過湖南貴州和雲南的時候，紅軍曾留不少數正規軍中的幹部在農民中組織游擊隊，在敵人後方造成混亂和分散的運動，作爲他們的防禦戰術的一部份，沿途分散了成百成千的俘來的槍枝，這樣，從江西到四川，成了一條擾亂國軍的新區域，賀龍依然在湖北保持的小小的蘇區，而且在那裏又加上了蕭克的部隊，還許多新組織起來的游擊隊漸漸在這區域內活動起來了，有一幾年的時間，賀龍仍然沒有被擊潰，一直到後來他奉到紅軍總司令部的命令，移到四川去，要他經過西藏衝破重重的難關來完成這一工作。

到了這時，江西紅軍的旅程給他們以許多致命的經驗。他們贏多了許多朋友，同時也造成許多死對頭。沿途他們以「沒收」富人——地主，官僚和大紳的財富來補充自己，所有沒收都依照蘇維埃法律有系統地執行，只有財政人民委員會的沒收部才有權力來支配提來的東西。這個會掌理全軍的資源，所有沒收都要用無綫電報告它，就後由它指定各部應得的數量。

有許多「剩餘」——紅軍攜帶不了的——都分發給當地的窮人。在雲南紅軍曾在大商人那裏奪來好幾千隻火腿。於是周圍好多少里路的農民都跑來領取他們的一部份。——在火腿業的歷史上造成了新紀錄。在貴州時，紅軍從地主和官吏那裏抓到許多鴨子，據他們說紅軍吃鴨子一直吃到「看了鴨子就討厭」。從江西出發時，他們帶了大量的政府鈔票和銀元和他們自己的國家銀行的金銀塊，在貧瘠的區域內他們就用現洋錢來支付購買所需的東西，替所有的損毀賠償，同時武裝貧農。

據紅軍告訴我，除掉在川西，他們到處都受到廣大農民羣衆的歡迎。他們的名氣常常在未到之先已經傳播出來，常有被壓迫的農民派人來敦請他們趕快進去「解放」他們那一區。自然，他們對於紅軍的政綱是不大清楚的；他們只曉得這是「窮人的軍隊」，這就夠了。毛澤東笑着告訴我，曾經有這樣一個代表團來歡迎「蘇維埃先生」！但是這些粗人不見得比福建的一個大軍閥會某更無知，因爲他曾經在自己的領域裏張貼佈告懸賞「捉拿蘇維埃不論生死。」

在理番南軍休息了三星期，在這時期內，革命軍事委員會和黨的蘇維埃政府的代表討論將來的計劃。他們可以回想到，第四方面軍早在一九三三年就在四川有根據地，而它最初是在鄂豫皖的蘇區內編成的。它之經湖南而入四川的進軍是徐向前和張國燾所領導的。他們在四川得到許多勝利，整個川北卻曾一度受到他們的管轄。在他們和南部紅軍會師於理番時，徐向前的部隊約有五萬人，所以這個聯合起來的紅軍，一九三五年七月於川西約有十萬人。（待續）

195

[图 8.69] 1938 年 1 月 18 日出版的《文摘战时旬刊》第九号封面。同期发表了汪衡在武汉采写的《周恩来访问记》，这是在国统区第一篇报道周恩来的专访。

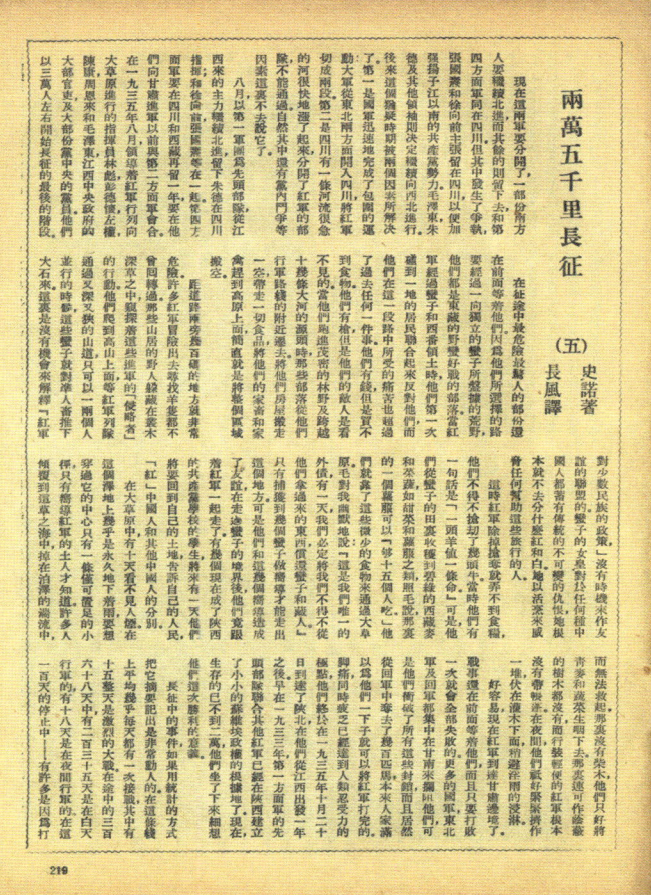

[图 8.70] 1938 年 1 月 18 日出版的《文摘战时旬刊》第九号在第 219—220 页连载了《两万五千里长征（五）》。

254

[图 8.71] 1938 年 1 月 18 日出版的《文摘战时旬刊》第九号在第 219—220 页连载了《两万五千里长征（五）》，连载至此结束。

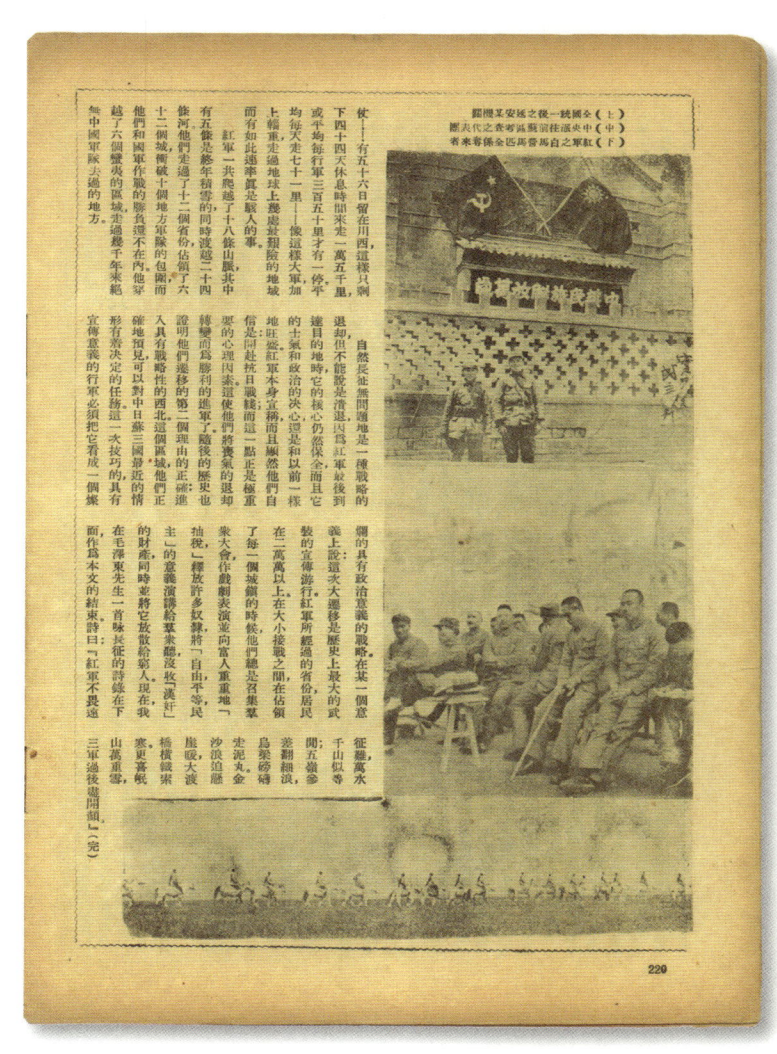

[图8.73]《二万五千里长征》，史诺（斯诺）著，汪衡译，文摘丛书，黎明书局，1938年1月1日出版。这是世界上第一本以"长征"为书名的著作。此书内容与《文摘战时旬刊》连载的《两万五千里长征》大不相同。

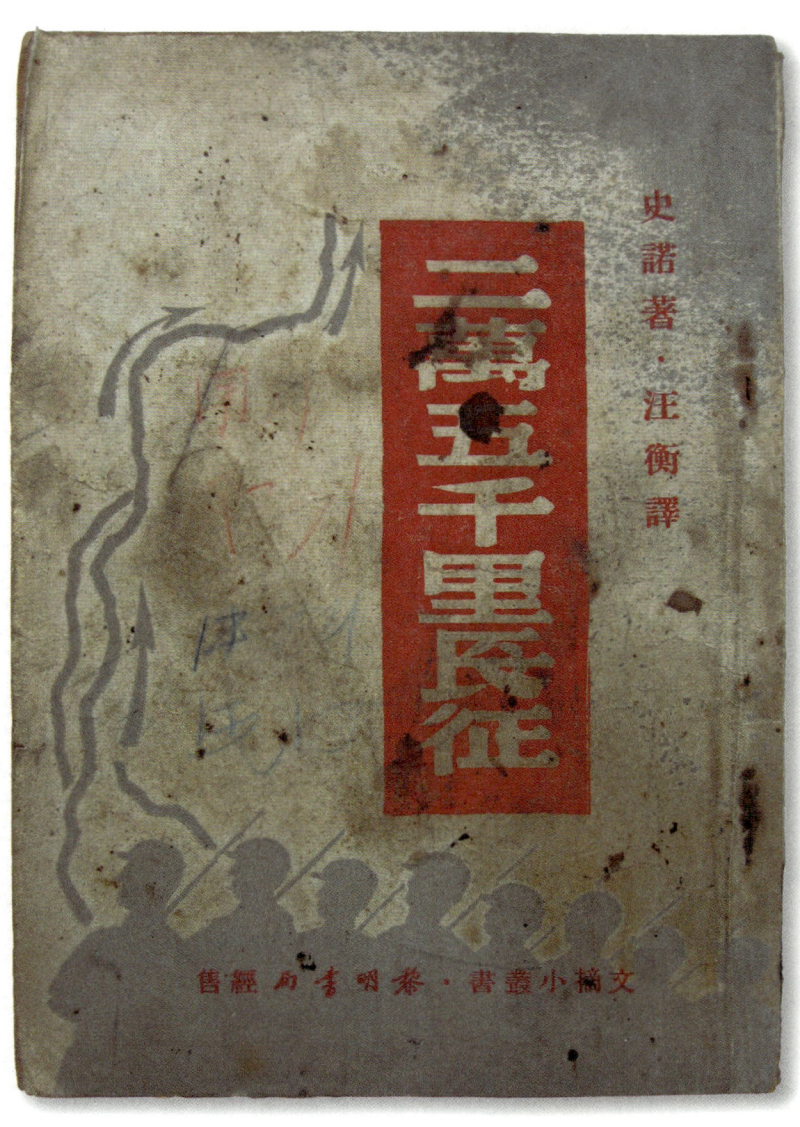

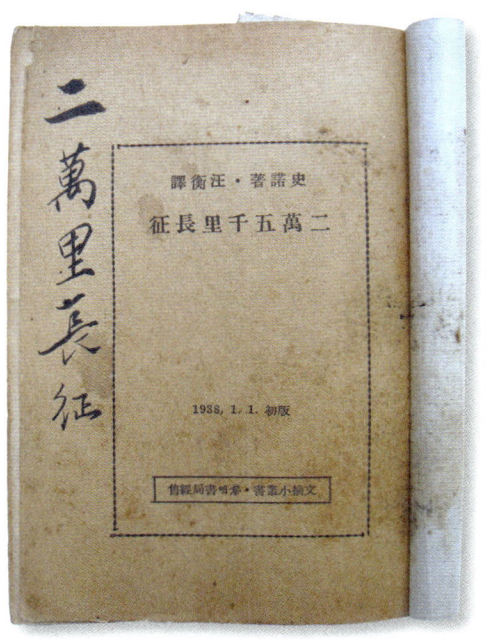

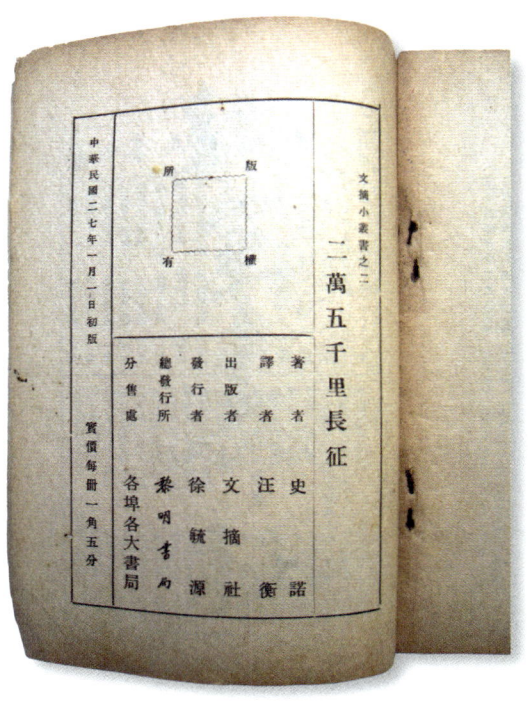

[图8.74]《二万五千里长征》，汪衡译，黎明书局，1938年1月版，扉页。

[图8.75]《二万五千里长征》，汪衡译，黎明书局，1938年1月版，版权页。

[图8.76]《二万五千里长征》，汪衡译，黎明书局，1938年1月版，封底所刊的长征路线图。

[图 8.77]《长征两面写》，大文
出版社 1939 年 1 月初版，巩石编，
32 开，62 页。该书收录了陈云
（廉臣）的《随军西行见闻录》和
汪衡（长风）翻译的斯诺著作《两
万五千里长征》。但此书收录的《两
万五千里长征》来源于《文摘战时
旬刊》。

[图 8.78]《长征两面写》目录。

[图 8.79]《长征两面写》封底。

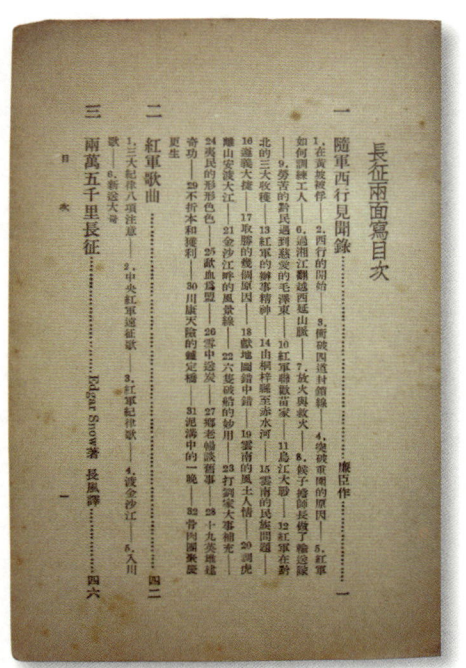

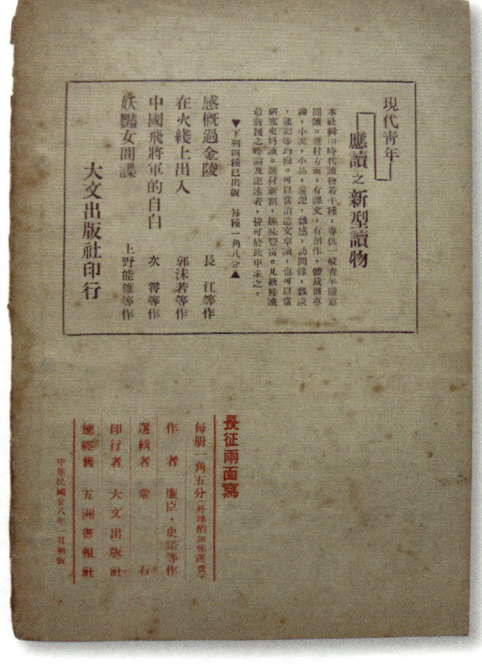

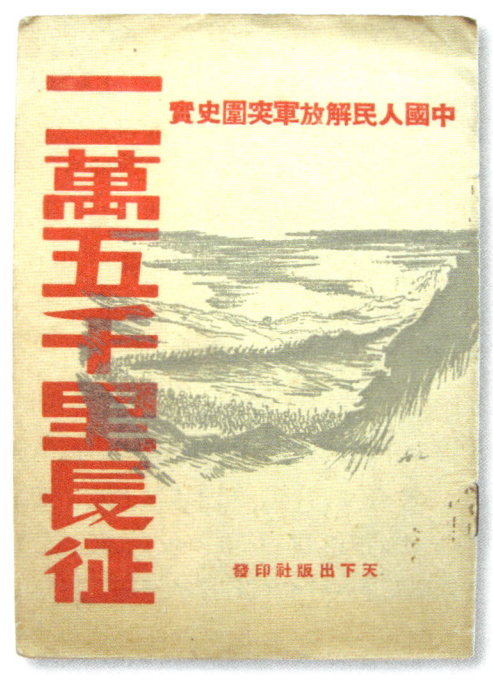

［图8.80］《二万五千里长征》，史诺（斯诺）著，天明译，文孚出版社（上海），1949年5月版，32开，22页。系汪衡译本的翻印本。

［图8.81］《二万五千里长征》，斯诺著，天明译，天下出版社，1949年版，6号字，32开，13页。系汪衡译本翻印本。

［图8.82］《二万五千里长征》，斯诺著，天明译，上海文孚出版社出版，32开，22页。出版时间未详。

《红星照耀中国》的问世及其中译本 《西行漫记》的出版与传播

1936 年埃德加·斯诺的陕北之行，不仅成就了自己，也成就了中国共产党和中国红军的对外宣传，他也因此与中共和毛泽东结下了深厚的友谊，并成为中美关系史上一个特殊的人物，在此后历史的关键时刻扮演了非同寻常的角色。

如果把斯诺 1936 年进入"红色中国"作为他人生的一个分水岭的话，那么此前他在上海和北平当游历记者的生活，则可以看作其认识中国的第一个阶段。在这个阶段，斯诺开始转变对中国的认识，同情中国贫穷的人民和痛恨堕落腐败的中国官场，并厌恶帝国主义对中国的侵略和压迫——哀鸿遍野民不聊生的萨拉齐之行，是他重新认识中国的一个起点；目睹十九路军抵抗日本侵略者的英勇战斗是他认识中国的转折点；而一二·九运动更让斯诺从爱国青年学生身上看到了中国的希望。斯诺在刚到中国的时候，曾把中国的希望寄于蒋介石，但这一切耳闻目睹的亲身经历让他发现自己错了，后来他说："那时我像杜勒斯在三十年以后那样认为道义是在蒋介石一边，后来我认识到，政治和医道一样，要先诊断才能处方。这里的病人是中国，不是外国，一个国家的政治行为最终不是决定于道义判断，而是决定于内在的最深刻的饥渴和实际的要求。"此后，他开始同情中国革命，"拿一个外国人的脑袋去冒险"，揭开了红色中国的神秘面纱。

斯诺认识中国的第二个阶段，就是探访红色中国。陕北归来，他的名气越来越大，在追求进步、民主、科学的知识分子和青年学生中的影响力也越来越大。1937 年 1 月，斯诺团结梁士纯、夏仁德等中外人士，在北平创办了一份面向中国青年的英文杂志《民主》。在《民主》创刊号上发表了斯诺写的关于中国红区的报道，封面上刊登的是周恩来跨坐骏马的大幅照片。

　　与此同时，斯诺的作品在欧美也产生重大影响。他的作品不仅发表在上海的《密勒氏评论报》《大美晚报》和他自己在北平主编的《民主》杂志上，而且在英国伦敦的《每日先驱报》、美国的《纽约太阳报》、《亚细亚》月刊、《生活》周刊等报刊发表，产生广泛而重大的影响。

　　美国《生活》《幸福》《时代》三大刊物的创始人亨利·卢斯，对斯诺的陕北之行给予了强烈关注。对中国始终抱有浓厚兴趣的卢斯，及时与斯诺、史沫特莱等人取得联系，并用 1000 美元购买了斯诺在陕北苏区采访拍摄的新闻照片，并决定在 1936 年 11 月 19 日刚刚于纽约创办的《生活》周刊上连载发表，分别刊发在 1937 年 1 月 25 日出版的第 2 卷第 4 期和 2 月 1 日出版的第 5 期上，以画报的形式图文并茂地向世界介绍了中国工农红军的将领和长征。[图 8.83]

　　1 月 25 日的《生活》周刊，在头题位置以《中国漂泊的共产党人的首次亮相》为题，用 7 个版面对毛泽东和中国红军进行了报道。首页发表了斯诺拍摄的毛泽东戎装照。其右下角有一行文字："MAO IS HIS NAME AND　$250,000 THE PRICE ON HIS HEAD"（悬赏 25 万大洋换取他的脑袋）。[图 8.84] 其下方有编者按曰："中国共产党的军队几乎完全是神秘的。将近 10 年的时间里，他们行踪不定，与蒋介石委员长的国民政府进行战斗。下面发表的这些有关漂泊的红军的照片，是第一次被带到国外。他们的领导者毛泽东被称作'中国的斯大林'或者'中国的林肯'。他的新首都在中国西北的保安。左面是毛的一位美国同盟者史沫特莱，他原是一个中学教师，目前正在西安的共产党广播电台工作，那里上个月发生的兵谏蒋介石的事件已经结束。"

　　紧随其后，发表了彭德怀、周恩来、萧劲光、贺子珍、朱德和一幅长征地图，以及红军将士战斗、娱乐的图片 19 张。[图 8.85—8.87]图像清晰，质量非常之好。在其图片说明文字上，可以看到朱德、贺子珍被国民党蒋介石悬赏捉拿的金额和毛泽东一样，也是 25 万元，而彭德怀和周恩来的悬赏金额分别是 10 万和 8 万。文字报道了中国工农红军长征胜利到延安的故事，称赞"长征的路程是一个巨大的 7000 英里的弧形，穿越了中国 7 个省。这次行军把他们带到了中国西北，一支 10 万人的共产党军队从绝望中从包围圈中进行了英勇的长途跋涉"。《生活》周刊还在 2 月 1 日出版的杂志做了连续报道，发表了邓发、徐特立、邓颖超、林彪和红军战斗生活画面的图片 21 张。

美国《生活》周刊的图片报道在中国也受到了欢迎，由胡愈之在上海主编的《东方杂志》，[图 8.88]在 1937 年 3 月 16 日出版的第 6 期和 7 月 1 日出版的第 13 期上，分别作了选载。[图 8.89]

1937 年 2 月 3 日，在上海出版的英文报纸《大美晚报》，发表了斯诺有关长征的报道和红军照片。

至 1937 年 7 月左右，经过近一年时间的思考和整理，埃德加·斯诺完成了 1936 年 6 月至 10 月间陕北之行的所有写作，一部新的书稿即将诞生。这是斯诺的第三部著作。此前，他于 1933 年出版了《远东前线》（*Far Eastern Front*），1936 年翻译出版了收录鲁迅等中国作家的文学作品集《活的中国》（*Living China*）。应该给这部关于中国共产党和毛泽东领导的陕北红区、中国红军的书稿拟一个什么样的书名呢？斯诺琢磨了很久。他自己也拟就了好几个，比如《在陕北的数月》《红区访问记》《红星在中国》，等等。为此，他还专门请来朋友们聚餐，每人投票选择一个。斯诺的妻子海伦回忆，当时大家都一致选择了《红星在中国》。于是，斯诺就赶紧把书稿寄给了他在美国的出版经纪人海瑞塔·赫茨。赫茨收到斯诺的书稿后，十分兴奋，立即回信表达了她如何喜欢这部新作。谁知，在信中，赫茨将书名 *Red Star in China* 误写成了 *Red Star over China* 了。一字之差，却成就了一个伟大的错误，令斯诺拍案叫绝。从此 *Red Star over China*（《红星照耀中国》）书名就这样正式确定下来。

1937 年 10 月，《红星照耀中国》首先交给了英国伦敦左派读书俱乐部（Left Book Club Edition）[13] 的维克多·戈伦茨公司（Victor Gollancz Ltd）出版。[图8.90—8.91] 首版共计 462 页，扉页附有红军长征路线示意图，书内插图 16 幅。令斯诺没有想到的是，《红星照耀中国》在伦敦由左派读书俱乐部内部出版发行后，轰动英伦，几个星期内就销售 10 万余册，在 10 月一个月内先后加印了 3 次，仍然供不应求。至 12 月底，《红星照耀中国》在伦敦印刷了 5 次。

在美国，兰登出版社从 1937 年 11 月起就开始了《红星照耀中国》的编辑出版工作，预定在 1938 年 1 月 15 日首发。当他们得知《红星照耀中国》在英国畅销后，立即想方设法加快了编辑出版的进度，终于将发行的日期提前到了 1 月 3 日。[图8.92—8.93] 结果确实令兰登出版社大喜过望，第一版起印 15000 册，在三个星期内即销售了 12000 册，平均每天约 600 册，成为当时美国有关远东时局的最畅销图书。1938 年 7 月，兰登出版社出版了《红星照耀中国》的修订版，紧接着于 1939 年再版。

《红星照耀中国》在英国和美国出版之前，该书的中文翻译工作也已经紧锣密鼓地展开了。1937 年卢沟桥事变爆发后，斯诺夫妇从北平迁居上海，住在麦德赫斯特（麦赫斯托）公寓（今南京西路泰兴路口里）。斯诺曾回忆说："1937 年 7 月，我又将《红星照耀中国》的全部抄稿给了一些教授，他们偷偷运到上海（日本人已经占领了北京），在那里他们组织了一个翻译小组加速进行出版工作。他们都是救亡协会的爱国成员，我将翻译版权给他们，所得报酬也给了中国红十字会。他们译成后定名为《西行漫记》，这是有关毛泽东谈话的唯一有权威的中文译本。"斯诺在这里所讲的，就是 1938 年 2 月由胡愈之 [14] 组织成立复社翻译出版的《红星照耀中国》的第一个中文版《西行漫记》。[图8.94—8.99]

上海复社是由胡愈之主持建立的，其最初的目的就是出版斯诺

[13] 英国左派读书俱乐部成立于 1936 年，其领导人维克多·戈伦茨（Victor Gollancz）是一个社会主义者、群众运动的组织家，同时也是一个精明的书商，并以自己的名字 Victor Gollancz 成立了出版公司。戈伦茨建立了地区委员会和全国总部，其基层组织是学习小组，1938 年成员达 57000 人。除了出版书籍，俱乐部还发行了叫《左翼评论》的报纸。戈伦茨出版公司出版的红色书籍之多，在西方除了美国的每月评论出版社外大概没有出版社能及得上。俱乐部的命运随着社会主义苏联和法西斯德国突然签署互不侵犯条约好像坐上了过山车，会员纷纷退出，至 1940 年基本上停止了运转，1946 年彻底解散。

[14] 胡愈之（1896—1986），原名学愚，字子如，笔名胡芋之、化鲁、沙平、伏生、说难等，浙江上虞丰惠镇人，著名的社会活动家，集记者、编辑、作家、翻译家、出版家于一身，学识渊博，是新闻出版界少有的"全才"。早年创建世界语学会，与沈雁冰等成立文学研究会。1922 年初参加中国民权保障同盟，同年加入中国共产党。"九一八"事变后与邹韬奋共同主持《生活》周刊，主编《东方杂志》等刊物。先后筹办《世界知识》《妇女生活》等杂志。1935 年后参加上海文化界救亡运动，为"救国会"发起人之一。新中国成立后，曾任《光明日报》总编辑、文化部副部长、民盟中央副主席等职。

[15]《西行漫记》，斯诺著，董乐山译，生活·读书·新知三联书店，1979年12月第1版，第3页。

[16] 生平事迹未详。

[17] 吴景崧（1906—1967），笔名杜若，江苏丹徒人。复旦大学毕业后考进商务印书馆任《东方杂志》编辑。1932年后任《申报·自由谈》编辑、《申报月刊》编辑。抗战胜利后，主编《中国建设》月刊，并主持世界知识社的工作。新中国成立后，历任上海市新闻出版处副处长、在北京世界知识社任副总编辑。1967年11月受迫害自杀，后平反恢复名誉。

[18] 邵宗汉（1907—1989），江苏武进人，著名报人、出版家、翻译作家、社会活动家。1931年任上海《大晚报》国际版编辑，1934年任《周报》编辑，1937年参加"上海文化界救亡协会"并担任"上海青年记者协会"理事。1949年8月参加第一届中国人民政治协商会议，1950年加入中国共产党。新中国成立后，历任新华社副总编辑兼国际部主任、《光明日报》总编辑、外交部新闻司副司长、世界知识出版社副总编辑。

[19] 林淡秋（1906—1981），原名林泽荣，笔名林彬、应冰子。浙江三门人。中共党员。肄业于上海大学。1935年在上海参加左联并任常委，曾任《抗战报》《时代日报》编辑、《时

代》杂志主编，1949年后历任《人民日报》副总编辑、文艺部主任，杭州大学副校长，浙江省委宣传部副部长，浙江省文联主席。

[20] 胡仲持（1900—1968），浙江上虞人。笔名宜闲。胡愈之的二弟。中共党员。1920年后历任上海《新闻报》《商报》和《申报》外勤记者、编辑，生活书店《集纳》周刊主编，《香港华商报》编辑主任，桂林文协总务部主任，《现代》半月刊主编。新中国成立后历任上海《解放日报》编委、人民日报社图书资料组组长。

[21] 倪文宙，浙江绍兴人，生卒年月未详，曾任中华书局编辑，《东方杂志》编辑、《新中华》杂志的创办人之一，系《西行漫记》1979年版译者董乐山的中学语文老师，著有《开明外国历史讲义》《教育概论》《林肯少年生活》等。

[22] 即胡愈之，此乃其笔名。

[23] 梅益（1913—2003），广东潮州人，著名新闻出版家、翻译家。早年参加左联并加入中国共产党，1945—1946年任中共上海文委书记，1946年任中国共产党驻南京代表团发言人。1947年至1949年在延安、太行新华通讯社总社任编委、副总编辑。新中国成立后，历任中央广播事业局副局长、局长、党组书记，中华全国新闻工作者协会副主席，

的《红星照耀中国》。当时国民党对出版中共情况的红色书籍查得很严，轻则停业整顿、罚以巨款，重则抓人坐牢和出版社关门，所以没有一家出版社敢公开出版此书。于是，经大家商量，决定自己办一个出版社，社名叫复社，主要成员有胡愈之、郑振铎、许广平、张宗麟、周建人、王任叔等十多人，由张宗麟任总经理。"复社"的办公地点就设在胡愈之住处福熙路安乐村174号。

胡愈之回忆说："1937年10月，《红星照耀中国》就由伦敦戈兰茨公司第一次出版，到了11月已经发行了五版。这时候斯诺正在上海这个被日本帝国主义包围的孤岛上。当时上海租界当局对中日战争宣告中立，要公开出版发行这本书是不可能的；在继续进行新闻封锁的国民党统治区，是更不必说了。但是得到斯诺本人的同意，漂泊在上海租界的一群抗日救亡人士，在一部分中共地下党员的领导下，组织起来，以'复社'的名义，集体翻译、印刷、出版和发行这本书的中译本。斯诺除了对原著的文字作了少量的增删，并且增加了原书所没有的大量图片以外，还为中译本写了序言。由于当时所处的环境，中译本用了《西行漫记》这个书名，作为掩护。《西行漫记》出版以后，不到几个月，就轰动了国内以及国外华侨所在地。在香港以及海外华人集中的地点，出版了《西行漫记》的无数重印本和翻印本。"[15]

因为时间紧迫，为了尽快出版《红星照

耀中国》，胡愈之邀请在上海的文化界人士，组成了 11 个人的翻译团队，每人分别承担几个章节。参加翻译的主要成员是：王厂清[16]、吴景崧[17]、邵宗汉[18]、林淡秋[19]、胡仲持[20]、倪文宙[21]、陈仲逸[22]、梅益[23]、章育武[24]、傅东华[25]、冯宾符[26]。出版发行工作则由黄幼稚[27]和张宗麟[28]二人负责。印刷则委托熟识的商务印书馆印制。当时由于《西行漫记》的出版资金不足，胡愈之采取了两个办法：一是参与成员每人捐几十元；二是向读者发预约券，每本书定价 2.5 元，如果用预约券购买，只需 1 元，这样可以先解决一部分出版经费。这种形式类似于当下流行于世的"众筹"模式，提前预订预售。据说，《西行漫记》的出版还得到了上海青帮老大杜月笙的大力支持，曾资助 1000 元，起了很大的作用。上海沦陷后，杜月笙还以市各界抗敌委员会负责人的身份仍在租界内坚持了一段时间，曾花巨资买了不少《西行漫记》《鲁迅全集》等进步书籍，烫上"杜月笙赠"的金字送给租界内的各大图书馆。遗憾的是，胡愈之在董乐山 1979 年中文重译本的序言中并没有详细说明斯诺是如何将《红星照耀中国》交给他的，他们当时是如何具体组织翻译出版的。

1938 年 1 月 24 日，斯诺在上海专门为复社出版的《西行漫记》撰写了序言。他说："从严格的字面上的意义来讲，这一本书的一大部分也不是我写的，而是毛泽东、彭德

中国社会科学院秘书长、副院长、党组第一书记，《中国大百科全书》总编辑委员会副主任，中国大百科全书出版社总编辑、社长。曾翻译过《钢铁是怎样炼成的》。

[24] 生平事迹未详。

[25] 傅 东 华（1893—1971），本姓黄，浙江金华人。1912 年，上海南洋公学中学部毕业，次年进中华书局当翻译员。1932 年任复旦大学中文系教授。1933 年 7 月，与郑振铎主编生活书店印行的大型月刊《文学》。1935 年春，任暨南大学国文教授。1936 年，发起组织文艺家协会，号召文艺家共赴国难。八一三事变后，参加上海市文化界救亡协会，任《救亡日报》编委，参与翻译斯诺《西行漫记》。上海沦陷后，曾翻译《飘》《业障》等，编辑出版丛书《孤岛闲书》。新中国成立后，历任中国文字改革委员会研究员、中华书局《辞海》编辑所审审、《辞海》编辑委员会委员、语辞学科主编。

[26] 冯 宾 符（1915—1966），浙江慈溪人，原名贞用，字仲足，后以别号宾符行，冯开次子。毕业于宁波效实中学，至上海任商务印书馆校对、生活书店编辑，1934 年始发表译者和评论文章。抗日战争爆发后参加上海文化界救亡协会及复社，主编《译报周刊》。1942 年遭日军宪兵队逮捕，后释出。中国民主促进会

发起人之一，曾任上海《联合日报》总编辑、世界知识出版社主编、《联合晚报》主笔等。1947 年加入中国共产党。新中国成立后，历任世界知识出版社副社长、社长兼总编辑，人民出版社副总编辑，中国民主促进会中央常务委员兼秘书长，民主促进会北京市委员会主任委员等职。

[27] 黄幼稚，生平事迹未详，时为《东方杂志》编辑，精于出版工作。

[28] 张宗麟，乳名德保，浙江绍兴人，生于江苏宿迁。1921 年考入南京高等师范教育系。1925 年毕业后留校任教，协助陈鹤琴创办我国第一所幼稚教育实验中心——鼓楼幼稚园，成为中国第一个男性幼稚教师。1936 年在上海参加抗日救亡工作，协助陶行知办生活教育社、国难教育社，历任光华大学教授、上海《周报》社社长、上海文化界救亡协会训练委员会主任，并参加救国会的核心组织，被日伪与国民党蓝衣社列为暗杀对象。1942 年撤离到新四军淮南根据地，任江淮大学秘书长。1943 年到延安，任延安大学教育系副主任，1946 年 5 月经徐特立、谢觉哉介绍重新入党。1947 年后任北方大学文教学院院长、华北大学教研室主任、北平军管会教育接管部副部长。新中国成立后，历任教育部高等教育司副司长、高等教育部计划财务司副司长、司长。1976 年 10 月 14 日卒于上海。

怀、周恩来、林伯渠、徐海东、徐特立、林彪这些人——他们的斗争生活就是本书描写的对象——所口述的。此外还有毛泽东、彭德怀等人所作的长篇谈话，用春水一般清澈的言辞，解释中国革命的原因和目的。"作为一名无党派人士，斯诺认为自己"只是把我和共产党同在一起这些日子所看到的、所听到的而且所学习的一切，作一番公平的、客观的无党派之见的报告"。他进一步指出："对日本帝国主义，已没有妥协的余地。当前的历史途径，不是战斗，就只有灭亡，而除了完全投降出卖之外，也再没有一条中间的路，这是一个真理。" 他还引用毛泽东的话指出：只有中国人民自己能够使中国打胜，也只有中国人自己会使中国失败。他在序言中感谢红军的朋友们的帮助，"我以门外汉的资格，来写他们的故事，一定有许多缺点和不正确的地方，这得请他们原谅"。在复社翻译出版过程中，斯诺对《红星照耀中国》英文版第一版中的错误进行了改正。最后，他说："谨向英勇的中国致敬，并祝'最后胜利'！"[29]

1988 年，为纪念《西行漫记》中文版发表 50 周年，中国三 S 研究会（中国国际友人研究会前身）举办了一个非常高规格的《西行漫记》和我"征文活动。[图 8.100] 当年参与《西行漫记》翻译工作的倪文宙先生，时年已经 92 岁，他专门撰写了《关于〈西行漫记〉的翻译和出版》一文，并被评为十篇最佳文章之一。他在文章中披露了有关细节，摘录如下：

1937 年，日寇侵华，上海发生了八一三战事。中华书局解散编辑所，我编的《新中华》杂志停刊，我当然被裁。随后，我在三所中学任课，同时参加胡愈之他们组织的复社。我们常常聚会便餐，谈谈文化人如何为抗战出点力。聚会地点主要是在今延安东路的都益处。有一天，胡愈之说及与美国记者斯诺联系，要把他的新著《红星照耀中国》一书翻译出版，以介绍延安方面的人和事。当时大家对斯诺是早有所知的。他同情中国的抗日和中国政治的改革，在一二八日军进攻闸北的夜间，他曾进入闸北宝山路察看，很冒险。

[29]《西行漫记》，斯诺著，董乐山译，生活·读书·新知三联书店，1979 年 12 月第 1 版，第 11 页。

胡愈之与斯诺的交往，并非始于在法国哈瓦斯通讯社的接触，而是早已会晤过的。我们参加翻译的人当时都认为此书的英文原版是斯诺亲手交胡愈之的。胡也没有对我们细说过。最近得到老友储玉坤先生函告，说此书原版乃是燕京大学新闻系主任梁士纯教授交给胡并动员他翻译出版的。储君是老报人，他说的话当是可靠的。

胡愈之与党的同志们是有联系的，但我们从未向他问过。他决定尽快翻译出版此书，并将售得款项夹出版《鲁迅全集》。大家商量决定翻译者不领稿酬，将资金完全用于出版事业。办事地点即在胡愈之同他二弟胡仲持合居的一幢楼房的客堂间。当时决定翻译要在一星期内完成，立即交付排印。我分任两章的翻译，记得是讲述彭德怀的。我这时日里教书，实在疲惫极，晚上很少熬夜工作。在这几天中，也只好翻译到午夜 1 点钟才睡。

为了书名的翻译，大家颇费脑筋，觉得老老实实译为"红星照耀中国"会引起日寇和国民党的注意，增加出版发行的困难，不宜采用。当时我提出用"西行漫记"这一书名，以笔记游记的轻松意味掩护着内容。于是大家就同意了。[30]

倪文宙在此文中提及的储玉坤，也是一位老报人，新中国成立前曾任上海《文汇报》主笔、总主笔和法国新闻社中文部主任。储玉坤在《孤岛春雷——〈西行漫记〉给我的震动》一文中回忆说："当时的上海已处于敌人的血腥统治下，想出版《西行漫记》必然要冒很大的风险。可是愈之同志毫不畏惧，在恶劣的环境下，挑起组织和领导翻译《西行漫记》的艰巨任务，并秘密创办'复社'来出版和发行《西行漫记》。'复社'办公室就设在他的家里，使他的家里成为当时留在孤岛的作家、翻译家、社会科学家碰头聚会的场所。他的那种无所畏惧的精神，给大家特别是给我深刻的印象，至今难以忘却。抗战前，愈之同志曾主编过《东方杂志》，我寄去的稿件是经过他的修改才发表出来的，我一直把他看作我的导师。抗战后，愈之同志和我又一同在哈瓦斯通讯社任编译，他的译稿成

[30]《西行漫记和我》，中国史沫特莱斯特朗斯诺研究会编，国际文化出版公司，1991 年 2 月第 1 版，第 114—115 页。

[31] 《西行漫记和我》，中国史沫特莱斯特朗斯诺研究会编，国际文化出版公司，1991 年 2 月第 1 版，第 114-115 页。

为我学习的典范。所以，愈之同志一直是我的良师益友。遗憾的是，愈之同志在 1938 年 1 月底主持钱亦石同志的追悼会后，就乘坐邮船到香港去了，未能亲眼看到《西行漫记》的出版。"[31]

1938 年 3 月 1 日，《西行漫记》由复社同时推出精装和平装两种版本，32 开，536 页，插图 51 幅，共 12 章。新书上市，轰动上海，一时间洛阳纸贵。紧接着，平装版在 3 月 10 日即重印第二版，精装版先后在 4 月 10 日、10 月 10 日、11 月 10 日发行了三版，短短九个月，仅在上海一地就印刷 5 万册。而在国内各抗日根据地、解放区、香港以及东南亚华侨地区也出版了数不清的重印本和翻印本。而成千上万的热血青年，竞相阅读《西行漫记》，并纷纷从四面八方和海外奔赴红星的所在地——陕北延安和各抗日根据地，不断壮大中共领导的抗日民主力量。诚如斯诺本人后来在《为亚洲而战》一书中曾生动描述的那样："战争开始以后，我走到一处地方，哪怕是最料不到的地方，总有那肋下夹着一本《西行漫记》的青年，问我怎样去进延安的学校。在有一城市中，教育局局长像一个谋叛者似的，到我这里来，要我'介绍'他的儿子进延安的军政大学。在香港，一个银行家也使我吃惊地作了同样的请求。"在《红星照耀中国》1944 年版序言中，他坦率地充满自豪地说："在数以万册计的中文译本中，有一部分完全是在游击区出版的。就我所知，写有关中国情况的外文书而对当前中国年轻一代的政治思想有相当大的影响的，这部书可以说是唯一的一部。"

乘着第二次世界大战的烽火硝烟，斯诺的《红星照耀中国》同时又被翻译成各种文字，风靡全球。1943 年春，斯诺在苏联采访过三位森林游击队的青年女队员，她们原先不认识斯诺，当被问到"是谁教会你们打仗"时，其中一个叫莎莉的回答说："只有几个老同志能教会我们一些。我们也从一本名叫《红星照耀中国》的书中学到许多知识，那是我们从斯摩棱斯克城买来的，我们游击队里差不多每个共青团员都读过它。"在很短的时间里，《红星照耀中国》被译成俄、德、法、意、西、葡、日、荷、蒙古、瑞典、印地、

哈萨克、希伯来、塞尔维亚等多种文字。[图 8.101—8.105]

在国外，《红星照耀中国》自英国戈兰茨出版社 1937 年 10 月出版后，1938 年在兰登出版社出版时，斯诺增写了第十三章。随后，斯诺分别在 1944 年、1968 年和 1971 年进行了修订、补充和完善，1972 年最终交给英国鹈鹕出版社出版。该版本于 1973 年和 1977 年两次增印，是斯诺生前修订完善的最终版本。

在中国，《西行漫记》自从复社 1938 年 3 月出版后，重印本和翻印本数不胜数。1948 年 9 月，大连光华书店以原名《西行漫记》进行了翻印；[图 8.106] 1949 年 6 月，上海启明书局出版了署名"史家康等译"的《长征 25000 哩》（足本），又名《长征：中国的红星》，先后多次再版；[图 8.107—8.108] 1949 年 9 月 10 日，上海急流出版社出版了署名"亦愚译"的《西行漫记》，该书增补了复社版没有收录的第十三章《旭日的暗影》。[图 8.109—3.110] 30 年后的 1979 年 8 月，在陈翰伯、胡愈之等的关心支持下，由生活·读书·新知三联书店约请董乐山根据英国戈兰茨公司 1937 年版进行了重译，并增补了 1938 年复社版《西行漫记》没有收录的第十一章《那个外国智囊》。[图 8.111] 该书由胡愈之作序，同时收录斯诺 1938 年为复社版《西行漫记》所作的序言。1991 年 2 月，河北人民出版社约请李方准、梁民，根据英国鹈鹕出版社 1977 年增印本进行了中文重译，改用《红星照耀中国》原名 [图 8.112]，是这部经典著作经斯诺最后修订完善的最终版本的中文译本。

与其说是历史选择了埃德加·斯诺，不如说是埃德加·斯诺创造了历史。他就是这样在一个恰当的时间、在一个恰当的地点，进行了一项恰当的工作的一个恰当的人。

毫无疑问，《红星照耀中国》最为引人注目的篇章就是该书的第四篇《一个共产党员的由来》（即《毛泽东自传》）和第五篇《长征》。美国历史学家费正清在 1968 年英文版《红星照耀中国》前言中说：该书"第一次报告了毛泽东及其同事们的生平"，"的确使毛泽东在 1937 年成了举世皆知的人物……而斯诺则开始与他的毛泽东传记一起闻名。他成为一个面对通向中国和美国的两条道路、介于两个世界之间的人"。他赞扬"斯诺起了具有世界历史意义的作用，因为他推动美国乃至世界舆论，接受共产党作为盟友参加反对国际侵略的斗争"。另一位美国历史学家肯尼迪·休梅克指出："斯诺这部书令人信服的最重要原因，恐怕就在于它材料的可靠性。"美国著名的"中国通"拉铁摩尔指出："斯诺给我们转述了共产党领导人的谈话，这些谈话不是背诵教条的留声机唱片，而是适合中国国情，可以据以组织抗日的精辟主张。"美国外交官谢伟思说，斯诺的著作简直使当时在中国的外籍人"振聋发聩"。

西方其他学者也指出："《红星照耀中国》是英文的关于中国苏维埃运动的最可靠的资料"；"几乎是我们所掌握的有关中国共产党夺取政权之前的组织和生活情况的唯一最全面的证据"；是"研究现代中国的历史学家的主要资料"。美国总统罗斯福也接受内政部长伊克斯的建议，阅读了《红星照耀中国》，并三次亲自在白宫接见了斯诺，听取他对中国问题的建议，使得美国政府向蒋介石施压，阻止了中国抗日阵营分裂事态的扩大。[32]

[32]《西行漫记和我》，中国史沫特莱斯特朗斯诺研究会编，国际文化出版公司，1991年2月第1版，第94页。

在那个历史的现场，关于长征，对西方的外交官和政治观察家们来说，就像毛泽东是一个传说一样，他们都力图要搞清楚共产党人这次大转移在政治上和军事上的重要价值。但在 1936 年之前，美国和西方其他国家，包括中国国内的国民党和蒋介石政府在内，一直没有有关的第一手材料，无法做出正确的战略判断。他们对共产党的了解，大多是道听途说的谣言或国民党的虚假宣传。1932 年，美国驻华官员埃德蒙·柯乐布出版了《中国共产主义的报告》，这是自 1927 年大革命失败后美国第一部关于中国共产党活动的详尽调查，尽管比《红星照耀中国》早了五年，但却是用第二手资料写成的。再者，就是史沫特莱在 1934 年出版的《中国红军在前进》，但也是在上海通过有限的材料和新闻消息写成的，且内容只是江西苏区的情况。因此，斯诺笔下的长征就具有格外的历史价值。

在《红星照耀中国》一书中，斯诺将《长征》单列一章，紧随该书第四章《一个共产党员的由来》(即《毛泽东自传》)之后，以"第五次围剿""举国大迁移""大渡河英雄""过大草地"四节的篇幅，呈现了中央红军长征的主要历程。他这么写道："红军一共爬过 18 条山脉，其中五条是终年盖雪的，渡过 24 条河流，经过 12 个省份，占领过 62 座大小城市，突破 10 个地方军阀军队的包围，此外还打败、躲过或胜过派来追击他们的中央军各部队。他们开进和顺利地穿过六个不同的少数民族地区，有些地方是中国军队几十年所没有去过的地方。"他不无感慨地说："不论你对红军有什么看法，对他们的政治立场有什么看法（在这方面有很多辩论的余地！），但是不能不承认他们的长征是军事史上伟大的业绩之一。"

在斯诺看来，长征塑造了红军和中国共产党"英雄好汉"的形象，"红军经历了无数艰难险阻，横渡中国最长、最深、最湍急的江河，越过一些最高、最险的山口，通过凶猛的土著居民的地区，跋涉荒无人烟的大草地，经受严寒酷暑、风霜雨雪，遭到全中国白军半数的追击——红军通过了所有这一切天然障碍物，并且打破了粤、湘、桂、黔、滇、康、川、甘、陕地方军队的堵截，终于在 1935 年 10 月到达了陕北，扩大了目前在中国的大西北的根据地。"对此，毛泽东后来也曾诙谐地说："红军长征了，一走走了二万五千里，人家在后面也'欢送'了二万五千里，并且在前面还有'欢迎'的，在天上加上'送礼'的，这礼物名曰炸弹。尽管'欢送'者一程一程地相送，'欢迎'者一站一站地相迎，红军仍然到了陕北。但敌人还是用子弹作礼物，前后迎送。"中央红军出发时 8.6 万余人，渡过湘江锐减至三万余人，到达陕北后，"只剩下七千人，成了'皮包骨'"。因此，斯诺称赞"红军的胜利行军，胜利达到甘、陕，而其有生力量依然完整无损，这首先是由于共产党的领导"。

中国问题专家诺曼·威尔金森 1988 年撰文《埃德加·斯诺的影响》，说："由于埃德加·斯诺采访了众多的长征英雄，也由于他报道急迫，因此他只用了 25 页的篇幅，便至为感人地描写了这一史诗般壮丽事件。其他人都是近年来才开始写长征的作品，其中有迪克·威尔逊（1971年）、哈里森·索尔兹伯里（1985年）。我十分赞赏这两位远东问题专家写的佳作。但斯诺写的这20多页文字却是在这一历史事件结束后的一年内在长征幸存者中间写成的，它比在以后岁月中发表的更详尽、更客观的报道对我产生的影响还大。"[33] 另一位美国历史学家里奥·胡柏曼说："长征是《红

[33] 《西行漫记和我》，中国史沫特莱斯特朗斯诺研究会编，国际文化出版公司，1991年2月第1版，第154页。

[图8.83] 1937年1月25日出版的美国《生活》周刊第2卷第4期。

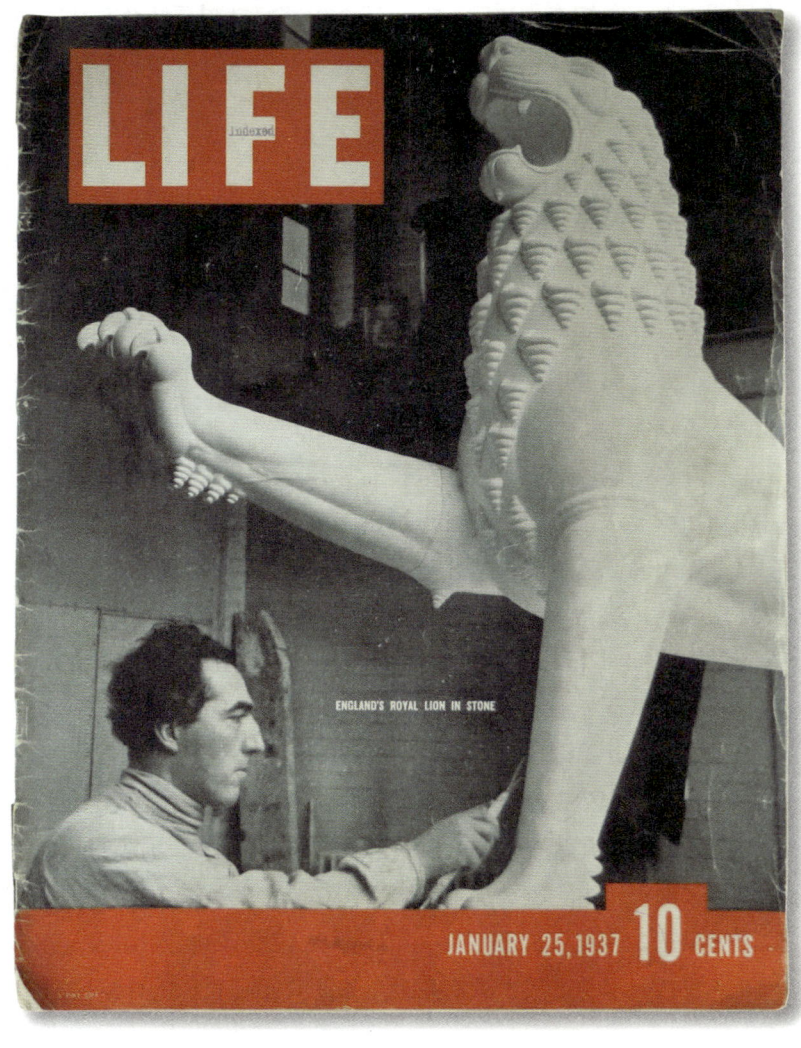

星照耀中国》一书的高潮，我们一直在反复阅读斯诺的有关记述。"
中美关系史学者迈克尔·沙勒说："第一个公布长征真相的西方人
与毛泽东谈话的年轻美国记者埃德加·斯诺，他在《红星照耀中国》
里的经典叙述，至今仍是有关长征资料的一个重要来源。"

　　1938 年，毛泽东说："当其他人谁也不来的时候，斯诺先生

274

[图 8.85] 《生活》周刊第 2 卷第 4 期，刊载的长征路线图。

COMMANDER-IN-CHIEF OF CHINA'S FIRST RED ARMY

P'eng Teh-huai, 38, is worth $100,000 dead or alive to Generalissimo Chiang Kai-shek. Starting as an ordinary Chinese warlord, P'eng worked up to be a general in the Nationalist army. In 1928 he switched over to the Communists with two Nationalist regiments. Generalissimo Chiang offered him a $200,000 bribe to come back, but he refused. On Chinese Communists' "Heroic Trek" from the southwest to the northwest in 1934–35, P'eng got down off his Mongol pony, marched with his men. Today he commands 25,000 crack troops, about one-third of the Red regulars. His First Front Army depends for arms, ammunition and sometimes even food on the Nationalist troops Nanking periodically sends out to destroy it. Red military strategy: avoid pitched battles, raid for plunder.

VICE CHAIRMAN OF THE RED MILITARY COMMITTEE

Chou En-lai, 37, is worth $80,000 dead or alive to China's Generalissimo Chia... political agents are today stationed in Sian whither Chiang was last month... and where foreign missionaries are now being held to forestall air bombing. ... capture up-to-date arms from the "Model Army" of Shensi province, but wi... a big battle. He has studied in France, England, Germany and Russia. He w... political adviser when the Generalissimo was building a crack officers' corps at... poo Military Academy in Canton in 1925. When Chiang first turned against... Communist advisers in 1927, Chou helped him by capturing Shanghai with a w... of $80,000. Soon afterward Chou went over to the Communists.

Hsiao Ching-kuang dead is worth $25,000 to Generalissimo Chiang. His job is to break through the hostile Moslem hordes separating the Red rear from the Russian-controlled areas of Outer Mongolia and Sinkiang (see map). In October the native war lords of Kansu Province defeated Hsiao, drove him east again. But the Reds plan to try again to crack their Russian allies in Sinkiang. Hsiao was one of the first Chinese cadets to get military training in Moscow. In 1924 he entered Chiang Kai-shek's Whampoa Military Academy in Canton. After Chiang's 1927 counter-revolution, Hsiao took four more years in the Moscow Army Academy, returned to China in time to help lead the "Heroic Trek." He is now chairman of the military department of the Kansu Soviet.

Mao Tse-tung is Chairman of the Chinese Soviet. Below is his second wife, ... who accompanied him on the "Heroic Trek" in 1934–35. Splinters from a bomb... one of Generalissimo Chiang's pursuing planes wounded her in 16 places. Sh... given birth to a daughter. Mao's first wife was executed for being a Commun... Mao is the son of a well-to-do Hunan farmer. He studied at Hunan Normal S... he met his second wife. As Minister of Peasants in the Nationalist Governm... he instigated a Hunan peasants' revolt, went over to the Communists. He is a... determined man who has tuberculosis, always lowers his eyes when he speaks. ... he will pay $250,000 to anyone who makes Ho Tzu-chen a widow.

COMMANDER OF THE 29TH RED ARMY

WIFE OF THE $250,000 BRAINS OF THE CHINESE COMMUNI...

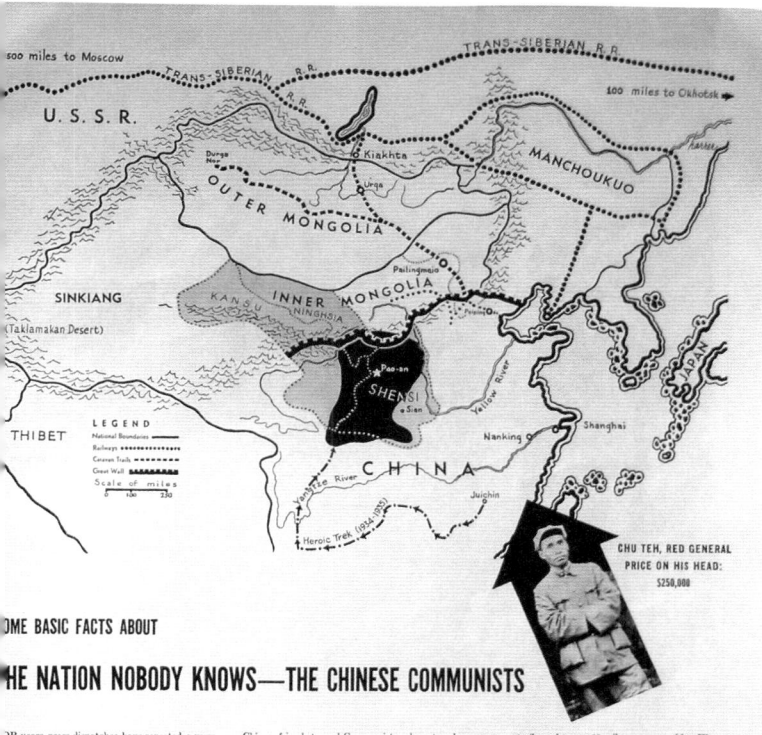

500 miles to Moscow

TRANS-SIBERIAN R.R.

100 miles to Okhotsk

U.S.S.R.

OUTER MONGOLIA

MANCHOUKUO

Kiakhta

Urga

SINKIANG

INNER MONGOLIA

(Taklamakan Desert)

KANSU
NINGHSIA

Pailingmiao

Paoto

THIBET

LEGEND
National Boundaries
Railways
Caravan Trails
Great Wall
Scale of miles
0   100   200

Pao-an
SHENSI
Sian

Yellow River

Nanking

Shanghai

JAPAN

CHINA

Yangtze River

Juichin

Heroic Trek (1934-1935)

CHU TEH, RED GENERAL
PRICE ON HIS HEAD:
$250,000

SOME BASIC FACTS ABOUT

THE NATION NOBODY KNOWS—THE CHINESE COMMUNISTS

FOR years press dispatches have reported a vague, anonymous Communist army flickering across China. Books on the Chinese Communists are largely based on those second-hand reports. The fact is, almost no occidental journalist has ever had a good long look at the Chinese Communists. On these pages are the first pictures of this strange army of 500,000 with a crack core of some 120,000 regulars. The photographs of this Red fighting force which constitutes and controls a nation of some 9,000,000 in Northwest China, were taken by a New York newspaper correspondent named Edgar Snow. Plucky, 30-year-old Snow penetrated the Communist lines with his writer wife. Next week LIFE will publish a second installment of Photographer Snow's unique pictures.

Communism was spawned in China by the present alliance the Chinese Nationalists had with Soviet Russia. When Generalissimo Chiang Kai-shek in 1927 cut away from Russia, his Leftist Chinese friends turned Communist and went underground. They came to the surface in 1931 and set up a Chinese Soviet in Kiangsi Province in southeast China. They fought off five of Chiang's military campaigns to annihilate them. The sixth was more serious, for Chiang surrounded the Communists with a "ring of steel" of 76 divisions. In desperation an army of 100,000 Communists slipped through this trap and set out on what Chinese Communists now refer to as their "Heroic Trek." This journey led them some 7,000 miles in a great arc of flight through seven of China's 18 provinces. A march unequaled in modern times, it brought them up in the Chinese Northwest. The march and their haven are shown in black on the map. Their sphere of influence is the shaded area.

Military leader of the "Heroic Trek" was Chu Teh, shown in the arrow. Rated by far the ablest general in all China, he gave his great fortune in 1927 to the Reds. Now past 50, he is credited in legend with the power to fly and to see 30 miles on every side. His Red followers have been beheaded and strangled by thousands; his lieutenants boiled in oil and burned in locomotive fireboxes. He and Mao Tse-tung (*see p. 9*) are the last great hope of Chinese Communism.

Their present home is at the door of nowhere. At their rear are two of the world's most inaccessible areas—western Outer Mongolia and the Taklamakan Desert of Sinkiang, surrounded by the mountains of the Kuenlun Shan and Tian Shan ranges. Both these areas are under Russian influence.

What success Communism has had in China has come from the Communists' policy of telling the peasants in any area they invade that they, not the landlords, own the land. Since the kidnapping last month of Generalissimo Chiang in Sianfu, they have adopted a new strategy. It is to propose a United Front with Chiang against Japanese aggression. The Red Army is now called "The Chinese People's Vanguard Anti-Japanese Red Army."

[图 8.86] 《生活》周刊第 2 卷第 4 期刊登的红军照片。

COMMUNIST CLUB ROOM IN NORTHERN SHENSI

On these tawdry walls are the Chinese Reds' meager materials for propaganda. With these they must convert the peasants of the northwest to Communism. With these on the back wall are Marx and Lenin. Above them is a peasant awarded in a peasants' literacy competition. (Illiteracy in northwest China is practically 100%.) Below Marx and Lenin is a banner, decorated with an airplane, awarded each month to the workers' group ranking highest in all competitions. These competitions include such stock oddities as character study, public health, athletics, factory efficiency (where there are no factories). On the left wall are "wall newspapers"—really brief bulletins handwritten and stuck up in public places for the literate to read to the illiterate.

CHINESE CHILDREN STUDY THE ABC OF COMMUNISM

What the Chinese Soviet most needs are young peasants who can read well enough and preach Communist doctrine. Above, five Chinese moppets try to qualify are reading "The ABC of Communism." Chinese Communists try to teach the alphabet West instead of the difficult ideographs of classic Chinese. They realize that a better than any doctor the peasants have ever had. Their medical methods is the ancient Chinese alphabet of the scholars and indeed much traditional culture, which keeps knowledge and authority in the minds and few. Even in the Communist areas that Chiang has reconquered, some Communist cation still goes on underground. There are now numbers of children who have taught anything but Communist propaganda, are ripe for leadership.

These uncomprehending Chinese children have probably never seen any machine in their lives except a machine gun. Yet here on direct inspiration from Moscow, they are performing a "Dance of the Machines." Their arms and legs are supposed to represent the movements of pistons, levers and driving rods. Perhaps a hundred homeless children traveled with the Red Army on its 7,000-mile march into Northwest China. Some Red soldiers took their families along. These soldiers lived like the migrating hordes of Europe at the beginning of the Christian era or like American pioneers. They slept on their arms, alternately fighting and raising families on the march. Most of the Red Army is very young. The average age of its unmarried troopers is scarcely over 20.

Children and youths in Red China are organized, as in Soviet Russia, in guards and the Young Communist League. Picked boys and girls are given training in medicine lasting six months. They then qualify as "nurses." They help peasants as well as the soldiers of the Red Army. Bad as they are, they are better than any doctor the peasants have ever had. Their medical methods and their medical materials are almost non-existent, except when the Red armies have the medical stores of an army dispatched to suppress Communism. The white nose-coverings on the boys and girls below are largely propaganda bluff, are at the Communist base hospital near Yu Wong Pao in Ninghsia Province.

THESE DANCERS ARE IMITATING A MACHINE

BOY & GIRL NURSES FOR COMMUNIST SOLDIERS

(CONTINUED)

NCE TEAM IN NORTHWEST CHINA IN SHORTS AND MIDDY BLOUSES

COMMUNIST CHINESE OFFICERS PLAY TENNIS WITH STOLEN RACQUETS

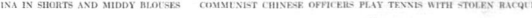

A LUCKY CAPTURE OF CHINA'S COMMUNISTS WAS THIS OIL WELL IN NORTHERN SHENSI PROVINCE

[图 8.87] 《生活》周刊第 2 卷第 4 期刊登的红军照片。

中國工農紅軍第三軍團第五軍第三師教導隊第二期畢業典禮 三紅瑞金拾八月九年芭年根据

来到这里调查我们红军的情况，并帮助我们把事实真相公之于世。我们将永远记得他曾为中国做过一件巨大的工作。斯诺先生是为建立友好关系铺平道路的第一人。"1939年，毛泽东称赞《西行漫记》是一本忠实地报道了我们的情况，介绍我们党的政策的书"。[图8.98]

是的，斯诺帮助中国共产党人打开了同西方世界联系的渠道，也为美国等西方国家打开了认识中国的新窗口，自己也完成了对中国认识和人生价值的真正转变。而《红星照耀中国》事实上也就成了抗日战争时期美国和中国人民友谊的最典型的象征。随着这本书在西方的畅销，在世界上掀起了一股声援中国抗日、与中国共产党人接触的新浪潮。众多的仁人志士和国际主义者，纷纷效仿斯诺或者在《红星照耀中国》的影响下来到中国，涌向红色中国和华北、华中的抗日根据地，形成了势不可挡令人注目的"红区热"。他们当中除了献身中国革命的加拿大医生白求恩、印度医生柯棣华之外，更多的是记者、编辑、作家、教授和外交官，而且以美国人居多——海伦·斯诺、史沫特莱、卡尔逊、斯特朗、爱泼斯坦、贝尔登、拉铁摩尔、比森、白修德、斯坦因、福尔曼、菲利普·贾菲、汉森、斯蒂尔、托平，以及索尔兹伯里，等等。

历史已经证明，并将继续证明——斯诺和他的不朽著作《红星照耀中国》不是自己没有温度却去测量别人的温度计，而是一粒火种，给人以温暖以光明。而他人生的传奇已不仅仅是东方与西方两个伟大国家的人民友谊的见证，经受住了时间的考验。[图8.114] 1982年，斯诺的第一任夫人海伦深情地回忆说："斯诺在尼克松到北京谋求（中美关系）正常化的同一星期去世。尼克松曾向病中的斯诺致意，称赞他1936年寻找毛泽东谈话的著名旅行和他的《红星照耀中国》，为跨越太平洋的中美关系大桥架设了最初的桥头堡。毛泽东也是同样理解斯诺这种历史作用的。"

[图8.88] 上海《东方杂志》分别在 1937 年 3 月 16 日和 7 月 1 日出版的第 6 期和第 13 期，转载了美国《生活》杂志有关毛泽东、朱德等红军领袖和长征的图片报道。

[图8.89]《东方杂志》转载美国《生活》周刊的图片新闻。

RED STAR OVER CHINA
by
EDGAR SNOW

LEFT BOOK CLUB EDITION
NOT FOR SALE TO THE PUBLIC

[图 8.90] 埃德加·斯诺著作《红星照耀中国》1937年英国戈兰茨公司第1版封面。

[图 8.91] 斯诺在《红星照耀中国》扉页上签名赠言译文为："致：乔治·哈德金森，谢谢您竟还保存我的这本书，然而，比此书更让人留念的，却是我们这次在考文垂紧张而又有趣的旅行。埃德加·斯诺 1947 年。"哈德金森时任英国考文垂市市长，1947 年他陪同斯诺考察旅行，请斯诺为自己保存的《红星照耀中国》签名。他在 1970 年出版的自传 *Sent to Coventry*（《履职考文垂》）中不仅记载了陪同斯诺访问一事，而且对《红星照耀中国》一书作出了自己的评价："斯诺的《红星照耀中国》一书对红军长征所作的史诗般的描述，是那样的扣人心弦、不可思议。一支军队在长途跋涉 5000 英里、平均每天行军 24 英里之后，而基本保持完整，这是多么令人惊讶。他们翻越了十八座大山，其中五座大山终年积雪，渡过了二十四条河流，这是非同寻常的体力竞技。正是这种人性的非凡素质，造就了一个新中国。阅读此类书籍，对我今后的思想和行为都有所影响。长征所表现出来的中国人的胆略和活力，使他们既是可欢迎的朋友，也是令人敬畏的敌人，不能让他们还在联合国的大门外徘徊和等待。"

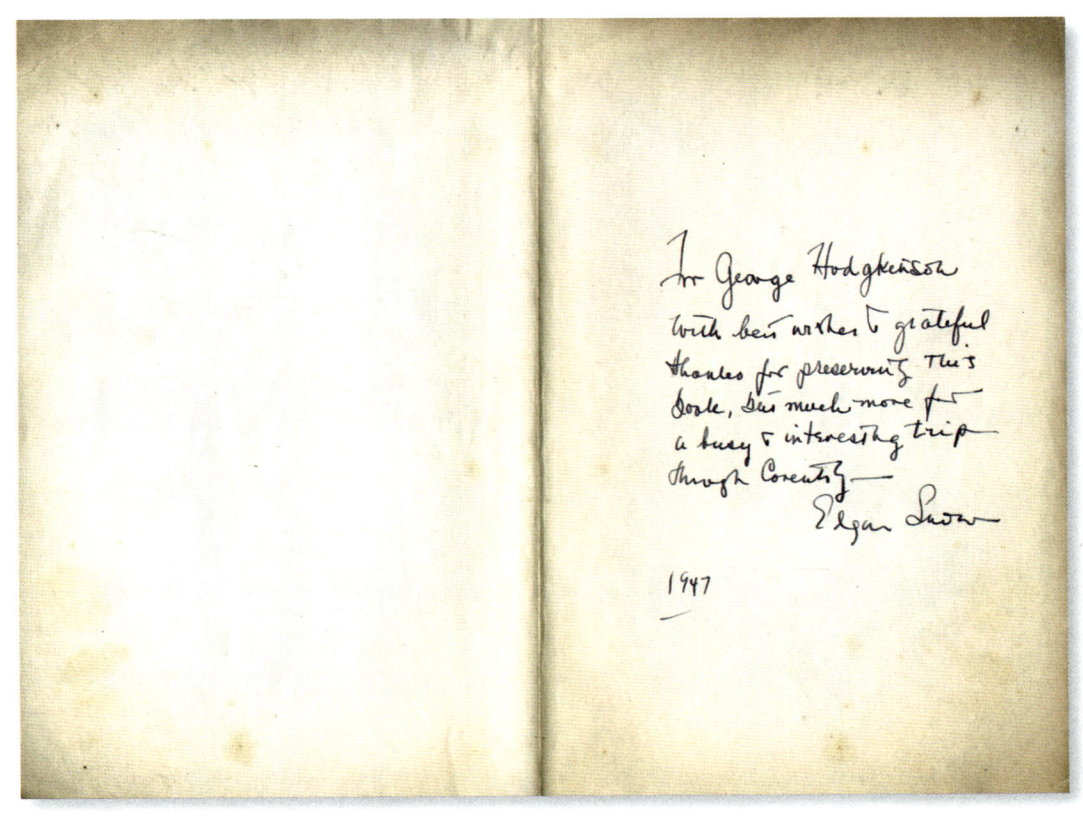

[**图 8.92**]《红星照耀中国》，美国兰登书屋，1938 年 1 月版。

[**图 8.93**]《红星照耀中国》，美国兰登书屋，1939 年再版本。封面上醒目标明：日本不会赢！

[图8.94]《红星照耀中国》中译本《西行漫记》，上海复社，1938年3月版，胡愈之、王厂青等译，32开，536页。有精装和平装两种面世，其中精装印刷2000册。

[图8.95]《西行漫记》精装本。

[图8.96] 《红星照耀中国》中译本《西行漫记》扉页刊印的"红军长征路线图"。

[图8.97] 复社1938年3月版《西行漫记》正文书影。

［图8.98］《西行漫记》，斯诺著，
上海复社，1938 年版。

［图8.99］《续西行漫记》，尼姆·韦
尔斯（ 即海伦·斯诺 ）著，上海复社，
1939 年 4 月版。

[图8.100]《〈西行漫记〉和我》，国际文化出版公司，国际友人丛书，1991年2月版。

[图8.101]《红星照耀中国》外文版之一，英国鹈鹕出版社，1972年版。

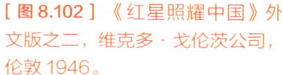

[**图 8.102**]《红星照耀中国》外文版之二，维克多·戈伦茨公司，伦敦 1946。

[**图 8.103**]《红星照耀中国》外文版之三，1937 年 1 版 1 印。

[图 8.104] 《红星照耀中国》日
译本《中国的赤星》，1944 年版。

[图 8.105] 《红星照耀中国》日
译本《中国的赤星》，1946 年版。

[图 8.106]《西行漫记》,斯诺著,
胡仲持、冯宾符等译,大连光华
书店,1948 年 9 月翻印本,母本
系上海复社 1938 年 3 月版《西
行漫记》。光华书店是中共在解
放前开设的新闻出版机构。

[图 8.107]《长征 25000 哩》
(又名《中国的红星》),史家
康、赵一平等译,上海启明书局,
1949 年 6 月第一版,随后又出版
了第二版,8 月出版了第四版。
32 开,460 页。正文内容与《西
行漫记》相同,但多了第 13 章《旭
日上的暗影》。

[图8.108]《长征：中国的红星》，启明书局，1949年6月版，32开，458页。

[图8.109]《西行漫记》，美国A. 史诺（斯诺）著，亦愚译，急流出版社（上海四川北路180弄七八号），由香港嘉华印刷有限公司承印，1949年9月版。封面注明"中国人民解放军长征史实""二万五千里长征""RED STAR OVER CHINA"（红星照耀中国）字样。32开，359页。全书共13章，比复社《西行漫记》多一章。

[图8.110]《西行漫记》,美国A.史诺(斯诺)著,亦愚译,急流出版社,1949年版。

[图8.111]《西行漫记》,董乐山译,生活·读书·新知三联书店,1979年12月版。

[图8.112]《红星照耀中国》,斯诺著,李方准、梁民译,河北人民出版社,1996年4月版。

[图8.113] 1939 年，斯诺和毛泽东在延安再相逢。

[图8.114] 埃德加·斯诺（木刻，傅靖生作）。

[1934.10—1936.10]

第九回

阿英编辑识风雨，未知黄镇误萧华

西行漫画似神笔，长征画集献国家

世界是这样知道 **长征** 的

1934.10—1936.10

THE LONG MARCH

长 征 叙 述 史

№ 0009

前回说到美国人施乐（埃德加·斯诺）写下了《西行漫记》，惊动中国轰动世界，使得他和毛泽东在 1937 年成为举世皆知的人物，帮助中国共产党打开了同西方世界的沟通之门。随着这部著作在欧美国家和中国本土的出版和畅销，世界上也掀起了一股声援中国抗日、与中国共产党人接触的新浪潮。众多的仁人志士和国际主义者，纷纷效仿斯诺或受《西行漫记》的影响来到中国，涌向红都延安和华北、华中的抗日根据地，形成了势不可挡的"红区热"。

中共陕北苏区成了世界出新闻的地方，一篇篇新闻报道占据了中外各大媒体的显著位置，一部部长篇著作成为各大出版机构争先恐后抢着出版的热卖图书，一时间写红军、写长征，趋之若鹜。这么多人写长征说长征，有没有人画长征呢？

答案是肯定的。不仅是有，而且它的名字在当年就叫《西行漫画》。

阿英盛赞《西行漫画》是"漫画界划时代的杰作"

1938 年 10 月，就在埃德加·斯诺的《西行漫记》由上海复社出版半年之后，一本名叫《西行漫画》的图书在上海出版。[图9.1—9.4] 这本长 19.5 厘米、宽 13.6 厘米、厚仅 0.2 厘米的图书由 25 幅漫画组成。从该书的版权页上，可以看到如下重要信息：

[图9.1]《西行漫画》精装本，上海风雨书屋，1938年10月5日版。

[图9.2]《西行漫画》平装本，上海风雨书屋，1938年10月5日版。

一九三八年十月五日初版

精印本五〇〇册，普及本一五〇〇册

精印本（铜版纸）实价每册四角

普及本（道林纸）实价每册二角五分

作　者　萧　华

编　者　钱杏邨

出版者　风雨书屋（上海宁波路一三〇号）

发行者　中华大学图书有限公司（电话一三八九八号）

从图书出版行业来看，如此详细的说明，可谓十分专业。但这些信息的背后却隐藏着令人想象不到的故事和秘密。

那就从编者钱杏邨说起。

钱杏邨（1900—1977），在中国文化界大名鼎鼎，提起他的笔名"阿英"，那更是有口皆碑。［图9.5］阿英是安徽芜湖人，原名钱德富，又名钱德赋。主要笔名还有钱谦吾、张若英、阮无名、鹰隼、魏如晦等。1926年参加中国共产党，1927年从芜湖逃亡到武汉后到上海，长期从事革命文艺活动，与蒋光慈等发起组织中国共产党直接领导下的第一个文学社团——"太阳社"，编辑《太阳月刊》《海风周报》等，是"太阳社"的中坚与战将。抗日战争期间，他在上海从事救亡文艺活动，曾任《救亡日报》编委、《文献》杂志主编。1941年去苏北参加新四军革命文艺工作，并参与宣传、统战工作的领导。阿英是中国现代著名的剧作家、文学理论家、文

［图9.3］《西行漫画》，上海风雨书屋，1938年10月版扉页。

［图9.4］《西行漫画》1938年版权页。

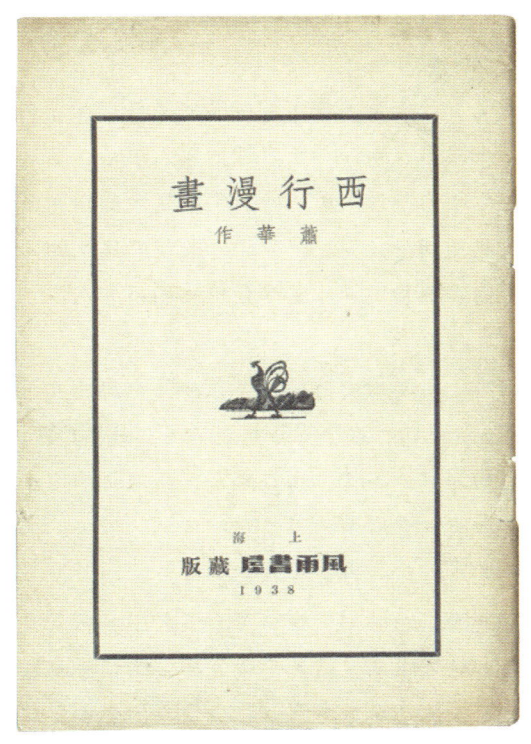

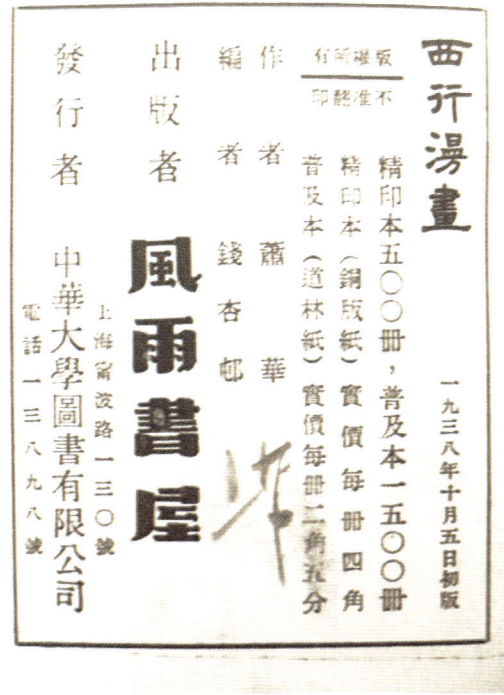

艺批评家。1946 年任中共华东局文委书记，后任中共大连市委宣传部文委书记。新中国成立后，阿英曾任天津市文化局长、华北文联主席、全国文联副秘书长等职。阿英一生著述丰富，涉及文学、文艺理论、文艺批评、戏剧、电影文学史、美术史等多方面，又重视通俗文学及曲艺资料的搜集、整理和研究工作。著有诗歌、小说、散文，尤以戏剧成就最高，有历史剧《李闯王》《碧血花》等，《郑成功》《杨娥传》被称为"南明史剧"；他的著作还有《弹词小说评考》《女弹词小史》《小说闲谈》《小说二谈》《小说三谈》《小说四谈》《现代中国文学作家》《现代中国文学论》《中国年画发展史略》《阿英散文选》等；编校的作品有《晚清文学丛钞》《鸦片战争文学集》《中国新文学运动史资料》《晚清文学丛钞》《红楼梦戏曲集》等。

在知道了钱杏邨是何许人物之后，那么他在 1938 年又是如何编辑出版《西行漫画》的呢？且听他 1962 年的回忆：

那时，我们国家正遭受着日本帝国主义最残酷的侵略，国民党已经一路溃逃到了重庆，八路军、新四军正艰苦的深入敌后，插进敌人心脏，坚持斗争。敌后和沦陷区人民，特别需要巨大的精神鼓励。就在这样的日子里，我从刘少文处，得到了《长征画集》的照相原稿。当时，"我内心的喜悦和激动，真是任何样的语言文字，都不足以形容"（叙记）。

这时，我们由于几位热心朋友的支持，在"孤岛"上海成立了一个叫做"风雨书屋"的出版机构，编印宣传抗战的《文献》月刊。因为刊载毛主席等我党领袖的言论著作，和八路军、新四军的图片新闻，经常受到帝国主义和国民党所谓地下组织的威胁。后来，甚至连那些朋友，也为国民党所逼，一再劝告我们"收敛一些"，真是时时刻刻有查封逮捕的危险，时时刻刻在惊涛骇浪之中。所以我们当时估计，《长征画集》能否在《文献》连载完毕，照相原稿能否不遭受损失，是很难有把握的。而考虑到它将会发生的影响，却认为必须争取时间，很快、很完整的编印出来。

这就是《长征画集》最早的一九三八年本产生的经过。书名所以题作《西行漫画》，是因为美国记者斯诺访问延安的专著《西行漫记》中译本发行不久，书里有叙长征的专章，而环境又不宜于直接用二万五千里长征一类的字样，采用这样书名，容易使读者联想到它的内容。我们把《夜行军中的老英雄》作为第一幅。还在书前附印了长征地图、纪事，并由我写了叙记。

上述片段，节选自阿英所撰题为《〈长征画集〉纪事》的回忆文章，写于1962年6月《西行漫画》改名《长征画集》再版之时。此文不仅为我们打开了《西行漫画》出版的时代背景，从中还可以发现一个十分重要的信息，那就是《西行漫画》的照相原稿是由一个叫刘少文的人转交给阿英的。

刘少文又是何许人也？

说起这个刘少文（1905—1987），也是一个传奇人物。其人原名刘国章，河南省信阳县人。[图9.6] 1925年2月，加入中国共产主义青年团。6月，转为中共党员。五卅惨案发生后，作为开封学生联合会常务干事，代表河南学生赴上海出席第七届全国学生代表大会。7月，任共青团开封地委候补委员。10月，由中共党组织选送至苏联莫斯科中山大学学习。1936年12月西安事变爆发后，刘少文长期在白区的危险环境中工作，默默无闻地完成着党交给他的"许多具体而微的任务"，从事的是"无声的工作，留声的事业"。1937年4月，遵照党中央决定，刘少文抵达上海待命，七七事变后被调到中共驻上海办事处工作。8月，八路军驻沪办事处在上海福熙路多福里（今延安中路504弄）21号设立。身为办事处秘书长、副主任，刘少文先后协助两任主任李克农、潘汉年积极团结各界爱国人士，努力扩大抗日民族统一战线。在"八办"成立后不久，刘少文就曾陪同潘汉年一起，去看望因坚决主张抗日而一度入狱的"七君子"之一的沈钧儒，宣传中国共产党政策、主张。沈感激不已，

代表"七君子"向潘、刘表示："我们和你们之间是心心相印的关系。"1937年11月，上海沦陷，被誉为"国中之国"的上海租界成为一座"孤岛"。11月底，潘汉年撤离上海后，刘少文继任"八办"主任，开始主持办事处的全面工作，在上海"孤岛"坚持斗争，直至1939年底赴延安汇报工作。在"孤岛"时期，刘少文对敌斗争主要是同各抗日团体的上层人士保持联系，通过各种方式传达党的政策、主张，组织印发了抗战刊物《时事丛刊》《内地通讯》和《江南通讯》等，并以"柳华"和"铁人"的笔名在《救亡日报》和《团结周刊》上发表文章，以示中共与敌后人民同在。为教育和影响国人，刘少文和潘汉年一起指导和支持汪衡、胡愈之等翻译出版了埃德加·斯诺的《毛泽东自传》（黎明书局）和《西行漫记》（上海复社）。为表明共产党的抗战文化取向，刘少文还根据党中央的指示积极赞助《鲁迅全集》的出版。值得一提的是，在中国有很大影响的《钢铁是怎样炼成的》，也是刘少文嘱托身边工作人员梅益翻译完成的。

显然，阿英是"从刘少文处"，也就是在八路军驻上海办事处，得到《西行漫画》的照相原稿的。可见，画稿都是照相翻拍的，没有原始手稿。那就让我们再看看出版《西行漫画》的"风雨书屋"到底是一个什么样的机构，而阿英主编的《文献》又是如何连载《西行漫画》的呢？

"风雨书屋"和《文献》月刊
与《大美画报》同时推出《西行漫画》

风雨书屋在哪里呢？

《文献》月刊 [图9.7] 是否将《西行漫画》连载完毕呢？

阿英在《〈长征画集〉纪事》中已经说明，《文献》月刊是1938年10月创刊于已成"孤岛"的上海，阿英主编，"目的是在斧钺丛中撒播火星，划破长夜的黑暗，并为伟大的民族解放战争保存历史文献"。

1984年12月，上海书店影印再版了《文献》杂志全部8期。[图9.8] 柯灵应邀作序《复印〈文献〉赘言》，指出："抗战期间，延安曾有'时事问题研究会'之设，其任务之一，是就日本问题、国际问题、抗战的中国问题、沦陷区问题这四个方面，采集材料，纂辑成帙，作为研究的张本。在《日本帝国主义在中国沦陷区》一书中，毛泽东同志在卷首为文，力陈研究沦陷区问题的重要，指出这不但是'日本帝国主义的生死问题'，也是'抗战第二阶段——敌我相持阶段的极端严重的问题'。《文献》局处陷区，和革命圣地桴鼓相应，若合符节，意义重大，自不待言。"

柯灵说："当时北京路河南路交岔的十字路口，有一座古旧的通易信托公司大楼。在楼上有一层是上海法政大学新办的新闻专修科，讲课的多是共产党人和文化界进步人士，阿英同志是主持人之一。毕业的学员，后来不少成为新四军干部。阴暗潮湿的地下室，就是阿英手创的风雨书屋，不但编辑期刊《文献》，还印行和保存了珍贵的革命史料，毛泽东著作因此得以在'孤岛'公开发行，并流传海外，深入香港和南洋等地。风雨如磐，起惊雷于无声，唱荒鸡于寒夜，这地下室里惨淡经营的，就是这种艰难的千秋事业。在《文献》和其它出版物版权页里，自然都不标明这个地址，但到底也瞒不过侵略者鹰犬的耳目。1939年夏，日本宪兵会同工部局巡捕房，在深夜里发动突然袭击，抄查风雨书屋，并逮捕了寓居通易大楼的《文献》杂志社经理金学成（《文献》中化名'任重'的文章，就是他的手笔）。阿英居处隐僻，得免于难。《文献》出了八期，不得不就此夭折。"

从 1938 年 10 月创刊，到 1939 年 5 月停刊，《文献》仅仅生存了 8 个月，出版了 8 卷，同时还出版了《艺术文献》一册、《妇女文献》二册，作为《文献》的免费增刊。在第一卷的卷末《编辑部启事》中，我们可以看到，为了赶在 1938 年 10 月 10 日 "双十节" 前出版，《文献》的第一卷 "从开始工作至排印成书，仅只有十二日的时间"。 [图 9.9] 它的发行者为位于当时宁波路 130 号的 "英商中华大学图书有限公司"。

按照阿英的回忆，《西行漫画》是在《文献》上连载的。但事实上并非如此。

打开《文献》第一卷，特别令人兴奋的是，开卷即是以册页形式展现在你面前的《西行漫画》，大号宋体字竖排印刷体书名，特别大气、庄重、壮观。两行广告词 "伟大的历史里程碑！漫画界划时代杰作！" [图 9.10] 更是惹人注目。再展开，可以看见这幅长 36.5 厘米、宽 24 厘米的 4 折册页，发表了阿英以钱杏邨之名写的 "题记" 和一幅《西行漫画之一：渡泸定桥》的画作。同时，还可以看到两行特别有韵味的黑体大字广告标语——

未读《西行漫记》者不可不读！
已读《西行漫记》者尤不可不读！

该册页的背面即是第一卷的目录。 [图 9.11] 我们可以看见第一卷的扉页上发表了一幅套红单色印刷的漫画作品《雪山高，铁的意志更高》。 [图 9.12]

下面，让我们看看阿英当年写的这篇 "题记" 是怎么说的——

当我从一位参加了二万五千里长征同志的手里，接到这一束生活漫画，而逐一看过的时候，我内心的喜悦和激动，真是任何样的语言文字，都不足以形容。

虽只是二十五点的漫画，却充分的表白了中华民族性的伟大，坚实，以及作为民族自己的艺术，在斗争与苦难之中在开始生长。

我以为，在中国漫画界之有这一束作品出现，是如俄国诗坛之生长了普希金。俄国是有了普希金，才有自己民族的文学，而中国是有了这神话似的二万五千里长征的生活纪录画片，才有了自己的漫画。

在中国的漫画中，请问有谁表现过这样朴质的内容？又有谁表现了这样韧性的战斗？刻苦，耐劳，为着民族的解放，愉快地忍受着一切，这是怎样的一种惊天地动鬼神的意志。非常现实地在绘画中把这种意志表现出来，如苏联文学之有《铁流》《溃灭》，是从这一束漫画开始。

其次，中国既有的漫画，虽不乏优秀之作，但真能表现民族的优越性，生长性，不掺杂任何病态的渣滓，内容形式，甚至于每一笔触都百分之百表现其为"中国的"，如这束漫画，在过往是还不曾见过。

因此，这经过了悠久的旅程而又从辽远的陕北带到南方来的一束漫画，它将不仅要伴着那二万五千里长征历史的伟大行程永恒存在，它的印行，也将使中国的漫画界，受到一个巨大的新的刺激，走向新的开展。它要成为漫画界划时代的纪念碑，分水岭。

发挥着民族伟大意志的反侵略战争，现在是在继续的开展。广大民众为着民族的生存，是毫无顾惜的忍受着一切的苦难。这正表现了这一束漫画所反映的民族精神的更进一步的发挥。把它印行出来，正是要在当前的战斗事实而外，向全世界有正义感的人们，提供一项中国抗战必然胜利的历史实证。

我谨以无限的敬意，呈献给这一束漫画的作者——萧华同志！并向印行此书的风雨书屋同人，表示谢意。

同样的版式和文字，《文献》在第二卷的前面还是以这种册页的形式，对《西行漫画》做了广告。[图9.13] 到了第三卷，才将上述文字字号缩小，继续刊登广告。[图9.14] 而在后面的五卷中，《文献》每期都刊登了《西行漫画》的广告。[图 9.15] 也就是说，《文献》实际上只是在它创刊号第一卷的扉页上刊登了一幅《雪山高，铁的意志更高》，再加上广告册页上的这幅《西行漫画之一：渡泸定桥》，共计只刊登了两幅作品，并没有所谓的"连载"，而是连载了图书出版广告。

从《西行漫画》一书版权页标注的出版时间上来看，图书的出版时间为 1938 年 10 月 5 日，而《文献》第一卷的出版时间为 10 月 10 日。由此可见，《西行漫画》在《文献》刊登广告之前，图书就已经出版上市。

值得一提的是，也就在风雨书屋出版《西行漫画》的同一天，1938 年 10 月 5 日出版的《大美画报》[图 9.16] 率先发表了《西行漫画》七幅，[图 9.17] 也发表了阿英撰写的上述《〈西行漫画〉题记》（**即阿英在《〈长征画集〉纪事》一文中提到的"叙记"**）。[图 9.18] 只是，《大美晚报》在发表时，对这篇"题记"做了小的改动，主要在文末的两段，不妨摘录如下：

因此，这一束生活漫画，它不仅将伴着二万五千里的伟大的行程而存在，也将使中国的漫画界受到新的刺激，而走向一个新的阶段。在漫画界，也得成为一座划时代的纪念碑，分水岭。

快慰地接受这一漫画之余我谨以无限的敬意，呈献给这一束漫画的作者——萧华同志。并选录他的作品七页，交《大美画报》发表，以当介绍。

附记：漫画全部，已交风雨书屋版印，双十节前出售。由上海中华大学图书公司发行。

同时，《大美画报》还发表了"编辑的附言"，对《西行漫画》大加赞赏，认为："斯诺所著《西行漫记》获得了广大读者群后，萧华先生所作之《西行漫画》，得在本书出版前在本报先行发表，是我们认为一件很光荣的事情。这里所选七幅，可以说是全部作品中最精彩的代表作。中国漫画界近年来都倾向于运用洋画的笔法（丰子恺先生是例外），现在萧华先生证明用中国画法所作成的漫画，不但在技术上超越了洋画，并且保有了中国国画中所独有的风韵。"[图9.19]

《大美画报》（*Ta Mei Pictorial*）半月刊，1938 年 5 月 1 日创刊于上海外租界，8 开，由美国商业控股背景的《大美晚报》社创办，董事长兼发行人为美国人史带，编辑高尔特，实际是由张旭、伍联德、赵家璧等人主持。该刊以在"孤岛"时期"使大众能知天下事"为宗旨，发表了大量抗战初期国共合作、全国军民奋起抗日的摄影图片，如《台儿庄战役》《八路军新四军雄姿》等，第一期至第九期封面分别印有国共双方军政要人的照片，如蒋介石、李宗仁、毛泽东、朱德、周恩来等，体现了拥护国共合作、一致抗敌的爱国立场。该报在孤岛时期大量报道了中国抗战的情况。不过，最终也没有逃脱于 1939 年 8 月停刊的命运。

《大美画报》曾分两次发表了《西行漫画》中的作品。从发表在《大美画报》上的《〈西行漫画〉题记》中可以看到，阿英在《西行漫画》出版之前，就已经开始在媒体上为该书的出版营销造势，发出了预告信息。

《西行漫画》的编辑出版，阿英功劳大矣！

[**图 9.7**] 1938 年 10 月 10 日，由阿英在上海创办并主编的《文献》杂志创刊号（第一卷）封面。

[**图 9.8**]《文献》影印合订本（精装全三册），上海书店，1984 年 12 月版，上海影印厂印刷，印数为 2000 册（内部发行）。同时附刊影印了阿英主编的《艺术文献》第一册和《妇女文献》第一册和第二册。

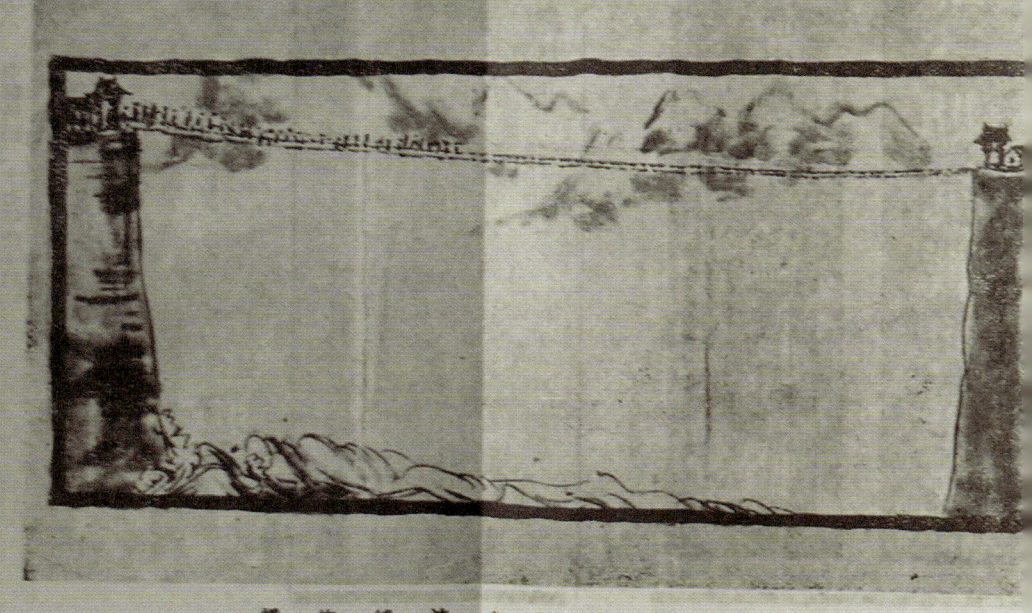

！未讀「西行漫記」者不可不讀！

！已讀「西行漫記」者尤不可不讀！

的旅程而又從邊遠的陝北帶到南方來的一束漫畫，它將不僅要伴着那二萬五千里長征歷史的偉大行程永恆存在，它的印行，也將使中國漫畫界，受到一個巨大的新的激刺，走向新的開展。它要成爲漫畫界劃時代的紀念碑，分水嶺。

發揮着民族偉大意志的反侵略戰爭，現在是在繼續的開展。廣大民衆爲着民族的生存，是毫無顧惜的忍受着一切的苦難。這正表現了這一束漫畫所反映的民族精神的更進一步的發揮。把它印行出來，正是要在當前戰鬥事實而外，向全世界有正義感的人們，提供一項中國抗戰必然勝利的歷史實證。

我謹以無限的敬意，呈獻給這一束漫畫的作者——蕭華同志！並向印行此書的風雨書呈同人，表示謝意。」

（錢杏邨先生題記）

西行漫畫之一：淺趙定橫

［图 9.9］《文献》杂志第一卷最后一页刊登的《编辑部启事》和第二卷封面。

文獻

2 卷之二

編輯部啟事

文獻 卷之一

編輯者 文獻社

發行者 中華大學圖書有限公司

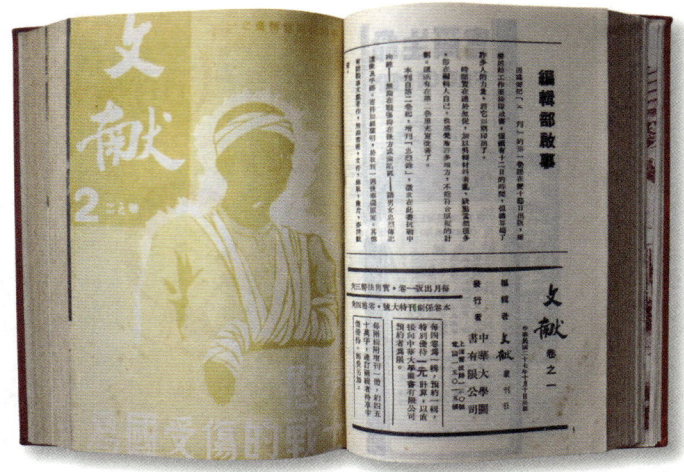

［图 9.11］《文献》杂志创刊号（第一卷）目录，第一篇即扉页所刊登的《西行漫画》之《雪山高，铁的意志更高》。

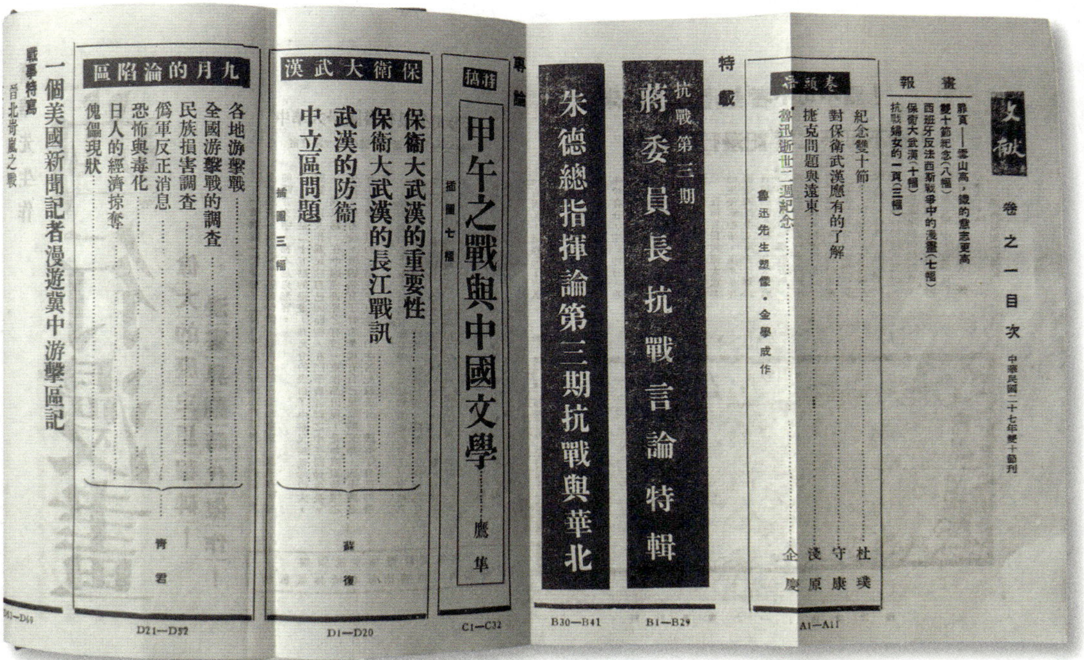

[**图9.12**]《文献》杂志创刊号(第一卷)在扉页位置,以红色专色设计刊登的《西行漫画》之《雪山高,铁的意志更高》。

雪山高,鐵的意志更高

[图 9.13] 1938 年 11 月 10 日出版的《文献》第二卷，继续在目录以折页形式刊登《西行漫画》的介绍。

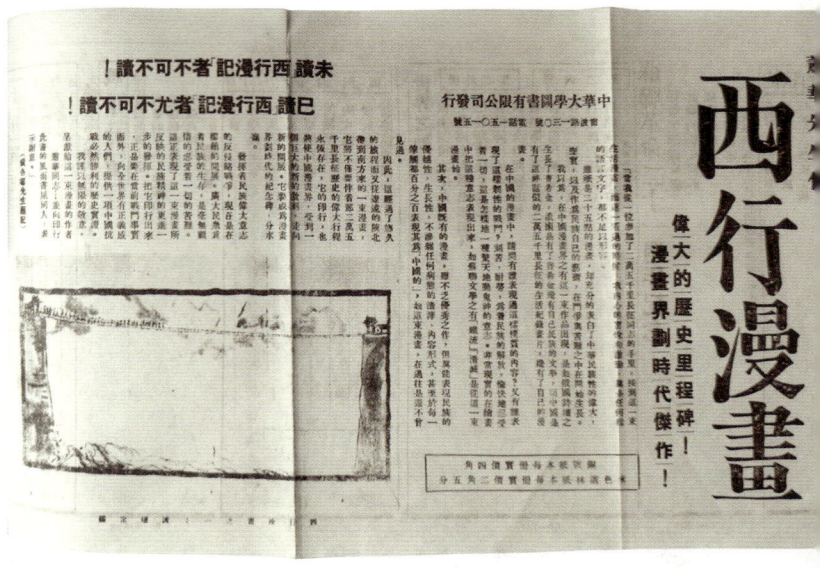

[图 9.14] 1938 年 12 月 10 日出版的《文献》第三卷，在目录刊登的《西行漫画》介绍。

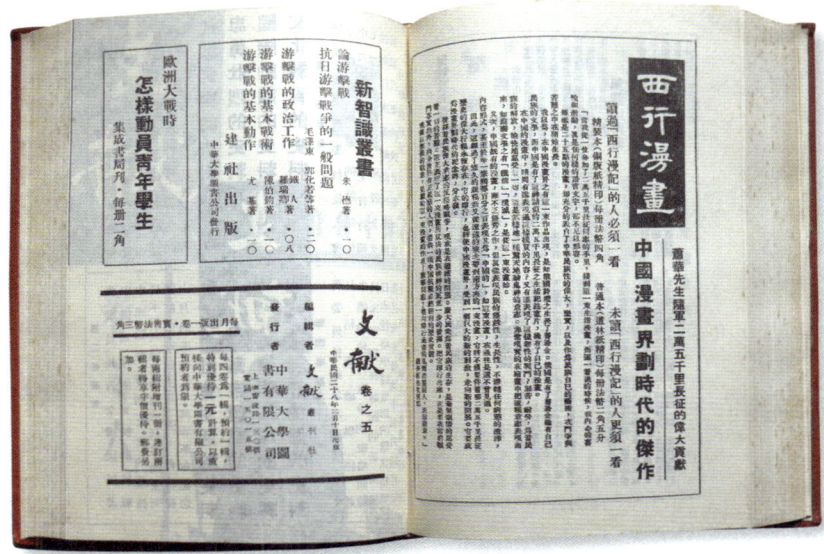

[图9.15] 1939年2月10日出版的《文献》第五卷刊登的《西行漫画》介绍广告。

[图9.16] 1938年10月出版的《大美画报》第2卷第1期。

[图9.17]《大美画报》刊登的《西行漫画》。

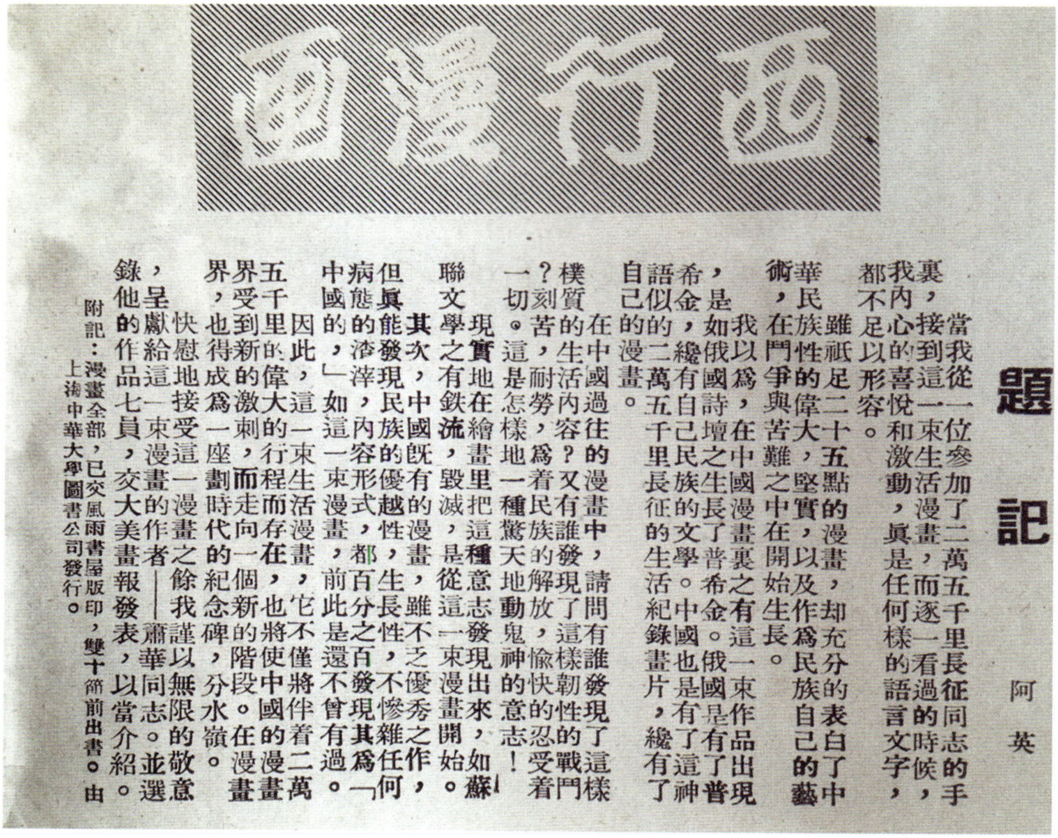

附記：漫畫全部，已交風雨書屋版印，雙十節前出書。由上海中華大學圖書公司發行。

題記

阿英

當我這一位參加了二萬五千里長征同志的手裏，接到我這一束從內心的喜悅和激動——真是任何樣的語言文字，都不足以形容我這一束生活，逐一看過的時候，

華民族雖有自己的詩壇之生在中國漫畫裏，卻充分的表白了中，如俄國之有普希金。俄國也是有了這了神術，在鬥爭性的與偉大，苦難之中開始生長。以及作為民族自己的藝

自己的，漫畫五千里長征的文學紀錄畫片，總有了普現希的，我總有自己民族有了是金似的，我以為二十五點的堅實了，

一切這在中國過往的漫畫中，請問有誰發現了這樣模刻在生活裏的一種驚天地動鬼神的解放了，這樣愉快韌忍的受戰鬥樣的性質樸，苦生活內容又有誰的發現了這？着民族誰的發現，這是怎樣為着？又有

其次，中國繪畫裏把這種意志一束漫畫出來，始如現實地發現，民族的既有優越形式，性漫畫，都但真能發現，民態的滲淬，如這一束生長性，雖然是百分此是還不曾有過。中國因此也得成為一座新的里程碑，它將伴着漫畫聯文學之有鐵流——

五千里，也快地接受這一束漫畫作者——餘，我謹以無限界的呈獻給慰地接受這一束漫畫發表，蕭華同志介紹。並敬界，受到新的偉大這一行，走向時代的紀念碑個，以當意錄，他的作品七員，交大美畫報發表，

[图 9.18]《大美画报》发表的阿英的关于《西行漫画》的"题记"。

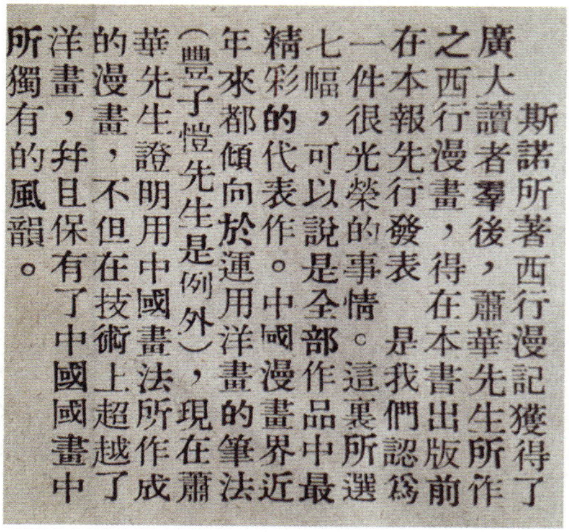

廣大讀者羣

斯諾所著，西行漫記獲得所作了之本報在西行漫畫先行發表，後得蕭華先生出版前所作的一件很光榮的事情。是中國漫畫界中最近代表作。可以說是全部的作品中所選為在本書中所選七幅的精彩的，都傾向於運用洋年來都傾向於（豐子愷先生是例外）華先生，證明用中國畫法，所現在蕭成的漫畫，並且不但在技術上超越了中所獨有的風韻。洋畫而且保有了中國國畫中

[图 9.19]《大美画报》在发表《西行漫画》时刊登的"编者的话"。

25 年后才找到《西行漫画》真正作者黄镇，改名《长征画集》

再来说说《西行漫画》的作者。

阿英在《〈西行漫画〉题记》中说："我谨以无限的敬意，呈献给这一束漫画的作者——萧华同志！"

萧华，即肖华，又名肖以尊，江西省赣州市兴国县潋江镇肖屋村客家人。参加过土地革命战争、长征、抗日战争、解放战争。1955 年被授予上将军衔。由他谱写的《长征组歌》被评为 20 世纪华人经典音乐作品之一。1937 年 11 月，时任八路军第一一五师三四三旅政治委员的肖华，与陈光一起指挥了广阳、义棠镇、午城、井沟等战斗。1938 年 6 月，年仅 22 岁的肖华任八路军东进抗日挺进纵队司令员兼政治委员。7 月中旬，他率领东进抗日挺进纵队，晓行夜宿，渡过汾河，穿过同蒲路，横跨太行山，越过津浦线，深入敌后的冀鲁平原，于 1938 年 9 月 27 日抵达山东乐陵县城。国民党委派的乐陵县长牟宜之没想到肖华如此年轻，说还是个"娃娃"。从此，八路军"娃娃司令"的名字便在冀鲁边不胫而走。

也就在这个时候，阿英在八路军驻上海办事处接收到刘少文转来的 25 幅长征漫画照片，并告知这些漫画是由萧华辗转托人带来的，希望在上海的报刊上发表。阿英在刘少文处见到这些照片，非常激动，立即同患难相共的《文献》杂志编辑李一和陈宜郁商量，决定尽快把这些漫画编印出来，公开出版。当时阿英只知道这些漫画是萧华托人带到上海来的。所以，《西行漫画》在《大美画报》《文献》月刊发表和风雨书屋出版单行本图书时，作者均署名为"萧华"。阿英回忆说："我们很快地进行了编辑工作，用铜版纸、道林纸印了两千册书，绝大部分流传在上海和新四军地区，收到了鼓舞士气和民心的应有效果。但此后不久，书屋就果然被查封了，人员遭到了逮捕，画册从此就没有机会继续再印。"

[图9.20] 萧华上将（1916—1985）。

　　整整过了20年，1958年，一位热心读者偶然在北京图书馆发现了这本署名萧华的《西行漫画》初版本，认为是一本极其珍贵的红军长征历史的见证，有重新出版的价值，就立即向人民美术出版社作了推荐。诚如阿英所言："确实，直到现在，真正产生在长征途中，反映长征生活，又能体现当时艰苦卓绝，和乐观主义精神的美术作品，我们还没有发现第二种。"人民美术出版社接受了这位读者的建议，马上同意再版，并派编辑人员专程拜访了时任中央军委副秘书长的萧华，[图9.20] 请他为重版写序。这是萧华第一次见到1938年出版的《西行漫画》图书。当他发现该书作者署名"萧华"的时候，他坦诚地说："我不会画画，这画不是我画的，我也不知作者是谁，当时我是托人把画稿辗转带到上海去的。"

　　萧华竟然不是《西行漫画》的作者？那作者究竟是谁呢？这是出版社根本没有想到的事情。于是，人民美术出版社编辑又立即赶往天津，访问《西行漫画》最初的编辑出版人阿英。一见面，阿英的回答再次令他们大吃一惊，他竟然也不知道真正的作者是谁，只是说："初印时，我们只知道是萧华同志带来的，就未加查考，写上了他的姓名。"其实，自1941年调到苏北新四军根据地工作的阿英，在访问一些参加过长征的老同志后，就隐约得知《西行漫画》的作者署名可能有误。他在1943年6月25日的日记中写道："得悉萧华同志不会画，前在沪，余所刊《西行漫画》，实为中央红军宣传部人所画。"但作者到底是谁，依然还是一个谜。

　　找不到作者，人民美术出版社还是邀请萧华写一个《序》，介绍这本画集的出版经过。萧华仔细看《西行漫画》的内容，因有一幅董振堂（时任红军第一方面军第五军团军团长）手握拐棍走长征的情景（1938年风雨书屋版《西行漫画》封面即此图），就大胆地判断此系列漫画是红五军团的人画的。他在《西行漫画》序言中写道："漫画的作者已经查不清楚是什么人。我想，很可能是红五军团中做宣传工作的同志。"接着，他又饱含深情地写道："当翻阅这本小小的画集的时候，我难以抑制内心的激动。

短短的二十五幅漫画，一下子就会把我们拉回到二十多年前的回忆中去。一些永生难忘的情景展现在我们面前：终年积雪的夹金山，茫茫无垠的大草地，波涛滚滚的大渡河，深山老林中的篝火，西北高原上的风沙……多少同志长埋在永不融化的冰雪中了，多少同志用自己的鲜血染红了大渡河水。当那些同志倒下的时候，他们的心里在燃烧着一个永不磨灭的信念：中国人民一定要站起来，摆脱掉千年的枷锁，建设起自己的新国家。"

[图 9.22] 1938 年任八路军野战总政治部民运部长的黄镇在长治。

就这样，人民美术出版社根据阿英编辑的《西行漫画》风雨书屋 1938 年版底本，进行了重印。因为没有找到真正的作者，《西行漫画》1958 年版未署作者姓名。编者只好在《编后记》中写道："至于原画作者何人和原画现在何处？目前无从查考，希望知道的能告诉我们。"此版图书开本改为 25 开，封面图片选用了漫画《下雪山》。[图 9.21]

三年后的 1961 年，新中国的"将军大使"黄镇从国外归来，时任解放军副总参谋长的李克农向他提起了此事。李克农说："黄镇，你长征时画的画，你在前边画，国民党在后边收了，还出了画集。"黄镇想："不可能啊，莫非是画在墙上的那些宣传画？"不久，黄镇在钓鱼台吃饭。席间，有人说起在旧书摊上曾找到一本《西行漫画》。黄镇一听，十分关注地问道："里边画的什么画？"那人说："听说，画了长征时林老 (林伯渠) 提着马灯赶夜路。"黄镇说："长征时，我画过林老提马灯的画，拿来看看。"后来，送来一看，发现果然就是他画的。这也正好印证了萧华的推断："很可能是红五军团中做宣传工作的同志。" 黄镇当年正是在红五军团宣传部当文化娱乐科科长。[图 9.22]

[图 9.21] 《西行漫画》，人民美术出版社，1958 年版。

阿英回忆说："直到 1961 年，黄镇同志自国外归来，李克农同志向他提到这本画集，人民美术出版社的同志又拿着原印本去访问他，才引起他的回忆，证实了就是他在长征途中，用各种各样、大小不等、随手拾来的杂色纸所作的那一束画。就这样经过 25 年之久，我们才找到了作者，他还是像画稿中所体现的那样乐观，那样愉快，这是多么令人高兴的事啊。我真希望再有一天，那一束不知下落的原稿手迹，也能以发现出来，使我们历史文献里增加光彩。为着纪念毛主席《在延安文艺座谈会上的讲话》发表 20 周年，和纪念中国人民解放军建军 35 周年，人民美术出版社再度精印这部画册，并改用《长征画集》的正式题名。"从此，由黄镇自己定名的《长征画集》被固定下来。黄镇撰写了"作者小传"，并邀请时任解放军总政治部副主任的萧华再次为 1962 年版《长征画集》撰写了序言，邀请阿英撰写了《〈长征画集〉纪事》，还委托同样参加过长征的老红军、时任解放军艺术学院院长的魏传统为每一幅画配写了诗作。

1962 年 4 月，《西行漫画》第三版改名《长征画集》［图 9.23］，人民美术出版社征求黄镇同意，删除了内容相似的两幅《草叶代烟》中的一幅，使原先的 25 幅变成了 24 幅。新版本画集由原来的 32 开本，改为 12 开精装本。《西行漫画》在初版 25 年后终于第一次署上了真正的作者——黄镇的名字。

为了纪念《长征画集》再版，著名诗人臧克家在纪念新中国成立 30 周年出版的诗集《今昔吟》中写了一首《长征画集赞》："长征途程两万五千，画图一幅幅零星片断，越少越觉得珍贵，没画出来的用想象去补添……毛泽东思想无敌于天下，革命威力能突破万重关！这画集堪称'画史'，像夺目彩虹永挂在长天。"黄镇见到再版的《长征画集》时，不禁浮想联翩，无限感慨地说道："我的画，远远没有表达伟大的长征，仅仅是留下一点点笔迹墨痕，画下一点生活的纪实，从来没想到结集出版，更想不到画集经过一番坎坷还流传至今。这应该感谢萧华同志，感谢阿英同志。"

> **"我画了整整一路，大概也有四五百张，现在留下来的就是这 24 张。"**

　　《西行漫画》的作者终于找到了，但黄镇在长征路上是如何绘画的？他的画作又是如何辗转到了萧华的手中？萧华又是如何得到这些珍贵的图片的呢？原始手稿在战火纷飞的年代是如何丢失的呢？

　　这一切，现在都是一团解不开的谜。因为当事人都没有留下原始记录。现在，我们能看到的只有黄镇夫人朱霖（原名文佩卿）的一段回忆。她说："过草地时，黄镇的脚上已经没有鞋了。他就用捡来的一张破鼓皮，做了一双鞋，用麻绳绑在脚上。破鼓皮很硬，很快就把脚磨破了，草地的毒水一泡，就红肿起来，伤口溃烂。快到岷县哈达铺时，黄镇的脚已经不能走路。后来听他说，当时，就听到打前站的人回来说：'哎，前边看到有房子了！'黄镇一下子一步也走不了了，是让人抬到了哈达铺。他的画，也就画到这里。此后，这些画如何到了萧华同志那儿，黄镇也记不起来了。"

　　黄镇是安徽安庆桐城人，1931 年 12 月参加江西宁都起义，后随中国工农红军长征。他回忆说："我出生在安徽桐城县一个小小的山村里，家很穷，祖祖辈辈和画没有什么缘分。在外村小学读书的时候，经常为一位擅长书法的老先生磨墨展纸，耳濡目染，我也爱上了绘画。中学毕业后，我父亲爱子心切，卖了几亩薄田，让我到上海学画。于是，我考进了刘海粟为校长的上海美术专科学校，后来，转入上海新华艺术大学毕业，本来打算以绘画作为一生的职业，求得一个画家的前途，谁知世道不允许你这样去做。大学毕业后，我在一所中学里执教，不久因支持了学生运动而被解雇。一气之下，我便投笔从戎了。1931 年 12 月，我参加了宁都起义，随着一万七千多人的队伍，参加了工农红军，从此，开始了我的革命生涯。宁都起义的队伍，改编为红军第五军团之后，党又派了许多老

[图 9.23] 《长征画集》，人民美
术出版社 1962 年版。

[图 9.31] 《长征画集》日
译本。

[图 9.32] 《长征画集》，
解放军出版社，2006 年 8
月版。

同志到这支起义部队工作。萧劲光当了政委，刘伯坚当政治部主任。他们非常重视部队的宣传文化工作。由于我学过美术，会画画，就让我当了文化娱乐科长，负责部队的宣传文化工作。那时红五军团成立了猛进剧社，各师都有宣传队。戏剧在红军部队中具有广泛的群众基础。我在上海新华艺术大学读书的时候，除绘画外，也学过一些戏剧知识，编个戏、导个戏也都可以。红军部队里爱好文艺的年轻人很多，也十分热情，经常结合着红军部队生活和战斗中的英雄事迹编演戏剧。最常演的是活报剧。明天开晚会，今天晚上编个剧本，第二天排一排，晚上就与观众见面。其他经过精心构思的剧本也时有产生。这些剧本大部分由我起草，刘伯坚审稿。"

多才多艺的黄镇，深受毛泽东、周恩来、邓小平等的赞赏。新中国成立后，他历任驻匈牙利大使、驻马来西亚大使，外交部副部长、驻法国大使、驻美国联络处主任、中共中央宣传部第一副部长、文化部部长、中央顾问委员会常委，是杰出的外交家、艺术家。长征时，黄镇担任过红五军团文化娱乐科长、中央军委直属纵队政治部宣传科长。对《长征画集》的出版，且看他自己的回忆：

1961 年，我从国外回来不久，人民美术出版社的一位同志前来访问，向我征询《西行漫画》的作者。这是 1938 年由战斗在上海孤岛的阿英同志编辑出版的一本关于长征题材的画集，作者署名为萧华同志。可是，1958 年再版的时候，请萧华同志为重印本写序，才知道是初版的误记。是他把画稿托人辗转带到上海去的，至于画的作者，连他也记不清了。往事苍茫，20 多年来，阿英同志为画集冒风雨，经忧患，现在又在寻找它的作者。这就是画集出版的始末。详细过程，都写在阿英同志作的那篇朴素的《〈长征画集〉纪事》中，读来感人至深。

当我翻开《长征画集》的第一页，画上的形象使我激动不已。记得在长征途中，一位年已五十开外的老同志，戴着深度的近视眼镜，不管白天或黑夜，左手提着马灯，右手执着手杖，老当益壮地走在红军队伍之中。这就是林伯渠同志。他和徐特立、董必武、谢觉哉同志都是德高望重的老人，以半百的年纪，参加了长征的壮举。往事历历在目，一切犹如昨日。这幅画唤起了我的记忆，一页页翻下去，好像又走上了艰苦的二万五千里的行程。从此，这本画集算找到了它的作者。

长征路上，黄镇是如何创作的呢？
在《〈长征画集〉的回忆及其他》一文中，黄镇这么写道：

第五次反"围剿"开始后，王明实行消极防御的堡垒战、消耗战，叫部队死打硬拼，损失十分严重。在这种情况下，宣传工作也就更艰苦了。我们和敌人堡垒对堡垒、面对面打仗，每天拂晓，战士匆匆吃了饭就上阵地。接着敌人的飞机来炸一阵子，敌炮轰一阵子，跟着步兵上来拼一阵子。而我军见敌人涌上来，手榴弹甩一阵子，长短枪打一阵子，最后战士们跳出战壕，与敌人展开白刃格斗。一天之中，这样的进攻总要有两三次。直到黄昏，少数战士留在阵地上，大多数战士下去吃饭。我和宣传队员们也同战士们一起上阵地，一起下阵地，沐浴炮火硝烟，经历格斗拼搏，宣传队员们表现得十分英勇。敌人冲上阵地的时候，他们跳出战壕、挥舞红旗，举起拳头大喊："同志们，把敌人打下去，胜利属于我们！"
每天从阵地上下来后，战士们可以休息了，而宣传队员们还要在松油灯下编写节目，表扬战场上的英雄事迹。那时编剧只需要一个纲目，设计几个人物，规定几个段落，就可以上场了。这种以战斗中间模范事迹迅速写成的剧本，效果十分强烈。剧中人物就在他们身边，长处弱点都一清二楚。一个干部的群众威信如何，战斗中就显露出来了，你平时的模范作用好，威信高，打起仗来，战士拼命跑到前头，保护你。我们的戏也把战斗中的事迹同平时的表现联系起来，引起他们的思考。除了表现战斗部队，也写地方群众对部队的支援。他们抬担架、送军粮，与红军并肩战斗。我们编写了歌，歌唱他们。有的同志还要趁夜晚画几幅宣传画，写几句口号，明日带到阵地上去。无论几次反"围剿"，还是长征途中，宣传队是睡得最晚，起得最早的人，伴着星星月亮工作。在这次反"围剿"中，许多宣传队员负了伤，献出了年轻的生命。我也在阵地战中负了伤。第五次反"围剿"，因为错误路线的领导，我们没有取得胜利，但同志们无畏的牺牲精神和英勇作战的场面，至今还历历在目。

我的《长征画集》就是在这样的环境里，这样的经历中，以及这样的情绪下产生的。当时，什么印象深，触动了自己的感情，就画下来，放在身上的书包中。长征二万五千里，我画了整整一路，大概也有四五百张，现在留下来的就是这 24 张。[图9.24—9.30] 它能和今天的读者见面，经历了曲折的过程，颇有一些传奇色彩。记得当时我背的是一个布书包，雨打即湿，日晒即干，夜晚行军、露营，也沾满了露水。我的画也随着书包时湿时干，因而画面模糊，纸张折皱，难以保存。那时，王幼平同志身上背着一个皮包，看上去洋里洋气，比我的布包好得多，让我十分向往。有一天，他奉命调到上干队学习，分别的时候，我说："你这个皮包送给我吧，好装我的画。"

王幼平 (1910—1995)，曾用名王际坦，山东桓台人。1931 年加入中国共产党，任国民党第二十六路军中共士兵支部负责人。和黄镇一样，在宁都起义后参加红军，历任红五军团排长、连长、科长，第十四师处长，师党务委员会委员，军委干部团上干队支部委员等职。新中国成立后，他与黄镇等一起被任命为"将军大使"，先后出任驻罗马尼亚、挪威、肯尼亚、古巴等国大使。长征途中，当他看到黄镇确实需要一个皮包保护他的画作，王幼平慷慨相赠。从此，黄镇的身上便背起了一个皮包，把到处搜集的画纸、画笔都放在皮包里，画的画也好保存了。那时铅笔很难找到，墨也得来不

[图 9.24] 《长征画集》
之《草地行军》。

易，黄镇就把锅灰刮下来，烟筒里的灰捅下来，做成墨。生存之艰，条件之苦，今日无法想象。

黄镇说："这种墨宣传队员们都会做，用来写标语、写会标、画画。我身上总不定还要存几支笔，铅笔、毛笔都有，用来画速写、画漫画。这些笔，有的是从小商那里买来的，有的是从地主老财家拿的，也有的是战友送的。每到一处，我总忘不了寻找笔墨。我画画的纸也是五花八门，是些红红绿绿、大大小小不等的杂色纸。这

22 草地行军

60

些纸有的是同志们的赠予，有的是从打土豪中得来，有的从敌军中缴获，还有老百姓祭神祭祖的黄表纸，写春联的大红纸。仅这些纸张，若存留至今，对长征也是很好的纪念。"对长征途中作画的往事，他的回忆历历在目，今日读来也令人热血沸腾。

我画画，是生活的纪实，是情感的表达，从来未曾想过辑集出版。在长征艰苦的行程中，许多难忘的场面，动人的事迹，英雄的

[图9.25]《长征画集》之《林伯渠：夜行军中的老英雄》。

[图 9.26] 《长征画集》之《下雪山的喜悦》。

[图9.27] 《长征画集》之《背干粮过草地》。

[图9.28] 《长征画集》之《到了岷县哈达铺》。

[图9.29] 《长征画集》之《草地宿营》。

[图9.30] 《长征画集》之《抢占泸定桥》。

壮举，我仅仅作了一点勾画，留下一点笔迹墨痕。在漫漫途程中，看到什么就画什么，是真实生活的速写。林伯渠老人的马灯一直在长征路上闪亮，我画下了这位革命老英雄的形象；红军经过川滇边界的时候，一家干人（穷人）走进了我的画面，那十五六岁女孩赤身裸体的悲惨景象，那一双父老眼泪滚滚的哀伤感情，深深触动了我，于是，我画下了永远忘不掉的事实；我亲临了飞夺泸定桥的场面，大渡河的汹涌，十三根铁索的险峻和二十二名勇士身上燃起的烈火，使我不能不留下历史的画面；还有青藏高原上深山老林的夜宿也是很难忘记的。那种砭人肌骨的寒冷，战士们深夜的谈话，古老森林里不可捉摸的声音，都使我要画下这种气氛；还有草地宿营的篝火，行军的行列，都会自动走到我的笔下来。我走一路，画一路，有时画在纸上，有时画在门板上，也有时画在石壁上。最近一位同志告诉我，四川一个山洞的石壁上，还有我的画，四十多年过去了，尚清晰可辨，他们让我到四川去看看，可是一直没有机会。

1934 年，为了庆贺第二次中华苏维埃共和国全国代表大会的召开，我画了一幅三米多高、十米多长的巨幅油漆画《粉碎敌人的围剿》，李克农同志为我找了油漆和白色的土布，一直关心着我这幅画的创作。当时，这样的巨幅画还没有第二幅。大会召开的时候，这幅画放在会场上，引起代表们的注目，毛主席看了直说画得不错。前几年我到瑞金走了一趟，也到当年的会场看了看，画不见了，其他史迹也不多了。红军长征离开瑞金之后，敌人一把火烧了大会会场，我那幅油漆画也付之一炬。我站在当年的会址上，不禁感慨唏嘘。

这就是黄镇绘画《长征画集》的经过和景象。

那一年，黄镇 26 岁。

1975 年秋天，时任驻美联络处主任的黄镇偕夫人朱霖到旧金山伯克利加州大学参观，由著名华人学者陈省身教授陪同。在该校图书馆，一位管理员从书架上拿出一本《长征画集》来，请黄镇签字留念。一打听，原来是他们 60 年代从香港用高价购买的。

《长征画集》自 1962 年定名后，不断再版，深受读者喜爱，并出版过英、法、日等外文版。1977 年，人民美术出版社又改作 12 开平装本印刷，1982 年和 1986 年又分别印了第三版和第四版。1982 年，外文出版社还以《长征素描》为书名，出版了 12 开本的日文精装本，印刷 600 册，作为礼物送给日本友人。[图9.31] 1987 年，文物出版社将其改为 32 开本，印制了一部分普及本，以方便普通读者购买。2006 年，为纪念红军长征胜利 70 周年，解放军出版社再版了《长征画集》，[图9.32] 黄镇的夫人朱霖亲自写了《再版说明》，增补了黄镇 1986 年写的《〈长征画集〉的回忆及其他》一文。

黄镇《长征画集》是红军长征时期唯一保存至今的形象史料和绘画艺术珍品，是党、国家和人民军队的重要历史文献，具有极高的革命政治意义和艺术价值。2015 年 10 月 30 日，黄镇夫人朱霖老人 [图9.33—9.34] 将《长征画集》的著作权无偿捐赠给党和国家，由有关主管部门保存、使用。国家版权局在充分尊重著作权继承人意愿的基础上，依照《著作权法》《继承法》等相关法律规定，促成对朱霖老人捐赠意愿达成一致，将《长征画集》的全部著作财产权交由中央文献研究室全权负责管理和行使。95 岁高龄的朱霖老人说："能如愿把黄镇同志长征画作的著作权捐赠给党和国家非常高兴。黄镇同志生前一再说过绝不卖画，也从未把长征画作当成私人财产。现在长征画作著作权归属了党和国家，可以说实现了他的遗愿。"

黄镇《长征画集》著作权无偿捐赠，是中国《著作权法》实施以来，第一位个人将著作权捐赠给国家的实例，续写了这部传奇红色经典的新传奇。

[**图 9.33**] 1968 年 4 月，黄镇手书毛泽东《七律·长征》赠夫人朱霖。

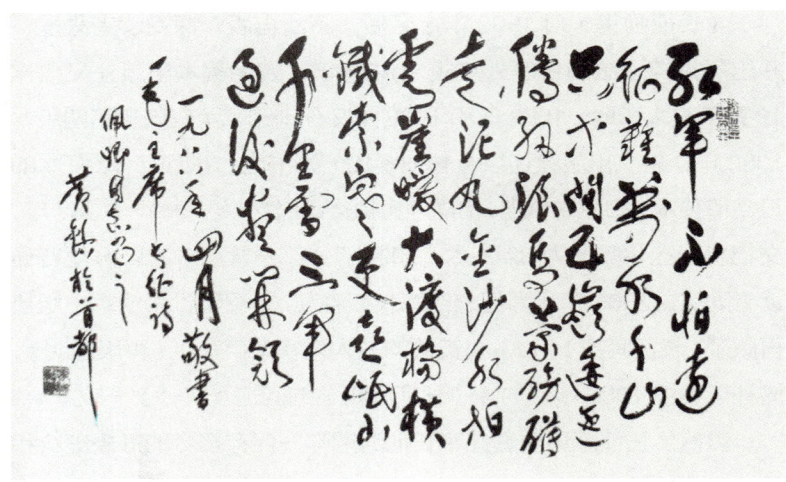

[**图 9.34**] 1988 年 10 月，黄镇朱霖夫妇重回革命根据地山西武乡东堡村。

[1934.10—1936.10]

附录

世界是这样知道 THE LONG MARCH 的

1934.10—1936.10

长 征 叙 述 史

长征

附 录 一

1949 年前长征出版物（图书）版本图录

[按出版时间先后顺序排列]

关于红军长征的出版物，就像《毛泽东自传》等中国革命的红色出版物一样，在 20 世纪 30 年代的 1936 年至 1939 年间，因为西安事变和卢沟桥事变的爆发，抗日民族统一战线形成，由此出现了第一个出版高峰，到了 1945 年因为抗日战争的胜利出现了第二次出版高峰，而到了 1949 年随着中国人民解放军三大战役的胜利，在新中国成立前夕形成了第三次出版高峰。

本书按照红军长征故事类出版物、红军长征军史类出版物、红军长征文艺类出版物三个部分，依出版时间先后次序，将目前发现存世的 67 种 1949 年前出版的各种版本图书收集整理。其中红军长征故事类出版物 33 种，从内容来看，大多选编自《红军长征记》一书，且高度雷同，属于翻印本；从出版地点来看，大多在东北、华北、中原和华东的解放区；从出版机构来看，除了中共创办的新华书店之外，多是军队的政治机关编选印制，作为部队的政治教材；从题材和体裁来看，大多是以故事的形式，通俗易懂，便于当时文化水平不高甚至文盲的部队官兵和人民群众理解和接受。红军长征军史类 27 种（含部分八路军新四军抗战时期），其中《中国新军队》和《红军是怎样锻炼的？——我的红军生活回忆》是相同的著作，系化名李光的滕代远撰写；而《红军十年》《陕北红军全貌》《中国人民解放军英勇奋斗二十年》《中国共产党三十年来革命史实》《英勇壮士：二万五千里长征》等，这些汇编作品对红军的历史进行了总结。收录的 7 种关于长征的文艺作品，多以鼓书、弹词等说唱民间艺术为主，官兵和群众喜闻乐见，易于接受，这也是那个历史时代的文化证明。

下面列举的书目，大多为中国国家图书馆和民间收藏家收藏。特此致谢。

第一部分
红军长征故事类出版物

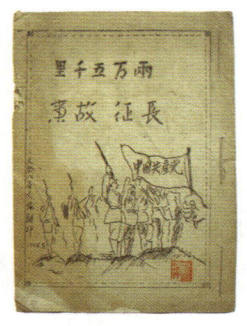

1.《两万五千里长征故事》

山东文登八区文协翻印。油印本，36开，27页。内容包括：冲破乌江天险、巧计夺取金沙江、经过"猓猓"区、大渡河是我们的生命线、我们要桥不要枪、爬雪山过草地、突破天险腊子口。此书封面上油印有"1942.5"字样，但考虑到书中的内容与上述胶东军区政治部1944年7月翻印的《二万五千里长征故事》选本一模一样，应该都来自八路军总政治部1942年11月编印的《红军长征记》。

2.《二万五千里长征故事》

文化自修小丛书（连队课外读物），胶东军区政治部翻印，1944年7月7日，毛边书，25页。印数10000册。内容包括：冲破乌江天险、巧计夺取金沙江、经过"猓猓"区、大渡河是我们的生命线、我们要桥不要枪、爬雪山过草地、突破天险腊子口。

3.《长征故事》

东海印刷社出版，1943年9月1日出版，扉页书名为《红军两万五千里长征故事》，内容与上述图书基本相同。

4.《雷老婆：七个中国红军的小故事》

高朗亭等著，新华书店（索堡），1945 年 7 月版。
内容包括：忆过草地（黄玉山著），过雪山（李
立著），渡金沙江（李立著），重逢（刘振江著），
一个掉队的小鬼（林间著），怀义湾（高朗亭著），
雷老婆（高朗亭著）。

5.《长征的故事》

韬奋书店编印，1945 年 10 月版，20 页，32 开。内容分为五个部分：
冲过乌江天险巧计夺取金沙江、经过"猓猡"区、大渡河是我们的
生命线、爬雪山过草地、突破天险腊子口。

6.《长征的故事》

北极星出版社编印，1946 年 7 月版，39 页，64 开。内容包括：乌
江十八英雄、巧计渡过金沙江、通过了"猓猡"区、大渡河上的英
雄、抢泸定桥、爬雪山过草地、突破天险腊子口。

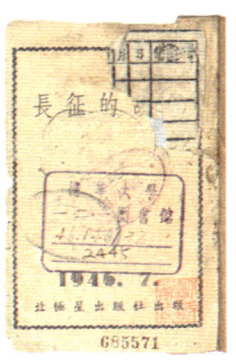

7.《长征故事》

东北民主联军总政治部编，自卫出版社，1946 年版，22 页，32 开。战士丛书之一。该书共为五个部分：冲破乌江天险巧计夺取金沙江、经过"猓猓"区、大渡河是我们的生命线、爬雪山过草地、突破天险腊子口。该书系部队教育教材。编者在"前言"中简述了红军长征的历程以及所创造的功绩，并说明了出版该书的目的，是"作为革命传统的教材，希望同志们好好阅读，学习我军艰苦奋斗、英勇牺牲的优良传统"。

8.《长征的故事》

冀鲁豫书店，1946 年版，32 开，21 页。目次为：冲破乌江天险、巧计夺取金沙江、经过"猓猓"区、强渡大渡河、飞夺泸定桥、爬雪山过草地、突破天险腊子口。

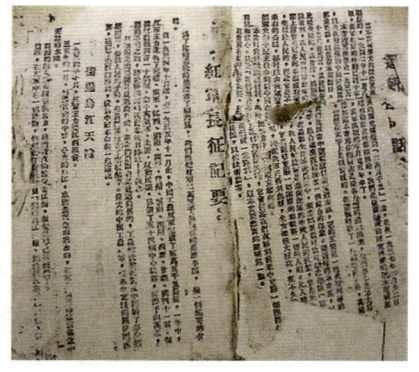

9.《二万五千里》

1947 年 5 月版，32 开。编印者不详。此书为国家博物馆藏品。该书内容包括八章：冲破乌江天险、巧计夺取金沙江、经过"猓猓"区、强渡大渡河、飞夺泸定桥、爬雪山过草地、突破天险腊子口、胜利的陕北会师。

10.《中国红军故事选》

高朗亭等著，冀中新华书店，1947 年 7 月 10
日版，32 开，46 页。主要内容包括：忆过草
地（黄玉山著），过雪山（李立著），渡金
沙江（李立著），重逢（刘振江著），一个
掉队的小鬼（林间著），怀义湾（高朗亭著），
雷老婆（高朗亭著）。

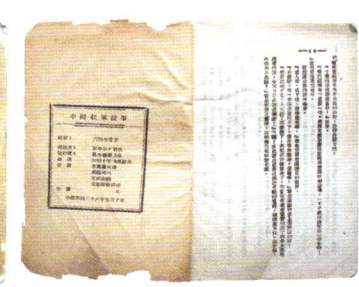

11.《长征故事》

晋冀鲁豫军区政治部编印，1947 年 8 月版，28 页，64 开。该书共
七个部分：冲破乌江天险、红军与"猓猓"兄弟结盟、十八英雄强渡
大渡河、"不要烂枪只要桥"、爬雪山、过草地、突破腊子口。书前
有毛泽东诗词《七律·长征》。该书编印于中国人民解放军建军 20
周年前夕，书前《编者的话》指出："将大家熟悉的红军长征故事编
印出来，使读者受到我军军事史的教育，说明人民解放军可以战胜一
切困难，创造前所未有的奇迹。更坚信在不久的将来，可以创造出一
个独立、和平、民主、自由的新中国。……连队可将这些故事作为课程，
向大家讲述，以此提高大家在胜利前进中克服困难的勇气和信心。"
该书开本较小，利于携带，方便阅读。

12.《中国红军长征故事》

阿大等著，晋察冀边区西北印刷局（张家口），1947 年 8 月版，26 页，
32 开。本书内容包括：编者"前言"，冲过乌江天险巧计夺取金沙江，
大渡河是我们的生命线（华元），爬雪山过草地（白刃），突破天险
腊子口（萧华）。前言中说："八路军新四军的前身，中国工农红军，
是中国革命的一支铁流，他的威名，早已震动了全世界……我们一方
面作为革命传统的教材，一方面也希望一切亲临前线的同志们，大胆
的练习写作，拿小册子作个引子。"

13.《长征的回忆》

定一等著，冀南书店（威县），1947 年 8 月版，44 页，32 开。内容包括：老山界（定一著）、五一前夜（莫文骅著）、我们怎样过的雪山和草地（潘自力著）、草地（蔡前著）、红军的炊事员老路（袁血卒著）。

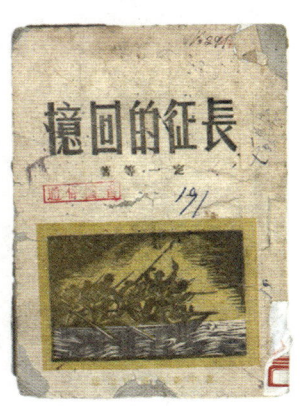

14.《长征的回忆》

定一等著，冀中新华书店（石家庄），1947 年 9 月版，40 页，32 开。内容包括：老山界（定一著）、五一前夜（莫文骅著）、我们怎样过的雪山和草地（潘自力著）、草地（蔡前著）、红军的炊事员老路（袁血卒著）。

15.《红军长征故事》

山东新华书店总店编印，1947 年 9 月版，62 页，32 开。大众文库·故事丛书。该书分为两大部分，第一部分是纪实描写，收录 8 篇文章：《突破乌江天险》《巧夺金沙江》《通过"猓猓"区》《抢渡大渡河》《飞夺泸定桥》《翻过大雪山》《草地行军》《天险腊子口》。第二部分是"长征片段回忆"，收录 5 篇回忆文章：《老山界》《长征中的几件事》《草地》《一个掉队的小鬼》《红军的炊事员——老路》。

16.《二万五千里》

长征英雄集体执笔，冀南书店（威县），1947 年 10 月版。该书是 1942 年八路军总政治部宣传部印发的《二万五千里》（即《红军长征记》）一书的选辑本，共收录董必武的《出发前》、李富春的《夜行军》、陆定一的《老山界》、李一氓的《从金沙江到大渡河》等回忆长征的文章 32 篇，同时收录《长征歌》《红军入川歌》等红军歌曲 7 首。书前有毛泽东诗词《长征》《选辑者的话》和《红军长征记要》（附长征图）。该书是新善本文献中收录回忆长征文章最多的一种。

17.《长征故事》

东北书店编印（哈尔滨），1948 年 6 月版，50 页，64 开。本书内容包括：编者"前言"，人民军队的诞生，冲过乌江天险巧计夺取金沙江（阿大），经过"猓猓"区（康茅召），大渡河是我们的生命线（毛召），我们要桥不要枪（华元），爬雪山过草地（白刃），突破天险腊子口（萧华）。

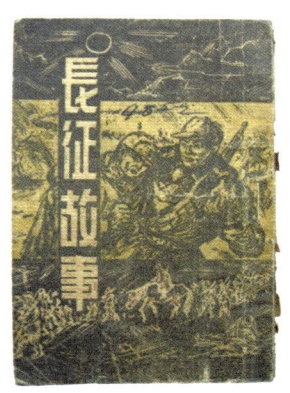

18.《长征故事》

华东胶东军区政治部宣传部编印，1948 年版，68 页，64 开。战士读物之一。该书内容共为九部分：冲破乌江天险巧计夺取金沙江、经过"猓猓"区、大渡河是我们的生命线、我们要桥不要枪、爬雪山过草地、突破天险腊子口、红一团强渡大渡河、一个掉队的小鬼、过雪山。另有冀鲁豫军区政治部宣传部编印本出版（右图）。

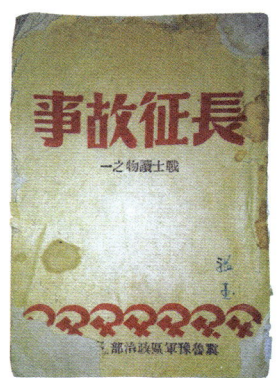

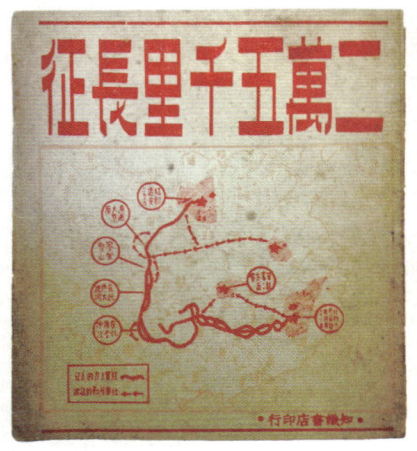

19.《二万五千里长征》

关青编著，知识书店印行（天津），1949年2月版，44页，56开。该书内容包括八章：冲破乌江天险、巧计夺取金沙江、经过"猓猓"区、强渡大渡河、飞夺泸定桥、爬雪山过草地、突破天险腊子口、胜利的陕北会师。该书先后于同年6月和12月更换了封面，印刷了第二版和第三版。首版印刷4000册，再版又印刷了3000册，第三版再印5000册，共计12000册。

20.《红军长征故事》

华东新华书店出版，1949年4月（渤海版），32开，84页。印数为20001—47000册。该书分为两大部分，第一部分收录8篇文章：《突破乌江天险》《巧夺金沙江》《通过"猓猓"区》《抢渡大渡河》《飞夺泸定桥》《翻过大雪山》《草地行军》《天险腊子口》。第二部分是"长征片段回忆"，收录5篇回忆文章：《老山界》《长征中的几件事》《草地》《一个掉队的小鬼》《红军的炊事员——老路》。书后附有《红军长征路线图》。

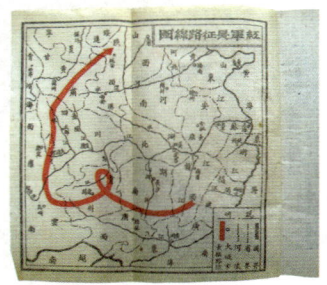

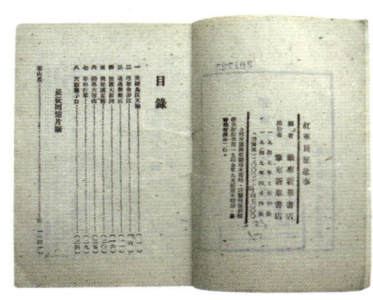

21.《红军长征故事》

林冰编，华东新华书店渤海分店印行，1949 年 4 月再版，33 页，袖珍石印本。印数为 12000 册。书中收录冲过乌江天险、红军与"猓猓"兄弟结盟、十八英雄强渡大渡河、飞夺泸定桥、爬雪山、过草地、突破天险腊子口等七个故事。正文前附有《红军长征路线图》，书中插图 5 幅。

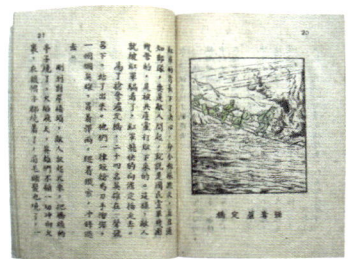
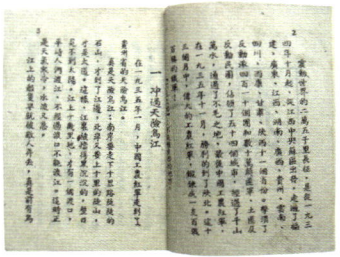
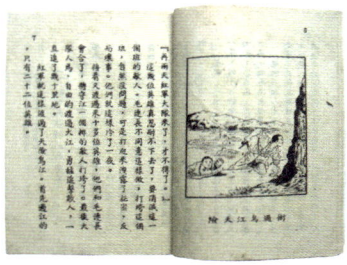

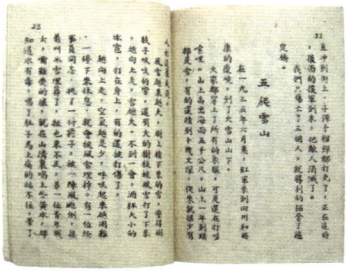
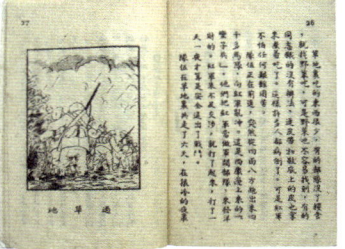
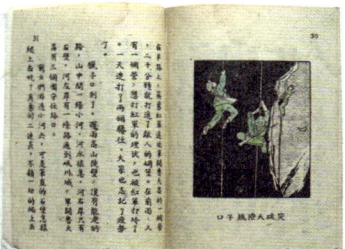

22.《长征故事》

新民主出版社（香港），1949年4月版，32开，45页。扉页是毛泽东《七律·长征》，其背面为红军长征路线图。书中收录冲过乌江天险、红军与"猓猓"兄弟结盟、十八英雄强渡大渡河、飞夺泸定桥、爬雪山、过草地、突破天险腊子口等七个故事。

23.《红军长征故事》

华东新华书店编印，1949年4月版，84页，32开。大众文库·故事。该书分为两大部分，第一部分是纪实描写，收录8篇文章：一、《突破乌江天险》；二、《巧夺金沙江》；三、《通过"猓猓"区》；四、《抢渡大渡河》；五、《飞夺泸定桥》；六、《翻过大雪山》；七、《草地行军》；八、《天险腊子口》。第二部分是"长征片段回忆"，收录6篇回忆文章：陆定一《老山界》、张政权《长征中的几件事》、罗良仪《雪花山上》、蔡前《草地》、林间《一个掉队的小鬼》、袁血卒《红军的炊事员——老路》。书后附《红军长征路线图》。该书系通俗读物，初版时间是1947年9月，在一年半的时间里，该书一再重印，可见其受欢迎的程度。

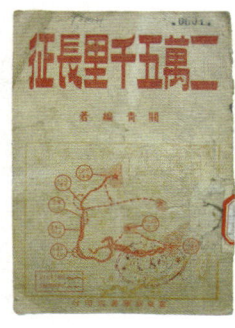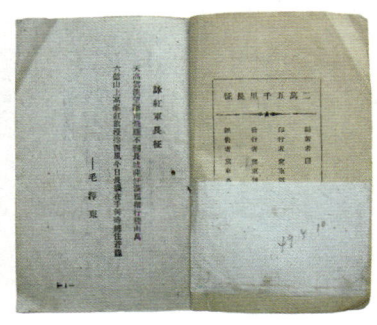

24.《二万五千里长征》

关青编著，冀东新华书店，1949年5月版，46页，36开。系天津知识出版社的翻印本。

25.《二万五千里长征》

关青编著，知识书店印行，1949 年
6 月再版本。

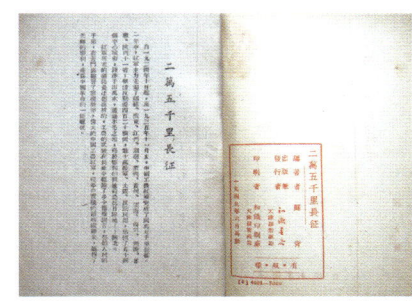

26.《长征的故事》

阿大等著，西北新华书店（西安），1949 年 6 月版，40 页，32 开。
内容包括九部分：冲破乌江天险巧计夺取金沙江、经过"猓猓"区、
大渡河是我们的生命线、我们要桥不要枪、爬雪山过草地、突破天险
腊子口、红一团强渡大渡河、一个掉队的小鬼、过雪山。

27.《红军长征故事》

中原新华书店编印（郑州），1949
年 7 月版，104 页，32 开。书后附《红
军长征路线图》。该书分为三部分：
第一部分为纪实描写，收录《突破
乌江天险》《巧夺金沙江》《通过"猓
猓"区》《抢渡大渡河》《飞夺泸
定桥》《翻过大雪山》《草地行军》《天
险腊子口》等 8 篇文章。第二部分

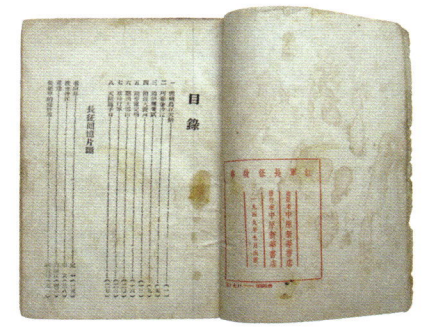

是"长征回忆片断"，收录定一《老山界》、李立《渡金沙江》、张政权
《长征中的几件事》等 10 篇文章。第三部分是"陕北游击队历史故事"，
收录高朗亭的《怀义湾》《雷老婆》2 部作品。该书 1 版印数为 8000 册，
流传较广。虽然版本较晚，但由于它为通俗教育读物，在对广大读者进行
革命传统教育中应该起到过一定的作用。

28.《二万五千里红军长征故事》

前进出版社，1949 年 7 月版，29 页，32 开。该书共八个部分：突破乌江天险、巧夺金沙江、通过"猓猓"区、抢渡大渡河、飞夺泸定桥、翻过大雪山、草地行军、天险腊子口。该书为通俗读物，便于在广大人民群众中流传。

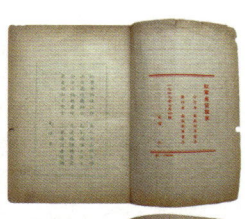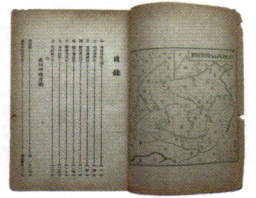

29.《红军长征故事》

苏南新华书店，1949 年 10 月初版，32 开，59 页。扉页是毛泽东《七律·长征》，其背面为红军长征路线图。书中收录冲过乌江天险、红军与"猓猓"兄弟结盟、十八英雄强渡大渡河、飞夺泸定桥、爬雪山、过草地、突破天险腊子口等七个故事。

30.《红军长征故事》

广州中南新华书店，1949 年 12 月版，32 开，105 页。该书分为三大部分，第一部分是"长征故事"，收录 8 篇文章：《突破乌江天险》《巧夺金沙江》《通过"猓猓"区》《抢渡大渡河》《飞夺泸定桥》《翻过大雪山》《草地行军》《天险腊子口》。第二部分是"长征回忆片断"，收录 10 篇回忆文章：定一《老山界》、李立《渡金沙江》、刘振江《重逢》、张政权《长征中的几件事》、罗良仪《雪花山上》、李立《过雪山记》、蔡前《草地》、黄玉山《忆过草地》、林间《一个掉队的小鬼》、袁血卒《红军的炊事员——老路》。第三部分是"陕北游击队历史故事"，收录了高朗亭《怀义湾》和《雷老婆》。

31.《长征故事》

兴梅书店 1949 年 12 月版。内容不详。

32.《红军长征故事》

南京新民报职工会印，内容和出版时间不详。

33.《长征故事》

新华书店中南总分店印行，内容和出版时间不详。

第二部分
红军（长征）军史类出版物
（含八路军、新四军抗战时期）

1.《中国新军队》

李光著，莫斯科外国工人出版社，1937年版，292页，9.7厘米×15.4厘米。该书内容共13章，详细介绍了中国工农红军的发展历史，红军历次反"围剿"的经过。在第13章还具体描述了中国工农红军的生活状况。该书作者李光，即滕代远。

2.《抗日的第八路军》

张哲龙编，上海救亡出版社，1937年10月版，32开，86页。封面上除了刊印毛泽东、朱德、彭德怀照片外，还在右下角印有朱德1937年7月14日为红军奔赴抗日前线题写的誓词："日本强盗夺我东三省，复图占外蒙，又侵我华北，非灭我全国不止。我辈皆炎黄子孙，华族胄裔，生当其时，身负干戈，不能驱逐日寇出中国，何以为人！我们誓率全体红军，联合友军，即日开赴前线，与日寇决一死战，复我河山，保我民族，保卫国家，是我天职！"该书内容共分16章。具体内容与下面介绍的赵轶琳编著、上海自力出版社1937年10月版相同。

3.《抗日的第八路军》

赵轶琳编著，上海自力出版社，1937年10月初版，32开，86页。主要目录如下：(1) 八路军为什么放弃瑞金；(2) 二万五千里长征；(3) 三十个英勇妇女；(4) 从陕北到山西；(5) 西安事变；(6) 八路军中的人物；(7) 抗日军政大学；(8) 士兵生活；(9) 统一战线；(10) 两个大会；(11) 国共合作与红军改编；(12) 朱德、彭德怀就职通电；(13) 八路军将领题名录；(14) 中国共产党宣言；(15) 八路军要人谈话；(16) 在西北战场活跃之八路军。附录有：《蒋委员长对中国共产党宣言重要谈话》《孙宋庆龄国共统一运动感言》。书中有关红军在江西苏区和长征部分的内容摘编自史沫特莱、埃德加·斯诺、尼姆·韦尔斯（海伦·斯诺）和杨定华（邓发）的著作。

4.《抗日的第八路军》

张国平编著，上海抗战出版社，1937 年 10 月 30 日初版本，32 开，90 页。该书共分为 10 个部分，主要目次如下：(1) 红军是怎样改编成第八路军的；(2) 军中生活一瞥；(3) 中国人民抗日军政大学；(4) 第八路军的精神；(5) 抗日领袖的一群；(6) 第八路军要人别志（朱德、彭德怀、徐海东、罗炳辉、董振堂等 43 人）；(7) 抗日史上的两个大会；(8) 二万五千里长征；(9) 西安事变先后；(10) 大战平型关。特载的附录有：毛泽东《论抗战必胜》、朱德《论日本决不可怕》；中国共产党《为公布国共合作宣言》、蒋委员长《对中国共产党宣言的谈话》、孙宋庆龄《对国共统一运动感言》。内容基本与上海救亡出版社、上海自力出版社的版本相同。

5.《第八路军从军记》

日文版，1937 年 11 月版。内容不详。

6.《西线风云》

长江著，其实书中著者包括小方、溪映、秋江、长江，1937 年 11 月初版，同月再版，12 月三版。242 页，32 开，上海大公报馆出版，生活书店经售。

7.《抗日的第八路军》

张国平编著，上海抗战出版社，1937 年 12 月再版本，32 开，73 页。扉页有毛泽东与贺子珍合影、毛泽东关于抗战总方针的题词、朱德肖像、朱德为红军奔赴抗日前线题写的誓词。内容基本与初版相同。

8.《红军十年》

赵君辉编，上海新生出版社，1938 年 1 月版，120 页，32 开。内容包括：一、红军突起；二、上井冈山；三、四雄会合；四、路线确立；五、井岗失陷；六、进攻长沙；七、清算盲动；八、实力大展；九、初次被剿；十、继续被剿；一一、旷徐入川；一二、福建事变；一三、围剿告终；一四、长征准备；一五、突破碉堡；一六、爬老山界；一七、由湘入黔；一八、乌江大战；一九、黔北小驻；二〇、进向黔南；二一、遵义大胜；二二、乘虚入滇；二三、渡金沙江；二四、入"猓猓"国；二五、过大渡河；二六、夺泸定桥；二七、经水子田；二八、番民区域；二九、陕北会合；三〇、渡河入晋；三一、西安事变；三二、和平统一；三三、芦桥事件；三四、红军改编；三五、誓师出发；三六、东进杀敌；三七、平型大捷。该书从 1927 年国共分裂写起，一直写到 1937 年八路军的"平型关大捷"，详细描写了 10 年间红军的发展历程，其中包括红军长征的内容。

9.《陕北红军全貌》

余后编译，上海大众出版社，1938 年 1 月版，58 页，32 开。该书系纪实性报道汇编，收录《统一战线区——三原》《到云阳去会老彭》《特殊的营房》《三十个女将》《上延安去》《抗日大学》6 篇报道；并附《陕北行中印象》《西安里面》《途中所见》《肤施人物》4 篇文章。全书描述了红军的方方面面，使读者对红军有一个完整的印象。

10.《抗日的第八路军》

张国平编著，上海抗战出版社，1938 年 1 月增订本，32 开，106 页。
此版增补了朱德的《抗战到底》、彭德怀的《战略与战术》。从该书
封面上可以看到，这本来自重庆图书馆"参考研究组"的藏书，钤有
蓝色"查禁"二字的印戳。可见，这类出版物在国统区是禁书。

11.《红军是怎样锻炼的？——我的红军生活回忆》

李光（即滕代远）著，广州抗日旬刊社，1938 年 2 月版，66 页，32
开。该书内容即《中国新军队》一书的第 13 章，包括：中国工农红
军的日常物质生活、红军的礼拜六义务工作、红军的政治文化生活、
红军和群众的相互关系、红军对于俘虏官兵的待遇、红军的组织、红
军的干部培养、红军所有的武器、红军反帝的具体工作、火线上的红
色英雄。书后所附《一个信基督教的医生在红军内的经验》一文，系
时任中央苏维埃医院院长傅连璋的自述。

12.《出动中的新四军》

孜琴著，汉口群力书店出版（保成路长秦里二号），1938 年 5 月初
版，黎明书局、生活书局、上海杂志公司、华中图书公司联合经售。
内容包括 11 章，主要目次为：(1) 誓师大会；(2) 行军到东门；(3) 疯
狂了的慈化氏众；(4) 争取老百姓回家；(5) 第一次登上火车；(6) 从
杭州逃难来的戏班子；(7) 北伐以来所未有的军民联欢大会；(8) 他们
在忏悔；(9) 我要去当兵；(10) 你们有什么秘诀；(11) 待机出击。

13.《打回老家去》

艾格尼斯·史沫特莱著，1938 年 10 月上海导报馆出版。本书是一本日记体、书信体著作，记录了艾格尼斯·史沫特莱从 1937 年 8 月至 1938 年初跟随八路军转战华北的经历。该书由安娜·路易斯·斯特朗作序，她在序中称："这是一部重要的著作，因为它报道了八路军在山西北部进行的给中国带来新希望、给中国各条战线送去新战术的最初几场战斗，是通过详细而具体的报道来介绍八路军的。"

14.《红色的延安》

瓦尔太·巴斯哈特（瑞士）、彼德·弗来敏（英国）、诺门·斐索思（美国）、Krauaya Zuezda（苏联）合著，哲非译，言行出版社，1938 年 12 月初版，32 开，66 页，定价一角五分。

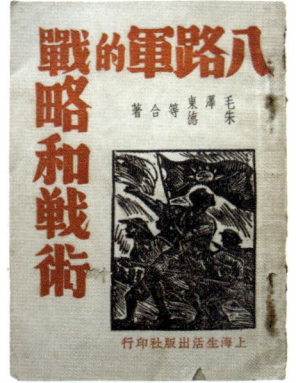

15.《八路军的战略和战术》

毛泽东、朱德等合著，上海生活出版社印行，1938 年版。主要收录了毛泽东的《对日本帝国主义进攻的方针办法与前途》《抗战的前途》，朱德的《抗战到底的任务》《我们的作战技术》，彭德怀的《我们的战略与战术》《游击战术》，林彪的《战斗的经验》。附录有《八路军的实质考察》《八路军的梅花阵》《八路军抗日救国的十大纲领》。

16.《第八路军基础战术》

红军抗日军政大学讲义，西安少年先锋社印行，1938 年版。全书共分为绪论、战术、动作、袭击、侦察、政治工作等 15 章。扉页刊印的是毛泽东的话："用我们一切的努力，迎接对日直接抗战伟大时期的到来！我们能够战胜日本帝国主义！我们一定要战胜日本帝国主义！"

17.《新军言论集》

袁国平、邓子恢、俞一则、陈毅著，集纳出版社 1939 年版，"集纳丛书"之三，新知书店经销。新军即新四军。

18.《随军漫记》

史沫特莱著，田谟译，上海出版社，1945 年 11 月初版。

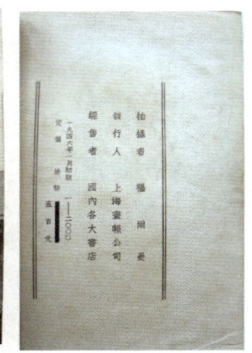
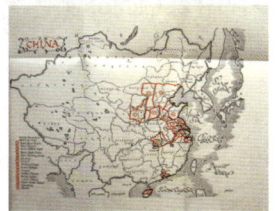

19.《西行漫影》

福尔曼著，上海书报公司发行，1946 年 1 月初出版，共收录照片 64 幅。本书系作者 1944 年 8 月到 10 月采访中共解放区拍摄的照片，反映了陕甘宁边区的自然、人文、战斗和生活场景。书中照片的说明均为中英两种文字。

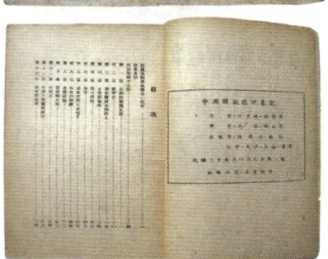

20.《中国解放区印象记》

哈里逊·福尔曼著，万歌、胡火等译，认识出版社印行，32 开本，1946 年版。美国记者哈里逊·福尔曼是一位探险家、作家和新闻记者，以美国《纽约时报》和英国伦敦《泰晤士报》新闻记者身份，在远东工作 15 年。此书英文版原名为《来自红色中国的报告》，有译本叫《北行漫记》，1946 由北平燕赵社翻译出版。这部书记录了抗战时期陕甘宁边区的见闻及八路军的事迹和毛泽东等领导人，是继《西行漫记》后的又一部描写解放区的名著。

21.《八年抗战中的八路军与新四军》

东北书店 1946 年版，内容不详。

22.《中国人民解放军英勇奋斗二十年》

裕民印刷厂编印（河北），1947 年版，该书是为纪念中国人民解放军建军 20 周年而编印。内容包括：人民解放军二十周年、从红军到人民解放军英勇斗争二十年、红军战史（含两万五千里长征）。

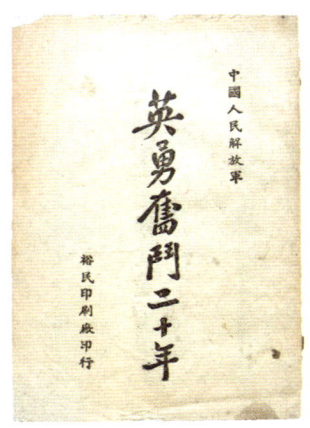

23.《朱德与红军》

张尚志编辑，三风书局（上海），1949 年 3 月版，29 页，32 开。内容包括：朱德的生平、红军发展史、红军的生活、林彪与红军大学等。书中附朱德、林彪、贺龙、徐向前、彭德怀、项英、徐海东等红军将领照片。

24.《中国共产党卅年来革命史实》

罗乃夫著，上海前进出版社，1949 年 6 月版，32 开，84 页。全书分为 12 章，主要内容为：中国共产党的诞生、"共军"在解放区的滋长、蒋介石五次"围剿"的血腥故事、二万五千里的英勇突围、中共革命将领略传、抗日战争前后、解放区十年奋斗、"共军"的指挥与党员的修养、从抗战胜利到协商破裂、人民解放军猛烈展开、国民党反动残余的崩溃和逃亡。其中第四、第五章讲述了长征的故事。

25.《英勇壮士：二万五千里长征》

劳达夫著，香港新生书店版，32 开，40 页。主要目次如下：乌江十八英雄黑夜冲过渡口、计取金沙江、计渡"猓猓"区、红旗高竖安顺场、大渡河十八英雄、惊险渡过铁索桥、苦雨凄风攀雪山、草原上搜索前进、飞渡青海四川天险、瞿秋白光荣牺牲、老参谋长大演奇谋、卖瓦罐侦察敌人、毛团长害怕了刘志丹、红军与白军的比较、聂荣臻打怕日寇、抗战期间共产党的外交功劳、1942 年红都整风运动与吴玉章、周恩来夫妇共同历尽万水千山、坚决英勇冲杀三五九旅中原突围。本书出版时间不详，但从封面"本书曾载广州星报"的说明文字和书稿内容来看，其出版时间应该为 1949 年上半年。因为广州《星报》创刊于 1946 年 9 月 9 日，停刊于 1949 年 10 月 14 日。

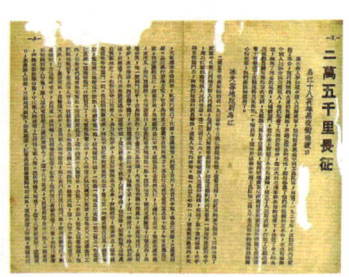

26.《二万五千里长征》

现代出版公司印行。内容和出版时间不详。

27.《新西行漫记》

原名《与中共相处两年》，班威廉夫妇合著，斐然、何文介、吴楚译，上海时代书局（四川中路三二四号），1950年1月初版，同月再版，文明印刷所印刷（西康路三三七弄九〇号），大32开，330页，定价17.5元。本书系英国物理学家班威廉·克兰尔夫妇合著。记述了抗日战争时期的1941年12月到1944年1月初的两年间，他们在解放区的经历和见闻。该书1948年在英国出版。因其是继斯诺夫妇《西行漫记》《续西行漫记》之后又一部关于延安及中国共产党领导的抗日根据地情况的著作，故翻译为《新西行漫记》。班威廉夫妇是北平燕京大学教授，在中国生活达15年之久。1941年12月7日，他们从收音机里得知日美开战后，8日清晨便迅速乘车离开北平市区，"冲向自由"。在共产党人和沿途农民的帮助下，顺利地通过了日军防线，历尽艰险到达八路军游击区。先在晋察冀边区参观和工作一段时间，1943年8月经晋绥边区前往延安。书中对从延安到重庆途中屡遭国民党特务盘查，以及被迫焚烧有关解放区的笔记、报刊文件（只剩一本日记，本书据此而成）等事极为愤怒。尽管其有些看法有偏见，但还是比较朴实地记述了两年在解放区生活的真实见闻。

第三部分
红军长征文艺类出版物

1.《一个掉队的小鬼》

林间著，晋察冀军区政治部编印，1947 年版，15 页，64 开。本书以第一人称讲述红军长征中的小故事。主人公是一个 11 岁的小红军，"我的父亲是一个贫农，母亲在村苏维埃做妇女部长。红军入川的时候，我参加了儿童团。后来红军北上，我就跟随着部队"，然后讲述在过雪山的途中掉队的经过。文字简洁易懂，全书不足 4000 字，书后有写作时间"1942.3 庆阳"字样。

2.《长征故事》（鼓词）

姚迁编，油印本，河北兴化县老圩区文娱社，1947 年 10 月版，31 页，32 开。附有油印插图 4 幅。书前、书后分别有编者的"前言"和"编后"。该书编者采用河北兴化地区民间流传较广的鼓词形式，将红军二万五千里长征故事予以改编，介绍给广大人民群众。

3.《红军的妈妈》

柯岗等著，华中新华书店（射阳），1948 年 5 月版，22 页，48 开。翻身小丛书。内容有：红军的妈妈（柯岗、含子）；同志的，枪托平打！（赵瑾、张俊杰）；逼退黄口子（华）；陈福元（永恒）；保存公物的功臣（蔡天长）；人民是我们的（袁广文）6 篇。讲述解放战争时期发生的故事，其中有解放军又回到红军驻扎过的苏维埃老区，了解到老百姓和红军家属在红军北上后所遭受的苦难。

4.《红军长征》（新编鼓词）

冀南新华书店（威县）编印，1948年9月，21页，32开。本书包括《红军长征》和《郭企之殉难》两段大鼓词。《红军长征》一段以唱词形式叙述从"中华民国十四冬，国共合作起了大革命"开始，历经北伐、南昌起义、井冈山根据地，到"民国二十三年秋风起，北上抗日要实行"，"铜锣湾开始长征二万五千里，一路上艰难困苦对你明"，"这就是红军长征一个段，老红军艰苦奋斗十年功"。该书用民间艺术手段和喜闻乐见的形式，宣传红军长征的英勇事迹。

5.《红军回来了》（独幕话剧）

王燎荧著，太岳新华书店（沁源），1949年6月版，60页，32开。本书是为"七一"晚会创作的独幕话剧，1949年1月抄改。篇头题记"谨致南方老革命地区的农友们"。剧情讲述留在老苏区的人民在红军离开后所受的苦难，他们忍辱负重的等待以及他们盼望红军想念红军的故事。书后附"鄂豫皖土地革命歌曲"二首。

6.《二万五千里长征记》（弹词）

李震一著，武汉通俗图书出版社刊行。出版时间和内容不详。

7.《红军长征进行曲》（吹奏乐总谱）

欧阳枫编曲，中国人民解放军六十三军政治部文艺工作团编印，1950 年 10 月于陕西。

附 录 二

本书资料来源和主要参考书目

［ 按出版时间先后顺序排列 ］

1　《救国时报》合订本（1935 年 12 月至 1938 年 2 月），救国时报社编辑，商务印书馆香港分馆，1980 年重印版。

2　《随军西行见闻录》，救国时报社编（莫斯科），廉臣著，1936 年 7 月第 1 版。

3　《二万五千里长征》，1937 年 2 月誊清稿影印本，上海人民出版社，2006 年 9 月第 1 版。

4　《文摘战时旬刊》，上海复旦大学文摘社出版，1937 年第 5 号至第 9 号。

5　《外国记者西北印象记》，埃德加·斯诺著，王福时、郭达、李放等译，陕西人民出版社，1937 年版。

6　《二万五千里长征》，斯诺著，汪衡译，黎明书局，1938 年 1 月第 1 版。

7　《红军长征记》（俄文版），苏联国家政治读物出版社，1938 年第 1 版。

8　《神灵之手》（英文版），勃沙特著，伦敦霍德和斯托顿出版社，1938 年 4 月版。

9　《文献》月刊 1938 年 10 月至 12 月影印本（1—3 册），上海书店，1984 年 12 月第 1 版。

10　《红军长征记》1942 年版影印本（上下册），广西师范大学出版社，2006 年 9 月第 1 版。

11　《党史资料》，1954 年第 1 至 3 期，中共中央宣传部党史资料室编，1954 年内部发行。

12　《中国工农红军第一方面军长征记》，人民出版社，1955 年第 1 版，1958 年 4 月第 3 次印刷。

13　《长征日记》，萧锋著，上海人民出版社，1979 年第 1 版。

14　《西行漫记》，埃德加·斯诺著，董乐山译，生活·读书·新知三联书店，1979 年 12 月第 1 版。

15 《阿英散文选》，钱小云、吴泰昌编，百花文艺出版社，1981 年 6 月第 1 版。

16 《一个外国传教士眼中的长征》，薄复礼著，张国琦译，昆仑出版社，1989 年 8 月第 1 版，2006 年 9 月第 2 版。

17 《〈西行漫记〉和我》，中国史沫特莱·斯特朗·斯诺研究会编，国际文化出版公司，1991 年 2 月第 1 版。

18 《黄镇文集》，黄镇文集编委会编，中国友谊出版社，1994 年 4 月第 1 版。

19 《陈云文选》（第一卷），陈云著，人民出版社，1995 年版。

20 《红色牧师董健吾》，王光远著，中央文献出版社，2001 年 1 月第 1 版。

21 《谁最早口述长征》，陈宇编著，解放军出版社，2006 年 1 月第 1 版。

22 《长征画集》，黄镇著，解放军出版社，2006 年 8 月第 1 版。

23 《前西行漫记》，埃德加·斯诺著，王福时、郭达、李放等译，解放军文艺出版社，2006 年 8 月第 1 版。

24 《红军长征记》，丁玲等主编，解放军文艺出版社，2006 年 9 月第 1 版。

25 《解谜〈毛泽东自传〉》，丁晓平著，中国青年出版社，2008 年 1 月第 1 版。

26 《尘封的红色经典》，张国柱、张其武、杨翔飞著，陕西人民出版社，2008 年 2 月第 1 版。

27 《朱瑞传》，郑建英著，中央文献出版社，2008 年 12 月第 1 版。

28 《范长江与青记》，范苏苏、王大龙主编，北京工艺美术出版社，2008 年 9 月第 1 版。

29 《埃德加·斯诺：红星为什么照耀中国》，丁晓平著，中国青年出版社，2013 年 7 月第 1 版。

代 后 记

你 的 名 字 叫 红

2016 年是红军长征胜利 80 周年。

15 年前的 2001 年，在成功策划编校《毛泽东自传》之后，我花了 7 年时间著述《解谜〈毛泽东自传〉》，于 2008 年由中国青年出版社出版，在出版界和收藏界引起关注。也就是从那时开始，我就默默地决心，再写一部"解谜《长征》"。经过十年时间的努力，今天呈现在读者诸君面前的这部《世界是这样知道长征的——长征叙述史》，终于完成了。

在这里，我首先要感谢中国国家图书馆、美国哈佛燕京图书馆，感谢张国柱、杨翔飞、赵景忠、程辰（按姓氏笔画排列）等收藏家的大力支持，提供了精美的书刊藏品影像资料；同时，也要感谢朱佳木、刘力群、李安葆、陈宇等诸多专家学者，本书在写作中参考并引用了他们的研究成果。

就在本书刚刚杀青之际，我接到了中国作家协会的邀请，参加"中国作家重走长征路（红四方面军）采风团"。2016 年 5 月 25 日至 6 月 3 日，十天行程，八日行军，从四川成都到巴中，经恩阳古镇、通江、毛浴古镇、空山、苍溪，再回成都，经汶川、薛城、卓克基、马尔康、红原、班祐、若尔盖、花湖、郎木寺，进入甘肃，经迭部、茨日那、腊子口、哈达铺、兰州，抵达会宁，翻山越岭，最高海拔 4200 米，历程 2500 公里，约为二万五千里长征的五分之一，令我终生难忘。是的，有无数的理由不与长征相逢，但没有一种理由拒绝重走。长征，是人类历史上的第一次，现在也成为我人生的一部分。

"长征是宣言书，长征是宣传队，长征是播种机。"无论是写作《世界是这样知道长征的》这本书，还是重走长征路，其过程，于我来说，都是一次长征精神的洗礼。我们可以无限地接近全部的长征，却无法重叙长征的全部。在本书的结尾，允许我把这几首写在长征路上的诗歌，敬献给参加长征的先辈们，并不断地提醒自己——不要只是在纪念的日子里怀念他们……

[1] 红军碑林指川陕苏区将帅碑林，坐落于四川巴中市巴州城区南龛山，占地100余亩，嵌碑3388块，刻录红军英名10万人，成为全国碑林的一大奇观。

谒红军碑林 [1]

仿佛是有天意。越抵近你
雨越下越大。这样的气氛
我以军人的姿态肃立

举轻若重。我抬起我的右手
敬礼！军事词典里
英雄的词汇热血沸腾

不需要表情。战争对于我们
依然是陌生的，甚至你们的名字
好像只是一场梦境

到底是谁把你们的灵魂
镌刻在这一块块黑色的花岗石上
让从你身边走过的人步步惊心

在没有人知道的夜晚

黑暗和寒冷，轮番掠走你们的生命
让风雨化作彩虹，挂在穷苦的黎明

其实，你们也是穷苦人
只是你们走在了所有人的前面
前赴后继，向光明走去

蜀道难。你们知道
通往青天的路，只有一条
它的名字叫长征

希望，就在前面
你们前面是我们的红旗在飘扬
红旗上是金色的镰刀和锤头

在王坪烈士陵园 [2] 伫立

拾级而上，脚步远远赶不上心情的沉重
冲锋号的奏鸣像硝烟一样
早已散去，如同村庄袅袅的炊烟

就这样走入你的静穆
血液凝固。只看见一座座汉白玉墓碑
摆出天底下最壮阔的军阵

是的，你们都没有留下姓名
头顶上戴着同一颗五角红星
仿佛在这里再次集结，准备长征

也许这里原本应该鸟语花香
也许这里原本应该树木参天

[2] 王坪烈士陵园，即川陕革命根据地红军烈士陵园，位于四川通江县沙溪乡王坪村。1934 年 4 月至 10 月，红四方面军总医院在这里修建了烈士墓，并立"红四方面军英勇烈士之墓"碑，碑面镌刻镰刀铁锤图案和"万世光荣"字样，由时任该医院政治部主任张琴秋设计和书画。现在整个陵园占地350亩，安葬英烈达 25048 名，是全国最早、最大的红军烈士陵园。

也许这里原本应该荒草丛生

此时此刻，遍体生长的阳光
照亮比海洋还要宽阔的心灵
朵朵飘浮的白云，在万里晴空

此时此刻，我们静静地伫立
牺牲，这个以动词方式进入历史的词汇
从此以名词的境界在我心中高尚地矗立

惨烈。悲壮。伫立陵园，我骄傲
我是长征路上新添的一枚脚印
不忘初心，继续向着远方

你的名字叫红

在嘉陵江红军渡，一座山一般的
石头上，只镌刻着一个字
一个大大的汉字

那是一个大大的"红"
那是红色的"红"
那是红军的"红"

我有生以来第一次看到这么大的"红"字
站到它的面前，那一笔一画
就像地图上的长征路线，镌刻起来多么不易

而就在我身后走过的山上
还有许许多多像"红"字一样的汉字
像"红"一样"赤化全川"[3]

[3] "赤化全川"巨幅石刻，位于四川通江县沙溪乡景家塬村。1934年4月由红四方面军总政治部钻字队镌刻。语出1933年12月23日《中共川陕省第三次党员代表大会的总结》，字高5.5米，宽4.7米，字道深0.35米，宽0.7米，笔画内可卧一人，字间距7.1米。整个字幅面积300平方米，离地面15米，雄踞群山之巅，遒劲豪放，乃摩崖奇观。

让一切黑的岁月流星一般陨落
让一切冷的日子落叶一般腐败
让一切红的希望太阳一般升起

从此，人民站在自己的土地上
沿着山脉和河流的方向，他们开口说话
唇齿之间闪现着当家作主的光芒

——因为，你的名字叫红

从四川到甘肃

红色的远征俯伏在祖国的大地上
左冲右突，东进西出
最终选择了唯一的方向

向北！向北！一路向北
在巴中，在恩阳，在毛浴
在通江，在苍溪，在空山

向北！向北！一路向北
在薛城，在卓克基，在马尔康
在红原，在月亮湾，在若尔盖

向北！向北！一路向北
在班祐，在花湖，在郎木寺
在甘南，在迭部，在茨日那

向北！向北！一路向北
在腊子口，在哈达铺，在会宁
在这历史教科书里熟悉和不熟悉的地方

爬雪山，雪山已经没有那些雪了
过草地，草地已经没有那些草了
只有艰苦岁月的记忆在血液里鸣响

你还记得金色的鱼钩吗？
你还记得七根火柴吗？
每一个夜晚都是诞生，也都是死亡

手拉手陷入日干乔沼泽地的九百好儿郎呢
背靠背冷冻在班祐河的七八百英雄好汉呢
难道胜利的曙光是他们的目光

在用血用骨铺成的长征路上，他们用头颅
做成冲锋的唢呐，把自己交给岁月
和蓝天和大地一起吹响

从四川到甘肃，我走马观花
面对你们的牺牲，我默然无语不再交谈
我迟来的行走，是革命成功的最好象征

幸福，不是从天上掉下来的
你知道，我的重走是为了什么
我知道，我的重走是为了什么

英 雄

比我的梦想更神圣的地方
在红五星的照耀下　我看见
一条路　穿过雪山和草地
向北生长
那样的持久　荣光

唯一的长征
红辣椒像大红灯笼一样
一串串　挂在步枪上
温暖着吃小米长大的队伍
渡过了最寒冷的冬季

长征！一群手握镰刀铁锤的人
打着补丁和绑腿
是人间真正的英雄
年深月久　敌人的枪炮
早已朽烂成耻辱和罪恶
而他们走过的路
一直辉煌　如太阳的光芒

在他们的血液里
我们长势良好
且高尚地燃烧

丁晓平
2016 年 8 月 1 日于北京看云楼弃疾斋